# 불온한 정신

김춘식 비평집
불온한 정신

───────────────────────────────

펴낸날/ 2003년 1월 29일

지은이/ 김춘식
펴낸이/ 채호기
펴낸곳/ (주)문학과지성사
등록번호/ 제10-918호(1993. 12. 16)

서울 마포구 서교동 363-12호 무원빌딩(121-838)
편집/ 338)7224~5  FAX 323)4180
영업/ 338)7222~3  FAX 338)7221
홈페이지/ www.moonji.com

ⓒ 김춘식 2003. Printed in Seoul, Korea
ISBN 89-320-1389-6

───────────────────────────────

값 14,000원

# 불온한 정신

김춘식 비평집

문학과지성사
2003

# 책머리에

비평가란 형식 속에서 운명적인 것을 바라보는 사람이다. 비평가의
심오한 체험이란 곧 형식이 간접적으로 또 무의식적으로 자체 속에
감추고 있는 영혼의 내용이다.　　　　　—루카치,『영혼과 형식』

개인적으로, 나에게 문학이란, 운명적인 것, 책 장 속에 감추어진
영혼을 훔쳐보는 것이었다. 이런 나의 태도를 아마 '매혹'이라고 불
러도 좋을 것이다. 서가에 길게 늘어선 책의 제목을 바라보면서 어
떤 설렘과 향기를 맡을 수 있었다면, 아마 나를 지나친 감상주의자,
문학적 교양주의자라고 타박할 사람이 있을지도 모르겠다. 하지만,
나에게는 아직도 이런 설렘에 대한 향수가 문학에 대한 미련과 집착
을 버리지 못하는 근본적인 이유다.

문학을 공부하고 비평가가 된 이후에, 이런 매혹의 즐거움은 어떤
까닭인지 많이 줄어들었다. 책을 읽고 전문적인 지식을 배우게 되면
서, 다른 사람의 글을 이렇게 저렇게 분석하고 평하게 되면서, 매혹
당하지 않는 방법을 나는 스스로 터득하지 않으면 안 되었다. 글쓰
기에 대한 스스로의 자의식과 자기 검열에 아직 자신이 없었기 때문
이기도 하고, 또 어쩌면 아무 영혼에게나 내 마음을 함부로 주어버
리고 싶지 않다는 자존심 같은 것이 생겼기 때문인지도 모른다.

그리고, 이제 10년이 지났다. 지금, 나는 처음 그 자리로, 다시 돌아왔음을 느낀다. 두꺼운 책표지에 덮여 있던 그 종이들의 바스락거리는 촉감을 통해서 내가 지난 시간 동안 깨달은 것은, 운명을, 영혼을 직시하는 법, 그것이, 곧 비평적 글쓰기라는 사실이다. 매혹의 근원은 단순한 책의 촉감과 향기에 있었던 것이 아니라 그 속에 감추어진 높은 정신과 운명, 그리고 영혼이었다고 나는 믿는다.

혹자는 이런 나에게 문학이라는 '환각'에 취한 것이라고 할지 모르지만, 나는 그런 '환각의 체험'이 곧 문학의 본질이고 비평가의 '심오한 체험'이라고 믿는다. 언어는, 형식은 환각의 집이다. 존재하지만 눈으로 볼 수 없는, 그래서 향기로만 맴도는 높은 정신과 숭고한 영혼이, 환각의 집 속에 살고 있는 것이다. 그러니, 나는 기꺼이 그 환각에 매혹될 것이다.

무언가 남들이 볼 수 없는 것을 보게 된 사람. 특히, 그것이 아름다움일 때, 그런 사람을 흔히 '매혹당한 자'라고 말한다. 남들이 볼 수 없는 것을 본다는 점에서 매혹된 글쓰기는 언제나 환각으로 나타난다. 그래서, 타자의 심오한 체험을 이해하기 위해서는 어쩔 수 없이 그러한 환각 속으로 스스로 걸어 들어갈 수밖에 없는 것이다.
비평적 글쓰기가 어려운 것은 그런 타자의 환각 속에서 넋을 놓고 있는 것이 아니라, 그 환각을 직시해야만 하기 때문이다. 이 점에서, 나는 아직도 '길' 위에 서 있다. 환각 속에서, 형식 속에 감추어진 운명과 영혼을 바라보는 '심오한 체험'을 터득할 때까지, 아마도 나는 이 길 위에 서 있을 것이다.

이 책에 실린 글은 모두 90년대 이후의 시에 관한 것이다. 1부에서는 90년대 이후 시의 문학적 지형과 핵심적인 징후에 관한 글을 모았고, 2부는 90년 후반에 나타난 시의 다양한 전략과 시적 진정성의 척도에 관해서 다루었다. 3부는 미적 근대성과 90년대 시의 상관성을, 4부는 90년대 이후 시에 나타난 시적 예언과 구원의 기능에 관해서, 5부에서는 시의 존재성과 시정신에 관한 단상을 중심으로 쓴 글을 각각 따로 묶었다.

90년대는 시의 근대적인 장르 규범과 가치 기준이 무너지면서, 가치 평가의 '공준(公準)'이 무너진 시대이다. 가치의 혼란 속에서, 시는 스스로의 '몸 바꾸기'를 통해서 자신의 진정성을 드러내기 위해 노력했고, 그런 점에서 90년대 시는 치열한 시적 전략과 시정신의 쟁투가 벌어진 시대였다. 시의 죽음이 심심찮게 거론되었고, 전략적인 살아남기와 정신의 항변, 몸 바꾸기 등을 통해서 새로운 시적 미학이 산출되었다.

이 평론집에 실린 글들은 이러한 90년대 이후 시를 중심으로 문학 현장에서 벌어진 사건의 탐방기이고 동시에 미학적인 모험담이기도 하다. 실제로 나는 여기 실린 글들을 쓰는 동안, 다소의 이론적인 모험을 감행했고, 현장감에 기대어 예언적인 전망을 내리기를 망설이지 않았다. 이곳에 실린 '시적 지형도'는 이런 비평적 모험의 결과물이다.

엄밀한 이론적 정합성보다는 시기 적절한 판단을 내리는 일, '동시대적인 감수성과 감각'에 더 많이 의존했음을 밝혀둔다. 물론 각각의 글에서 최대한의 면밀한 분석을 게을리 하지는 않았다. 그러나, 시적 생산의 현장은 언제나 이론을 앞서가는 만큼, 비평적 오류를 두려워하지 않는 모험은 피할 수 없는 숙명이었다고 생각한다.

90년대 이후, 지금까지 시문학이 한 번도 문단의 중심에 위치했던 적은 없다. 그만큼 시는 변방의 장르이다. 그러나, 역설적이지만 지난 10년 동안만큼 시문학을 둘러싼 '미학적 논쟁'과 시인들의 치열한 '시정신'이 돋보인 적도 일찍이 없었다.

그런 의미에서, 적어도 이 책의 절반은 이런 불우하지만 '불온한 자존심'으로 시정신을 불태운 시인들에 의해서 씌어진 것이다.

이번 평론집에는 90년대 시인론과 작품론을 싣지 못했다. 평론집의 전체적인 틀이 90년대 시의 전반적인 지형과 징후, 그리고 가능성을 가감 없이 보여주는 형태로 짜여진 만큼, 개별 시인론과 작품론을 책으로 묶는 일은 다음을 기약하겠다.

오랫동안 안고 끙끙거리던 원고를 드디어 책으로 낸다. 그래서, 더욱 커진 부끄러움은 모두 나의 몫이다.

첫 평론집을 묶고 나니 감사드려야 할 많은 분들의 얼굴이 떠오른다.

처음으로 나를 글쓰기의 길로 인도하고 또 학문의 길을 열어주신, 그래서 나에게는 언제나 든든한 버팀목이 되어주신 홍기삼 선생님께 부끄럽지만 이 책을 바친다.

그리고 늘 옆에서 나를 지켜준 가족에게 이 자리를 빌어 고마움을 전한다.

2003년 1월

김춘식

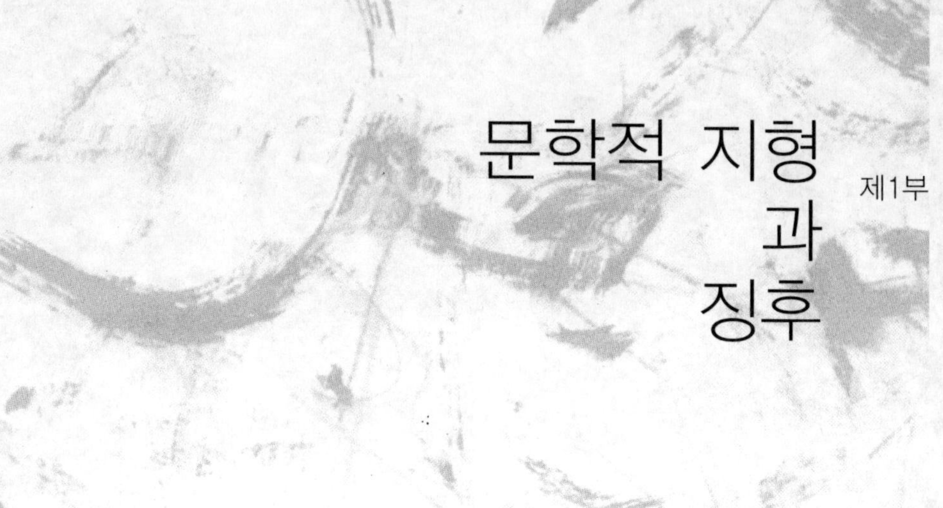

문학적 지형
과
지형
징후

제1부

# 근원을 묻는 글쓰기
—21세기 비평의 지형도

## 1. 얼굴 없는 비평—비평의 자리

새로운 세기로 접어든 지금, 비평의 전망은 그야말로 불투명하기 짝이 없다. 이런 비평의 불투명한 전망은 달리 말하면, 그만큼 전범이나 기준으로 삼아야 할 인식론적 근거가 없는 혼돈의 시대를 우리가 살아가고 있음을 의미한다. 하지만 일반적으로 말한다면 이런 혼돈의 시대, 위기의 시대야말로 비평이 비로소 제 목소리를 찾고 자신의 존립 근거를 확인할 수 있는 최적의 상황이라고 할 수도 있을 것이다.

그러나 90년대 초반에 출간된 한 평론집 서문의 다음과 같은 구절은 이런 위기 상황에 대한 인식이 최근의 비평계에만 해당되는 것이 아니라, 이미 90년대부터 제기되어온 뿌리 깊은 문제의식의 연장이라는 점을 새삼 확인시켜준다. 한마디로, 위기와 혼란의 시대가 너무 오래가고 있는 것이다.

우리 시대는 문학의 본질적 구성 원리, 혹은 보편적 진리 체계로서의 '시학'의 존립이 위태로운 시대이다. 문학 생산 공간의 극심한 변화는 문학의 개념과 문학성을 구성하는 가치를 변질시키고 있으며,

문학 역시 스스로 해체의 속도전을 수행함으로써 재래적인 미학적 규범을 거절하고 있다. 이와 같은 사태를 '시학의 위반'으로 부를 수 있다면, 이러한 끊임없는 자기 해체와 가속력만으로 새로운 문학의 시대는 열리지 않는다. 우리는 이와 같은 사태 한가운데로 들어가 '문학의 탄생'을 정초할 수 있는 '위반의 시학'을 모색해야 한다. 〔……〕 우리에게 현란한 미래학이 그런 것처럼, 돌아가야 할 성스러운 기원 역시 환상이며 뿌리 깊은 권력이다. 우리는 '의사—미래학'과 '의사—기원'의 유혹을 견디면서, 다시 글쓰기를 갱신하지 않으면 안 된다. 우리 시대의 '시학의 위기' '비평의 위기'라는 진단은 본질과 전체에 대한 사유를 어렵게 만드는 인식론의 자욱한 시계(視界)를 가리킨다. 하지만 위기야말로 가장 뚜렷한 시작의 조건을 이룬다. 지금 여기는 혼돈의 자리이며, 동시에 생성의 자리이다. 이 복된 자리, 이 저주받은 자리에서, 우리는, 그럼에도 불구하고, 문학과 비평을 '시작'할 수 있다.[1]

인용한 글은 미학적인 공준(公準)과 보편적 진리 체계의 붕괴를 '위기'로 진단한 뒤, 새로운 '문학의 탄생'을 위한 지평과 인식 체계를 모색하는 것이 '비평의 의무'이고, '혼돈의 자리'이면서 '동시에 생성의 자리'가 진정한 '비평의 자리'라고 정의한다.

이런 정의는 적확한 것으로서, 90년대 이후 비평의 책무와 그 전망에 대해 많은 시사점을 남겨주고 있다. 그러나 문제는 이러한 '선명한 예측'에도 불구하고 90년대 이후부터 최근까지의 비평이 혼란한 인식의 시계(視界)를 극복하고, 글쓰기의 갱신을 통한 '생성의 자리'에 제대로 서지 못했다는 점일 것이다. 이런 문제의식 때문에,

---

1) 이광호, 『위반의 시학』, 문학과지성사, 1993, pp. 3~4.

새 천년이 시작된 이후에도 '비평의 위기' 담론은 꾸준히 제기되고 있고, 심지어는 '비평가 불신론'과 비평적 권력에 대한 비판이 새로운 '논쟁거리'로 등장하고 있는 상황이다.

그러나 문제는 이런 '비평에 대한 불신'과 '비평의 권력화'에 대한 문제 제기 역시 새로운 글쓰기의 갱신으로 연결되지 못한 채, 오히려 소모적인 '동어반복'을 통한 '위기론'의 재생산에 기여하고 있는 측면도 없지 않다는 점이다. 새로운 가치 체계를 모색하지 않고 재래적인 미학적 규범과 가치에 대한 위반, '해체의 가속력'에 의존한 '비판' 중심의 '글쓰기'가 내포할 수밖에 없는 한계는, 모든 담론을 상대화함으로써 '비평적 정당성에 대한 공준'을 '인정 투쟁'의 문제로 환원한다는 점일 것이다.

'보편적 가치 체계'를 붕괴시키고 난 뒤에는, 어떤 식으로든지 '담론의 재질서화'가 이루어질 필요가 있는데, 90년대 이후의 비평계에서는 이러한 새로운 담론의 생산과 재질서화의 중요성이 상대적으로 간과되었고, 그 결과가 "담론을 둘러싼 권력 투쟁이 곧, 비평 행위이다"라는 등식의 보편화로 나타났다.

'담론의 권력'에 대한 이런 예민한 인식은 '비평 담론의 다양화'로 연결된다는 점에서, 비평적 인식의 분화와 창의성을 촉발한다는 긍정적인 측면도 있지만, 반대로 비평적 담론 간의 상호 소통을 차단함으로써 '비평 행위'를 '담론 사이의 투쟁'이나 '독자적인 창작 행위'라는 독백의 형태로 변질시키는 부정적인 측면도 지니고 있다. 특히, 90년대 이후 푸코식의 '담론의 권력'에 대한 인식과 '권력 비판'은 일종의 '유행'이라고 여겨지는데, '비평'을 권력을 둘러싼 투쟁이나 언어 유희로 만드는 '상대주의'는, 비평적 글쓰기로부터 '진정성'과 '자기 성찰' '자의식' 따위의 문제를 희석해버리고 만다.

‘나’가 결여되어 있는 문학, 그리고 비평적 글쓰기는 90년대 이후 글쓰기 주체의 죽음과 분열이라는 유행적 ‘문구(文句)’와 함께, 중요한 특징의 하나가 되었다. ‘지금, 여기 나에게 비평이란 무엇인가’라는 질문이 문예 잡지의 특집 형태로 간혹 제시되곤 하지만, ‘나’를 말하는 담론은 여전히 ‘비평적 담론’에서는 금기로 취급된다.

‘자의식의 검증’을 통해서 자신의 글쓰기 도정을 탐색해가는 진지한 작업은, 척도와 지표를 잃어버린 시대에는 이미, ‘운명’과 같은 것이다. 그러나 최근의 비평적 지형도를 점검하는 이 자리에서, 나는, 이런 당연한 질문이 너무도 낯설게 생각된다. 90년대 이후 10여 년 간 이 땅의 비평계가 지나온 길은 무엇인가? 거기에 ‘나’는 있었는가? 하는 질문이 자꾸 입에서 맴도는 것이다.

더욱 지엽적인 이야기인지도 모르지만, 나는 얼마 전 한 지인(知人)에게 무의식중에 “이 땅의 대학원생은 담론의 생산자가 아니라 소비자일 뿐”이라는 말을 한 적이 있다. 무의식중에 한 말이었지만, 나는 이 말을 감히 불경스럽게도 90년대 이후의 비평계에 고스란히 옮겨서 새삼 검증하고 싶은 유혹을 떨칠 수가 없다. ‘나’가 없는 문학, 그리고 글쓰기에 대한 불안감이 나로 하여금 지금, ‘문학’이 무엇인지 다시 묻게 한다.

나쓰메 소세키가 영문학을 배운 뒤, “졸업을 한 나의 뇌리에는 어쩐지 영문학에 속은 듯한 불안감이 있었다”라고 했을 때, 그는 이미 ‘문학’이라는 말의 상대성을, 그것이 한낱 이데올로기에 불과한 것임을 보았다고 가라타니 고진은 지적한다.

“문학이라는 이데올로기”라!

과연, 지금, 나에게 문학이란, 비평이란, 어떤 이데올로기인가.


나는 이곳에서 문학이란 무엇인가 하는 문제를 근본적으로 해결해야겠다고 생각했다. 그와 동시에 남은 일 년을 이 문제를 연구하기 위한 첫번째 기간으로 전부 사용하리라고 생각했다.

　나는 하숙집에 틀어박혔다. 모든 문학 서적을 트렁크 속에 집어넣어버렸다. 문학 서적을 읽고 문학이 무엇인가를 알려고 하는 것은 피로 피를 씻는 일과 마찬가지라고 생각했기 때문이었다. 나는 심리적으로 문학이 무슨 필요성이 있어 이 세상에 탄생하고 발달하며 쇠퇴해가는가를 알아내자고 맹세했다. 또한 사회적으로 문학은 어떠한 필요가 있어서 존재하고 흥륭하며 소멸되는가를 알아내자고 맹세했다.[2]

위에 인용한 내용에 대해서 가라타니 고진은 이렇게 정리한다. "소세키는 '문학이란 무엇인가 하는 문제'를 문제삼았다. 사실 이 점이 바로 소세키의 계획과 정열을 사적인 것(강조는 인용자)으로, 즉 남이 공유하기 어려운 것으로 만들어버린 원인이다"[3]라고.

　'문학이란 무엇인가'를 묻는 것이 남이 공유하기 어려운 사적인 정열이라니. 그리고 "문학 서적을 읽고 문학이 무엇인가를 알려고 하는 것은 피로 피를 씻는 일과 마찬가지"라니.

　'문학'에 대한 가장 본질적인 문제에 관한 질문을 '자신'에게로 환원하는 이런 방식은 무척이나 충격적이다. 그러나 문학이 이데올로기임을 간파했다면, 그것은 '합의의 형식'을 눈치 챘다는 것인데, 그 '합의의 형식'의 집결소인 '문학 서적'에서 '문학이 무엇인가'의 해답을 찾는다는 것 또한 얼마나 순환론적 발상인가. 역시, "피로 피를 씻는 일"과 다를 바가 없는 것이다.

　마찬가지로, 90년대 이후의 미학적 공준과 가치 체계의 붕괴는,

---

2) 나쓰메 소세키, 『문학론』 서문. 가라타니 고진, 박유하 역, 『일본 근대 문학의 기원』 (민음사, 1997), pp. 18~19 재인용.
3) 앞의 책, p. 19.

근본적으로는 '나'의 '희망(?)'이 아니었다. 근대적인 미적 규범과 문학에 대한 사유가 얼마나 "상대적인 것인가" 하는 점을 우리는 푸코의 '담론과 지식 권력,' 그리고 니체의 '계보학과 원근법' 등의 탈중심적 사유를 통해서 알게 되었다. 이런 담론이 나의 눈앞에서 '도그마dogma'를 걷어내기는 했지만, 그것은 나의 뜻이 아니었고, 내 스스로의 깨달음에 의한 것도 아니다. 그리고 더구나 그러한 도그마의 파괴가 진리를 가져다주는 것도 아니었다. 또다시 상대성의 세계 속에서 '담론'이라는 말에 기대어 어두운 혼돈을 헤쳐나가는 것은, 다시 "피로써 피를 씻는 일이 아닐까?" 하나의 에피스테메episteme를, 다른 에피스테메로 바꾸었을 뿐, 아무것도 달라진 것이 없지 않은가.

결국, 우리는 끊임없이 담론의 소비자로 남을 뿐, 자신의 이야기를 하지는 못하는 것일까. 글쓰기 주체는 정말 죽었단 말인가.

어느새, 담론의 뒤편에 숨어 있는 '나'의 얼굴을 마주 보는 일은, 그래서, 참 끔찍한 일이다.


## 2. 문학 권력


90년대 이후 문학 권력, 비평 권력의 비판은 푸코가 말한 '담론의 권력'과는 다른 형태로 이루어졌다고 할 수 있다. 최근까지 지속된 문학 권력에 대한 비판은, 자체적인 체계를 지닌 '권위적인 담론'에 대한 비판이라기보다는 특정한 잡지와 매체 등 제도적인 권력을 선점하고 있는 집단에 대한 '정치적인 공세'였다. 이런 '제도 권력'에 대한 비판은 '담론 권력'에 대한 부차적인 비판의 의미는 지닐 수 있지만, '담론' 자체에 대한 비판과 '해체'를 통해서 새로운 담론을 생산하는 행위와는 무관한 것이다.

이런 제도 권력에 대한 비판은 그 제도 권력이 자신들의 '비평적 근거'로 삼고 있는 '담론 체계'에 대한 이론적 공격이 없이는 무의미할 뿐 아니라, 오히려 소모적인 동어반복을 통해서 '제도 권력'의 생명을 연장시키고 그 체제를 더욱 공고하게 만들 뿐이다.

이런 점에서 최근에 이루어진 '문학 권력'에 대한 비판은 과거 '문학 진영론 비판'에서 이미 제기되었던 출판 자본과 결탁된 출판사, 잡지사의 힘겨루기와 영향력의 독점에 관한 것으로서, 어떠한 실체를 지닌 '담론에 대한 비판'을 통해서 새로운 가치 체계를 모색하거나 미학적 규범을 생성하는 것과는 일정한 거리가 있는 현상이다.

오히려 최근 2, 3년 동안에 이루어진 '권력 비판'은 담론 자체의 권력에 대한 도전이라기보다는 한국 사회의 고질적인 권위주의 질서와 기득권 세력을 중심으로 한 문화 집단 내의 계서적(階序的)인 차별화 관습, 상업주의 전략에 대한 도전이라고 볼 수 있다. 결국, 90년대 이후 '문학 권력'의 논점은 '담론'에 있는 것이 아니라, 여전히 실질적인 '권력 기반'과 '기득권 행사'를 둘러싸고 벌어지고 있는 것이다.

이런 지적은 각 담론 사이의 차이점이 존재하지 않거나 중심 담론이 붕괴된 상태에서도 '문학 권력' 혹은 '권력 집단' 간의 '논쟁'은 지속될 수 있다는 뜻이기도 하다. 결국, 전복하거나 위반해야 할 기존의 문학적 패러다임paradigm이나 에피스테메episteme가 존재하지 않을지라도 비평적 담론을 둘러싼 '인정 투쟁'은 지속될 수 있는 것이다. 따라서, '권력 비판'이 기존 사회 체제와 제도에 깊이 침투되어 있는 '비민주적이고 부정적인 관습과 허위'를 붕괴시키는 데 기여하는 점을 인정한다고 해도, 그 자체가 새로운 담론을 생산하거나 인식론적 틀을 변화시키는 것은 아니다. 현 단계 문학 제도를 움직이는 권력에 대한 비판은 그 특성상 '인식'의 문제가 아니라, '실천'의 문제이고 '정치'와 '제도적 변혁'에 관련된 것이다.

이런 점에서, '근대성'이라는 테두리 안에서 '문학이라는 제도'의 형성과 정착, 현재의 모습을 고찰하려고 시도한 최근의 몇몇 논의는 '문학 권력'에 대한 비판이 특정한 사례에 대한 비판을 넘어서 하나의 체계적인 담론으로 변화해가는 과정을 보여준 긍정적인 실례라고 여겨진다.[4]

'문학 공동체'라는 용어를 써서 제도를 만드는 집단의 유형과 특징을 분석함으로써, 비평이 진정한 소통 행위가 될 수 있는 기반을 형성하는 '공동체의 모색'을 주장한 구모룡의 글[5]과 신인 등단 제도의 문제점을 원론적으로 접근한 이명재의 논의[6]는 '문학 권력'의 문제를 단순히 '문단적 폐습'으로 보는 시각을 넘어서, 하나의 문화 현상으로 접근하고 있는 점이 특징이다. 특히, 문학 작품의 해석과 평가를 둘러싼 '공동체' 내의 문제를 지적하기 위한 개관적 지표를 제공하려고 노력한 구모룡의 논의는, 비평 잡지의 에콜école화 필요성과 그 폐단을 동시에 거론하고 있어 각별히 주목을 요하는 것이다.

비평 잡지의 에콜화는 어떤 점에서는 비평 집단의 전문화와 자기 성실성을 위해서는 반드시 필요한 요건이다. 90년대 이후부터 최근까지의 비평계의 문제점 중 하나는 잡지의 편집과 발행에 참여하고 있는 비평 집단이 자신들의 문학적 관점과 미학적 준거를 명확히 내세울 수 있을 만큼 에콜화되어 있지 않다는 점이다. 문학에 대한 자

---

4) 2001년 10월 17, 18일 이틀 동안 중앙대학교에서 한국문학평론가협회가 주최한 심포지엄에서 "문학 제도에 대한 원론적 검토와 현재의 구체적인 실상 그리고 문제점"을 종합적으로 논의한 것이 한 예이다.

5) 구모룡, 「한국 문학 공동체의 현실과 전망」, 『한국 문학 제도의 재인식』(평론가협회 학술회의 세미나집), 2001. 10. 18.

6) 이명재, 「신인 등단 제도의 검토와 개선 방향」, 앞의 책.

신들의 주장과 미학적 준거의 엄밀성 등을 명확히 하는 것이 비평적 자기 독백이나 폐쇄된 권력의 행사일 수는 없다. 이러한 작업은 오히려 비평의 당연한 순기능이며, 가치의 혼란 시대에 가치의 지표를 탐색하기 위해서 자신의 목소리와 주장을 공론화하는 용기 있는 태도이다.

90년대 이후, 미학적 공준과 규범이 무너진 공백 지대에서 '비평 집단의 에콜화'가 상대적으로 출판 전략이나 문학 권력의 확보와 연루되어 나타난 점이 없지 않았고 그런 점이 최근 집단적 폐쇄성으로 표출되었다는 일부 평론가의 지적은, 최근의 비평적 혼란상에 대한 또 하나의 원인을 가리키고 있는 것이다.

결국, 90년대 이후 한국 문단은 '문학 집단의 에콜화'를 통한 문학적 이념과 실천에 성실하지 못했다는 뜻이다. 실제로 비평뿐만 아니라, 시, 소설 등의 '동인지'가 거의 발간되지 못했고, 간혹 발간되더라도 별다른 영향력을 미치지 못한 것은, 자신들이 주장하거나 옹호하는 문학적 가치를 위하여 '에콜화'를 전면에 내세운 문학 집단이 그만큼 드물었다는 증거다. 비평적 준거이든, 미학적 주장이든, 새로운 가치의 탐색을 위한 '자신의 목소리'를 전면화하는 일은, 이렇듯 혼란한 시대일수록, 그리고 비평 집단의 권력 행사가 그 공정성을 의심받는 시대일수록 더욱 철저히 요구되는 조건이다.

나는 근본적으로 타자와의 소통은 '동일성의 담론'을 지향해서는 안 된다고 생각한다. 비평적 대화도 마찬가지이다. 타자와의 소통과 이해는 가능할지 모르지만, 타자는 어쩔 수 없는 타자이다. 타자를 '나와 같다'고 얘기하는 담론이야말로 무언가 의심스럽고 폭력적인 것이 아닌가.

그리고 나는 타자와의 동일성을 지향하는 것이, 또 어떤 합의를 목적으로 하는 것이, '문학'이라고 생각하지 않는다. 문학은 정치적

일 수는 있지만, 정치는 아니다. 또, 문학은 담론의 일부이기는 하지만, 담론 그 자체는 아니다. 이것이 문학에 관한 나의 소박한 생각이다.

그래서 문학은, 비평은, 개별적인 행위이며, 최소한의 집단적 행위로서 '에콜이나 동인(同人)을 구성하는 것이 가능할 뿐이다. 그외의 집단은 '정치 집단'이거나 '동업자의 모임'일 것이다. '정치 집단'이 에콜의 흉내를 내는 것도 우스운 일이고, 문학적 에콜을 정치 집단으로 간주하는 것도 과대 망상이다.

실제로 과거 한국 문단은 젊은 문인들 중심으로 구성된 '동인지'가 종종 기존 문단 체제를 공격하면서, 자신들의 기반을 다지는 '권력 집단'으로 기능해왔었고, 실제로 신진 문인들은 자신들의 문학적 신념의 문제를 떠나서 '의식적으로 이념화된 에콜'을 형성해온 것이 사실이다. 그래서 90년대 이후에도 동인지의 결성을 문단에 새로운 활력을 불어 넣어줄 '새 피(?)'의 출현으로 보는 것이 아니라, 새로운 '권력 집단'의 출현으로 보는 시각이 더 많았다.

예를 들면 이렇다. 어떤 비평가가 특정한 작가, 시인만을 수로 거론할 경우, 이런 태도는 다른 시인이나 작가로부터 비평적 권력을 행사한다는 눈총을 받기에 딱 좋다. 비평적 심미안이나 기준은 기본적으로 그 비평가가 선호하는 시인과 작가에 대한 평가를 통해 표출되게 마련인데, 만약 이런 태도를 취하면, 비평가가 마치 누구누구의 뒤를 봐주는 것으로 생각하는 것이다.

이런 인식은 기본적으로 비평가에게 자신의 심미안을 포기하고 공정한 게임 운영을 책임지는 '심판' 노릇에 충실하라는 것과 같다. 그러나 비평가는, 흔히 말하듯이 헌병(憲兵)도, 심판도, 재판관도 아니다. 어떤 점에서 보면, 공준(公準)이 무너진 시대에, 공정한 심판을 보라는 것은, 자신들의 문학을 그저 독자에게 잘 '선전해달라'는 말과 다름이 없는 것이다.

비평가도 혼란한 가치의 시계(視界)를 헤쳐나가기 위해서는, '나'라는 '자의식'에 스스로의 글쓰기와 '미의식'의 의미를 물어볼 수밖에 없다. 그러니, 비평가도 자신의 신념과 '미의식'을 전면화함으로써만 자신의 진정성을 검증받을 수 있는 것이다. 과거에 그랬듯이 '문학 서적'에 씌어 있는 '문학이란 무엇인가'에 대한 합의를 앞세워 '문학'을 공격하는 일은, 그저, "피로써 피를 씻는 일," 동어반복의 연속 아닌가.

## 3. 90년대 이후 비평 담론의 주제

90년대 이후 근 10년 동안 비평계의 담론은, 문학의 죽음, 근대성, 그리고 가장 최근에 이루어진 '문학 권력'이라는 문제로 크게 요약될 수 있을 듯하다. 문학의 죽음이라는 문제는 내외적인 환경의 변화와 뉴 미디어의 출현으로 인한 '활자 문화'의 위기를 주된 문제의식으로 내포하는 것이고, 근대성 담론은 한국 문학사 100년을 뒤돌아보며 과연 우리 문학의 현주소는 어디에 와 있는가를 묻는 작업이 '근대성'이라는 핵심적 쟁점을 둘러싸고 이루어진 것이다.

실제로, 문학 현장에서 90년대 후반 이후 중요한 화두로 나타난 현상들과 문학사 100년을 뒤돌아보며 우리에게 남겨진 과제를 점검하는 작업은 대산재단에서 각각 한 차례씩의 심포지엄을 통해 어느 정도 정리된 바 있다.

우선, 90년대 이후 문학의 점검과 21세기 문학의 전망에 대한 논의는 크게 여덟 가지의 항목으로 정리할 수 있다.[7]

---

7) 각 분류 항은 대산재단 심포지엄의 주제를 나열한 것이다.

① 21세기 작가란 무엇인가

② 민족문학의 새로운 가능성

③ 문학과 대중 문화의 접속

④ 여성성과 여성주의

⑤ 사회 역사적 상상력의 길

⑥ 환경과 몸

⑦ 개인의 존재 형식

⑧ 문학 언어의 미래—문자와 비트

이미 한 차례 논의가 끝난 문제이기는 하지만, 새 천년에 접어들어 비평계는 앞에 나열한 비평적 과제를 계속해서 탐구하기를 포기한 듯한 인상을 준다. 이 한 차례의 논의를 통해서 개괄적인 대의(大意)와 문제의식을 확인한 것으로 만족하고 있다는 인상이 들 만큼 21세기에 접어들어 이런 문제는 오히려 전반적인 논의에서 부진을 거듭하고 있다.

"21세기 작가란 무엇인가"라는 문제에서, 낭만주의 이래 지속되어온 전통적인 장인(匠人) 개념으로서의 작가의 죽음을 하나의 현상으로 받아들인 원론적인 합의 따위는 그저 출발점에 불과한 것이다.

논의의 핵심은 오히려 황지우의 「이제 문학은 은둔하자」와 유하의 「다시, 불온성을 생각한다」, 이인성의 「21세기 문학, 식물성의 저항」 등의 글이 남겨놓은 여운에 있는 것이 아닐까. 황지우, 이인성, 유하는 각각 자신들의 세대에서는 가장 첨단적인 전위(前衛)에 서 있는 시인, 작가이다. 그들이 작가 혹은 시인으로서의 정체성에 대해서 발언한 글은, 21세기 문학의 정체성과 창조적 개인의 존재 의의에 대한 가장 첨예한 문제의식의 산물이다. 한때 정치적인 전위에 서 있던 황지우가 은둔을 말한다거나, 이인성이 '식물성의 저항'을 말한다거나, 유하가 대중 문화와 키치에 대해서 일정한 거리를 유지하려고 하는 이유에 대해서, 우리는 좀더 세밀하게 살펴볼 필요가 있는 것이다.

이런 변화를 황지우의 귀족주의 선언, 이인성·유하의 모더니즘적인 선회라고 표현한다면, 우리는 그 맥락이 어디에 있는가를 짚어보아야 할 것이다. '불온성'을 말하는 유하의 표현이 과연 김수영이나 전위적 실험주의자들의 불온성을 의미하는 것일까? 다른 주제였지만, 남진우는 "시의 종말, 종말의 시"라는 발표를 통해서, 김수영, 김지하의 시학적 계보를 밝히면서 지나간 시대의 시를 '각(角)의 시학'으로 90년대 이후의 시학을 '원(圓)의 시학'으로 명명한다. 이런 차별화는 90년대 이후부터 시작된 문학적 환경의 전반적인 변화에 대하여 이들 시인과 작가들이 적극적이고 능동적으로 '자기 변신'을 꾀하고 있다는 사실을 의미한다. 그들이 응시하는 '여기' 이 자리에서 그들이 발견한 것은 무엇인가? 문제는 '작가란 무엇인가'라는 현학적 고찰과 정의가 아니다. '죽느냐, 사느냐'의 문제, 자신의 정체성에 대한 위기와 혼란을 바라보면서 '정신의 첨예한 대결'을 펼칠 수밖에 없는 상황에 직면했다는 위기의식이 어떠한 시학을 낳고, 어떤 작품을 낳는가 하는 것, 그리고 어떤 글쓰기를 보여줄 수 있는가 하는 점일 것이다.

"민족문학의 가능성"은 이 심포지엄 이후 '리얼리즘, 모더니즘의 회통'과 '민중 문학과 파시즘'의 논쟁으로까지 확장되는데, 기본적으로는 '민족 국가의 위기'와 맞물려서 '민족문학 개념'의 재편 쪽으로 방향이 정리되고 있는 듯하다. 그러나 민족 국가의 퇴조를 대세로 받아들이면서 전반적인 세계 문학과 민족문학의 질서를 재편하는 이런 방식이야말로 시대 추수적이라는 비판을 받을 여지도 충분한 것이다. 민족문학의 개념 변화는 단순히 그 자체의 운동에 의한 것이 아니라, 90년대 이후의 전반적인 '가치 붕괴의 상황' '상대주의가 가져다 준 허무와 환멸'이라는 정서를 깊이 반영한 것이라는 점에서, '가치와 사상적 준거'의 문제를 둘러싸고 발생한 혼란의 한 단면을 여실히 보여준다.

앞에서 거론한 여덟 가지 쟁점을 다시 정리하면 다음과 같다.

먼저, 90년대 이후 전면화된 새로운 글쓰기 환경과 조건에 관련된 것으로 "문학과 대중 문화의 접속" "여성성과 여성주의" "환경과 몸" "문학 언어의 미래—문자와 비트" 등이다. 그리고 다른 부류는, 전통적인 '문학'의 개념을 지탱하는 조건들로서, "21세기 작가란 무엇인가" "민족문학의 새로운 가능성" "사회 역사적 상상력의 길" "개인의 존재 형식"으로 나누어진다.

이런 선명한 분류는 처음부터 이 심포지엄이 '문학'이라는 관념과 '새로운 현실 조건'의 충돌을 예감하면서 기획된 것이라는 사실을 암시한다. '문학'이라는 '관념'이 거부되는 현실 앞에서 '문학의 자기 생존력'을 발견하고 '흔들리는 정체성'을 붙잡아보려는 안타까운 시도가 이 기획에 담겨 있는 것이다. 그러나 이 둘 사이에 또 다른 막강한 관념이 존재하는데, 그것은 개인·사회·역사·민족·문학·작가 등의 개념을 한낱 '죽은 말'로 몰아붙이는 상대주의와 문화 텍스트주의이다. 김기택·김혜순·남진우·김정란·최승호·유하·이인성 등이 이런 담론과 텍스트의 자기 증식성에 의해서 창조적 개인이나 영혼이 고갈되는 현실에 대해 적극적인 대응의 자세를 취하는 반면에, 정과리·성민엽·임규찬·우찬제 등의 평론가들은 정도의 차이는 있지만 대체로 수세적인 자세로 사태를 관망하고 있다.

정리하자면, 문학의 새로운 환경을, 극복하고 대응해야 할 환경

자체로 보느냐, 아니면 그 환경에 기반하고 있는 '담론'과의 충돌 과
정으로 보느냐의 차이이다. 이 기획에는 고도 자본주의 사회, 탈근
대적인 현상에 기반한 대중 문화, 사이버, 비트, 작가의 죽음, 개인
의 소멸, 작품과 텍스트의 결별, 민족의 탈신비화, 페미니즘, 종말론
등의 새로운 담론이 전통적인 문학의 '개념'을 압박하는 상황이 함
축적으로 제시되어 있고, 동시에 그런 혼돈 속에서 '글쓰기의 정체
성'에 대한 '본질적인 질문'을 스스로에게 다시 던지는 작가와 시인
의 모습이 공존한다.

실제로, 이런 문제적 정황은 모든 가능성이 뒤엉킨 용광로와 같
다. 세기말 의식과 맞물려 이루어진 결과, 그 잠재된 가능성은 세기
가 바뀐 현재에는 처음의 생생했던 문제의식이 탈각되어 점차 새로
운 담론에 의해서 '사후 설명(事後說明)'되고 있는데, 이 논의가 포
함하고 있던 불온한 정신이 이런 사후 설명에 의해서 희석되고 있는
것이다.

90년대 평단과 문단을 요약한다면, 무엇보다도 가치의 혼돈 속에
서 글쓰기의 자의식에 대한 자각이 가장 활발하게 이루어진 시기라
고 할 수 있을 것이다. 그런 글쓰기에 대한 질문이 새로운 담론 생산
의 기반으로 연결되지 못하고 점차 고정화된 새로운 문화 담론의 체
계 속으로 흡수되는 안타까운 상황이 바로 최근 문단의 정황이 아닐
까 하고 생각된다.

다음은 근대 문학 100년을 정리하는 문학사의 과제에 관한 것이
다. 역시 대산재단 심포지엄의 주제를 나열한 것인데, 앞서 정리한
90년대 이후 현장 비평의 주제와 상당한 연관성을 지니고 있다.


① 근대적 문학의 형성과 작가
② 역사소설의 성취와 반성

③ 민족어와 민족문학

④ 시와 자연과 문학

⑤ 현대 문학과 정치 이데올로기

⑥ 한국 문학과 민중

⑦ 리얼리즘과 모더니즘

⑧ 작품 평가와 문학사


"근대적 문학의 형성과 작가"는 앞에서 거론한 "21세기 작가란 무엇인가"의 문학사적인 변형이라고 할 만하다. 전통적인 작가 개념과 문학 관념의 붕괴를 통해서 평자들이 확인한 것은 '근대적인 문학 개념'이 일종의 '제도'라는 점이다. 이런 문제의식은 이제까지 문학사와 문학론에서 회의와 질문의 대상이 될 수 없었던, 본질적인 개념인 '문학'과 '작가'의 기원을 비평적 화두로 탈바꿈시킨 것이다.

마찬가지로 역사소설, 민족어와 민족문학, 정치 이데올로기, 민중, 리얼리즘과 모더니즘, 작품 평가와 문학사 등 근대 문학의 근간을 이루던 기본적인 인식소(認識素)에 대한 전면적인 검토도 동시에 이루어지게 되었다. 이 중에서 "시와 자연과 문학"이라는 주제는 근대 문학의 핵심적 주제가 아니었으나, 최근의 생태주의, 정신주의, 서정시의 복귀 등에 대한 문학사적 토대를 찾으려는 의도에서 함께 편성된 것으로 보인다.

최근의 강단 비평의 추세로 보면, 역시 역사적 상대주의와 문학 담론의 기원에 대한 탐색, 문화론적 연구, 문학 제도의 연구 등이 중심을 이루고 있다. 이 점은 현장 비평에서 상대주의적 관점과 문화론이 대세를 이루는 것과 별반 다르지 않다고 할 수 있다. "근대 문학의 형성"에 대해서는 최근, 김동식·권보드래·정선태[8] 등의 논문이 있고, '작가'에 대해서는 앞서 말한 "등단 제도와 문단의 형성"

에 관한 여러 편의 글이 발표되고 있다. 그리고 이경훈 등의 계보학적인 방식으로 시도되는 문화론적 연구 방법[9] 등도 새로운 '텍스트 분석의 실례'를 보여주고 있다. 특히, 강단 비평에서 대중 문학론[10]과 애니메이션 서사 등의 연구가 진행되고 있는 것도 주목할 만한 변화라고 할 수 있다.

## 4. 정전은 왜 필요한가

"한국 근대 문학 100년: 무엇을 어떻게 기억할 것인가?"라는 좌담에는 다음과 같은 대화가 나온다.

　최원식: 우리의 경우 토론을 통해 합의된 공공적 기준에 의한 본격적인 정전화 작업이 거의 없었습니다. 있다면 출판사들의 대표 작가 선집 총서들인데 문제가 많습니다. 그래서 정전화 작업 없이 풍문으로 떠도는 통상적인 대표작들이 기준 없이 자리 잡아, 정전이 있는 것도 아니고 없는 것도 아닌 이상한 상태가 만들어진 겁니다. 그러니까 재정전화도 안 되고 반정전화도 안 되는 겁니다.

　황종연: 정전화 작업이 체계적으로 진행되지 않을 뿐만 아니라 설사 얼마간 진행되었다 하더라도 현재의 문학 창작, 연구, 교육과는 동

---

8) 김동식, 「한국의 근대적 문학 개념 형성 과정 연구」, 서울대 박사논문, 1999; 권보드래, 『한국 근대 소설의 기원』, 소명, 2000; 정선태, 『개화기 신문 논설의 서사 수용 양상』, 소명, 1999.

9) 이경훈, 「미스코시, 근대의 쇼윈도—문학과 풍속」, 한국문학연구회 심포지엄 발표문, 2000. 8. 19; 이경훈, 「『무정』의 패션」, 『민족문학사 연구』 18, 소명, 2001; 김주리, 「근대적 패션의 성립과 1930년대 문학의 변모」, 『현대 문학 연구』 7, 1999 등.

10) 조성면, 『한국 근대 탐정소설 연구』, 인하대 박사논문, 1999; 이정옥, 「대중소설의 시학적 연구」, 서강대 박사논문, 1998 외.

떨어져 있는 실정입니다. 중고등학교 교과서에 실린 문학 작품에서부터 한국 문학 선집 같은 총서에 실린 문학 작품에 이르기까지 어째서 그런 작품이 보존하고 연구하고 교육할 가치가 있다는 것인지 납득하기 힘든 경우가 허다합니다. 이런 판국에 정전 비판을 하겠다는 사람들도 있고……

정과리: 저는 그게 심각한 문제라고 생각합니다. 한국 지식계의 가장 고질적인 문제는 선배의 업적을 존중하지 않는다는 겁니다. 모든 전범을 외국에서 끌어오기 때문이죠. 그 때문에 어떤 지식도 축적되지 않고요. 주변 국가의 지식인이란 사실을 스스로 너무 잘 자각해서인지 한국의 선배들이 이미 말해놓은 이야기도 꼭 외국 학자에게서 인용하고 주를 달아놓아야 안심을 합니다.[11]

정전에 대해서 '무엇을 어떻게 기억할 것인가' 하는 제목으로 대화를 나누고 있는 위의 인용은 한국 문학의 정전에 대한 뼈아픈 지적을 하고 있다. 우선, 정전이 없는 나라에서 정전 비판이 가능한가 하는 것이다. 그리고 앞에서 이미 거론한 바 있듯이, 주변 국가 지식인으로서 담론의 생산이 아니라 담론의 소비에 머무는 고질적인 태도에 대한 지적이다.

사실, 나는 앞에서 밝힌 바 있듯이, '문학'이 궁극적으로 어떤 합의를 목적으로 하는 행위라고 생각하지 않는다. 이런 생각에 따르자면, 정전이란 '합의'라는 불가능을 '가능한 것처럼' 문학에 부여하는 '허위'에 불과할 수도 있을 것이다. 그러나 다른 한편 정전은 앞의 좌담에서 토론자들이 모두 인정하고 있듯이, 그러한 합의가 '허구적인 것'일지라도 문학적 소통과 비평적 가치 기준의 정립을 위해서는

---

11) 좌담 「한국 근대 문학 100년——무엇을 어떻게 기억할 것인가?」, 『동서문학』, 2001년 봄호, pp. 54~55.

반드시 필요한 것일 수밖에 없다.

이런 양가적(兩價的)인 의미 사이에서 정전canon은 과연 '무엇'이 되어야 하는 걸까. 혹시, '합의'라는 방식의 '제도적 억압'과 '문학의 창조적 의지' 사이의 중간 지역에서 끊임없이 유동하고 있는 것이 '정전'은 아닐까.

나는 정전에 대한 문제가 근본적으로는 문학적 담론의 소통과 대화에 관련된 것이라고 생각한다. 동질성homology이 아니라 차이 heterology를 인식시킴으로써 정전은 스스로를 차별화한다. 이런 독보적인 지위, 즉 정전은 근원적으로 다른 작품, 여타의 작가에 대한 '영향의 불안'으로 작용함으로써 자신의 위치를 더욱 공고히 하는 것이다. 따라서 정전은 합의에 의해 성립된다기보다는, 영향력에 의해서 형성된 일종의 '가치관'이다. 그 가치관은 '정전 비판'이라는 형태로 해체 작업이 이루어지면 이루어질수록 외면적으로는 더욱더 '정전'임이 명확해지는 어떤 역설적인 '관성(慣性)'을 지닌다. 그 정전으로서의 권위가 완전히 무너지기 전까지 정전은 무수한 다른 작품과 비평적 공격의 표적이 될 것이고, 이런 공격이 역설적으로 그것이 정전임을 인정하는 사회적인 '합의'의 형태를 이룬다고 할 수 있다.

실제로, 이런 점에 비추어 보면 '미당 서정주'는 한국 시의 정전임이 분명하다. 그것은 그를 반대하는 사람들이 그를 상징적인 "금서(禁書)로서의 정전"에 집어넣고 싶어하기 때문이다. 왜 그것이 나쁘다고 말하는가. 그 작품의 영향력이 두렵기 때문이 아닐까. 문학적 소통과 대화의 구조 속에서, 금서 혹은 비판은 다른 한 편의 인정을 동반할 수밖에 없는 행위이다. 그 영향력을 부정적인 것으로 보는가, 긍정적인 것으로 보는가의 차이만 있을 뿐, 금서와 정전은 동전의 양면이 아닌가.

　이 점에서, 미당만큼 한국 시의 정전으로서 찬, 반의 논쟁 속에서 살아 움직이고 있는 대상도 없을 것이다. 그리고 나는 미당의 작품이 좋은 것인가, 나쁜 것인가에 대해서 사회적 합의가 반드시 이루어져야 할 필요도 없다고 본다. 그 합의가 '나쁘다'로 결정되어 미당의 작품은 '금서'가 되고 아무도 그의 시를 읽을 수 없게 되는 일은 결코 일어날 수 없을 것이다. '금서'가 억압이듯이, 인위적으로 '정전'을 만드는 일도 억압이다. 정전은 자연스럽게 형성되며, 그것이 정전인가 아닌가 하는 판단은 사후 승인으로서만 주어질 뿐이다.

　그러므로 정전은 애초에 그 용어 속에 담긴 뉘앙스가 풍기는 뜻처럼, 절대적인 권위를 확보한 것은 아닐 것이다. 정전 또한 한 시대의 산물이 아닌가. 그리고 언젠가는 그 권위에 도전을 받을 것이고, 또 잠시 또는 영원히 사람들에게서 잊혀질 수도 있으며, 다시 기억의 표면으로 떠올라 그 영원성을 당당하게 과시할 수도 있는 것이다. 변덕스러운 시대 정신과 이념의 파도가 지나간 뒤에 비로소 그 향기를 더욱 진하게 풍기는 작품도 있기 때문이다.

　월레 소잉카는 정전에 대해 다음과 같이 말한다.

　정전과 관련된 진정한 담론은 성스러운 문학 텍스트와 관련이 있는 것도 아니고, 회화 분야든 조각 분야든 지나칠 정도로 높은 가격이 매겨진 신성한 대가들의 작품과 관련이 있는 것도 아니며, 〔……〕 그것은 오히려 하나의 원리와 관련된 것이라는 생각, 예술적 기도(企圖)가 낳은, 그와 같은 의심할 바 없는 명작에는 어울리지 않을 정도로 지나친 권위가 부여되는데, 바로 그 권위로부터 자신을 유리시키려는 창조적 지성의 투쟁과 관련된 것이라는 생각을 갖게 되었다. 요컨대, 그것은 권위와 이를 개혁하려는 창조적 의지 사이의 끊임없는 투쟁과 관련된 것이라는 생각을 갖게 된 것이다.

　다행히도 정전화라는 신성화 작업은 항상 전원 합의에 근거하여 이루어지는 것이 아니다. 그것은 변덕스러운 당대의 이념적 성향에 좌우되기 마련인데, 여기에는 신학적인 것까지 포함된다.[12]

　결국, ‘정전’과 ‘정전화’란 별개의 문제인 셈이다. “정전이란 시대의 흐름에 영향받지 않는 것이어야 한다” “정전은 훌륭한 포도주와 마찬가지로 시간이 지남에 따라 보다 나아지는 것이어야 한다”[13]는 ‘이상적인 관념’은 정전을 둘러싼 ‘신비’일 뿐, 실제로 ‘정전화’의 작업 속에서 이런 이상은 실현이 불가능하다. 오직, 가능한 것은 비평이 자신의 미학적 신념을 인정받기 위해 ‘자신’을 드러내고 ‘파먹듯이,’ 정전을 둘러싼 논쟁이란, 비평적 소통 혹은 대화의 연장선에서 자신을 표현하고 ‘파먹을’ 수 있을 뿐이다.
　이 점에서 최근의 문학에 대해 강렬한 실험 의식과 부정 정신의 부재를 지적하는 비평은 이 사실을 간과하고 있다고 여겨진다. 정전을 둘러싼 담론이 “권위와 이를 개혁하려는 창조적 의지 사이의 끊임없는 투쟁”인 것처럼, 창조적 의지와 부정 정신은, 그 권위의 긍정성과 부정성을 떠나서, 자신이 대항할 ‘적(敵)’과 권위를 필요로 한다. 그러나 불행하게도 90년대 이후의 한국 사회는 부정의 대상으로서의 상징적인 권위와 적이 부재하는 사회이다. 80년대 민주화 직후, 권위 체제로서의 적이 사라졌는데도 삶은 아무것도 달라진 것이 없다는 인식은, 환멸과 허무, 역겨움, 권태의 감정으로 주체를 자연스럽게 유도한다.
　21세기 문화가 특징적으로 내포한 환멸과 권태, 부패한 일상, 모욕

---

12) 월레 소잉카, 「문학의 서쪽을 향한 정전, 동쪽을 향한 정전」, 『경계를 넘어 글쓰기』, 민음사, 2001. pp. 17~18.
13) 앞의 책, p. 19.

당한 자아의 병적 일탈 등의 현상은 진정한 부정 정신이나 창조적 의지의 온상이 되기 힘들다. 예를 들면, 최승호 시인의 「밤 없는 밤」[14]이라는 작품은 양계장의 풍경을 자본주의적인 현실의 거짓 풍요에 비유한 시인데, 결과적으로는 오직 환멸뿐인 삶에 대해서 말하고 있는 작품이다. 이 시인은 그 완결성과 비판성에서 이미 일가(一家)를 이루고 있지만, 시집 『모래인간』에 실렸던 작품 「타일」의 "지옥의 자궁에서 태어난 작가라면 늙어 죽을 때까지 무슨 말을 계속 지껄여야 한다. 그렇지만 타일에 대해서는 정말 할 말이 없다"[15]와 같은 구절에서는 매너리즘에 시달리고 있는 시인의 모습을 고백한다. 창조적 자의식의 고갈과 환멸은 동전의 양면이다. 「밤 없는 밤」과 「타일」이라는 작품은 거짓 풍요와 소진, 매너리즘이 짝을 이루는 지점에서 서로 소통하고 있는 것이다.

이처럼 실험 정신이나 부정 정신이 포즈에 머물지 않기 위해서는, 다른 한편으로는 진정한 권위의 회복이나 적의 탐색도 중요한 일이다. 언어 유희나 실험 정신의 가능성은 도그마화된 '경전(經典)'을 공격하고 분쇄함으로써 획득된다. 결국, 경전이 없는 시대에 '의미 부재,' 차별성을 무화(無化)하는 '의미의 소진'은 무정부적인 반항이 아니라 기득권을 재생산하는 '보수적 담론'이 되기 쉽다.

이런 사실에 비추어 보면, 한국 문학은 앞의 좌담 내용처럼, 어떠한 정전도 지니고 있지 못하다. 정전의 권위는 언제나 변덕스러운 시대 이념에 흔들려왔고, 특히, 권력에 편승하거나 소외됨으로써 그 위치가 전도되는 등, 훼손의 과정을 거쳐왔다. 결국 지금 한국 문학은 오염되고 '훼손된 정전'을 물려받았을 뿐이다. 이 점이 진정한 창조적 정신과 비평의 자기 갱신을 방해하는 근본적인 원인이다. 도전

---

14) 최승호, 「밤 없는 밤」, 『작가세계』, 2001년 겨울호, pp. 323~24.
15) 최승호, 『모래인간』, 세계사, 2000, p. 7.

해야 할 '권위'가 없으므로, 비평은 또한 자신의 맨얼굴을, '나'를 비
춰 볼 거울을 가져본 적이 없다.

비평적 담론이 점차 세련되고, 계보학적 탐색을 통해 다양화하고
있는 현 시점에서, 비평에 '얼굴'이 없다는 말이, 얼마나 억지일 것
인가마는, 나는 다시 한 번, 묻고 싶어지는 것이다.

"문학이란 진정 나에게 무엇인가" "비평이란 무엇인가"라고.

〔2002〕

# 불온한 정신, 순교의 언어
—90년대 시의 지형도

## 1. 영향에 대한 불안

최근의 시적 경향은 근본적으로는 90년대적 특징의 연장선에 있다. 90년대 시의 특징은, 그동안 여러 지면에서 논의된 것처럼 공적인 가치의 '중심'이 붕괴된 직후 가치 기준과 공준(公準)을 탐색하는 과정에서 미시적인 문제, 계보학적인 사고, 작은 자아들의 내면 탐구 등에 시적 관심의 촉수가 모아졌다는 사실에서 찾을 수 있다.

현재, 90년대 후반의 시단을 뜨겁게 달구었던 여러 화두 중심의 '시적 담론'은 현저하게 내면화된 자아의 서정성 속에서 다채로운 미학적 변신을 보여주고 있다. 생태·환경주의, 여성주의, 몸, 영혼, 진정성, 명상주의, 자연 서정, 정신주의 등의 담론이 그 자체의 관념적인 한계를 벗어나서 구체적인 작품으로 형상화되는 '분화(分化)'의 과정에 놓인 것이 최근 시의 모습이라고 추측된다. 이런 미학적 분화와 내면화, 서정주의의 대두 등은, 90년대 후반의 시단이 다소 의식적인 '운동'이나 '주의'의 형태를 띠면서, 담론 중심의 미학적 가능성을 탐구해왔다면, 그 '의식적 실험'의 후속적인 결실에 해당된다. 그런 맥락에서, 90년대 후반 이후 점차 자신의 목소리를 구체화하면서 서정적 미학을 개척하고 형상화하기 시작한 30대 시인들의 활동이 두드러진 점도 21세기 시단의 주요한 특징이다.

90년대 시단이 그동안 나름의 대결 의식을 가지고 부딪쳤던 문제는 '문화주의' '도시적 서정' '일상성' '존재' 등에 대한 '시적 전언과 사고'의 문제였다. 이런 '방법론'과 '화두' 중심의 시적 의식은 90년대 시단에서 시 창작의 '전략'에 관한 인식을 극도로 팽배시켰던 것이 사실이다. 이런 특징은 90년대 시의 실험 의식이 상대적으로 온건한 것이었음에도 불구하고, 90년대가 한국 문학사의 어떤 시기보다도 '영향에 대한 불안'에 크게 흔들렸던 시기였음을 의미한다.

'영향에 대한 불안,' 과연, 무엇으로부터의 영향에 대한 불안인가?

나는 90년대 시단이 한국 문학사의 과거 어떤 시기보다도 본질적인 문제와 맞서 싸워왔다고 생각한다. 그 본질적인 문제는, 바로 '시란 무엇인가'라는 근원적인 질문을 동반하는 것으로서, 시의 개념과 구체적인 형상 등 시의 모든 것에 대해서 90년대 시는 '방법론적인 회의'를 거듭함으로써 역설적으로 자신의 정체성과 미학을 찾을 수 있었다.

그 '회의'의 과정은 90년대 시단에 한때, 세기말과 '시의 죽음'이라는 유행적 전언(傳言)을 전면화하는 '위기의식'으로 작용하기도 했지만, 아이러니하게도 이런 죽음에 대한 강박관념과 불안은, 90년대 후반의 시적 성과를 한층 창의적인 것으로 만드는 원인으로 작용한다. 실제로, '죽음에 대한 탐구'는 '소멸과 소진'에 관한 '미학적 재창조'를 통해서 오히려 역설적인 생명력을 이끌어내고 있다.

90년대 중반 이후, 시적 담론의 분화 과정은 거의 폭발적인 것이었다. 이런 담론의 분출은, 100여 년 동안 한국 사회와 예술, 문학을 지배해왔던 '원칙과 미학적 규범'이 붕괴되는 시점에서 나타난 것으로, 시적 정체성이 일시에 혼란에 접어듦으로써, 스스로의 낡은 몸과 정신의 죽음을 촉구하는 '자기 갱신의 몸짓'을 불러왔다.

예를 들면, "파먹을 건 나 자신밖에 없다"고 하는 시적 자의식은, 90년대 시의 현저한 내면화가 무엇에서 연유하는 것인지를 극명하게 보여준다. 외부의 '현실'이 가치에 대한 기준으로, 객관성으로, 절대적 진리나 총체성에 대한 지표로 인정받지 못하는 상황에서, 시인들이 스스로를 비추어야 하는 '거울'은 '내면' 혹은 '주관'이라는 한계를 벗어나기 어렵다. 그 내면을, 유일한 밤하늘의 지표로 삼아서 길을 찾아야 한다는 점이 90년대 시인들의 '불행한 운명'이었고, 동시에 '나'를 찾는 과정의 '역경(逆境)'이었다.

90년대 시에서 '명상적 경향' 혹은 '비의(秘意)'에 대한 탐색이 빈번하게 나타나는 점도, 그것이 이런 '주관의 함정'이라는 곤혹스러운 난관으로부터 벗어나기 위한 필사적인 노력의 귀착점이었기 때문이다. 자기 도취와 나르시시즘에의 함몰이라는 막다른 골목으로부터 벗어나기 위해서 스스로의 자의식과 일정한 거리를 둘 수 있는 방안을, 90년대 시문학은 '삶의 비의(秘意)에 대한 탐색' 혹은 '대상과 자아에 대한 명상적 시선'으로부터 발견하려고 노력했다. 실제로 이런 시도는 단지 몇몇 시인에 한정된 것이 아니라 전반적인 추세였고, 반면에 이 점이 또한 90년대 시의 뒤를 잇는 21세기 시학을, 신비주의와 서정주의의 유혹 속에 노출시킨 원인이기도 하다.

21세기 시문학을 최근 우려의 시선으로 바라보는 가장 커다란 이유는, 그 미학적 관점이 다시 과거의 복고적인 것으로, 그리고 정신의 매너리즘으로 귀착하는 것은 아닌가 하는 생각을 불러일으키는 의심스러운 일련의 상황 때문이다. 이런 상황의 초래는 90년대 시인들의 세련된 자의식의 '결과물'이 최근에 이르러 일부 시인들에게 특정한 '작가주의'의 도입을 가능하게 할 만큼 독자적인 '시세계'로 표출되고 있다는 긍정적인 사실이, 오히려 역설적인 빌미를 제공한 결과이기도 하다. 또 반대로 앞에서 거론한 명상적 경향, 비의의 탐색 등의 내면화의 경향과 미학주의, 일상성과의 지속적인 대면 등의 특징이 일반화되면서 일종의 '유행'이 되어 매너리즘을 촉발하고 있다는 부정적 측면이 다른 한 면으로 작용한 결과이다.

이런 긍정과 부정의 맞물림 속에서 새로운 비판의 표적이 된 것은 90년대 후반 이후 대세를 차지하기 시작한 '서정주의'의 일반화 추세이다. '서정시'의 급격한 성장은 다른 한편으로 90년대 시문학의 비교적 온건한 '실험 의식'을 일종의 '결핍된 요건'으로 바라보는 시각의 성립을 가능하게 한다. 그러나 전위적 실험 의식과 부정 정신의 결핍이라는 외면적 특징에 대한 자각이, 다른 한편으로 세기말 이후의 '엽기적 상상력' 혹은 '극단적 상상력'이라는 형태의 작위적 변신을 불러왔다는 점도 동시에 인식할 필요가 있을 것이다. 90년대 시문학의 온건성에 대한 반발이 '엽기'라는 말의 상대적인 '유행'을 불러온 원인이라는 점에서, "문화적·유희적 취향 혹은 권태로운 일상에 대한 반발 정도의 소비적인 미학 원리"에 한정된 실험 의식의 포즈는 90년대 이후 주류를 차지한 '서정시'와는 배다른 형제 격이라고 할 수 있다.

그러나 이러한 과격한 실험의 포즈가 '서정시의 온건성'에 싫증을 느끼거나 혹은 80년대 후반과 90년대 초반 이성복·황지우·최승자·박남철·김영승·장정일·진이정·유하 등의 '새로운 언어'에 대해 향수를 느끼고 있는 일부 독자층의 '심리적 공백'을 의식적인 표적으로 삼고 있다는 점도 간과할 수 없는 일이다. 이런 심리적 공백에 대한 인식을 통한 미학적 시도는 근본적으로는 '작위적이거나 의식적인 것'이어서 창조적 내면을 지닌 시인의 '진정성'을 근원적으로 추동하기에는 무리가 있으며 오히려 '발상 중심'의 시를 창작하는 등 또 다른 매너리즘을 양산하는 원인이 된다. 위반의 정도와 수

위만을 높이는 상상력의 발동은, '위반'을 점차 더 획일화되고 상업화된 창작 원리로 변질시키기 때문이다. 이런 매너리즘은 오히려 대중 매체와 문화 산업의 일상적 코드를 과격하게 뒤집어놓은 것에 불과한 것이다.


## 2. 서정시의 옹호


서정시의 주류화에 대한 우려로서 가장 최근에 씌어진 비판은 김승희 시인의「순수·초월의 서정시와 불순·대항의 열린 시」라는 제목의 글이다. 이 글에는 다음과 같은 지적이 보인다.

오늘날의 시단은 이상하게도 젊은 시인들이 늙은 시를 쓰고 있고, 나이 든 시인들이 젊은 시를 쓰고 있는 것 같다. 가령 천양희·오규원·오탁번·최승호·김혜순·임영조·허만하·최정례·분정희 등이 탄력성과 긴장을 유지하면서 신선하고도 역동적인 젊은 시를 쓰고 있다면, 젊은 시단의 주류적 경향을 보여준다고 할 수 있는 서정시 계열의 시인들은 언어의 기교 면에서 어떤 최고의 경지에 도달한 시를 쓰고 있음에도 불구하고 새롭고 강렬한 시정신, 전복적인 시각, 생동하는 언어의 역동성을 보여준다고 말하기는 어렵다. 미학적 기능만을 고려한다면 그들의 시는 현대 시사에서 최고의 경지에 도달한 것으로 상당히 만족스럽다고 할 수 있다. 그리고 사실 그것은 우리 주류 시단의 지나친 서정화 경향이라는 대세와 맞닿아 있는 것으로 생각된다.

그러나 서정시란 가장 늙은 시이면서도 가장 젊은 시가 될 수 있음에도 불구하고, 그들의 서정시편들은 젊다거나, 그렇기에 모반의 열정이 있다거나, 전대(前代)로부터 받은 문학적 규범 안에 무언가 자

신의 새로운 지문과 뜨거운 숨결을 새긴다는 면에서는 아직 뭔가가
미흡하다는 것을 말하지 않을 수 없다. 마치 그들은 자신들이 이미 만
들어놓은 미학적 둥지의 범주 바깥으로 나가는 것을 생각하지 않는
것처럼 보이며 그 밖으로 나가는 것을 두려워하는 듯 보인다. 그것은
그들이 언어의 다원적 기능을 고려하기보다는 미학적 기능 한 가지만
에 배타적으로 골몰하기 때문이다.[1]

위의 글은 서정시의 주류화에 대한 우려를 포함한 내용으로서, 앞
에서 이미 거론한 비판의 가장 전형적인 사례에 속한다고 할 수 있
다. 그리고 서정시의 지나친 유행에 대한 타당한 지적을 포함하고
있음에도 불구하고, 위의 글에는 몇 가지 기본적인 오류와 범주의
혼란이 포함되어 있음이 눈에 띈다.

우선, 늙은 시와 젊은 시의 '이분법적 분류'의 자의적(恣意的) 성
격이 그것이다. '언어적 탄력성과 긴장'이라는 기준에 따라 분류한
것이라면, 결과적으로는 '언어적 매너리즘'을 지적한 표현이라고 할
수 있을 텐데, '언어적 기교의 최고(?) 경지'에 도달했으면서 '강렬
한 시정신' '전복적인 시각' '생동하는 언어'가 부족하기 때문에 젊은
시인들이 '늙은 시'를 쓴다는 것은, 젊은 시인들이 매너리즘에 빠져
있는 반면에, 나이 든 시인들은 '그렇지 않다'는 내용으로 읽힌다.

이런 지적은 그 내용의 타당성 여부를 떠나서 편의적인 세대론적
발상의 연장선에 있는 것이다. 예를 들면, 서정시 주류화에 대한 비
판이라면, 젊은 시인보다도 여타의 '나이 든 시인들(?)'의 작품에서
훨씬 더 '고답적인 미학'을 많이 발견할 수 있을뿐더러, 앞에서 예를
든 시인 중에서도 천양희 · 임영조 · 허만하 · 문정희 등의 시인은 기

---

1) 김승희, 「순수 · 초월의 서정시와 불순 · 대항의 열린 시」, 『창작과비평』, 2001년 겨
  울호, pp. 96~97.

본적으로는 서정시인의 범주에 속하는 시인들이기 때문이다. 그리고 오규원·오탁번·최승호·김혜순·최정례 등의 시인도 생물학적인 연령과는 관계없이, 90년대 이후 젊은 시인들과 상상력의 궤를 같이하거나, 그들에게 한때 '텍스트'로서의 역할을 했던 이른바, 영향력을 지닌 시인들이다. 따라서, '늙은 시' '젊은 시'의 분류는 너무 모호할뿐더러, 오히려 역설적이게도 같은 글에서 논자에 의해서 거론되고 있는 '미학 이데올로기'의 도식적인 적용에 해당되는 것이라고 할 수 있다.

김승희 시인은 같은 글에서 미학 이데올로기에 대해 다음과 같이 정의한다.

> 미학 이데올로기라는 어구는 문학 텍스트의 평가와 미학적 고찰의 존중을 포함하여 문학 및 문학 비평 생산의 조건이 되는 일단의 신념과 관행을 말한다. 미학 이데올로기의 이론은 알튀세르의 뒤를 이어 테리 이글턴에 의해 정리되었는데, 이글턴에 의하면 미학 이데올로기란 일반 이데올로기 중에서 예술에 관계하는 영역에 존재하고, 미적 반응이란 자발적이며 비이데올로기적이라고 이해되는 개인적 경험과 연계되는 힘을 가진 것으로 본다. 그래서 미학 이데올로기가 산출하는 지식은 실은 역사적으로 구축된 것이면서도 '자연스러운 것'처럼 보인다.[2]

결국, 미학 이데올로기가 역사적으로 체계화된 지식으로서 '자연스러움'을, 위장하고 미적 인식에 영향을 미친다면, 김승희 시인이 분류하고 있는 '젊은 시' '늙은 시'의 구분은 전형적인 '이데올로기'

---

2) 앞의 글, pp. 97~98. 각주 4).

에 해당된다. 특히, 서정시에 대한 비판적 인식에서 '서정시'라는 폭넓은 개념과 범주에 대한 어느 정도의 일반적 정의도 없이, 최근의 시를 "순수, 초월의 서정시"와 "불순, 대항의 열린 시"로 이원화하는 방식은 90년대 이후 축적된 '미학 이데올로기'의 '자연스러움'을 위장한 조급한 적용이라고 할 수 있다.

실제로 90년대 후반에 구모룡 등의 평자를 중심으로 '근대적 미학'에 대한 비판적 검토가 이루어지는 과정에서 '서정시'와 '미학화된 자연' '형식화된 미학주의' 등이 극복의 대상으로 거론되었고, 이런 비판적 논의를 통해서 과거 한국 문학사의 서정시에 '순수, 초월'의 지향이 있었던 점과 90년대 초반의 정신주의 시에 대한 일침이 가해진 적이 있었다. 그러나 순수, 초월의 서정시에 대한 비판이 가해졌다고 해서 '불순, 대항의 열린 시'라는 추상적 개념이 새로운 시적 대안이 되는 것은 아니다. 예를 들면, 김승희 시인의 글은, 함민복·박상순·유하·서동욱 등의 시인을 서정시 계통의 시인과 변별화하는 시도를 하고 있는데, 이런 분류는 90년대 이후 시의 실제 흐름과는 실상이 다른 것이다.

송찬호·남진우·박상순·유하·함민복·김중식·김기택·배용제·김철식 등의 시인과 장석남·이윤학·이홍섭·이정록·박형준·장철문·나희덕·김선우·권혁웅·손택수 등의 시인은 그 시적 의식에서 대립적이기보다는 상보적이며, 동일한 세대 의식과 시적 출발점을 지니고 있다. 이들의 시적 자의식의 원형질에는, 기형도·진이정·장정일·김영승·황지우·이성복·박남철 등의 문제 의식이 공유되어 있고, 실제로 90년대 이후의 특수한 상황이 그들의 시를 '전략적인 탐색'을 동반한 '내면화'와 '자의식'으로 이끌면서, 실질적인 분화가 일어났다고 할 수 있다.[3]

---

3) 이 점에 대해서는 「무너짐과 견딤의 시학」「죽음의 운명성과 재생의 신화」「시적 위

　근대적 가속도가 낳은 균열과 폐허 위에서, 서정성을 지켜나가는 시도는 이 점에서, 서정시의 '복고성' '전통성'과는 맥락을 달리하는 것이다. 훼손된 것, 사라져가는 가치에 대한 명상과 집요한 응시는 이 점에서 '서정시'의 '화해'라는 말과는 근본적인 차이점을 지니고 있다. 이런 전후의 맥락이 절연된 상태에서, 젊은 시인들을 두 부류로 이원화하는 분류 또한 '미학 이데올로기'의 도식적인 적용에 해당된다. 결국, 미적 반응이란, "자발적이면서 비이데올로기적인 것으로 이해되는 개인적 경험과 연계되는 힘"이라는 정의가 가능하다면, 90년대 이후 서정시의 복귀에는, 창조적 개인의 '미적 반응'이라는 '개인적 경험'과 '세대론적 공동 체험'이 주원인으로 작용하고 있는 것이다. 개인적 경험에 기반한 미적 반응에 대한 신뢰가 어려운 시대에 '젊은 시인들'의 미학적인 심층, 미적 반응의 개별화에 대한 추구는 일종의 문학에 대한 순교 의식으로 확장된다. 이런 순교 의

반, 한 줌의 불온성(?)」「조각난 시간」「역사의 폭풍」 등에서 여러 차례 거론했으므로 상론하지 않기로 하겠다. 참고적으로 내용의 일부를 인용하는 것으로 설명을 대신한다. "기형도의 이런 조각난 실존에 대한 자각은 '키치'의 더미로 전락하는 모든 존재들에게 새로운 시각을 부여한다. 근대의 가속도, 진보의 패러다임 아래서 모든 신성한 존재는 '한 줌의 위안'으로 타락하며 그러한 타락은 '모독'과 '오염'에 대한 새로운 자각을 불러일으킨다. 정전(正典)canon이 모독되듯이 모든 책은 '오염'의 덩어리, 키치일 뿐이다. 폭풍 아래 흩어지는 잡동사니와 자신의 동일성을 지켜보고 있는 세대에게 근본적으로 주체의 정체성은 순결하지 않다. 그것은 무엇인가 다른 것을 모방하며 그리고 오염되어 있다. 이런 오염된 주체에 대한 자의식으로부터 역설적으로 그들의 정체성이 형성되기 시작하는 것이다./유하의 『세운상가 키드의 사랑』, 장정일의 『햄버거에 관한 명상』, 김영승의 『반성』 등에서 나타나는 공통된 의식이 이러한 모독당한 존재의 '자의식'이다. 그리고 모독과 상처에 대한 인식은 이윤학의 내면 속의 폐허·상처의 탐구나 함민복·함성호·차창룡 등의 자기 조소, 이수명·이철성·서정학·함기석 등의 분열증적인 언어의 형태에서도 동일하게 발견된다. 죽음의 도시에서 모든 존재는 부유하는 '여행자'이며 갈가리 찢어져 흩날리는 잡동사니들이다. 그리고 이들에게 진정한 가치를 부여할 수 있는 '희망'은 쉽사리 나타나지 않는다./이 점에서 90년대 시인들의 내면 속에 형성된 '죽음'의 인식은 역설적인 형태의 '구원'의 모습을 띠고 있다"(「조각난 시간·1」, 『포에지』, 2000년 겨울호).

식은 문학적 치열성이나 언어에 대한 과민한 결벽증을 불러오면서,
기교적인 세련됨과 세밀화의 경향을 나타내는데, 이런 세밀화가 정
신의 매너리즘이나 기교주의로의 전략을 의미하는 것이라고 볼 수
는 없을 것이다.

"그들의 서정시편들은 젊다거나, 그렇기에 모반의 열정이 있다거
나, 전대(前代)로부터 받은 문학적 규범 안에 무언가 자신의 새로운
지문과 뜨거운 숨결을 새긴다는 면에서는 아직 뭔가가 미흡하다는
것을 말하지 않을 수 없다. 마치 그들은 자신들이 이미 만들어놓은
미학적 둥지의 범주 바깥으로 나가는 것을 생각하지 않는 것처럼 보
이며 그 밖으로 나가는 것을 두려워하는 듯 보인다. 그것은 그들이
언어의 다원적 기능을 고려하기보다는 미학적 기능 한 가지만에 배
타적으로 골몰하기 때문이다"라는 김승희 시인의 지적은 어느 정도
는 타당한 지적임에도 불구하고, '자신들이 개척한 미학적 둥지'에
안주하며, '미학주의'에 함몰되어 있다는 표현은, 다소 성급한 것으
로 보인다. 90년대 이후, 30대 시인들의 미학적인 행로나 시적 여정
이 아직 완결되지 않은 상태에서 '미적 완결성의 추구나 집요한 자
기 세계의 탐구'를, '늙은 시'나 '매너리즘' 조로(早老)'의 증상으로
볼 필연성은 없는 것이다.

역으로 말하면, 과거 한국 시의 전위성과 불온성은, 고정화된 시
적 전범의 압박에 대한 저항의 의미를 지니고 있었고, 그 방법으로
화법의 변형과 정신적 반항을 전면화했다. 이런 방식의 불온성은 기
본적으로 시의 깊이를 지향하기보다는 변형과 다양성의 폭을 넓히
는 데 주로 기여했다고 여겨진다. 이 점에 비추어 보면, 90년대 이후
시인들 중에서 서정시로 회귀하고 있는 시인들은, 그 다양성의 토양
에 비로소 뿌리를 내리고 깊이를 추구하고 있는 셈이다. 이런 깊이
에 대한 천착을 시도하는 시인들에게 '자신들의 미학적 범주'를 박

차고 나와서 언어의 다원적 기능을 탐구하라는 것은 채 깊이를 내리지 못한 미학적 탐색의 뿌리를 거두고 변화를 시도하라는 것과 다름없다.

이 글에서 말하는 '젊은 시'의 개념이 그런 '경박성'을 의미하는 것이라면, 30대 서정시인들은 그런 젊은 시를 쓰기보다는 '자신과의 싸움'에 좀더 철저하게 몰두하는 것이 더 바람직할 것이다. '자신의 내면을 파먹으며, 그 바닥까지 내려가고자 하는 집요한 응시' 또한 한국 문학사에서는 그 전래가 없는 부정 정신의 표출이라고 볼 수 있다. 특히, 30대 서정시인의 주류가 이미 등단 10년을 넘긴 중견에 접어들었다는 점을 감안한다면, 이들 시인에게 끊임없는 시적 변신을 요구하는 것은, 자기 정체성의 혼란을 부추기는 것과 그다지 다르지 않은 행위이다. 문제는 오히려 이들 30대 시인의 뒤를 잇는 '새로운 감수성'을 지닌 20대 젊은 시인의 출현과 발굴이 이루어지지 않는 점에 있다고 할 것이다. 이미 자신의 미학적 세계를 구축한 시인들에게, 그 미학적 둥지를 버리지 않으면 곧 매너리즘에 빠질 것이라는 지적은 의미 없는 '위협'처럼 들리기까지 하는 것이다.

그러나 이런 정도의 지적으로 자신의 미학적 신념이나 견해를 순순히 포기할 시인도 물론 없을 것이다. 결국, 이런 비판은 당사자인 30대 서정시인들에게는 아무런 영향도 미치지 못하는 것이며, 단지 문단적인 구도와 지형을 재편하기 위한 전초적인 발언으로 생각된다. 이것은 서정시인들의 창작 실상에 영향을 주는 것이 아니라, 미학 이데올로기의 재편과 다른 여타의 시인이나 신인들에 대한 영향력, 비평적 평가의 주도권을 둘러싼 인정 투쟁에 해당되는 것이다.

장석남·이윤학·박형준·나희덕·장철문 등의 시인이 그 미학적 성과 면에서 "전대로부터 받은 문학적 규범 안에 무언가 자신의 새로운 지문과 뜨거운 숨결"을 새기는 일에는 역부족이라는 지적은 충분한 타당성이 있는 것이지만, 그러한 '부족함'이나 '결핍'이 그 시적 도정의 미완성에서 오는 것인지, 혹은 김승희 시인의 생각처럼 배타적인 미학주의에서 오는 것인지는 아직 알 수 없는 일이다.

　나도 이 점에 대해서는, 다른 지면에서 이미 다음과 같이 그 우려감을 표현한 바가 있다.

　　나는 '운명의 바닥'으로 눈을 던지는 시인과 그를 지켜보는 다른 시인의 우려, 즉, "너무 오래 물을 바라보아 눈이 멀어버린 것 같은, 그의 시의 행간에서 하얗게 빛나는 침묵"에 대한 걱정 사이에서 가늘게 떨리고 있는 '최근 시의 특징'을 보여주기 위해서 위의 글을 인용했다. 끔찍함의 과거까지 자신을 밀고 나가는 시인에게서 '하얀 침묵' '눈멂'이라는 운명을 예상하는 박형준 시인의 관찰은 상당히 예리하다.

　　운명의 바닥, 저수지의 바닥, 상처의 바닥에, 무엇이 있을까. 혹, 그곳에는 '하얀 침묵'과 '눈멂'의 비극적인 운명만이 존재하는 건 아닐까. 이런 우려는, 내면에 대한 응시와 명상적 시가 부딪치는 어떤 위기와 한계점에 대한 예감이라고 볼 수 있다. '자신을 파먹는 작업'이란 결국, 어떤 한계점에서는 반드시 절연되어 나르시스의 영역으로 넘어가게 마련이다. '하얀 침묵'이란 이 점에서 극도의 언어적 절제로 인해 나타나는, 단순화와 형식 미학에의 경도를 우려하는 표현이라고 여겨진다. '눈멂'의 비극은, 그래서 모든 매혹된 자, 무엇엔가 집요하게 매달리는 집착의 최종적인 종착지이다. 결국 '하얀 침묵'과 '눈멂'의 운명은 다른 차원에서 말하면 90년대 시가 헤쳐나가야 할 '굴레'이면서 동시에 '천형'이나 '운명'과 같은 것이다.[4]

---

4) 김춘식, 「역사의 폭풍」, 『내일을 여는 작가』, 2001년 여름호, pp. 78~79.

'운명의 바닥'이나 '매혹의 끝' '시의 한계점' '사물의 저편' 등 뭐라고 부르든지 간에 90년대 서정시인들의 집요한 응시와 천착은, 어떤 극단과의 조우를 '예상'할 수밖에 없고, 그러한 '극단'은 시와 현실을 초월하는 어떤 지점이 될 수도 있다. 그러나 이러한 초월 혹은 승화의 경지가 단순한 '초월과 순수의 미학'을 의미하는 것은 아니다. 시인으로서의 '천형'이나 '굴레'라는 의미가 거기에 담겨 있는 것처럼, 이 말 속에는 매혹의 극단에서 바라본 '세계의 끝'이라는 의미가 담겨 있다. 그 '세계의 끝'을 보는 자의 운명이 '눈멂' 혹은 '저주받은 운명'일지라도 시인들은 멈출 수 없는 것이다. 따라서 막다른 골목의 끝에서 그들이 어떠한 선택 혹은 승화의 모습을 보여줄 수 있을지는 지금으로서는 아무도 말할 수 없는 것이다. 하지만, 시인이라면, 이미 이러한 경지를 향한 '집요한 질주'는, 마음속 한구석에 '숙명'처럼 느끼고 있을 터이다.

서론에서, 나는 90년대 시가 어떤 시대보다도 '영향의 불안'에 대한 심각한 자각으로부터 시작되었다고 말한 바 있다. 그 영향이란 과연 무엇인가.

90년대라는 혼탁한 상대주의의 시대에 모든 시인들은 '담론' 속에 함몰된 '죽은 주체'의 위기의식 속에서 자신의 시를 생각해야만 했다. 이런 조건은 한국 문학사의 누적된 지식과 대중 문학을 포함한 선행 담론의 작동 기제로부터 '자신의 목소리'를 찾아야만 하는 시인들의 '숙명적인 불행'을 의미한다. '전략' '자신을 말하는 법' '침묵의 언어' '요설과 야유' 등의 표현은 이러한 영향에 대한 불안을 죽을힘을 다해서 떨어뜨리고자 했던 90년대 시의 행보가 남긴 '몸부림의 흔적'이다. 무엇보다도 '영향' 혹은 '담론' 속에 함몰되지 않는 '언어'와 '미적 반응'을 발견하기 위한 노력이 90년대 시를 이런 막

다른 골목에 이르게 한 것이다.

그러나 이건 또 하나의 역설이다. 이 '막다른 길'이야말로 가장 꾸밈없이 '시의 운명'을 직시하게 만든 장애였기 때문이다. 막다른 길 앞에서의 '순교'와 '선회'는 어느 쪽이든지, 시의 운명이 '구원과 승화'를 '먹고 산다'는 것을 확인하는 선택이다. 무엇으로 '승화'되든지 이런 '절대적인 벽' 앞에서의 '자기 확인'이 없이 '한국의 시'는 바뀌지 않는다. 그 벽 앞에서 '정신적인 죽음을 체험'하거나 '눈멂'의 비극을 통과하지 않고서는 '출구'는 열리지 않는 것이다.

이 점에서, 언젠가는 90년대 시인들이 한국 문학사에서 '시의 심연(深淵)'에 가장 깊이 잠수(潛水)한 일군의 시인들로 남을지도 모르는 일이다. 가장 근원적인 질문, '시란 무엇인가'에 대한 '시쓰기'로서의 답변이 그들의 작업 안에 남아 있기 때문이다. 비록 미완성일망정, 이런 시쓰기의 행보는 그 자체의 의미를 충분히 지닐 수 있는 것이다.


## 3. 폭풍 속의 미

### ─불온한 정신

보들레르는 시인 사포에게 진정한 예술가가 되고 싶다면 어떻게 살아야 하는가에 대해 다음과 같은 충고의 글을 남겼다고 한다.

……너는 오직 저 멀리 지평선 위에 희미한 미의 불빛만이 아른거리는, 맹렬한 폭풍 속에서 길을 잃게 될 것이다.[5]

---

5) 앨빈 커넌, 최인자 역, 『문학의 죽음』, 문학동네, 1999, p. 33.

그리고 같은 편지에 다음과 같은 내용도 함께 들어 있다.

예술은 유태교의 하나님처럼 희생 제물을 탐닉한다. 그러므로 너 자신을 갈가리 찢어버리고 육체의 고행을 하라. 잿더미 속에서 뒹굴며 온몸에 오물과 침을 뒤집어써라. 그리고 너의 심장을 떼어버려라! 너는 고독할 것이며 네 발에서는 피가 흐를 것이다. 너의 평생 순례길에는 지옥 같은 모멸감이 줄곧 따를 것이다. 다른 사람들에게 기쁨이 되는 일이 너에게는 아무 의미가 없을 것이며, 다른 사람들에게는 그저 가시에 찔린 정도의 하찮은 아픔도 너에게는 생살을 찢는 고통이 될 것이다.[6]

시인이라는 존재에 대한 '자의식'에 대해서 말하자면, '나는 누구인가'와 '시란 무엇인가'가 아무 수식 없이 만나는 장소에서, 위의 두 인용문과 같은 극단의 의식이 생길 수 있지 않을까. "나에게 시란, 시를 쓰는 행위란 무엇인가"에 대한 집요한 질문과 천착 속에서 시는 '운명'이 된다.

다른 여타의 문학 장르가 현실적인 문화 산업의 논리와 자본주의적인 일상을 접수함으로써 생존하는 데 반하여, 시는 여전히 '예술'과 '순교'를, 그리고 엄연한 '정신'과 '혼'을 곱씹으면서 자신의 존재를 확인하고 있는 것이다. 대중에게 '시란 상품이 될 수 없다'라는 말이, 헛된 공상처럼 들릴지도 모르지만, 진정한 시인에게 시란, '여전히 자기를 파먹는 행위'이며, '예술'이고, '자신의 혼(魂)과 자존심'을 전시하고 과시하는 행위이다. 이 점에서 시인은, 시를 상품으

---

6) 앞의 책, pp. 32~33.

로 파는 것이 아니라 '자신'을, '자신의 자의식'을 상품으로 파는 존재라고 할 수 있다.

"미의 불빛만이 아른거리는, 맹렬한 폭풍 속에서 길을 잃고, 육체의 고행을 하고, 오물과 침을 뒤집어쓰면서, 지옥 같은 모멸감을 씹고 사는 행위" 그런 순례의 길을, '순교'라고 바꾸어 읽어보자. "예술은 유태교의 하나님처럼 희생 제물을 탐닉한다"라는 말처럼 시인은 자신의 삶을, 시쓰기 속에 용해시킴으로써, 어느덧 시와 한 몸이 된다. 시가 천대받고 모멸받을 때, 그도 스스로를 모멸하거나 자학할 수밖에 없다. 이런 '희생 제의'의 끝에, '희미한 미의 불빛'이 있는 것이다. 그러나 이 '미의 불빛'은, 흔히 말하는 '형식 미학의 아름다움'을 말하는 그런 관념과는 다르다. 존재의 끝, 삶의 비의, 숙명, 운명, 죽음을 함께 포함하는 그 절대적인 '미의 불빛'을 향한 순교가 시인의 막다른 골목에 놓여 있는 것이다.

〔낭만주의 예술가들은〕(인용자) 워즈워스가 창조해낸 시인의 역할에 따라 삶을 살았다. 그 역할은 인생에서나 시에서나 산업화된 도시로부터 벗어나서 그 물질적인 가치를 벗어나는 것이었다. 〔……〕 그들은 〔……〕 그들의 영혼 위로 그물을 던지려고 하는 부르주아 가족과 종교, 국가 그리고 언어에 대해 머리를 숙이려고 하지 않았다. 낭만주의적 예술가들—추방자인 바이런, 헌신적이고 외로운 언어의 사제인 플로베르, 미친 여성 혐오자인 스트린드베리 혹은 남색으로 인해 재판을 받으면서도 퀸스베리의 후작을 조롱했던 오스카 와일드 등—은 지하 세계로부터 온 소외된 자들이었다. 그들의 주인공과 주제는 그들이 경멸하는 중산 계층 사업가들과는 분명히 달랐다.[7]

---

7) 앞의 책, p. 32.

경멸하는 중산 계층 사업가들과는 다른 '시인의 역할에 따라 사는 삶'이란 무엇인가. 어떤 지점에선가, 시인은 인생과 시가 하나로 합쳐질 수밖에 없는 상황에 직면하는 것은 아닐까. 자신의 운명과 자신이 쓰는 시의 숙명이 하나로 만나는 지점에서, 시인은 비로소 자신의 영혼을 직시하는 것은 아닐까.

추방자인 장정일, 헌신적이고 외로운 언어의 사제인 송찬호, 지하 세계로 내려간 진이정, 기형도, 중산층을 경멸하는 함민복 · 이윤학 · 장석남, 생활의 방외인인 김영승, 헛됨과 허공을 응시하는 박형준, 귀족주의에의 향수를 말하는 황지우와 이성복 등 물질적 가치율 바깥에 소외된 방외인outsider으로 남은 시인들의 이름을 우리는 기억한다. 자신들의 머리 위에 그물을 던지려는 자본주의적 일상과 가족 · 국가 · 직장, 그리고 언어에 대해 머리를 숙이려고 하지 않음으로써 그들은 지하 세계의 불온한 방외인으로 남는다. 과연, 진정한 불온성이란 무엇인가.

이 시대의 미학주의와 서정주의를 감싸고 있는 진정한 아우라Aura는 무엇인가. 장석남의 탈속적인 미학이나 이윤학의 '사물의 저편'에 대한 응시와 명상, 그리고 박형준의 '헛됨의 아름다움'에서 우리가 읽을 수 있는 것은, 산업화된 도시의 물질적 가치에 대한 '불온한 자존심'이다. '순교'를 불사하는 이런 '불온한 자존심'이 그들로 하여금 시를 쓰게 한다. 이런 그들의 언어를 '순응적이고 순수와 초월을 몽상하는 폐쇄된 미학의 산물'이라고 할 수 있을 것인가. 정신의 자각으로 매 순간 반짝이며 세계를 응시하는 시인의 언어에 값할 만큼, 그들의 언어는 깊이 있고 생동감을 지니고 있다.

'불온한 자존심,' 그것이 그들로 하여금 세계를 이편과 저편으로 나눌 수 있는 자신감을 부여하는 힘이다. 세계의 반쪽이 일상과 부르주아적인 모든 제도, 그리고 물질적 가치의 세계라면, 다른 반쪽은 이미 그들이 정신의 '순교'를 감행하기로 맹세한 '아름다움과 시의 세계'이다. 그 아름다움은 결코 평온하고 순응적이지만은 않다. 보들레르가 바라본 미의 불꽃이 "맹렬한 폭풍 속에서" 흔들리고 있었듯이, 이 권태로운 도시와 일상을 관통하는 아름다움은 "자신을 갈가리 찢어버리는 육체적 고행"과 환멸을 먹고 자란다. "나는 가끔 끔찍함과 만나는 것이다/아니, 그 끔찍함의 과거와도 만나/그 속에 앉아 있게 되는 것이다//봉숭아 씨방들은/담벼락 밑에서 무엇인가/숨기고 있다,/그걸 터뜨리기 위해/누렇게 익어가고 있다"(이윤학, 「포도 넝쿨이 쳐진 마당」)와 같은 '끔찍함'과 그 끔찍함 속에 숨겨진 '무엇'을 터뜨리기 위해서, 그들은 지금도 '불온한 꿈'을 꾼다. 악몽과 불안, 그리고 위기와 불온을 친구 삼아 스스로의 상처를 다스리는 법을 터득하는 과정이 그들에게는 '시를 쓴다는 것'의 구체적인 의미이다.

"죽은 꽃나무를 뽑아낸 일뿐인데/그리고 꽃나무가 있던 자리를 바라본 일뿐인데/목이 말라 사이다를 한 컵 마시고는/다시 그 자리를 바라본 일뿐인데/잘못 꾼 꿈이 있었나?//인젠 꽃 이름도 잘 생각나지 않는 잔상(殘像)들/지나가는 바람이 잠시/손금을 펴보던 모습이었을 뿐인데//인제는 다시 안 올 길이었긴 하여도/그런 길이었긴 하여도//이런 날은 아픔이 낫는 것도 섭섭하겠네."[8]

세계와 소통하는 시인의 모습은, 스스로의 상처와 세계의 아픔이 교류되는 모습에서 구체적으로 발견된다. '죽은 꽃나무'가 뽑힌 자리를 돌아보며, 문득 왼쪽 가슴 아래께에 통증을 느낀다는 이런 교감은, 시인이 거주하는 세계가 '일상'이라는 세속적 세계의 계량화

---

8) 장석남, 「왼쪽 가슴 아래께에 온 통증」, 『왼쪽 가슴 아래께에 온 통증』, 창작과비평사, 2001, p. 12.

된 소통 방식이 통용되는 곳이 아니라는 사실을 암시한다. 세계의 아픔은, 돈과 물질 가치의 규율 안에는 깃들지 않는다. 그것은 흔적 같은 것이고 언제나 잔상으로만 남겨지며 지나가는 바람의 속삭임처럼, 조용한 통증으로 시인에게 전달된다. 마음에 전해지는 이런 통증이, 상처와 함께 몸을 비비며 살고 있는 시인들의 '언어'다. 왼쪽 가슴 아래께에 전해진 통증이야말로 '세계의 아픔'을 전하는 우주의 신성한 언어가 아니고 무엇인가. 〔2002〕

# 조각난 시간
## ──기형도에 관한 단상

## 1. 죽음의 책

내 앞에 죽음의 시간이 놓여 있다. 더 이상 어떤 움직임도 없어 보이는 그것은 불길하다기보다는 차라리 음탕하다. 검고, 윤이 날 만큼 검고, 그래서 금방 그것이 새까맣게 타버린 그의 영혼임을 한눈에 알아볼 수가 있다. 까만 죽음으로, 화석이 될 때까지 달려와, 이곳에서 거꾸러진 것이다. 그가 달려온 시간만큼 그의 영혼은 가벼워진다. 무참하게 찌그러진 깡통, 그 깡통의 그림자, 그 깡통의 그림자가 내 앞에 놓인 책을 서서히 덮는다.

휴일의 대부분은 죽은 자들에 대한 추억에 바쳐진다
죽은 자들은 모두가 겸손하며, 그 생애는 이해하기 쉽다
나 역시 여태껏 수많은 사람들을 허용했지만
때때로 죽은 자들에게 나를 빌려주고 싶을 때가 있다
수북한 턱수염이 매력적인 이 두꺼운 책의 저자는
의심할 여지 없이 불행한 생을 보냈다, 위대한 작가들이란
대부분 비슷한 삶을 살다 갔다, 그들이 선택할 삶은 이제 없다
몇 개의 도회지를 방랑하며 청춘을 탕진한 작가는

엎질러진 것이 가난뿐인 거리에서 일자리를 찾는 중이다
그는 분명 그 누구보다 인생의 고통을 잘 이해하게 되겠지만
종잇장만 바스락거릴 뿐, 틀림없이 나에게 관심이 없다
그럴 때마다 내 손가락들은 까닭 없이 성급해지는 것이다
휴일이 지나가면 그뿐, 그 누가 나를 빌려가겠는가
나는 분명 감동적인 충고를 늘어놓을 저 자를 눕혀두고
여느 때와 다를 바 없는 저녁의 거리로 나간다
휴일의 행인들은 하나같이 곧 울음을 터뜨릴 것만 같다
그러면 종종 묻고 싶어진다, 내 무시무시한 생애는
얼마나 매력적인가, 이 거추장스러운 마음을 망치기 위해
가엾게도 얼마나 많은 사람들과 흙탕물 주위를 나는 기웃거렸던가!
그러면 그대들은 말한다, 당신 같은 사람은 너무 많이 읽었다고
대부분 쓸모없는 죽은 자들을 당신이 좀 덜어가달라고

──기형도, 「흔해빠진 독서」 전문[1]

90년대 초반 기형도의 시가 남겨놓은 두 개의 흔적을 나는 종종 '죽음과 책'의 이미지로부터 찾는다. "가장 무서운 방향을 택하여 제 스스로 힘을 겨누는"[2] 존재의 기투적인 싸움과 그가 바라본 침묵의 도시, 죽음의 도시는 지금, 그가 남겨놓은 그의 유고 시집 속에 고스란히 기록되어 있다. 그러나 이런 죽음의 흔적을 새겨놓은 그의 책은 흔히 말하듯 '기형도의 죽음'을 기록하고 있는 사적인 체험의 종착점은 아니다. 그가 바라본 '검은 도시의 그림자'는 기형도 개인의 내면 풍경을 넘어서 한 시대를 드러내는 징후적인 의미를 지닌 것이기 때문이다. 90년 초반의 신서정과 도시 서정으로부터 90년대 후반

---

1) 『잎 속의 검은 잎』, 문학과지성사, 1989, pp. 38~39.
2) 기형도, 「이 겨울의 어두운 창문」, 앞의 책, p. 64.

시의 세기말적인 허무주의나 서정주의로의 회귀에 이르기까지의 과
정은, 실제로 기형도가 바라본 '검은 도시, 검은 문명'의 부조리에
대한 시적 대응의 면모를 지닌다.

　'책과 죽음'이라는 두 개의 화두를 앞에 내세우는 까닭도 여기에
있다. 모더니즘을 상징하는 '책'으로부터, 그 책에 대한 회의로부터,
그의 '죽음의 인식'이 출발되었다는 사실이 암시하는 것은 무엇인
가. 책은 모더니즘의 출발점이면서 그 자체가 인공의 도시와 동격이
다. 기형도가 검은 '침묵의 도시'를 바라보며 내뱉은 묵시록적인 언
술은 실제로 더 이상의 생명력을 보여주지 못하는 죽음의 문명에 대
한 예언이 아니고 무엇인가. 팽창과 질주로 상징되는 자본주의의 거
대한 숲, 도시의 빌딩을 산보하며 그가 남긴 것은 그런 '무한 증식의
욕망 체계'가 도달한 종착점, '죽음'과 '소진' 그리고 '흔해빠진 독
서' '흔해빠진 삶'이다.

　도시 속에선 모든 삶이 누군가에게 읽혀지고 사물화된다. 모더니
즘이 만든 상징의 숲 '도시'에서는 이제 모든 것이 '죽음의 문자'로
바뀌는 것이다. 기형도가 『입 속의 검은 잎』 속에서 보여주는 풍경
은 이런 죽음의 문자, "읽을 수 없는 문장들,"[3] '검은 잎'에 대한 기
록이다. 죽음과 침묵의 도시를 나타내는 '문자와 상징'을 읽음으로
써 그의 시는 묵시록적인 언술의 무거운 그늘 속으로 스스로 걸어
들어간 것이다.

　"모더니즘의 사유는 책이라는 백색의 공간 위에서 잉태되고 있었
고 그 책의 저자는 타인의 책들이 만드는 공간 속에서 자신의 존재
를 의식하게 되었다"[4]는 말이 암시하듯이, 근대적 글쓰기란 타인의

---

3) 기형도, 「물 속의 사막」, 앞의 책, p. 42.
4) 김상환, 「김수영과 책의 죽음―모더니즘의 책과 저자 2」, 『세계의 문학』, 1993년 겨
　울호, p. 199.

말에 대한 새로운 부연이자 동시에 타인의 말을 지워가는 과정이다. 그리고 그러한 타자의 말을 지워가는 과정은 곧, 주체의 소멸 과정이기도 하다. 다시 말하면 책을 매개로 해서 타자와 나는 하나의 '흔적trace'으로 뭉개져가는 것이다. 하나의 죽음 위에 또 다른 죽음을 포개듯이 타자의 흔적 위에 나의 손때를 묻히는 것, 그것이 바로 모더니즘의 '읽기와 쓰기'가 도착한 최종적인 종착점이다.

위에 인용한 기형도의 시에서 화자는 책 속의 이야기와 현실을 구분하지 않는다. 그러나 이 시의 처음 부분에서처럼 휴일의 대부분을 죽은 자들을 추억하는 일에 바치는 화자는 전형적으로 모더니즘적인 사유를 하는 독자이다. 그러나 그의 불만, "그는 분명 그 누구보다 인생의 고통을 잘 이해하게 되겠지만/종잇장만 바스락거릴 뿐, 틀림없이 나에게 관심이 없다"는 사유에 이르면 그는 이미 이 책의 바깥으로 도망갈 준비를 끝낸 것이다. 모더니즘적인 독서의 한계는 '그가 나를 읽어주지 못한다'는 점에 있다. 즉, 독자는 자기를 드러내기보다는 책 속의 죽은 자를 모방한다. 실제로 이 시에서 "나 역시 여태껏 수많은 사람들을 허용했지만/때때로 죽은 자들에게 나를 빌려주고 싶을 때가 있다"고 말하는 시인은 독자이자 동시에 작가이다.

그는 자신이 허용할 수 있는 사람이 오직 현실 속의 사람들뿐이라는 것을 잘 알고 있다. 그런데 그가 만나는 사람들은 그에게 "당신 같은 사람은 너무 많이 읽었다"고 말한다. "위대한 작가들이 대부분 비슷한 삶"을 살다 갔듯이 작가로서 그가 선택할 새로운 삶이란 더 이상 존재하지 않는 것이다. 사람들에게 그를 빌려준다는 것은 그들로 하여금 단지 '흔해빠진 독서'를 되풀이하게 만드는 것에 불과하다. 이런 절망감은 그가 책 속의 죽은 자들로부터 바스락거리는 종잇장의 촉감을 느끼고 손가락이 까닭 없이 성급해짐을 인식하듯이, 사람들 또한 그로부터 그런 "쓸모없는 죽음"을 냄새맡고 있다는 사실에서 비롯된다. 거리로 나선 그는 자신 또한 책 속의 저자들처럼 '이미 죽어버린 것'이나 다름없는 '흔해빠진 삶'을 사람들에게 들려줄 뿐이라는 아이러니한 현실을 확인한다. 이런 자각은 실제로 그가 책 속에서 발견한 '죽음'이 이미 그를 덮고 있다는 절망적인 상황의 확인에 다름아니다. 백색의 공간, 즉 행간의 여백 속에서 자신을 발견하고 그곳에서 잉태된 작가의 주체는 어느덧 그러한 백색의 공간 속으로 다시 빨려들어가 사라져가고 있는 것이다.

이처럼 시인은 책 속에 자신의 흔적을 중첩하고 덧붙이는 과정에서 그 자신의 삶이 너무나 흔한 또 하나의 '책'이 되어 뭉개지고 있음을 발견한다. 책으로부터 세상을 배웠으나 다시 그 책 속으로 사라져버릴 운명을 타고난 시인은 어느덧 자신의 삶이 어떤 거대한 허구의 일부임을 깨닫는다. '책에 대한 절망, 책으로부터의 절망'이 죽음을 환기시킴으로써 그는 어느덧 거리를 어슬렁거리는 '망자(亡者)'가 되고 만다.

'대낮에 거리를 배회하는 망자라니! 그것도 너무나 흔한 그런 죽음의 얼굴로!' 이런 끔찍한 상상에 시인은 지금 몸서리를 치고 있는 것이다. 책 속에서 구원을 발견하기는커녕 그 자신 낡고 흔해빠진 '책'이 되어 거리를 떠도는 초라한 존재가 되어버렸다는 자각은, "그러면 종종 묻고 싶어진다, 내 무시무시한 생애는/얼마나 매력적인가, 이 거추장스러운 마음을 망치기 위해/가엾게도 얼마나 많은 사람들과 흙탕물 주위를 나는 기웃거렸던가!"라고 고백하는 시인의 진정성을 여지없이 배반하고 뭉개버린다. 그의 이러한 무시무시한 생애조차도 그저 낡고 '흔해빠진 책'의 일부일 뿐이기 때문이다. 시인 기형도의 삶은 이처럼 흔적도 없이 책 속으로 빨려들어가 버리고 있는 것이다.

## 2. 역사의 폭풍

'흔해빠진 책'으로서의 시인의 존재는 '주체의 소멸' '저자의 죽음'이라는 상황을 암시한다. 시인은 '도시와 책'으로부터 '죽음'을 읽으면서 정체성 상실과 공허한 상투성, 일상성의 지옥에 대한 심각한 위기의식을 느낀다. 그리고 이러한 위기의식은 스스로의 글쓰기에 대한 근본적인 회의와 물음으로 변화해간다.

김상환 교수는 「김수영과 책의 죽음」이라는 글에서 이 점에 대해 다음과 같은 매우 의미있는 발언을 하고 있다.

〔김수영의〕(인용자) 「서책」에서 일어나는 시인의 죽음 또는 개인적 저자의 죽음은 우리가 위에서 「눈」이라는 작품을 통하여 관찰했던 시인의 죽음과 동일한 사건이 아니다. 그 차이는 무엇인가? 「눈」에서 시인의 죽음을 말할 수 있다면, 그것은 헤겔이 예술의 죽음을 말할 때와 같은 의미에서 이해되어야 한다. 시가 죽는다는 것은 그것이 무용해졌기 때문이다. 또는 시인은 이미 더 이상 현실에 대하여 '손 하나 까딱'할 수 없기 때문이다. 현실은 이미 시보다 앞서가고 예술을 초월한다. 현실이 시인에게 허락하는 것은 다만 지켜보고 바라보는 일뿐이다. 현실에 관계하는 것은 이제 다른 방법을 통해서 추구되어야 하거나 시 자체가 다시 태어날 때만 가능하다. 시는 과거의 것이 되어버리거나 과거 전체를 지우고 새로 시작하거나 하는 기로에 서 있다. 그런데 「눈」에서와 달리 「서책」에서 일어나는 시인의 죽음은 시가 과거의 것, 지나간 것, 한물간 것이 되어버리기 때문에 일어나는 사건이 아니다. 그것은 시인의 현재 바깥에서 도래하는 미래 속에서 예감되는 죽음이며, 시인이 자신의 작품을 완성하기 위해서 또는 글쓰기의

본질을 예감하자마자 예감하는 죽음이다. 이런 의미의 죽음은 블랑쇼
가 카프카나 릴케, 말라르메를 읽으면서 끊임없이 설명하고 납득시키
려 하는 죽음이다.[5]

위에 인용한 글에 따르면 모더니즘적인 글쓰기는 크게 두 개의 죽
음을 내포하고 있다. 첫째는 '저자의 죽음'을 인식함으로써 야기되
는 '위기의식'이고, 둘째는 글쓰기의 본질로서의 '죽음'에 대한 예감
과 미적인 '죽음 의식'이다.

  기형도의 '죽음의 도시' '흔해빠진 책'의 인식은 우선은 첫번째의
죽음에 대한 인식으로부터 출발한다. 모든 삶의 공허한 상투성을 직
시함으로부터 발생하는 '부조리한 현실'의 자각은 시인으로서의 그
의 자의식을 근본적으로 위협한다. 이런 위기의식은 그가 몸담고 있
는 현대 문명 그리고 도시의 부조리한 현실 또는 생리에 대한 근원
적인 통찰로부터 발생한다. 부조리한 삶을 노래하고 있는 「장밋빛
인생」 「오후 4시의 희망」 「오래된 서적」 「늙은 사람」 「조치원」 「물
속의 사막」 등 그의 대부분의 시편은, 이런 부조리함에 대한 절규와
증오, 내적인 긴장으로 충만해 있다. 따라서 그의 묵시록적인 시의
대부분은 이러한 죽음에 대한 강박관념과 위기의식 속에서 씌어졌
다고 할 수 있다.

  그런데 문제는 현실적으로 존재하는 '죽음의 패러다임' '부조리'
를 응시하고 절규하는 시가 아니라 그러한 죽음에 대한 '공포'와 '위
기의식'을 미적으로 극복하고 있는 미적인 '죽음 의식'의 출현이다.
'공허하고 동질적인 시간의 자각'으로부터 나타난 미적인 근대성의
한 원리로서의 '순간성'과 '영원성'의 결합이 표상하는 완성태로서

---

5) 김상환, 앞의 글, pp. 218~19.

의 글쓰기, 즉 '미적인 죽음'의 인식이 그것이다. 기형도의 시는 「이
겨울의 어두운 창문」 「정거장에서의 충고」 「바람은 그대 쪽으로」
「포도밭 묘지 1」 「포도밭 묘지 2」 등에서 죽음을 내면화하는 방식으
로 이러한 '죽음의 미학'을 보여준다.

'무너짐'과 '견딤'이라는 두 개의 상반된 의식으로 점철되어 있는
그의 시는 결국 '죽음의 운명성'을 받아들임으로써 역설적인 '재생'
을 가능하게 하는 방식을 터득한다. 그것은 미적 아이러니의 형태로
모든 '순간적인 것' '찰나적인 것'에 영원성을 부여한다. '죽음'과
'재생'이 서로 맞물려 있는 '죽음의 형식'은 깜박거리는 등불, 반짝
이는 별빛과 같은 것이다. 시간의 지속성으로서의 영원성이 아니라
끊임없는 반복으로서의 영원성, 또는 완전한 종결, 휴식이나 안식으
로서의, '충만한 시간'의 현현으로서의 '정지의 개념'은, '죽음'을 역
설적인 충만과 재생, 구원으로 변화시킨다. 즉, 현실적인 죽음의 운
명을 미적인 것으로 초월하는 것이다.[6]

기형도의 시가 보여준 이러한 미학적 성취는 실제로 90년대 젊은
시인들에게는 공통적인 감수성, 무의식으로 잠재되어 있다고 여겨
진다. 기형도의 시를, 90년대 시단의 방향성을 가름하는 한 척도로
삼는 까닭은 90년대 시인들에게 공통적으로 드러나는 몇몇 특징적
인 시적 인식을 그가 이미 선취하고 있기 때문이다. 예를 들면 '죽음
의 책' '침묵의 도시와 공허한 일상성' 같은 부조리의 인식으로부터
시작해서 '죽음의 미학화'라고 하는 문제에 이르기까지 그의 시가
개척한 행로는 이후 90년대 시의 중요한 흐름을 형성하고 있다. 그
리고 이런 여러 가지 시적 인식은 실제로 90년대적인 문화 현상으로
서의 '키치'의 등장, 그리고 '대중 문화'와 '소비 자본주의의 현실

---

6) 김춘식, 「죽음의 운명성과 재생의 신화」, 『새로운』, 1997, pp. 428~44 참조.

화' '근대적 가속도가 남겨놓은 균열과 폐허의 인식' 등이 도착하게 될 필연적인 종착점이라고 할 수 있다. 기형도는 이 점에서 90년대 문화 현상의 본질을 예감한 시인이기도 하다.

유하의 '키치 미학'이 함유하고 있는 '순간성'의 자각은 근본적으로는 '재즈'의 속성인 즉흥성과 순간성의 반복에 기반을 두고 있다. 장석남 · 이윤학 · 나희덕 · 박형준 등의 내면화된 서정시는 '충만한 시간의 현현'으로서의 미적인 종결, 정지의 순간을 포착한다. 그리고 90년대 이후 최승호 · 남진우 · 진이정 · 박형준 · 김소연 등의 시가 보여준 소멸과 소진의 미학은 '90년대 시'의 궁극적인 화두가 바로 '죽음'임을 분명하게 보여준다.

실제로 90년대 중반의 '시는 죽었는가'라는 문제의식으로부터 촉발되었던 일련의 논의는 기형도를 괴롭혔던 끊임없는 '죽음에 대한 위기의식'의 공론화였다고 할 수 있다. 그리고 이때 대부분의 시인들은 '죽음의 미학적 극복' 가능성을 낙관적으로 바라보았다. 이런 낙관주의는 이미 현실화되어 있던 '죽음에 대한 미학적 탐구'에 기반하는 '자신감'의 표현이었다는 생각이 든다. 대부분의 평론가가 대중 문화의 팽창 앞에서 '시의 죽음'을 점치고 있었던 시점에서, 역설적으로 '시의 죽음'을 주체의 죽음이나 현실적 상황의 어려움 등에 관련된 문제로부터 벗어나 '미학적으로 탐구'한 90년대 시인들의 필사적인 출구 모색은, 90년대 시의 '미적인 성취'를 가능하게 만든 원동력이다.

이런 미학적인 죽음의 탄생은 '시간 의식' 자체에도 근본적인 변화를 초래한다. 직선적이고 발전적인 시간 개념이 문명과 근대적 가속도에 대한 '회의'와 함께 근본적으로 의심받기 시작하는 것이다. 벤야민이 '공허하고 동질적인 것'으로 정의한 근대적 '동질성'의 시간 안에서는 과거와 미래가 모두 현재인 '지금, 여기'에 압축되어 나타난다. 그러므로 진보에 대한 끊임없는 환상은 벤야민이 그의 「역사 철학 테제」에서 암시한 것처럼, '진보의 폭풍으로 역사의 천사를 끊임없이 뒤로 밀어낸다.' 미래는 지속적으로 유보되고 오직 현재만이 하나의 가능성으로서 미래를 가상적으로 상정할 뿐이다. 그런데 이러한 진보의 폭풍은 "잔해 위에 또 잔해를 쉼 없이 쌓이게 하고 또 이 잔해를 우리들 발 앞에 내팽개치는 단 하나의 파국,"[7] 즉 시간의 폭력을 가장 극단적으로 우리에게 보여준다. 시간의 폭력이 극단화되면서 '역사의 천사' 앞에는 온갖 문명의 쓰레기와 산산이 부서진 것들, 죽은 자, 인위적으로 조각난 시간들이 폭풍에 휘날린다. 진보의 가속도는 '모든 단단한 것들을 대기 속에 녹여버리'고 오직 잡다한 시간, 잡다한 쓰레기와 폐허만을 우리 앞에 남겨놓을 뿐이다.

90년대 시인이 바라본 '역사의 풍경'을 한마디로 요약한다면, 벤야민이 말한 그러한 '진보의 폭풍'이 아니고 무엇일까. '폐허에 관한 애착이나 명상' '소멸과 죽음의 충동'은 근원적으로는 진보의 폭풍과 현기증 나는 질주를 멈추고자 하는 '충만한 시간,' 즉 '구원'으로서의 '휴식'에 대한 갈망을 포함한다. 천사가 머물러 있고 싶어하듯이 그들 또한 피로한 자신의 몸을 어딘가에 안주하고 구겨 넣고 싶은 것이다. 그러나 그러한 안주의 대상은 쉽게 찾아지지 않는다. 그들은 늘 어딘가에 구겨 넣어지거나 쑤셔 박힐 뿐이다. 시간의 흐름과 진보의 패러다임을 거스를 수 없다는 인식으로부터 '비극'은 시작된다.


그는 말을 듣지 않는 자신의 육체를 침대 위에 집어던진다
그의 마음 속에 가득 찬, 오래된 잡동사니들이 일제히 절그럭거린다

---

7) 발터 벤야민, 「역사 철학 테제」, 『발터 벤야민의 문예 이론』, 반성완 편역, 민음사, 1983, p. 348.

이 목소리는 누구의 것인가, 무슨 이야기부터 해야 할 것인가
나는 이곳까지 열심히 걸어왔었다, 시무룩한 낯짝을 보인 적도 없다
오오, 나는 알 수 없다, 이곳 사람들은 도대체 무엇을 보고 내 정체
를 눈치 챘을까
그는 탄식한다, 그는 완전히 다르게 살고 싶었다, 나에게도 그만한
권리는 있지 않은가
모퉁이에서 마주친 노파, 술집에서 만난 고양이까지 나를 거들떠보
지도 않았다
중얼거린다, 무엇이 그를 이곳까지 질질 끌고 왔는지, 그는 더 이
상 기억도 못한다
그럴 수도 있다, 그는 낡아빠진 구두에 쑤셔 박힌, 길쭉하고 가늘은
자신의 다리를 바라보고 동물처럼 울부짖는다, 그렇다면 도대체 또
어디로 간단 말인가!　　　　　　　　　　──기형도, 「여행자」 전문[8]


가속도의 폭풍은 육체뿐만 아니라 한 존재의 의식 자체를 철저히
파편화한다. 「여행자」라는 이 시의 제목처럼 시간의 나그네는 "무엇
이 그를 이곳까지 질질 끌고 왔는지, 그는 더 이상 기억도 못한다."
나그네에게는 하나의 천형처럼 "마음 속에 가득 찬, 오래된 잡동사
니들이 일제히 절그럭"거릴 뿐이며 어딘가에 쑤셔 박혀서라도 머물
고 싶은 그의 욕망과는 달리, 그가 쑤셔 박힐 수 있는 것은 오직 '낡
아빠진 구두' 속뿐이다.
　말을 듣지 않는 육체를 침대 위에 던지는 행위에서 알 수 있듯이
그는 그만 멈추고 싶지만, 그에게 주어진 운명은 "그렇다면 또 어디
로 가야 한단 말인가!"라는 절규만을 허용하는 '낡은 구두'에 비유

---

8) 기형도, 앞의 책, p. 34.

된다. 침대와 구두의 대조. 그가 쑤셔 박힐 수 있는 곳은 침대가 아니라 낡아빠진 '구두' 속인 것처럼, 침묵의 도시에서 사람들의 다리는 모두 "길쭉하고 가"늘다. 죽음이 그들을 찾아오기 전까지 시간의 착취는 계속되고 유령 같은 악몽의 밤도 계속해서 되풀이된다.

기형도의 이런 조각난 실존에 대한 자각은 '키치'의 더미로 전락하는 모든 존재들에게 새로운 시각을 부여한다. 근대의 가속도, 진보의 패러다임 아래서 모든 신성한 존재는 '한 줌의 위안'으로 타락하며 그러한 타락은 '모독'과 '오염'에 대한 새로운 자각을 불러일으킨다. 정전canon이 모독되듯이 모든 책은 '오염'의 덩어리, 키치일 뿐이다. 폭풍 아래 흩어지는 잡동사니와 자신의 동일성을 지켜보고 있는 세대에게 근본적으로 주체의 정체성은 순결하지 않다. 그것은 무엇인가 다른 것을 모방하며 그리고 오염되어 있다. 이런 오염된 주체에 대한 자의식으로부터 역설적으로 그들의 정체성이 형성되기 시작하는 것이다.

유하의 『세운상가 키드의 사랑』, 장정일의 『햄버거에 관한 명상』, 김영승의 『반성』 등에서 나타나는 공통된 의식이 이러한 모독당한 존재의 '자의식'이다. 그리고 모독과 상처에 대한 인식은 이윤학의 내면 속의 폐허·상처의 탐구나 함민복·함성호·차창룡 등의 자기 조소, 이수명·이철성·서정학·함기석 등의 분열증적인 언어의 형태에서도 동일하게 발견된다. 죽음의 도시에서 모든 존재는 부유하는 '여행자'이며 갈가리 찢어져서 흩날리는 잡동사니들이다. 그리고 이들에게 진정한 가치를 부여할 수 있는 '희망'은 쉽사리 나타나지 않는다.

이 점에서 90년대 시인들의 내면 속에 형성된 '죽음'의 인식은 역설적인 형태의 '구원'의 모습을 띠고 있다. 예를 들면, 김소연의 "웃으며 썩어갔다/따뜻하고 평화로웠다"[9]라는 피학적인 언술이나 "한

젓가락의 운명을 쓸모 있게 들어 올려 보았으면/그런 후, 부러지고 버려져 보았으면!"[10]처럼 그들은 고통의 극단에서 부딪히는 '단 한 순간'의 명료한 '자아, 영혼, 운명, 깨달음'이 곧 구원이라는 생각에 가득 차 있다. 그리고 그러한 구원의 순간은 "반짝이며 빛나던 호박잎이 너덜대며 찢겨지는/바로 그때,"[11] 곧 소멸의 순간이다. 또, 이윤학의 "신음 소리만큼 긴 기도문을/들어본 적은 아직 없다"[12]라는 시 구절이나 "말뚝들은/무너지는 육체와 정신의/경계에서 견디고 있다."[13] "극에 달한 고통만이,/영혼을 건져올릴 수 있다"[14] 등의 표현도 고통 혹은 죽음에 대한 역설적인 대응이라고 할 수 있다. 즉, 그들에게 주체의 죽음을 가장 분명하게 견제하는 힘은 역설적으로 '미적인 죽음'으로서의 완성과 종결을 의미하는 순간적인 깨달음, 각성의 순간에 대한 자각으로부터 비롯되는 것이다.


## 3. 허공 위의 눈발

기형도의 책에 대한 인식으로부터 90년대 시의 한 흐름을 짚어 나가는 과정에서, 나는 90년대 시인들이 '주체의 죽음'과 '소멸'에 대한 위기의식으로부터 벗어나기 위해 선택한 시적 전략이 '죽음'의 미학적인 탐구로 나타났다는 나름의 확신을 얻었다. 그리고 이 글은

---

9) 김소연, 「꿈속의 성취」, 『극에 달하다』, 문학과지성사, 1997, p. 24.

10) 「나는 새로운가」, 앞의 책, p. 31.

11) 「바로 그때」, 앞의 책, p. 18.

12) 이윤학, 「그 병원 앞」, 『붉은 열매를 가진 적이 있다』, 문학과지성사, 1995, p. 79.

13) 이윤학, 「진흙탕 속의 말뚝을 위하여」, 『나를 위해 울어주는 버드나무』, 문학동네, 1997, p. 28.

14) 「난로 위의 주전자」, 앞의 책, p. 25.

그러한 확신에 대한 검증의 일환으로 씌어졌다.

90년대를 넘어서 2000년을 맞이한 '지금, 여기'에서 90년대 시의 흐름을 지배하던 '소멸' '소진' '권태' '죽음' '분열' '소외' 등의 시적 징후에 대해서 나는 아직 마땅히 설명할 능력이 없다. 그러나 2000 년대 초반의 시적 징후 속에서 나는 여전히 이들 시인들에게서 이러한 시적 징후가 사라지지 않고 있다고 생각한다. 단지, 그들의 정체성이 기성화되는 과정과 그들의 미적 전략이 '완성태'가 되었다는 판단이 서로 별개의 것으로 어긋나고 있다는 어렴풋한 예감이 느껴질 뿐이다.

굳어진 정체성은 거짓된 '완성'이고 '정지'이다. 끊임없이 타자의 언술 속으로, 그 백지의 공간 속으로, 빠져 들어가 버릴 숙명을 갖고 태어난 현대 시인에게 완결된 정체성이나 '완성'은 거짓된 '죽음' '거짓된 휴식'이다. 애초에 90년대 미학의 칼날 같은 전략이 '순간의 반짝임'에서 시작된 것이었듯이, 치열한 시정신은 언제나 "가장 무서운 곳을 택하여 제 스스로 힘을 겨누는" 것이 아닐까. 굳어진 소멸의식, 권태에는 긴장감이 없다. 오직 극에 달한 견딤, 극에 달한 고통만이 소멸을, 죽음을 제대로 직시할 수 있는 것이다.

이 글에서 책에 대한 나의 단상은 구체적으로는 삶을 책읽기에 견주어 생각하는 이들 세대의 특징으로부터 출발한다. 90년대 시의 여러 징후들에 대해서 나는 세대론적인 특징과 현대성을 지배하는 가속도의 균열상에 주목한다. 특히, 인위적으로 편성된 근대적 시공간을 갈가리 찢어놓을 만큼 맹렬한 진보의 속도에 대해 "이들 시인이 어떠한 시적 대응을 보여주는가" 하는 점에 관한 고찰은, 2000년 이후의 시적 전망에 대해 하나의 인식적인 출구를 제공해주리라 기대한다.

이 점에서, "나의 영혼은/검은 페이지가 대부분이다. 그러니 누가 나를/펼쳐볼 것인가"[15]라는 기형도의 진술과 이선영의 "내 육체의 비누거품인 생을 종이 안에 흘린다/내 생이 수많은 글자들로 흩뿌려진다"[16]라는 시 구절 사이의 의식적인 친연성은 단순한 우연을 뛰어넘는 하나의 '시적 징후'라고 할 수 있다. 특히, 기형도가 남긴 다음과 같은 메모는 자신의 시적 언어가 놓인 숙명적인 비극성을 간파하고 있는 날카로운 직관을 유감없이 보여준다. 책과 삶, 그리고 천상(天上)과 지상(地上)의 사이를 떠도는 '언어의 숙명'에 대한 그의 자의식은 이미 모더니즘적인 글쓰기의 한계에 대한 명징한 자각을 포함하고 있는 것이다.

오랫동안 글을 쓰지 못했던 때가 있다. 이 땅의 날씨가 나빴고 나는 그 날씨를 견디지 못했다. [……] 내가 하고 싶었던 말들은 형식을 찾지 못한 채 대부분 공중에 흩어졌다. 적어도 내게 있어 글을 쓰지 못하는 무력감이 육체에 가장 큰 적이 될 수도 있다는 사실을 나는 그때 알았다.

그때 눈이 몹시 내렸다. 눈은 하늘 높은 곳에서 지상으로 곤두박질쳤다. 그러나 지상은 눈을 받아주지 않았다. 대지 위에 닿을 듯하던 눈발은 바람의 세찬 거부에 떠밀려서 다시 공중으로 날아갔다. 하늘과 지상 어느 곳에서도 눈은 받아들여지지 않았다.

그러나 나는 그처럼 쓸쓸한 밤눈들이 언젠가는 지상에 내려앉을 것임을 안다. 바람이 그치고 쩡쩡 얼었던 사나운 밤이 물러가면 눈은 또 다른 세상 위에 눈물이 되어 스밀 것임을 나는 믿는다. 그때까지 어떠한 죽음도 눈에게 접근하지 못할 것이다. (기형도, 「시작 메모—

---

15) 기형도, 「오래된 서적」, 앞의 책, p. 25.
16) 이선영, 「종이 안에 내 생을」, 『글자 속에 나를 구겨 넣는다』, 문학과지성사, 1996, p. 73.

1988. 11」)[17]

하늘과 지상의 어느 곳에서도 받아들여지지 않는 눈발처럼, 그의 글쓰기는 그렇게 허공을 부유한다. 그러나 그러한 언어는 언젠가는 또 다른 세상 위에 눈물이 되어 스밀 것이고, 그동안 어떠한 죽음도 그의 글쓰기를 넘보지는 못한다. 진정한 글쓰기의 죽음은 이처럼 '눈물'로 대지에 스며드는 것, 그동안 어떠한 가짜 죽음도 그의 언어를 넘보지는 못할 것이다.                                 〔2000〕

_________________

17) 기형도, 『입 속의 검은 잎』의 뒤표지 글.

# 데카르트가 모르는 곳
— 90년대 문학의 상징적 상상력

## 1. 환상성, 그로테스크, 리얼리티

90년대 문학의 중요한 특징을 요약하면 한마디로 현실의 재현을 넘어서는 환상성의 현저한 증가이다. 90년대 소설의 내면성, 신비주의, 허무주의 따위를 거론하거나, 시 문학의 극단적 상상력, 서정주의, 명상적 경향을 지적한다고 해도 이러한 현상의 실제적인 기원이 '환상성'에 뿌리를 두고 있음을 부정하기는 어렵다. 2000년대에 접어든 현재에도 이런 현상은 여전히 계속되고 있고 어떤 점에서는 대중 문화나 문학의 흐름과 맞물려서 더욱 증폭되고 있다. 달리 말하면 '환상성'이라는 기준을 통해서 현재의 문학을 바라본다면, 21세기 문학은 90년대 후반의 세기말적 상상력의 계보를 충실하게 계승하고 있는 것처럼 생각된다. 물론, 이것은 고작 2001년이라는 시작 단계에서 향후의 문학 전체를 이렇게 속단한다는 것이 얼마나 성급한 것인가 하는 생각을 전제로 한 상태에서 하는 말이다.

하지만 이런 성급한 측면이 없지 않음에도 불구하고 21세기의 문학이 '환상성'에 기반을 두고 좀더 과격한 형태의 상상력을 문학적으로 형상화하는 방향으로 나아갈 것이라는 예측을 쉽사리 철회할 수는 없을 듯하다. 이 점은 문화 산업이라는 '돈의 리얼리즘'이 점증하는 현실 상황에서도 그렇고, 사이버 세계라는 새로운 공간의 출현을 주시해도 그렇다. 또, 좀더 진지하게는 대중의 무의식을 지배하는 욕망과 과거의 근대적 패러다임에 대한 전복이라는 측면에서 바라보아도 피할 수 없는 '현상'이라고 여겨진다.

그러나 21세기의 문학이 90년대 이후 현저하게 나타난 '환상성'에 기반을 두고 전개될 것이라는 이러한 진단이, '어쩔 수 없는 것'이라는 표현처럼 허무주의적이거나 현실 추수주의적인 것만은 아니다. 중요한 것은 '환상성'이라는 하나의 유행 또는 조류를 관통하고 있는 '근원적인 것'에 대한 통찰이다. 다시 말해서, 환상성은 단순한 문화적인 현상을 넘어서 21세기적인 가치관과 세계관을 형성하고 지배하는 중요한 원리가 되어가고 있고, 더 나아가서는 20세기적인 패러다임과 정면으로 충돌하면서 점차 그 대안적 패러다임으로 자리를 잡아가고 있다.

환상성이 문화적 현상을 넘어서 21세기적인 패러다임 전체에 긴밀하게 연관되어 있다는 사실은, 90년대 이후 문학의 환상성, 허구성을 비판과 찬성이라는 도식을 넘어서 새로운 시각과 관점으로 바라볼 것을 요구한다. 예를 들면 지금까지 90년대 문학의 새로운 상상력 또는 환상성에 대한 문제는 미학적 원리의 차원에서 다루어져 왔고 그 점에서 부정과 긍정의 평가를 받음으로써 문학적 현상으로 편입될 수 있었다. 하지만 이러한 제한은 상상력이나 환상성을 작품의 내부 안에서만 유효한 것으로 한정하고자 하는 '안전장치'의 고안에 불과한 것은 아니었는가 하는 생각을 불러일으킨다. 다시 말해서, 환상성을 작품 속에 반영된 프로이트식의 욕구 불만 또는 단순한 유희적 차원의 백일몽으로 폄하하거나, 현실의 병적 상황에 대한 은유 또는 컬트적인 문화의 반영 정도로 해석하는 방식은 어떤 식으로든 일상의 완고한 리얼리티 또는 견고한 자본주의적인 지배 구조 아래에 개인의 전복적인 상상력과 창조력을 편입시키고 교화하는 방식으로 볼 수 있기 때문이다.

최근 유행하는 판타지 소설류와 본격 문학의 상상력이 내포하고 있는 차이는 실제로 이러한 차원에서 확인된다. 판타지 소설의 환상성이 '뇌관이 제거된 폭탄'에 비유될 수 있다면 본격 문학의 상상력은 '불발탄' 정도로 표현될 수 있을지도 모른다. 작품의 미적 차원 또는 유희적 차원에 한정된 상상력은 현실의 견고한 권력 구조를 재생산하거나 억압된 욕망을 대리만족시키는 안전장치로 기능한다. 따라서, 90년대 이후 문학의 환상성을 문학 작품 내부의 미적 원리에 한정해서 고찰하는 태도는 대중적인 판타지 장르와 본격 문학의 변별성을 약화하며 상상력이나 환상성의 긍정적인 가능성과 잠재력을 간과한다.

환상성에 대한 '고정관념'은 '리얼리티'의 영역 또한 축소하게 마련이다. 우리는 이미, 마술적 리얼리즘이나 그로테스크 리얼리즘 등의 용어를 통해서 이러한 사실을 접하고 있다. 그리고 아도르노와 호르크하이머의 계몽의 변증법을 통해서 탈신화화로부터 출발한 계몽이 어떻게 다시 신화화하는가를 보았다. 결국, 환상성을 '리얼리티'의 한 측면으로 바라볼 필요성은 '지금, 여기'에서 새롭게 나타나고 있는 중요한 과제이다. 그리고 이것은 근원적으로는 20세기적인 패러다임에 대한 본질적인 재고찰의 한 차원을 이루고 있다.


## 2. 데카르트주의의 파시즘


가라타니 고진은 그의 저서 『탐구』에서 데카르트적인 '무한(無限)' 혹은 초월의 개념이 '유한(有限)'에 대한 상대적인 부정에서 나온 관념인 반면에, 스피노자에게 '무한'은 자연의 근원적 상태로써 긍정된다고 말한다. 이것은 스피노자가 데카르트와는 반대로 '무한(無限)'을 부정한 것이 '유한(有限)'이라고 봄으로써 "사실상 세계가 닫혀 있고 이 세계 너머에는 아무것도 없고 초월적인 신조차도 이 세계 안으로부터 나온 상상적인 산물에 지나지 않는다고 생각한다"는 것을 의미한다. 가라타니의 이런 주장은 동일자와 타자의 경계를 상상하는 두 가지 방식을 나타낸다. 타자와 분리된 '동일자(자아)' 개념과 주관의 확장에 의해 상상되는 '타자(자아의 투영인)'의 개념이 그것이다.

스피노자가 말하는 것은 예언자는 어디까지나 이 세계에 속해 있다는 것이다. 뛰어난 예언자가 초월신이라는 '통속적인' 표상 속에서 보여준 것은 거꾸로 이 세계를 초월하기는 불가능하다는 것이다. 이것은 예컨대 우상 숭배의 금지에서 나타난다. 우상 숭배란 신을 움직여 이 세계(자연)를 바꾸려는 것이다. 이것을 금지하는 것은 이 세계를 초월하려는 것을 금지하는 것과 다름없다. 다만 이것이 예언자에게는 절대적인 타자로서의 신이라는 표상 하에서 '파악'되고 있을 뿐이라고 스피노자는 생각한다. 가장 중요한 것은 초월적인 타자라는 표상이 아니라 이 표상 속에서 무엇이 '파악'되고 있는가이다. 초월적인 것, 즉 결코 뛰어넘을 수 없는 것은 이 세계 바깥에 있는 것이 아니라 안에 있다. 바꾸어 말해 초월적인 타자란 타자와의 관계의 초월성(외재성) 바로 그것이다.[1]

위에 인용한 내용처럼 스피노자가 '예언자'를 통해서 확인한 것은

---



1) 가라타니 고진, 권기돈 역, 『탐구 2』, 새물결, 1998, pp. 192~93.

그가 스스로를 '세계' 속에 가둠으로써 초월자를 상정하고 있다는 사실이다. 초월적인 것의 표상은 근원적으로는 '관계의 단절 혹은 초월'을 통해 우리 앞에 현현한다는 것이다. 이것은 하나의 역설이기도 하다. 스스로를 세계 속에 가둠으로써 비로소 초월자에 대한 믿음을 가질 수 있기 때문이다. 데카르트적인 사유가 '신'을 세계의 바깥에 존재시키는 것과는 달리 스피노자에게 바깥이란 없으며 모든 것은 이미 세계의 안쪽에 존재한다. 그래서 세속적인 것과 성스러운 것은 이미 동질적인 차원에 놓인다.

이런 생각은 90년대 이후 나타난 상대주의적인 세계관을 그대로 닮아 있다. 민족·근대·국가·국어·전통 등을 근대적인 제도 혹은 상상의 산물과 동일시하는 관점은, 어떤 점에서는 금기로 놓인 데카르트적인 유한의 바깥을 세계의 안쪽으로 과감하게 끌어놓고 있는 스피노자적인 '타자' 개념을 재생산하고 있다. 타자로서 상정된 근대의 바깥, 혹은 초월적 표상을 '내부'의 문제로 환원함으로써 근대의 타자는 절대적인 타자 또는 근대적인 선에 대립되는 악으로서의 타자가 아니라 상대적인 관계의 타자, 소외된 타자로 변화된다. 이 점은 근대적인 도구 이성의 폐해를 반성하는 중요한 계기를 마련해주는 사고의 전환을 가능하게 한다.

환상, 꿈, 상상에 대립되는 현실, 일상, 생활 차원의 우월성은 이 상황에서 설득력을 잃게 된다. 근대적 사실과 실증, 과학의 전통으로부터 배제된 환상·꿈·상상·상징의 복권은 어떤 점에서는 사실과 허구, 현실과 상상의 단절된 관계의 복원이라고 할 수 있다. 그래서 근대적 주체의 바깥에 초월적으로 존재하는 '많은 것'(그것을 환상 혹은 상상이라고 부르든, 신비주의, 운명 따위로 부르든 상관없이 불확정적인 모든 것을 포함하는)이 관계의 안쪽으로 새롭게 편입되는 현상을 21세기 문학의 한 흐름으로 예상해볼 수 있는 것이다.

이런 경향은 문학이나 문화뿐만 아니라 수학 · 물리학 · 생물학 · 통계학 등에서 광범위하게 전개되고 있는 카오스chaos 이론[2]에서도 동일하게 확인된다. 종래의 과학에서 철저하게 불가지의 영역 혹은 타자로 취급되어온 불규칙한 현상의 배후에 감추어져 있는 규칙성을 탐구하는 카오스 이론의 등장은 데카르트의 사유를 전복하는 또 하나의 정신적 혁신이다. 애초에 카오스를 탐구한다는 것 자체가 초월적 타자를 인식의 대상으로 끌어온 것이라는 점에서, 근대적인 금기를 위반하는 사례에 해당되기 때문이다. 그리고 과학적 현상으로서의 카오스는 비유하자면 문학 혹은 예술에서의 환상 · 꿈 · 상상의 영역에 적절히 부합된다. 예를 들면 프로이트는 해석 불가능한 꿈의 카오스에서 일정한 규칙성을 발견한 선구자라고 할 수 있을 것이다. 물론, 그의 규칙성이 성적 욕망이라는 일원론으로 환원되는 점에서 근대 과학의 결정론적 방법에 지나치게 집착한다는 단점을 밝히는 것을 전제로 할 때 그렇다.

결국, 90년대 이후 확산되기 시작한 환상성 혹은 상상력의 문학적 돌출은 근대 문학 혹은 근대성 전체와의 함수 관계에서 보아도 이렇듯 구체적인 당위성이나 필연성을 내포하고 있다. 질베르 뒤랑은 서구의 신비주의적인 전통을 이어받은 것이 상징적 상상력이라고 하면서 이러한 상징과 상상력의 소외 과정을 다음과 같이 서술한다.

데카르트주의는 성상 파괴주의의 승리를, 상징에 대한 기호의 승리를 확실히 해주었다. 상상력은 감각적인 것과 함께, 모든 데카르트주의자들에게 '오류의 원흉'으로 배척받았다. 〔……〕 '분석적 명증'으로 환원되는 그러한 방식은 곧이어 만능 열쇠적 방법이 되려고 했다.

<hr>

2) 제임스 클릭, 박배식 · 성하운 역, 『카오스』, 동문사, 1993.

그 방법은 데카르트 자신에 의해 그리고 바로 데카르트로부터 확실한 존재의 궁극적 상징인 '코기토'에 적용되었는데, 도대체 그것은 위험하기 짝이 없는 상징인 것으로, 사고 자체, 즉 방법——말하자면 수학적 방법——이, 존재의 유일한 상징이 되어버린 때문이다.[3]

데카르트주의의 파시즘적인 확산이 도구적 이성주의의 출발점이었음을 지적하는 이런 발언은 상징과 상상력의 복권을 위한 당위성의 주장이다.

폴 리쾨르나 질베르 뒤랑과 같은 연구가들은 상징과 상상력을 어떤 매개적인 것으로 간주한다.[4] "부재해 있거나, 지각하기 불가능한 그 무언가를, 자연스런 관계에 의해서 표현해내는 구체적인 모든 기호"라고 말하거나 융처럼 "비교적 미지의 것이어서 우선, 보다 확실하고 특징적인 방법으로 지칭할 수 없는 대상을 가능한 한 최선의 방법으로 형상화시킨 것"[5]과 같은 정의가 이런 그들의 생각을 뒷받침한다. 결국, 상징은 상상력을 통해서 눈으로 보거나 감지할 수 없는 추상적인 형상을 구체적인 감각 또는 형상과 매개시켜 '재현'하는 것이다. 상징이 하나의 '재현'임이 분명하듯이 상상·꿈·환상의 영역은 현실과 마찬가지로 '재현'될 수 있는 영역이다.

예를 들면 폴 리쾨르가 "원시적 상징은 세 영역으로 나누어진다.

---

3) 질베르 뒤랑, 진형준 역, 『상징적 상상력』, 문학과지성사, 1983, p. 30.
4) 질베르 뒤랑은 상징적 상상력을 다음과 같이 정의한다. "다음에 우리는, 엄밀한 의미에서의 '상징적 상상력'에 이르게 되는데, 그것이란 기의가 전혀 겉으로 드러나 보이지 않는 경우, 즉 하나의 기호가, 감각으로 느낄 수 있는 하나의 대상을 지칭하는 것이 아니라 하나의 '의미'로만 귀결되는 경우를 말한다. 예를 들어 플라톤의 『대화』를 감싸고 있는 종말론적 신화는, 인간이 결코 경험할 수 없는 영역, 즉 죽음 저 너머의 세계에 대한 묘사이므로 하나의 상징적인 신화이다"(앞의 책, p. 15). 이런 정의는 추상적인 형상을 구체적인 형상과 연결하고자 하는 열망의 표현 혹은 추상적인 것의 '재현'이 바로 상징임을 나타낸다.
5) 앞의 책, pp. 15~16.

성스러움이 드러나면서(히에로파니) 생기는 우주 상징, 밤에 꿈이 만들어내는 상징, 끝으로 싯말[詩語]이 만들어내는 상징, 이렇게 세 차원이 있다. 우주와 꿈과 시, 상징의 이 세 가지 차원은 모든 상징 안에 들어 있다"[6]라고 말한 것은 우주적 차원의 환상, 꿈, 문학적 상상의 영역이 모두 상징이라고 하는 방법의 매개를 통해서 나타난다는 사실을 의미한다. 상징은 하나의 재현된 형상이면서 동시에 형상 이전의 환상과 꿈과 상상의 의미를 암시하는 기의(시니피에 signifie)이다. 형상과 의미라는 양면성을 동시에 지닌 상징의 존재적 특성이 의미있는 것은 이렇듯 그것이 현실과 그 타자로서의 초월성을 서로 매개해주기 때문이다.


## 3. 90년대 문학의 자리


90년대 중반 진정성에 대한 논의와 더불어서 윤대녕의 신비주의와 신경숙의 내면성, 그리고 이윤학 · 장석남 · 박형준 · 나희덕 등의 풍경과 내면에 대한 명상적 경향이 주목을 끌게 된 것은 실제로 상징의 이러한 매개성에 힘입은 바가 크다고 여겨진다.

김기택 · 채호기 · 연왕모 · 이원 등의 몸의 시학과 신체적 주체에 대한 관심의 증가도 경험에 대한 매개적 존재로서의 몸에 대한 상징적인 접근을 그 기반으로 삼고 있다. 몸은 언제나 구체적인 형상이면서 동시에 축적된 경험을 의미화하는 장소이기 때문이다. 사르트르의 「구토」에서 나타난 신체 반응(구토)이 존재의 실존적 자각을 나타내는 형상 혹은 기표였던 것처럼, 인간 행동은 언제나 무엇인가

---

6) 폴 리쾨르, 양명수 역, 『악의 상징』, 문학과지성사, 1994, p. 24.

의 의미를 매개한다. 이처럼 상징은 육신과 영혼의 결합체인 '몸'처럼 생명력을 지니고 있기 때문에 쉽사리 어느 하나의 의미에 고정되지 않는다. 그것은 언제나 현실의 명징성을 배반하지만 동시에 상상의 모호성을 현실화한다. 예를 들면 김기택 시인의 다음과 같은 말은 상징적 언어와 몸의 감각이 지닌 상관성을 적절하게 지적하고 있다.

생명체에게 생명의 위협을 가한 폭력을 적극적으로 껴안고 육체화한 몸의 역사는 몸에 고스란히 기록되어 있다. 이를테면 폭력에 대한 두려움과 이를 벗어나려는 필사적인 마음은 메뚜기의 보호색인 푸른 피부에 기억되어 오늘날까지 이어져오고 있다. 몸은 물리적으로는 눈·입·귀·다리·날개·더듬이·털·갑각 따위의 생김새로서 이러한 진화를 표현하고 있으며, 정신적·심리적으로는 본능이나 습성, 의식 속에 이것을 담고 있다. 본능이나 습성은 머리나 눈, 다리, 더듬이 같은 신체의 각 부위에 기억되어 있으므로, 몸과 마음은 생명체 안에서 하나이며, 따로 떼어내기 어렵다.[7]

'몸과 마음을 따로 떼어내기 어렵다'는 시인의 말처럼, 정신적인 것은 언제나 몸의 어딘가에 그 흔적을 기록한다. 또한, 외부의 자극은 하나의 사건으로 정신과 몸에 기록된다. 달리 말해서 가시적인 것이 아닌 '마음'과 '물리적인 자극'이라는 외부적인 현실 사이에 몸이 존재한다. 그리고 그 몸은 정신과 환경을 매개하는 구체적인 형상이다. 마찬가지로 상징적 언어는 그 자체 하나의 형상이면서 비가시적인 것과 가시적인 세계를 연결하는 통로의 구실을 한다. 이 점

---

7) 김기택, 「몸에서 자연 찾기, 자연에서 몸 찾기」, 『21세기 문학이란 무엇인가』, 민음사, 1999, p. 521.

에서 몸에 대한 상상력은 시적 언어의 핵심이라고 할 수 있는 상징적 상상력의 언어에 그대로 대비될 수 있는 것이다.

상상력의 확장과 발전은 실제로 90년대 시에서 몸·영혼·정신·풍경 등의 화두를 통해서 그 상징의 구체적인 실체와 관계를 자각하는 방향으로 이루어져왔다. 상징적 상상력의 역동성은 그러한 상징이 진화하는 생명체처럼 고정되어 있지 않다는 점에 있다. 즉, 90년대 이후 시의 상징성은 시적 정신의 가능한 최고치를 스스로에게 기록하고 있다. 당대의 정신적 각성과 외부 환경의 균열 사이에서 발생하는 긴장의 극점에서 새로운 상상력과 상징 언어가 발생하기 때문이다.

이렇게 본다면, 90년대 문학에서 유하가 하나대의 기억과 압구정동을 마주 세움으로써 직관하고자 했던 키치와 자본주의적인 대중 욕망은, 존재론적인 상상과 세속적 욕망이라는 낮의 기만적인 꿈이 서로 충돌하는 과정에서 그의 시적 상징언어로 재현되었다고 할 수 있다. 유하의 불안한 이중성은, 우주석인 친족성(자연 상징)을 바라보는 상상이 낮의 거리를 점령한 대중의 세속적인 욕망, 대중적 무의식을 상징하는 문화적 기호와 충돌하는 지점에서 이미 예고된 불협화음이다.

김현의 『시칠리아의 암소』의 한 구절을 길게 인용하고 그 뒤에 자신의 시론을 덧붙인, 『바람 부는 날이면 압구정동에 가야 한다』의 뒤표지에 실린 다음과 같은 글은 이러한 그의 딜레마를 잘 보여준다.

자연이 '비어 있음'의 공간이라면, 도시는 하나의 '채움'의 자리이다. 인간의 욕망은 허(虛)를 보존하는 쪽보다는 허를 채우는 쪽으로 움직인다. 그 '채움'의 욕망 때문에 드러나는 결과가 '막힘'이다. 차가 막히고 사람이 막히고 숨이 막히고 하수구가 막힌다. 그 '막힘'의 결과가 '넘침'이다. 인간이 채움의 욕망을 제어하지 않는 이상 대홍수는 계속 일어날 것이다. 넘친다는 것은 지구의 절멸을 의미한다.

사람은 사람답게 살기 위해 사람의 도시를 건설했으나, 그 좋은 의도와는 다르게 그 도시들이 사람들을 때로는 파괴한다. 르네 지라르나 일리치 식으로 말하자면, 병원이 환자를 만들고, 자동차가 교통을 마비시키고, 식품이 모든 것을 못 먹게 만든다. 학교는 교육을 파괴하고 공장은 생산을 저지한다.(김현, 『시칠리아의 암소』)

때로는, 인간의 작위(作爲)처럼 무서운 게 없다.

그것에 반해, 자연의 공간, 허의 공간은 막힘이 없는 순환이 가능한 세계이다. 나는 압구정동 위에서 순환이 가능한 공간을 꿈꾼다. '순환성'이야말로 '살아 있음'의 다른 이름이기 때문이다.[8]

작위(作爲)와 무위(無爲)를 대립시키는 그의 사고 방식은 근본적으로는 우주적이다. 그의 시적 지향은 '하나대'로 상징되는 '비어 있음'과 세계의 본질 혹은 구원을 향한다. 그러나 그는 작위와 '압구정동'이라는 현실 공간, 욕망의 도시 안에 존재한다. 그가 지향하는 자연은 환경적으로 이러한 도시의 채움과 막힘에 의해 차단되어 있는 것이다. 이런 비극적인 상황은 90년대 시인의 '지금, 여기'라는 동시대적 의식과 자의식을 지배하는 핵심적 요소이다. 욕망을 제어하기 위해서 도시의 환(幻)을 깨는 새로운 방식의 꿈꾸기가 이들에게는

---

8) 유하, 『바람 부는 날이면 압구정동에 가야 한다』, 문학과지성사, 1994.

필수적인 덕목이 될 수밖에 없는 것이다.

키치에 대한 명상이나 도시에서 꿈꾸는 순환성은, 근본적으로는 90년대 시인의 자연에 대한 상상력이 과거의 시인들과는 달리 욕망과 정신의 문제를 중심으로 표현되고 있음을 알게 한다. 우주적인 순환성을 위반하는 도시적 인위성은 그 자체가 일종의 '환(幻),' 즉 꿈이다. 이 점에서 90년대 시인들의 도시·키치·욕망·권태에 대한 명상과 자연에 대한 집요한 응시는 자신을 가로막는 '환(幻)'을 깨기 위한 가장 효과적인 방법이다.

마찬가지로, 90년대 시 문학의 한 출발점인 장정일의 『햄버거에 관한 명상』 시편은 문화적 기호와 이미지의 파편을 상징적 해석 또는 명상의 대상으로 삼고 있다. 유하의 경우처럼 인공적 기호의 제국 속에서 거짓 낙원을 장식하는 '욕망'을 직시하고 명상하는 방식은 이중의 겹으로 싸인 '꿈속의 꿈꾸기'에 비유된다. 근대적 낙원을 지향하는 타락한 이상도시에서의 생활을 직시한다는 것은 '백주(白晝)의 꿈'을 악몽으로 바꾸는 작업이다.

유하와 장정일의 꿈꾸기, 즉 상상력은 이런 식으로 하나의 방향을 얻게 된다. 그러나 키치적인 것은, 시간의 광폭한 질주에 편승한 대중의 '일그러진 꿈'을 재현하는 상징이라는 점에서, 이 두 시인의 행로는 결국은 극단적인 무정부주의나 귀족주의에의 향수로 귀착된다. 그래서 이 두 시인이 거울로 선택한 도시와 문명의 대중적 욕망이 우리에게 보여준 것은 장정일의 포로노그래피적인 위악의 상상력이거나 유하의 키치적인 것으로부터의 '극적인 선회(旋回)'이다.

90년대 후반 하나의 유행으로 자리 잡은 '엽기성'은 90년대 문학에 깊이 침투되어 있는 '악몽'의 가장 극단적인 형태이다. 정영문·백민석·송경아·배수아의 소설과 박서원·황인숙·성미정·함기석·서정학·이철성 시의 악몽적인 환상성이 백민석의 『목화밭 엽기전』과 김언희의 『말라 죽은 앵두나무 아래 말라 죽은 여자』의 세기말적인 허무주의와 반미학으로 귀착하기까지의 과정에는 '근대적인 글쓰기'의 전범에 대한 강렬한 거부 의식이 그 핵심적인 요인으로 작용하고 있다. 이런 거부 의식은 그들에게 대중 문화와 도시를 통찰하는 눈과 더불어 근대적 글쓰기를 유지하는 권위적이고 정치적인 패러다임에 대한 의혹과 불신, 조롱의 언어를 획득하게 한다.

90년대 후반 이후 점진적으로 확장된 환상성과 주관성의 팽창은 이처럼 김영하의 문화적 냉소주의를 거쳐 백민석·김언희의 엽기주의에 이르기까지 점차 그 영역을 더 급속히 확장하고 있다. 상상력의 극단적 팽창은 달리 말하면 새로운 언어, 새로운 상징의 출현을 통해 확인된다. 그것은 시가 사물의 우주적인 친연성을 '직관'한다는 상징주의적인 명제를 넘어서 장정일·유하의 경우처럼 도시적 기호가 내포하는 욕망의 친족성을 간파하고 패러디하는 전략까지 포함하는 것이다.

90년대 이후의 시에서 새로움을 찾는다면 크게 두 개의 방향을 설정할 수 있다. 하나는 존재와 사물의 극단을 탐색하는 상상력의 깊이로부터 파생되는 시적 상징들이고, 다른 하나는 문화적인 기호의 친족성을 간파함으로써 일그러지고 왜곡된 대중적 욕망의 상징을 지배적인 질서로부터 해방하는 전략적인 혹은 역설적인 상징들이다. 이 두 가지 시적 경향은 상징을 구성하는 두 개의 차원, 즉 우주적인 것(신비주의)과 꿈(욕망)에 그대로 대응한다. 예를 들면 함기석·성미정·김소연 등의 시적 언술이 함유하고 있는 위악적 차원, 개인적 차원의 상징은 사적인 욕망의 결핍에 대한 대리 만족의 차원을 형성함과 동시에 그러한 대리 만족을 적극적으로 '폐기'한다.

대리 만족과 거부의 반복은 하나의 결핍을 형성 원리로 하는 시쓰기로써 개인의 사적인 '기억과 희망'을 악몽과 절망으로 바꾸어놓는

'은폐된 폭력에 대한 자각'이 그 핵심을 구성한다. 대리 만족의 폐기
란 그럴듯한 미학주의와 밋밋한 휴머니즘에 대한 반발을 의미한다.
어차피 시와 예술에서의 치장(미학)이란, '대리 만족 혹은 휴머니즘
적인 타협이다'라는 반항심이 '결핍' 속에 그들의 상상력을 풀어놓는
주요한 원인이다. 따라서, 욕망을 암시하는 이 시대의 많은 문화적
인 상징들은 궁극적으로는 결핍을 말하는 언어라고 할 수 있다.

## 4. 무엇이, 어디까지 가능한가

90년대 문학의 충실한 계승 또는 그 전개로 보이는 환상성의 증가
와 문학에서의 엽기성의 출현은, 다른 한편으로는 적지 않은 우려도
자아낸다. 특히 엽기성에 대한 평가는 아직도 논란이 끝나지 않은
상태라고 여겨진다. 예를 들면 최근 두 논자의 다음과 같은 글은 그
대표적인 예이다.

우리가 살아가는 이 세계를 윤리 부재의 세계로 받아들이는 작가의
인식은 기존 사회의 규범과 윤리를 완전히 전복시킨다는 점에서 반사
회적이고 반윤리적 성격을 띤다. 그런 점에서 백민석은 불온하고 불
경한 작가이다. 그런데 내가 보기에──세상의 위선을 조롱하고 야유
하는──백민석의 반란성과 불온성, 불경성은 키치적 취향을 노출하
고 있다. 그렇게 얘기하는 근본적인 이유는 그의 반란성과 불온성, 불
경성 등이 동시대의 독자들과 소통하는 반란성, 불온성으로 보이지
않기 때문이다. 그의 불온성, 불경성의 기원은 한국 사회가 아니다.
어떤 얘기인가? 그의 소설은 한국 사회의 하위 문화들이 열어놓은 감
수성과 시대 정신을 반영하는 게 아니다.[9]

세기말과 세기초를 거치면서 우리 문학에 나타난 현상 중의 하나는 현실이 허용하는 안전선 이편에 머물지 않고 인습적으로 유지되어온 각종 금기를 위반하는 모험 속으로 뛰어들기를 두려워하지 않는 극단의 시인들extremist poet이 서서히 그 모습을 드러내고 있다는 점이다. 물론 이들 중 일부는 미로 속에서 길을 잃고 끝내 현실로 귀환하지 못하는 예술적 미아로 남을지 모른다. 김언희는 이 계보에 속한 시인 가운데서도 단연 주목을 요하는 시인으로 여겨진다. 우리 시대의 뮤즈는 더 이상 하늘과 바람과 별을 노래하지 않고 난자당한 육체에서 시를 끌어낸다. 시인의 메두사적 응시는 가차없이 '세상의 처음부터 숨겨져온 것'의 허위를 꿰뚫고 존재의 참상을 적나라하게 드러내고 있다. 그녀의 시가 읽는 사람에게 강요하는 존재의 '불쾌한 진실'과의 대면은 잠시 유예할 수는 있어도 영원히 회피할 수는 없는 것이다. 메두사가 그토록 보기 두려워하는 것, 그것은 바로 메두사 자신의 끔찍한 얼굴이다.[10]

각각 소설과 시를 대상으로 서로 연관을 갖지 않고 씌어진 글이기는 하지만 이 두 편의 글은 소위 '엽기'라고 불리는 새로운 상상력의 출현에 관해 언급하고 있다. 두번째로 인용한 글에서는 그것을 극단적 상상력 또는 극단적 시인이라는 말로 표현하고 있고 첫번째 인용 글은 '엽기적 상상력'을 불온성과 불경성으로 정의하면서도 그것이 한국 사회의 하위 문화로부터 생성된 감수성이 아니라는 점을 들어서 현실과 괴리되어 있는 어떤 극단성일 뿐 진정한 불온성이나 반란성으로 보기 힘들다고 지적한다. 그는 엽기성을 기본적으로 '소통이

<hr>

9) 양진오, 「사회를 숙고하는 소설」, 『한국 문학 평론』, 2000년 가을호, p. 56.
10) 남진우, 「메두사의 시」, 『문학동네』, 2000년 겨울호, p. 304.

차단된' 전위성 정도로 인식하고 있는 것이다.

　반대로 남진우 시인은 엽기라는 말의 사용을 의식적으로 피하기 위해서 '극단적 상상력'이라는 용어를 사용하여 최근의 '상상력'을 지칭한다. 이 점은 최근의 전위적이고 실험적인 상상력의 등장을 환영하면서도 그것이 유행적 언어인 '엽기'라고 하는 것과는 다른 차원임을 은연중에 암시하고 있는 것으로 생각된다. 결국, 엽기라는 말 자체는 이 두 평자에게서 모두 인정받고 있지 못하며 단지 전위성과 실험성에 기반하는 극단적인 상상력의 출현에 대한 긍정만을 발견할 수 있을 뿐이다. 여기에는 '엽기적인 상상력'이라고 하는 것이 문화적·유희적 취향 혹은 권태로운 일상에 대한 반발 정도의 소비적인 미학 원리가 될 수도 있다는 우려가 작용하고 있는 듯하다.

　엽기 혹은 극단적 상상력의 문제는 '어디까지, 무엇이 가능한가'라는 문제에 대한 진지한 사고를 요구한다. 이 점에서 엽기와 극단적 상상력의 위반이 함유하고 있는 차이를 우리는 다시 한 번 생각해보아야 할 것이다.


　대중 매체와 문화 산업이 틀에 박힌 일상에 신물이 난 사람들에게 끊임없이 일탈의 욕망을 부추기고 뻔한 일상에서의 탈피를 마치 상품처럼 소비하게 하는 현상——보다 곰곰이 생각해보면 이러한 현상은 '위반'이 아니라 '자극'이라고 불러야 옳지 않을까——을 우리는 '위반의 상업화'라고 부르고자 하는데 여기서 문화적 현상으로서 '위반'은 사회의 다양성을 나타내는 것이 아니라 오히려 점점 더 획일화되어가는 모습을 보여준다.[11]

---

11) 박성창, 「어디까지, 무엇이 가능한가」, 『세계의 문학』, 1999년 겨울호, p. 127.

엽기와 극단적 상상력의 차이는 실제로 '위반의 진정성'에 관련된 문제가 아닐까? 인용한 글은 위반의 상업화에 대한 지속적인 경계를 통해서만 금기의 위반이 그 전위성을 상실하고 '한 줌의 불온성'으로 떨어지지 않을 것이라는 내용을 담고 있다. 최근 몇몇 시인들의 언어적 극단에 대한 실험은 실제로 상상력의 극단을 아슬아슬하게 스쳐가는 정도로 심화되고 있는 것이 사실이다. 그들은 "나는 존재의 끝에 서고 싶다. 나는 언어의 벼랑 끝에서 떨어져 죽고 싶다"는 순교 의식을 스스로 다져가고 있다. 엽기에 대한 부정적 인식은 실제로 시인들의 치열한 자의식이 추동해내는 극단적 상상력을 '엽기'라는 말이 모두 함축할 수 없기 때문이다. 실제로 '엽기'는 지나치게 '대중적이다.'

이 점에서 극단적 상상력의 차원은 철저하게 자의식적인 시인들의 언어적 치열성과 문학적 순교 의식에 대응된다. 그래서 21세기의 시에 대하여 우리는 여전히 다음과 같은 진단을 내리는 것이 가능하다.

앞으로의 문학은, 시는, 새로운 '순교'를 준비하고 있는지도 모른다. 극단을 향해 달려가는 시인의, 작가의 자의식만이 문학을 구원할 수 있음을 그들은 이미 예감하고 있는지도 모르기 때문이다. 그러나 과연 누가 그러한 극단의 체험을, 극단의 삶을 철저히 살 수 있을 것인가. 누가, 벼랑 끝에 선 자의 위기의식으로 마침내 새로운 세기에도 여전히 지속되는 이 어둠을 헤쳐나갈 수 있을 것인가.

이윤학의 "언제나 나에게 독기를 불어넣어주는 고통이여,/나를 비켜가지 말아라"[12]라는 시 구절처럼, 이제 고통에 대한 순교는 현실을

---

12) 이윤학, 「진흙탕 속의 말뚝을 위하여」, 『나를 위해 울어주는 버드나무』, 문학동네, 1997.

헤쳐나가는 하나의 수단이다. 위악이든지 또는 악몽이든지에 관계없이 현실은, 고통스러운 자의식과 자기 변신의 의지에 의해서만 문학으로 바뀌어지는 것이다. 그러니 문학이란, 가벼운 위로가 아니라 여전히 고통스러운 결핍의 '기호,' 그 '대리물'이다. 역설적인 웃음과 역설적인 자기애를 표면에 드러냄으로써 훼손된 현실을 말하는 전략과 내면의 극단을 드러내기 위해서 '고통'을 택하는 '견인주의'는 문학적 치열함과 '순교 의식'이 과거에 비해서 젊은 시인들에게 더욱 심화되었음을 알게 한다.[13]                                           〔2001〕

---

13) 김춘식, 「은둔자의 피, 벼랑 끝의 불온성」, 『내일을 여는 작가』, 2000년 봄호, pp. 42~43.

# 역사의 폭풍
— 90년대 시와 역사적 시간

## 1. 명상과 일그러진 거울

'명상,'이라고 적어본다. '글쓰기'라는 말이 익숙하게 되어버린 '지금, 여기'의 시점에서 "90년대 문학은 무엇이었나"라고 물으면, '명상' '글쓰기의 자의식' '지혜' 등의 말이 우선적으로 내 머리에 떠오르곤 한다. 왜, 하필 명상인가.

90년대 초반에 제기되었던 시와 문학에 대한 '공준(公準)'이 사라졌다는 문제의식으로부터, 우리는, 이 시대의 문학은, 어디쯤 와 있는 것일까.

"90년대 젊은 시인 중 대부분이 자신의 시를 하나의 전략으로 생각하고 있다는 말은 이제 그다지 새로운 사실이 아니다"[1]라고 했을 때, 이미 시는 일종의 '명상'의 차원에 접어들었다고 해도 과언이 아닐 것이다. 앞 시대의 문학과의 인식론적 단절을 전제로 할 때만이 '시적 전략'이라는 말이 그 의미를 지닐 수 있기 때문이다.

새로운 미학의 탐색 과정은 실제로 90년대 중반까지 지속되었고, 현재 그 종착점은 30대 시인을 중심으로 한 '서정시의 복귀'라는 두

---

1) 김춘식, 「시적 위반, 한 줌의 불온성(?)」, 『세계의 문학』, 1999년 겨울호, p. 153.

드러진 현상으로 규정할 수 있다. 2000년 이후 한국 시의 전개 방향
은 90년대 후반의 쟁점이었던 생태 · 환경 · 여성 · 몸 · 정신 · 영
혼 · 탈중심 · 탈이성 등이 수그러들면서 서정시의 낮은 목소리를 중
심으로 '내면화'되는 단계에 접어든 것으로 보인다. 이런 경향은 90
년대 이후 논의의 핵심으로 떠오른 '글쓰기의 자의식' 문제와 밀접
한 연관이 있다.

'해체와 재질서화'라는 두 가지 담론으로 기존의 '문학'을 재점검
하는 과정에서, 90년대 문학은 문학의 존재 근거를 '작품성' '내적
완결성' 등의 범주를 벗어나 '글쓰기' 일반의 차원으로 확대했고, 이
과정에서 문학은 '글쓰기의 자의식'에 대한 문제와 새로운 '미학'에
대한 문제를 자신의 화두로 안게 되었다.

'글쓰기의 자의식'은 문학의 장르적인 '공준'이 의심받기 시작한
시점에서 '작품'과 '창작가'의 진정성에 대한 평가 기준을 대신했고,
실제로 90년대 문학의 중요한 특징은 창작가들이 전략적으로 자신
의 '글쓰기 방식'을 노출했다는 사실에 있다. 이 점은 90년대가 산
출한 시인인 진이정 · 유하 · 장석남 · 나희덕 · 이윤학 · 김기택 · 함
민복 · 이정록 · 박형준 · 김수영 · 차창룡 · 이수명 · 유승도 · 김선
우 · 문태준 · 권혁웅 등을 비롯한 대부분의 시인들이 지닌 공통점이
다. 예를 들면 앞에서 말한 '명상'은 '공준'을 넘어서 새로운 것을 탐
색하는 창작가에게는 마치 '나침반'에 비유할 수 있는 중요한 개념
이다.

'근대성과 근대적 미학'을 동시에 부정한 자리에서 출발한 90년대
문학의 입장에서 보면, '명상'은 자의식과 진정성을 지탱하는 중요
한 요소일 수밖에 없는 것이다. 객관에 대한 신념이 무너진 자리에
서 주체가 단순한 주관의 나르시시즘에 빠져드는 것을 견제할 수 있
는 유일한 대안은 '명상과 반성적 자의식' 외에는 달리 방법이 없기

때문이다. 따라서, 일그러진 거울의 상(像)을 넘어서 그 저편의 진정
성을 회복하는 길을, 자신과 사물에 대한 집요한 탐색을 통한 명상
의 실천과 종합적인 반성으로 '주체'를 재구성하는 과정에서 찾으려
한 것이 90년대 시 문학의 핵심적인 전략이라고 할 수 있다.


## 2. 하, 중심이 없다

90년대 초반 『오늘의 시』에서 기획한 "90년대의 시적 상황을 진단
한다"는 특집에 실린 다음과 같은 내용의 글은, 90년대 문학의 외적
환경과 그에 대한 시적 대응을 상당히 적절하게 요약하고 있다.

이 세계 상실의, 실재성 부재의 시대에 시인은 말하기 위해 쓰는
자가 아니라 침묵하기 위해 쓰는 자라고 말하는 편이 옳다.
이때 인간의 언어가 필연적으로 걸을 수밖에 없는 길이 '비극적 추
상의 문체'일 것이다. 달리 어떤 길이 가능하겠는가? 추상이란 표상
혹은 재현할 수 없는 것이 존재한다는 것을 표현하는 방법이다. 우리
의 90년대 시인들에게서 읽어낼 수 있는 특징은 바로 이 현실의 실재
성 부재와 관련된다고 말할 수 있다. 실재성의 부재, 중심의 부재는
파괴할 것과 새로이 세워야 할 것이 분명하게 보였던 지난 80년대의
시와는 변별적으로 목표가 상실된 방황하는 이 시대 시인들의 인식론
적 지평이다. "중심이 있었을 땐 적(敵)이 분명 있었으나 이제는 활처
럼 긴장해도 관통시킬 표적이 없다"(김중식)는 발언은 우리의 90년대
문학 상황을 단적으로 서술하고 있는 것이다.
우리 시대의 시는 저 표상할 수 없는 것들의, 실재성 결핍의 세계
가 더욱 심화된 벼랑을 걷고 있다. 80년대의 시인들에게서 주로 제도

권 체제에 대한 해체 내지는 파괴와 새롭게 지향해야 할 체제에 대한 믿음의 언어들은 이제 90년대 시인들에게서는 일상화된 소비 사회, 정보화 사회에 대한 검증과 비판의 언어들로 수정되고 있는 듯하다. 이 시대 시인들의 언어는 저 비의에 가득 찬 체제와 자본주의의 무서운 심연을 흘낏거리면서, 그것의 공포를 요설과 장광설로 풀어놓는다. 그리고 표상할 수 없는 거대한 사태에 직면하여 기지의 정신을 투사한다. 〔……〕 이 싸움에서의 문제는 세계 상실에 대한 과장된 제스처나 포즈화된 비판이 아니라, 일상의 세밀한 분석과 몸과 마음의 해부를 통해서 비판이 달성되어야 한다는 것이다. 여러 평자들의 올바른 지적처럼, 현대 사회의 일상 속에서 어떻게 시가 비판의 몫을 담당할 것인가의 문제가 90년대 시인들이 짊어진 화두이다. 나는 잔인하게도, 실재의 부재하는 실재성의 표출이라는, 시의 어깨에 부여된 이 불가능과의 싸움을 다시 강조하고 싶다. 이 싸움을 통해서만이 이 시대의 시인들은 실재성의 부재라는 세계 상실의 위기 구조의 본질을 드러내면서 실재의 실재성을 새롭게 구성하는 길을 마련하게 될 것이다.[2]

90년대 초반에 씌어진 위의 글에서 알 수 있는 것은 '중심 부재'라는 상황의 여파가 얼마나 큰 것인가 하는 점이다. 2000년대 시단에서 '중심의 부재'라는 말이 이미 '자동화'되고 '습관화'된 말이어서 아무런 반성도, 반발도 불러일으키지 못하는 '상투성'에 찌든 것으로 여겨진다는 사실에 견주어보면, "현대 사회의 일상 속에서 어떻게 시가 비판의 몫을 담당할 것인가" 내지는 "중심이 있었을 땐 적(敵)이 분명 있었으나 이제는 활처럼 긴장해도 관통시킬 표적이 없

---

2) 김진수, 「실재성 부재와의 싸움」, 『오늘의 시』, 1992년 상반기, pp. 10~15.

다"는 비장한 언술은 자못 신파적이기까지 하다.

그러나 이런 두 발언의 진정성이 의심받는 '현실'은, 지금이 분명 시적 매너리즘이 횡행하는 시대이며 자본의 순환 운동 속에 문학이 함몰되어가는 시대임을, 구체적으로 증언한다. 특히, 90년대 후반에 발표된 '서정시'에는, 그것들이 '시적 순교 의식'으로 무장한 채 자본주의에 대항하는 최후의 선택이라는 암시가 강하게 풍긴다. 예를 들면 유하의 모더니즘적인 선회(旋回)나 황지우의 귀족주의로의 전향 등은 '깊이 없는' 시대의 천박성으로부터 벗어나 자신의 영혼과 내면의 구원을 추구하는 낭만주의적인 기획의 성격을 띠고 있다. 문학·예술·미·죽음 등 절대적 '매혹'의 영역을 가상(假想)함으로써 유토피아가 상실된 현실을 건너가고자 하는 전략을 전면화한 결과 결핍에 대한 대리 만족을 특징으로 하는 낭만적 아이러니irony가 새로운 시적 현상으로 나타나게 되는 것이다.

가령, 시적 순교 의식 같은 것도 인용한 글에서 지적한 바와 같은 '비극적 추상의 문체'와 그다지 먼 거리에 떨어진 생각은 아니다. 위의 글에서 지적하고 있는 바를 눈여겨보면, '중심 부재'라는 90년대 초반의 시적 정황에 대한 당시 시인들의 대응은, 첫째 말하기 위해 쓰는 것이 아니라 침묵하기 위해 쓴다는 것, 둘째 표상 혹은 재현할 수 없는 것이 존재한다는 것의 인식, 셋째 제도권 체제에 대한 해체 내지 대안 체제에 대한 믿음의 언어 대신 일상성과 소비 자본주의 사회에 대한 검증과 비판 그리고 반성의 언어를 탐구하는 것 등으로 요약된다.

이런 진단은 90년대 시 문학의 전략이 지닌 중요한 특징을 상당히 예리하게 간파하고 예측한 것이다. '요설과 장광설'로 특징지어지는 90년대 초반의 풍자·해학·키치·말장난 등 가벼움과 기지의 '시'들이 사실은 아무것도 말하지 않음으로써 역으로 행간의 '침묵'으로 죽음의 시대를 증언하는 방식을 취한다는 지적은, 이후 90년대 시 문학의 '서정성'이 어디에 기원을 두고 있는가 하는 점을 간접적으로나마 암시하는 중요한 내용이다.

실제로 유하의 '압구정 시편'이나 함성호·김중식·허수경·박상순·함민복·차창룡 등의 90년대 초반 시풍이 보여주는 중얼거림과 넋두리의 화법은 표면적인 의사 소통보다는 역설과 비아냥, 조소, 패러디가 핵심 전략으로 차용된 것이었다. 이런 언어들을 행간에 '침묵'을 감춘 언어라고 말한다면, 그 뒤를 잇는 서정성과 내면화 경향의 시인들인 박용하·장석남·이윤학·전동균·박형준·나희덕 등의 시어는 절제된 언어와 힘들게 토해내는 '하얀 말'로 정의할 수 있을 것이다.

다시 말하면, 두번째의 특징인 표상 혹은 재현할 수 없는 것이 존재한다는 인식을 자신의 '시적 자의식' 속에 내면화한 일군의 시인들이 90년대 후반의 시단에서 두각을 나타냈다. 그리고 이런 요설과 내면, 어눌한 언어 사이의 친연성은 자본주의적인 일상에 대한 검증과 비판, 반성이라는 가장 핵심적인 공통성에 의해서 더욱 확연해진다.

결국, 90년대 시단에서 우리는 크게 두 가지의 시적 경향을 확인할 수 있는데, 언어 유희 혹은 내면화의 경향이 그것이다. 이 점에 대해서 나는 다른 글에서 다음과 같이 그 특징을 지적한 적이 있다.

'전략적 담론'은 '자의식'의 철저성을 드러내는 방식이고, 동시에 자기 정당성을 드러내는 권력 지향적 담론이며, 또한 자신의 그런 권력 지향성을 폭로하고 노출하는 역설적 담론이다. 이런 특징은 90년대 현실에 대한 비판적 성찰 혹은 시적 성찰의 양가성(兩價性)을 그대로 드러낸다. 현실에 대해, 타자의 담론이 지닌 음험함에 대해 비판

하기 위해서는 먼저 자기 자신의 목소리에서 권력적 욕망을 읽어내야
만 하는 '자기 폭로'를 전제로 할 수밖에 없는 것이다. 따라서 90년대
시에서 주관적 감정의 분출이나 내면화의 경향이 강해지는 까닭은,
이런 양가성을 포함한 주체들의 자기 고백 혹은 폭로 때문이다. 이 점
에서 자의식의 철저성을 묻는 90년대 시에 대한 비평적 담론은 '시인
스스로의 양가적 위치에 대한 자각을 얼마나 전략적으로 작품화하고
있는가' 하는 것을 묻는 것이다. 유하 · 장정일의 대중 문화에 대한 이
중적 태도나 박상순을 비롯해서 최근에 시집을 낸 함기석 · 이철성 ·
서정학 · 이수명 등 언어의 억압과 폭력성에 대해 공격적인 대응을 보
여주는 젊은 시인들의 시적 전략은, 시인의 양가적인 위치에 대한 자
각을 그 내면에 포함하고 있는 일련의 예이다.

　이런 맥락에서 생각하면, 90년대 시는 대중 문화, 언어, 정치 현실,
일상성, 성적 정체성의 혼란 등 모든 외적 상황의 속박, 타락의 영향
으로부터 자유로울 수 없는 왜소한 주체들의 자기 폭로와 반항을 담
고 있는 것이 가장 중요한 특징이다. 고백이나 폭로는 자기 진정성의
지향이 치열하면 치열할수록 전략적인 것이 되고, 그만큼 개별화되고
파편화된 형태로 드러난다.

　내면화를 지향하는 이윤학 · 장석남 · 전동균 · 박형준 등의 시인은
다소의 주관화 경향을 시 속에 내포하고 있으며, 유하 · 장정일 등의
경우에는 대중 문화에 대한 양가적 태도가 오히려 자기 정체성의 혼
란을 야기하거나 방향성을 상실하게 만드는 경우도 종종 발견된다.
또한 김영승 · 함민복 · 성석제 · 차창룡 · 김중식 등의 야유와 풍자 또
는 자기 희화화는 '내적 아이러니'를 포함한 자기 분열적 경향으로 치
닫기도 한다. 마찬가지로 언어의 문제에 주목하는 박상순 · 이철성 ·
함기석 · 이수명 · 서정학 등의 시인들도 언어의 기의 signifié나 결핍
된 욕망에 대한 모순된 심리로부터 그다지 자유롭지 못한 것이 사실

이다.

이처럼 미완결된 시적 인식과 창작 방법을 전략적으로 드러낸다는 점에서는, 90년대 시인 모두가 어느 정도는 '실험적이고 전위적'이다. 그러나 이러한 전위성과 새로움에 대한 충동에는 비교의 '척도'를 상실한 데서 오는 허무주의와 자기 파괴성, 무방향적인 질주 등의 심리도 상당 부분 포함되어 있다고 추측된다. '비교의 척도'를 자기 자신의 내부로부터 스스로 생산해야 한다는 것만큼 끔찍한 말이 있을까. '자율적 주체'나 '개성' 따위의 허구성을 자각하고 있는 '창작 주체'들에게 내적 원리로서의 자기 증식성과 자기 규정성을 미학적 전략으로 삼아야 한다는 것은 그야말로 가당치 않은 모순이다. 하지만 이런 이율배반적인 상황이 90년대의 시적 현실 속에는 엄연히 존재하고 있으며 이런 시적 상황에 대한 시인들의 철저한 인식은 90년대 시를 더욱 '전략적'인 것으로 만든다.[3]

90년대 시가 지니고 있는 '전략적인 성격'에서 읽어낸 시인들의 양가적인 태도는 자기 고백을 통한 '자의식'의 정당성 확보와 그것이 지니고 있는 권력 지향적 속성에 대한 자조가 혼합되어 있는 경향을 보인다. 이것은 '요설과 장광설'이 오히려 행간의 침묵으로 빛난다거나 자신의 내면 깊숙이 침잠해 들어가는 시인들 모두에게서 찾아볼 수 있는 현상이다.

그러면 그들은 왜, '침묵'에 주목하는가. 표면적으로는 중심과 실재가 사라진 현실 속에서 '침묵'은 "자신과 타자의 모순을 관조하는 가장 적절한 방법이기 때문이다"라고 할 수 있을 것이다. 그리고 본질적으로는 '비교의 척도'를 자기 자신의 내부로부터 찾을 수밖에

---

3) 김춘식, 「시적 위반, 한 줌의 불온성(?)」, 『세계의 문학』, 1999년 겨울호, pp. 155~56.

없는 창작 세대의 비극적 정황에서 그 원인을 찾을 수 있다. 침묵의 '응시'만이 자기 증식성과 자기 규정성을 통해서 세계와의 '대면'을 허용하기 때문이다. '세계'가 스스로 말을 걸어올 때까지 그들은 '침묵'의 미덕을 되새김으로써 그 긴 심리적 공황의 터널을 견뎌야 하는 것이다.

'견딘다'라는 말은 이 점에서 90년대 시인들에게는 상당히 중요한 의미를 지닌다. '죽음'을 꿈꾸거나, 극단의 질주와 도주를 보여주거나, 요설과 폭로·극단적 언술을 보여주는 시들이 공통적으로 지니고 있는 특징은, 그 '시간'을 견딘다는 점이다. 일찌감치 이런 '견딤'과 '무너짐' 사이의 고통을 호소한 시인은 요절한 시인 '기형도'와 '진이정'이다.

"보아라, 쉬운 믿음은 얼마나 평안한 산책과도 같은 것이냐. 어차피 우리 모두 허물어지면 그뿐, 건너가야 할 세상 모두 가라앉으면 비로소 온갖 근심들 사라질 것을. 그러나 내 어찌 모를 것인가. 내 생 뒤에 남아 있을 망가진 꿈들, 환멸의 구름들, 그 불안한 발자국 소리에 괴로워할 나의 죽음들.//오오, 모순이여, 오르기 위하여 떨어지는 그대. 어느 영혼이기에 이 밤 새이도록 끝없는 기다림의 직립으로 매달린 꿈의 뼈가 되어 있는가"[4]라는 시 구절에서 보듯이, 기형도는 '견딤'의 의지와 '무너짐'에의 충동 사이에서 갈등하는 90년대적인 내면의 풍경을 보여준 가장 대표적인 시인이다.

"가장 무서운 방향을 택하여 제 스스로 힘을 겨누는" '고드름'의 이미지에 위태롭게 현실의 끈을 잡고 살아가는 시인 자신을 비유한 이 시는 그 자체로 90년대적인 일상의 삶이 지니고 있는 '모순'을 예리하게 통찰하고 있다. '기다림의 직립으로 매달린 꿈의 뼈'를 바라

---

4) 기형도, 「이 겨울의 어두운 창문」, 『입 속의 검은 잎』, 문학과지성사, 1989, p. 64.

보고, 그리고 다시 그 직립의 자세가 '가장 무서운 방향을 향하여 제 힘을 겨눈' '무너짐'에의 충동을 내포하고 있음을 직시하는 시인의 '눈'에는, 세기말의 황량한 사막이 장차 그들의 영혼을 어떤 식으로 잠식할 것인가에 대한 무서운 '예감'이 번뜩인다.

마찬가지로 진이정은 "죽으면, 그렇다……/그냥 없어지는 것이다 /이 사실을 받아들이는 데 거의 삼십 갑자가 흘렀다/그리고 나는 중년을 바라보게 된 것이다/이제 난 구체성의 신, 일상성의 보살만을 믿기로 한 것이다/덧없음의 지우개 앞에, 난 흑판처럼 맨살을 내밀 뿐이다/아트만이 무너진 마당에/인생이 꿈이란 건, 그 얼마나 뻔한 비유인가/이제부터 나의 우파니샤드는/거꾸로 선 현실이다/하지만 못내 구체적인, 빵꾸 나오시 가게의 흙바닥에 굴러다니던/호이루와 몽키스패너들의 그 완강함이다/나, 아트만 없이 숨쉬고 있다/브라만에 구걸하지 않으리라/ 〔……〕 /나라는 물건은 원래 존재하지 않았다, 라는 각성이/둔한 내 뒷골을 쑤셔야만 하리라/하하 원래 존재하지 않았다니,/그럼 죽고 싶어도 못 죽는단 말인가!"[5]라고 하여, 현대의 가공할 속도에 의해 금이 가버린 '현실'을 살아간다는 것은 곧, "덧없음의 지우개 앞에" '흑판처럼 맨살을 내미는' 행위와 다를 바가 없다고 말한다. 그러니, 이제 시인이 할 수 있는 일은 '구체적 일상' '자질구레한 세속의 찌꺼기'들에게 마음을 주는 일이 된다. 기형도가 "허물어지면 그뿐"이라고 말하면서도 "내 생 뒤에 남아 있을 망가진 꿈들, 환멸의 구름들"을 근심하듯이, 진이정은 "나라는 물건은 원래 존재하지 않았다"라고 하여 '무너짐' 혹은 '죽음'이 손쉬운 해결책이 되지 못함을 '자조'한다. 이런 냉소나 비탄의 목소리는, 그들이 왜, 역설, 말장난, 요설을 늘어놓고 그 뒤에 자신을 감추는가

_______________

5) 진이정, 「아트만의 나날들」 중 일부, 『거꾸로 선 꿈을 위하여』, 세계사, 1994, pp. 37
～38.

하는 점을 적절하게 설명해준다.

"내겐 추억이 없다/찰나 찰나 연소할 뿐"[6]이라는 진이정의 고백을 통해서, 폭력적인 근대화의 속도 뒤에 남은 것이 무엇인가를 우리는 다시 돌이켜볼 수 있을 것이다. 벤야민의「역사 철학 테제」에서 진보의 폭풍에 떠밀려 끊임없이 뒤로 밀려갈 수밖에 없는 구원의 천사처럼, 이들 세대에게 미래는, 휴식은, 죽음은, 구원은 무한정 뒤로 유보되어버린, 권태로운 '기다림' 그리고 '견딤'을 의미한다. 또한, 과거는 폭풍에 비유될 만큼 어마어마한 속도를 그 속성으로 하는 "진보의 폭풍"에 의해 "잔해 위에 또 잔해를 쉼 없이 쌓이게 하고 또 이 잔해를 우리들 발 앞에 내팽개치는 단 하나의 파국"[7]으로 시인들 앞에 나타나는 것이다.

역사의 천사가 바라보는 시간의 균열과 잔해의 더미는 실제로 90년대 시인들이 뒤돌아본 '한국의 근대사'이기도 하다. 발전의 폭풍에 미쳐 모든 것을 쓰레기의 더미로 만들어버린 '시간'의 폭력성을 90년대 시인들은 그들의 성장 과정에서 생리적으로 터득하고 있는 것이다. 이런 이유에서 "내겐 추억이 없다/찰나 찰나 연소할 뿐"이나, "즉흥적으로 이 세상에 와서/재즈처럼 꼴리는 대로 그렇게 살다 가리니"[8]와 같은 냉소적인 언술은 이들 세대의 문제성을 그대로 보여주는 것이다. 유하의 '키치'적 성향, 그리고 이윤학·장석남·전동균·박형준 등이 바라보는 폐허 속의 슬픈 미학은 이 점에서 모두 동일한 성격을 지니고 있다. 삶의 찰나성에 대한 인식을 공유함으로써 그들은 동일한 역사의 '풍경'을 바라보고 있는 셈이 된다.

---

6) 진이정,「추억 거지」, 앞의 책, p. 16.
7) 발터 벤야민,「역사 철학 테제」,『발터 벤야민의 문예 이론』, 반성완 편역, 민음사, 1983, p. 348.
8) 유하,「재즈 1」,『세운상가 키드의 사랑』, 문학과지성사, 1995, p. 60.

유하의 키치가 '일상의 구체성'으로서의 키치에 주목한다면, '이윤학'과 같은 90년대의 서정시인들은 '사라져가는 것의 잔상(殘像)'을 복고하는 데 주력한다. 그래서 폐허와 키치가 동일한 잡동사니의 더미라면 그 속에서 자신의 시적 전략을 구상하는 시인들은 기본적으로 '느림'의 미학을 공유한다고 볼 수 있다. 이 느림의 미학은 때로는 요설과 장광설 뒤의 '침묵'으로, 또 때로는 찰나성 뒤에서 빛나는 '아우라'의 모습──유하나 진이정의 시에서 자주 보이는 '유행가'처럼──으로, 그리고 장석남 · 이윤학 · 나희덕 · 전동균 · 박형준 · 문태준 · 권혁웅 · 김선우 등의 내면적 침잠으로 나타난다.

결과적으로 90년대 시인들이 표면화한 '전략'의 실질적인 내용은, 실재와 중심이 부재하는 현실, 그 폭풍에 떠밀려온 역사의 파국 속에서, 폭풍의 광란을 진정하기 위한 노력이라고 할 수 있다. 자본주의적인 물신화 속에서 '모든 단단한 것이 녹아버릴 때,' 시가 그런 물신화에 저항하는 최후의 저항 기제로 남을 수 있는 방법을 그들은 '견딤'과 '침묵'을 통한 '느림'의 지향에서 발견한다. 예를 들면, 이윤학이 "화단 안에/웅덩이를 파고 있는 수탉의/벼슬은 핏빛이다, 핏빛의 그 꽃은/황홀하다//붉고 작은 눈은 언젠가/내 마음이 살다 온 방과/닮아 있다//나는 가끔 끔찍함과 만나는 것이다/아니, 그 끔찍함의 과거와도 만나//그 속에 앉아 있게 되는 것이다"[9]라고 했을 때, 우리는 그가 집요하게 응시하는 곳이, '내 마음이 살다 온 방' '끔찍함과 끔찍함의 과거'라는 사실을 알게 된다. 모든 역사의 폭풍은, '그때 그곳'을 쓸고 간 시간과 속도는, 시인의 눈과 마음의 방에 그대로 기록되어 있다. 그것은 참으로, 끔찍한 일이다. 그런 끔찍함을, 그 끔찍함의 과거와 흔적을 견디는 일이 '저주받은 시인'으로서의

---

9) 이윤학, 「포도 넝쿨이 쳐진 마당」, 『붉은 열매를 가진 적이 있다』, 문학과지성사, 1995, p. 12.

그들의 숙명인 셈이다.

예이츠가 "폐물 더미, 혹은 거리의 쓰레기,/낡은 주전자, 낡은 병, 그리고 찌그러진 깡통,/낡은 다리미, 오래된 뼈들, 떨어진 넝마, 돈궤를 지키고 있는 정신 나간 매춘부./내 사다리가 없어진 이상/나는 모든 사다리가 시작되는 곳에 누워야 하리, 심장의 더러운 고물가게 속에"[10]라고 말한 것처럼, 시인은 "심장의 더러운 고물가게 속에"서 살아가는 존재이다. 천상의 사다리가 치워진 자리에서, 진흙탕 속에, 쓰레기 속에 뒹구는 자가 바로 시인이다. 이 점에서 역사의 폭풍 뒤에, 잔해로 남은 '시간'을 응시하는 '천사'의 눈은, '견자(見者)로서의 시인'과 서로 마주 보는 위치에 서 있는 것이다. '초월'을 응시하면서도 잡동사니와 뒹구는 '저주받은 시인'과 '진보의 폭풍'에 의해 뒤로 밀려가면서 안타깝게 잔해의 더미를 바라보는 '천사' 사이의 '거리'에서 '견딤'과 '침묵'의 언어가 싹트는 것이다.


## 3. 다시 '침묵' 속으로

90년대 시인들에게 공준(公準)을 마련해준 것은 스스로의 '진정성'에 대한 향수와 추구였다. 중심이 없는 시대에 자기 갱신과 자기 증식을 통해 '비교의 척도'를 자기 내부로부터 찾는 과정에서 '진정성'은 언제나 '허위'와 '포즈'로부터 스스로를 구별짓는 '자기 결백의 증명'이라는 문제와 긴밀한 연관성을 가질 수밖에 없었다. 자기 결백의 증명은 결국, 자기 정당성의 확보를 위해 타자의 '인정'을 반드시 필요로 한다는 점에서, 또한 '권력 지향적'이다. 이런 모순 때

---

10) *Collect Poems*(New York, 1951), p. 336.

문에 '진정성'의 문제는 '현실'에 대한 명확한 인식에 바탕을 두지 않는 한 다시 저잣거리의 '아우성'과 '인정 투쟁'으로 환원될 수밖에 없는 것이다. 실제로 최근의 '자기 결백성'의 주장과 포즈의 범람은 '진정성'의 추구를, 하나의 '유행'으로 변화시키는 경향이 있다. 작은 개체들의 '소통 불가능성'을 역설적으로 확인시켜준, 이런 부정적인 측면은, 앞으로 21세기의 시인들이 직면한 중요한 해결 과제이다.

"얼마나 더 벗어야 하는가"가 아니라 "얼마나 더 철저하게 몸과 마음에 새겨진 시대의 풍경을 해부하는가" 하는 것이 문제의 핵심이라는 점에서, 90년대 시인인 기형도 · 진이정 · 이윤학 · 유하 · 나희덕 · 장석남 · 박형준 등이 확보한 '침묵의 언어' 혹은 '낮은 목소리의 언어'가 의미를 지니는 것이다.

> 그림 속의 접시 위엔
> 삶은 게가 올려져 있다.
> 껍질은 붉고 집게는, 쩍 벌어져 있다.
> 그림 주위엔 술병이나 술잔
> 젓가락이 놓여져 있지 않다.
>
> 찻잔은 이미 치워져 있고, 그
> 받침대만 남아 있다.
>
> 이건 단순한 그림일 뿐이다!
>
> 파먹을 수 있는 것,
> 나 자신밖에는 없다.[11]

　　점점 더 운명의 바닥, 그 깊은 곳으로 눈길을 던지고 있는 그를 지켜보며 아주 가끔씩은 추억을 나누는 대신 술을 마셨다. 그는 언제나 나보다 많이 마셨고, 나보다 '멀리' 버텨냈다. 그의 시가 끔찍하게 느껴지는 것은, 그가 너무 오래 물을 바라보아 눈이 멀어버린 것 같은, 그의 시의 행간에서 하얗게 빛나는 침묵 때문이다.[12]

　　위에 인용한 글은, 내면 응시의 대표적인 시인인 이윤학의 '고백'적 언술과 '그(이윤학)'에 대한 시인 박형준의 인상기이다. 나는 '운명의 바닥'으로 눈을 던지는 시인과 그를 지켜보는 다른 시인의 우려, 즉, "너무 오래 물을 바라보아 눈이 멀어버린 것 같은, 그의 시의 행간에서 하얗게 빛나는 침묵"에 대한 걱정 사이에서 가늘게 떨리고 있는 '최근 시의 특징'을 보여주기 위해서 위의 글을 인용했다. 끔찍함의 과거까지 자신을 밀고 나가는 시인에게서 '하얀 침묵' '눈멂'이라는 운명을 예상하는 박형준 시인의 관찰은 상당히 예리하다.

　　운명의 바닥, 저수지의 바닥, 상처의 바닥에, 무엇이 있을까. 혹, 그곳에는 '하얀 침묵'과 '눈멂'의 비극적인 운명만이 존재하는 건 아닐까. 이런 우려는, 내면에 대한 응시와 명상적 시가 부딪히는 어떤 위기와 한계점에 대한 예감이라고 볼 수 있다. '자신을 파먹는 작업'이란 결국, 어떤 한계점에서는 반드시 현실과 절연되어 나르시스의 영역으로 넘어가게 마련이다. '하얀 침묵'이란 이 점에서 극도의 언어적 절제로 인해 나타나는, 단순화와 형식 미학에의 경도를 우려하는 표현이라고 여겨진다. '눈멂'의 비극은, 그래서 모든 매혹된 자, 무엇인가에 집요하게 매달리는 집착의 최종적인 종착지이다. 결

---

11) 이윤학, 『붉은 열매를 가진 적이 있다』(문학과지성사, 1995)의 해사문.
12) 이윤학, 『나를 위해 울어주는 버드나무』(문학동네, 1997)의 뒤표지 글.

국, '하얀 침묵'과 '눈멀'의 운명은 다른 차원에서 말하면 90년대 시
가 헤쳐나가야 할 '굴레'이면서 동시에 '천형'이나 '운명'과 같은 것
이다.

자의식에의 집착과 매혹이 다다른 막다른 골목 앞에서 과연 그들
은 어떤 '전략'을, 또는 어떤 시적 '진정성'을 확보할 것인가 하는 문
제가 하나의 과제로 그들 앞에 놓이게 되는 것이다.

90년대의 뛰어난 시인 중 한 명인 이윤학에게서 이런 문제의식을
발견할 수 있다는 사실은, 다른 한편으로는 그의 치열한 자의식이,
새로운 출구가, 과연 어디에서, 어떤 식으로 전개될 것인가에 대한
기대감과 가능성을 품게 한다는 점에서 오히려 긍정적이다.


우리는 무엇을 부정하고 해체했는가. 왜 부정의 몸짓을 계속하는
가. 우리는 권위에 대한 부정, 권력의 해체는 많이 이야기했지만 정작
그 지향점이 부정 자체에 있는 것이 아니라 부정이 낳는 파괴의 생산
성임을 간과하고 있다. 이상적으로 말해 우리에게 부정이 의미있는
것은 부정을 통해 궁극적인 긍정에 이르기 위함이다. 즉, 문제는 권위
를 부정하고 권력을 해체하는 것이 아니라 그것을 통해 궁극적으로
'나'라는 존재, 자아를 가려버린 폭력적인 힘을 없애고 존재를 긍정하
는 것이다. 우리의 초점은 권력에 있는 것이 아니라 '나' 혹은 '너'라
는 존재에 있는 것이다. 그러므로 이제 우리는 오히려 '나'의 부정과
해체를 통해 부정이 가져오는 파괴의 생산성을 '나'에게로 이끌어야
할 때이다. 권력은 무엇에 의존하는가? 그것은 집단적인 '나'라는 존
재이다. 아무리 권력을 비판하고 부정해도 권력의 주체의 자리에 들
어서고자 하는 '나'가 있는 이상, 권력은 어느 때나 유지된다. 남성 중
심주의도 마찬가지이다. 남성의 타자가 되는 여성의 존재가 확고한
이상 남성의 위치 또한 확실한 것이다. '나'의 존재가 부정될 때 '너'

라고만 불려왔던 더 많은 '나'의 존재가 긍정될 수 있다. 허수경의 시에서 '하지만'이라는 부정의 접속사가 많은 화자의 목소리를 불러내듯이 부정의 방향을 '나'로 돌리는 것, 그리고 자아의 확산과 사라짐의 끝을 최대한 시험하는 것, 그것이 80년대의 외부로 향한 부정과 해체의 상처를 안은 90년대 시의 움직임이다.[13]

"'하지만'이라는 부정의 접속사가 많은 화자의 목소리를 불러내듯이 부정의 방향을 '나'로 돌리는 것, 그리고 자아의 확산과 사라짐의 끝을 최대한 시험하는 것, 그것이 80년대의 외부로 향한 부정과 해체의 상처를 안은 90년대 시의 움직임이다"라는 위 글의 진술은 90년대 초반 '방법적 부정'을 앞세웠던 최승호의 시론을 떠오르게 한다.

앞에서 말한 '행간의 침묵'이 무엇을 말하는가 하는 점은 '방법적'이라는 말에 의해서 잘 요약된다. "방법적 회의, 방법적 부정, 방법적인 침묵"은 진정한 의미에서의 '회의, 부정, 침묵'은 아니다. 이 말은 그것들이 단지 '포즈'에 지나지 않는다는 의미가 아니라, 반성적인, 타자 지향적인 가치 개념이라는 뜻이다. 그러나 최승호의 최근 시집인 『모래인간』에는 "지옥의 자궁에서 태어난 작가라면 늙어 죽을 때까지 무슨 말을 계속 지껄여야 한다. 그렇지만 타일에 대해서는 정말 할 말이 없다"[14]라는 구절이 나오는데, 이 시 구절은, 회의나 부정의 태도를 압도하는 주체가, 사실은 '타일'로 상징되는 매너리즘, 무미건조한 삶임을 암시한다. 그래서 삶은 황량한 사막이며 그 사막에서 영화를 보는 것이 바로 '추억' 혹은 '기억'이라고 말한다.

---

13) 최인자, 「부정과 해체의 반전」, 『오늘의 시』, 1992년 하반기, p. 82.
14) 최승호, 「타일」 중 일부, 『모래인간』, 세계사, 2000, p. 7.

이런 최승호 시인의 최근 시는 많은 점에서 '침묵'의 한계, 부정과 회의의 한계에 도달했다는 인상을 풍긴다. 한계에 도달한 상상력이 할 수 있는 것은 그야말로 끊임없는 반복, 악몽을, 매너리즘을 되풀이하는 것밖에 없는 것이다. "과일 바구니 속의 악몽이란 빈 과일 바구니를 한없이 뜯어먹는 벌레꿈 같은 인생을 말한다"[15]라고 말하는 시인에게서, 우리는 이미 그 한계, 블랙홀을 보아버린 사람의 모습을 발견한다.

그러나 이런 단계에 오면 다시 물어볼 필요가 있다. "우리는 무엇을 부정하고 해체했는가. 왜 부정의 몸짓을 계속하는가." 대답은 의외로 간단하다. 부정 없이 '진실'은 없기 때문에.

90년대를 헤쳐온 현재의 시단에서, '시'는 여전히 스스로의 매너리즘을 경계하면서, 일상의 구체성과 구원의 가능성 사이를 떠돈다. 폐허와 잡동사니 사이에 자신의 두 다리를 뻗고, 스스로의 정신의 욕망을 만족하고 있는 것이다. 한계를 보아버린 사람, 하얀 침묵의 끝에 도달한 사람은 어느새 그가 천상의 '사다리'에 발을 걸치고 있는 것은 아닌가 하는 의심을 가져볼 만하다. 그리고 실제로, 천상의 사다리는 상대성의 세계인 '현실계'에 어울리는 소품은 아닌 듯하다.

〔2001〕

---

15) 최승호, 「과일 바구니 속의 악몽」, 앞의 책, p. 61.

세기말, 시의 전략 과 진정성 제2부

# 죽음의 운명성과 재생의 신화

## 1. 운명

나는 이제, 다시 '운명'에 대해서 명상한다. 모든 소멸해가는 것들의 상투성에 대해서, 낡아감의 의미에 대해서, 상투성을 거부하는 모든 광기에 대해서, 매혹과 중독, 그리고 식어버린 열정의 진원지에 있는 두 가지 운명에 대해서, 이제 입을 열기로 하자……

미리 밝혀두지만 나는 운명론자이다. 하지만 오해가 없기를. 운명은 나에게 신비가 아니라 잃어버린, 혹은 망각된 '영혼'의 다른 이름일 뿐이다. 살아간다는 것이 '잃어버린 영혼'을 찾아가는 여정이라면 나는 지금 흥분된 모험가로 자신을 착각하고 싶은 것인지도 모른다. 언젠가 아주 오래전에 잃어버린 나의 전생과 그때 선택했던 현생을 찾아서 나는 길을 떠나기로 한다.

세상에는 두 가지 운명의 오솔길이 존재하는 것은 아닐까? 약속한 길과 망각의 길. 가야 할 길과 가고 싶지 않은 길. 이 둘은 운명의 두 가지 선택을 낳는다. 운명과 정면으로 부딪치느냐, 비껴가느냐의 차이. 나는 짐을 싣고 가는 한 마리 나귀, 내 앞에는 작은 냇물이 흐른다. 나는 하나의 선택 앞에서 주저한다. 무너질 것인가 견딜 것인가?

90년대를 열었던 시인 기형도를 생각하며 무너짐과 견딤의 운명을 생각한다. 무너지기 전에 먼저 자신을 허물어뜨렸던 한 시인의 초상이 이처럼 오래도록 머리를 떠나지 않는 것은 무슨 까닭일까?

모든 시대에 짐이 있었으니 지금도 시는 짐을 진 나귀……


## 2. 무너짐과 견딤


90년대의 시는 독자에게 새로운 독법을 요구한다. 60년대의 미학과 70년대의 미학, 그리고 80년대의 미학과는 다른 차원에서 자신을 이해하기를 '요구'하는 것이다. 중요한 것은 미적 '완성'이 아니라 진정성이다. 90년대의 시는 몸의 부자연스러움을 비집고 나오는 정신의 '항변'을 보여준다. 이 점은 90년대 문학의 방향성을 재질서화로 생각하는 쪽이나 해체로 생각하는 쪽이나 그 태도에 상관없이 나타나는 '징후'이며, 90년대 시에서 '의식하는 주체'가 아니라 '욕망하는 주체'의 모습이 두드러지게 보이는 원인이기도 하다.

특히 채호기·유하·이원 등 90년대 젊은 시인에게서 확인되는 시 형식의 새로움과 미완성된 미학적 구조는 그들의 시에서 새로운 시학이 나타나리라는 기대를 품게 한다. 몸의 부자연스러움을 느끼기 시작한 시 정신은 표면적으로는 해체의 징후를 보여주지만 심층에서는 새로운 재질서화의 조건을 만들기 때문이다. 유하의 '재즈 시론'이나 채호기의 '몸의 시학,' 이원의 '카메라적인 기법' 등이 그 형식을 뒷받침하는 미학과 정신으로 완성되는 시점에서 어쩌면 90년대 문학은 비로소 자신의 영혼을 찾는 긴 도정을 마칠 수도 있을 것이다.

　문제는 권태로운 주체의 유보된 선택 내부에 있는 새로운 재질서
화의 열망이다. 앞에서 말한 유하나 채호기, 이원 등의 시인이 보여
주는 새로운 시도는 90년대 시의 표면적인 특징 이면에 있는 심층적
인 징후를 드러낸다. 90년대 시가 독자에게 요구하는 새로운 독법이
란 이 점에서 명확해진다. 지금, 시는 영혼을 박탈당한 세대의 '몸바
꾸기'에 대해 읽어주기를 바란다. 자신의 운명을 망각한 세대의 구원
에 대해서 90년대의 시는 고민하고 있는 것이다. 90년대의 시는 독
자와 새로운 의사 소통의 체계를 만들기를 바란다. 시의 '몸'이 거추
장스러워진 '정신'은 독자에게 이제 '몸'이 아닌 '정신'에 주목해주
기를 요구하는 것이다. 시의 몸을 비집고 나오는 '정신'의 적극적인
'몸바꾸기'가 새로운 미학으로 승화되는 날, 90년대의 시는 비로소
'구원과 영혼'에 대한 작은 해답을 얻게 될지도 모른다. 그것은 무너
짐과 견딤이라는 상징적인 두 가지 삶의 양태에 대한 선택의 문제
이다.
　90년대의 한 기억으로 남은 시인 기형도는 그의 시편을 통해서
'무너짐과 견딤'이라는 두 개의 화두를 세상에 던졌다. 90년대적 일
상의 세속성을 헤쳐가는 방법에 대하여 그의 시는 노래한다. "더 이
상 무너지지 않으려면 모든 것을 포기해야 하네/ 〔……〕 /누군가 나
를 망가뜨렸으면 좋겠네" 죽음을 향해 일방향으로 달려가는 시간의
벽 안에서 견딘다는 것이 곧 '누추한 몸'이 되어 불안을 '습관'으로
삼는 일임을 그는 자신의 시에서 보여준다. 견디는 것은 늙어가는
것이라고 노래함으로써 무너짐이 인간의 숙명에 대한 좀더 진지한
도전이 될 수도 있음을 보여준 기형도는 운명을 정면으로 맞부딪친
시인이다. 모든 견딤이 지니고 있는 '고통'은 세월의 폭력성을 인식
하기 때문이다.
　기형도가 남겨놓은 화두는 90년대의 일상과 존재의 고통을 예언

한다. 견디면서 서서히 낡아가는 것, 그리고 육체에 '불안의 짐짝'을 싣고 철저하게 짓밟히는 것, 이 모든 예언은 90년대의 실존적 현실이다. 그리고 가장 처절하게 짓밟힘으로써 존재의 영혼은 더 이상 육체에 머물지 않음을 확인하게 되는 것이다. 영혼이 사라져버린 육체를 어느 날 문득 발견하고 경악하기 시작한 세대의 모습을 기형도의 시는 놀랍도록 상징적으로 보여준다.

기형도의 시를 다시 읽는다. 그가 말한 것은 90년대의 일상을 살아가는 존재의 고통에 관한 것이었다. 그리고 그는 두 개의 화두를 남겼다. 운명을 사는 두 가지 방법. 더 이상 무너지지 않기 위해서 먼저 자신을 무너뜨리느냐, 아니면 콘크리트처럼 단단하게 그 모든 것을 견뎌내느냐의 선택, 그 선택이 90년대의 일상 위에 찌그러진 달처럼 떠오른다. 그리고 망자의 목소리에 다시 귀를 기울이는 동안 그 달의 찌그러진 형태는 점점 더 90년대의 세속적 운명을 그대로 닮아 보인다.


아느냐, 내 일찍이 나를 떠나보냈던 꿈의 짐들로 하여 모든 응시들을 힘겨워하고 높고 험한 언덕들을 피해 삶을 지나 다녔더니, 놀라워라. 가장 무서운 방향을 택하여 제 스스로 힘을 겨누는 그대, 기쁨을 숨긴 공포여, 단단한 확신의 즙액이여.


보아라, 쉬운 믿음은 얼마나 평안한 산책과도 같은 것이냐. 어차피 우리 모두 허물어지면 그뿐, 건너가야 할 세상 모두 가라앉으면 비로소 온갖 근심들 사라질 것을. 그러나 내 어찌 모를 것인가. 내 생 뒤에도 남아 있을 망가진 꿈들, 환멸의 구름들, 그 불안한 발자국 소리에 괴로워할 나의 죽음들.

오오, 모순이여, 오르기 위하여 떨어지는 그대. 어느 영혼이기에 이 밤 새이도록 끝없는 기다림의 직립으로 매달린 꿈의 뼈가 되어 있는가. 곧 이어 몹쓸 어둠이 걷히면 떠날 것이냐. 한때 너를 이루었던 검고 투명한 물의 날개로 떠오르려는가. 나 또한 얼마만큼 오래 냉각된 꿈속을 뒤척여야 진실로 즐거운 액체가 되어 내 생을 적실 것인가. 공중에는 빛나는 달의 귀 하나 걸려 고요히 세상을 엿듣고 있다. 오오, 네 어찌 죽음을 비웃을 것이냐 삶을 버려둘 것이냐, 너 사나운 영혼이여! 고드름이여.  ——기형도, 「이 겨울의 어두운 창문」의 일부[1]

인용된 시에는 기다림과 견딤으로 상징되는 삶의 고통과 무너짐에의 욕망이 동시에 드러난다. 무너짐 또는 소멸에 대한 욕구는 삶과 시간의 폭력 저편을 향한 열망을 나타내며 '끝없는 기다림의 직립'은 존재의 실존적인 고뇌를 상징한다. 기형도는 "쉬운 믿음은 얼마나 평안한 산책과도 같은 것이냐. 어차피 우리 모두 허물어지면 그뿐, 건너가야 할 세상 모두 가라앉으면 비로소 온갖 근심들 사라질 것을, 그러나 내 어찌 모를 것인가. 내 생 뒤에도 남아 있을 망가진 꿈들, 환멸의 구름들, 그 불안한 발자국 소리에 괴로워할 나의 죽음들"이라고 노래함으로써 '운명'을 살아가는 두 가지 형식을 보여준다. 인용된 시의 첫 구절처럼 '험한 언덕들을 피해 삶을 지나다'니는 행위 또는 '쉬운 믿음'은 '평안한 산책'과도 같다. 그것은 운명을 비껴가는 양식이며 '건너가야 할 세상'을 외면하고 온갖 근심들을 망각하는 길이다. 그러나 시인은 그러한 평안한 산책이 결코 모든 고통의 사라짐이 아니라는 것을 잘 안다. 그 삶의 뒤편에는 '망가진 꿈들과 환멸의 구름'이 있고 영혼이 사라져버린 육체의 빈 껍데기가

---

1) 기형도, 『입 속의 검은 잎』, 문학과지성사, 1989, pp. 64~65.

있을 뿐이다.

결국 이 시의 화자가 발견한 것은 '오르기 위하여 떨어지는' 역설적인 지혜이다. 그것은 '끝없는 기다림의 직립으로 매달린 꿈의 뼈'이면서 '가장 무서운 방향을 택하여 제 스스로 힘을 겨누는 삶의 자세'이다. 삶을 진정으로 견디는 자세와 죽음을 직시하는 존재의 확신을 화자는 '고드름'의 모습 속에서 발견한다. '평안한 산책'이 아닌 '밤 새이도록' '직립으로 매달린' 영혼을 바라봄으로써 시인은 운명과 맞부딪치는 방법을 깨닫는 것이다.

이제 삶과 죽음은 하나가 된다. '가장 무서운 방향' 말하자면 예정된 죽음의 운명성과 모든 한계 조건을 향하여 '제 스스로 힘을 겨누는' '단단한 확신'을 지닌 삶은 이미 단순한 육체의 죽음을 넘어 있다. 그것은 "오래 냉각된 꿈속을 뒤척여" 자신을 고통 속에서 단련해온 자만이 가질 수 있는 확신이다. 운명을 직시하고 그것을 맞부딪쳐나가는 영혼은 삶 속에서 죽음을 바라보고 죽음의 형식 저편에 있는 불멸의 재생을 또한 노려본다. 오랜 견딤으로 만들어진 무너짐에의 확신과 선택은 '쉬운 믿음과 허물어짐'과는 전혀 다른 모습을 하고 있는 것이다.

그렇다면 과연 무엇이 다른가?

그것은 영혼의 부재와 회복의 차이이다. '직립으로 매달린 영혼'의 고뇌는 존재의 영혼이 어쩌면 선천적으로 주어지는 것이 아니라 고통과 고뇌 속에서 얻어지는 것일지도 모른다는 생각을 불러일으킨다. 오래전에 망각되었던 운명과 잊혀진 영혼의 존재에 대해서 눈을 뜨기 위해서 존재는 '직립의 고통으로' 삶과 죽음을 응시해야만 하는 것이다. 실존적인 기투를 상징하는 이런 행위는 '사나운 영혼'에게 힘을 주는 동력원인 것이다.

이제 문제를 좀더 명확하게 하기로 하자. 여기서 90년대를 여는 대표적인 80년대 시인 기형도에 대해서 다시 거론한 이유에 대해서 좀더 분명하게 밝혀두겠다. 기형도가 제시한 화두가 아직도 90년대 시에서는 문제의 핵심이라는 점, 정신과 영혼이 '몸'을 비집고 나오는 것이 90년대 시의 중요한 징후라는 점에서 그의 시는 '지금 여기'와 연속성을 갖는다. 또한 인용한 시에서도 보듯이 그의 시는 90년대적인 결핍과 그에 대한 시적인 반응을 상징적으로 보여준다.

이러한 점들은 90년대 젊은 시인을 논하는 데 중요한 지침을 제공한다. 견딤의 시학과 무너짐의 시학으로 나누어지는 그의 시는 90년대의 두 가지 시적 경향을 대변한다. 예를 들면 이윤학, 장석남 등의 시인이 삶에 대해 견딤의 자세를 우선적으로 내세운다면 채호기·유하·이원 등의 시인은 무너짐을 지향하는 쪽이라고 할 수 있다. 물론 이런 구분은 지나치게 도식적일 수 있다. 단지 무너짐과 견딤이라는 두 가지 자세 중에서 그들 시인들이 어느 쪽에 더 중점을 두고 있는가만을 대략적으로 나누어 본 것이다. 사실 이 둘은 앞에서도 말했듯이 그 시적 인식과 운명에 부딪치는 양식에 있어서는 하나라고 할 수 있다. 그저 그들의 실존적 기투가 '직립의 고통'일 것인가, 아니면 '사나운 영혼'의 모습을 하고 있는가의 차이라고나 할까.


## 3. 정신의 항변과 몸바꾸기—영혼의 부재


나는 90년대의 시를 '구원의 양식으로서의 글쓰기'로 요약한다. 기형도의 시에서도 보았듯이 90년대는 실존적 기투가 '시'를 결정하는 시대이다. 90년대는 '영혼의 부재'를 확인하기 시작했다는 점에서 이전의 시대와는 또 다른 결핍의 시대이다. 삶의 폭력성과 세속적 욕망에 오래 시달려온 존재에게 드디어 '영혼의 빈자리'가 보이기 시작한 시점인 것이다. 90년대의 시인들이 자신의 내면 속에서 발견한 풍경은 대부분 황량하기 그지없는 사막이다. 영혼이 있어야 할 곳에 남은 것이라곤 한때 오아시스가 있었던 사막뿐이다.

90년대의 시가 진정성에 대한 결핍감에 젖어 있는 점이나 '몸'의 구속을 벗어나 밖으로 튀어나오려는 정신의 '항변'을 보여주는 점은 모두 영혼의 구원에 대한 갈망 때문이다. 기형도의 시에서 나타난 '미래 상실'이 90년대의 젊은 시인에게서도 역시 동일하게 나타나고 있는 점도 이 점을 뒷받침한다. 그들은 시공간이 아우러진 과거, 현실, 미래 어디에서도 유토피아를 짓지 않는다. 그곳에는 영혼이 깃들어 있지 않기 때문이다. 영혼은 망각된 운명과 같다. 운명을 직시하는 순간 모든 것은 제자리로 돌아온다. 이 점에서 90년대 시는 아직 자신의 운명을 직시하고 있지는 못하다. 따라서 90년대 시의 내면에서 꿈틀거리는 재질서화의 열망은 바로 운명을 직시하고자 하는 욕구에 다름아니다.

90년대 시는 영혼과 세계의 양식을 상실했다. 세계는 '몸'의 특질을 지니고 있다. 영혼이 더 이상 세계 속에 깃들지 않을 때 세계는 '어둠의 장소'가 된다. 카오스의 상태는 '타나토스,' 죽음이다. 90년대 시인들의 영혼을 찾는 여정은 '죽음'에서 재생으로 가는 신화의 과정이다. 새로운 '몸'을 낳기 위한 '정신'의 항변은 이 점에서 '죽음'에서 '재생'으로 가는 통로를 여는 행위라고 할 수 있다. '몸바꾸기'는 결국 정신의 긴장 속에서 '직립으로 매달린 시인'이 잊어버린 자신의 영혼과 운명을 자각하는 순간 가능해진다. 90년대 시는 이 점에서 '잃어버린 영혼을 찾는 길떠남'의 도정에 놓여 있는 것이다.

채호기의 두번째 시집『슬픈 게이』의 다음과 같은 '자작시론'은 '몸에 관한 그의 시학'을 잘 나타내고 있다.

시는 몸에서 흘러나온다. 살아가면서 우리는 삶의 흔적들이 몸에 새겨진다는 것을 스스로 확인한다. 몸을 변화시키면서 우리는 삶을 변화시킨다. 시는 삶을 변하게 한다(변하게 하여야만 한다). 그러기 위해서 나는 내 삶을 끊임없이 변화시키려고 몸부림친다. 시를 통해서 삶을 변화시키고 삶의 변화를 통해서 시는 계속 새롭게 창조되는 것이다. 시는 언어로 구성되어 있지만, 시를 받아들일 때 우리는 자신의 삶의 어떤 부분이 부서지거나 새롭게 덧붙여지는 체험을 하게 된다.

몸은 즉각적이다. 몸은 반응할 뿐 반성하지 않는다. 물론 몸은 생각에 의해 조종되기도 한다. 하지만 항상 몸은 생각보다 빨리 간다. 뜨거운 것이 몸에 닿았을 때 뜨겁다고 생각하기 전에 몸이 움직이는 것처럼. 시가 삶의 불투명성과 싸우려면 몸의 비이성적인 속성을 제 것으로 해야만 한다.

이 세계 안에 우리는 몸으로 있다. 몸이 없이는 우리는 이 세계에 있을 수 없다. 이 세계 아닌 다른 세계, 내 몸 아닌 다른 몸?…… 끝이 없다면……, 영원히 날아가는 돌팔매. 저기 날아가는 물음표가 떨어지는 곳은 어디인가.

나는 삶을 바꾸기 위해 시를 쓴다. 삶은 바뀌는 곳에만 있다.[2]

위의 인용문을 통해서 알 수 있듯이 채호기는 '몸' 즉 시의 형식적 해체를 통해서 새로운 세계와 삶으로 나가고자 한다. 이 점에서 그의 시는 '세계의 양식'을 지향한다고 할 수 있다. 그는 '몸을 바꿈'으로써 새로운 삶과 세계를 회복하고 그 위에 정신과 영혼을 깃들게 할 수 있다고 생각한다. 그것은 몸을 바꿈으로써 시의 죽음을 극복

---

2) 채호기,『슬픈 게이』(문학과지성사, 1994)의 해사문.

하고 새로운 재생으로 나가고자 하는 그의 열망을 포함한다. 그러나 이러한 그의 시학에는 '몸의 반응'이라는 것이 '정신'의 각성보다 빠르다는 유기체적인 시론이 담겨 있다. 다시 말해서 시는 죽음 앞에서 자신의 생명 보존을 위해 스스로 몸의 상태를 변화시킨다는 것이다.

그의 이러한 생각은 다른 90년대 시인들의 몸에 관한 생각과 많은 부분에서 유사하다. 이원의 "꾹꾹/몸이 걸었으므로 길이 되어버린/마음이 우글우글하다/신발을 굽어보던 빈 몸이/뻣뻣해 벽에 몸을 기댄다"(이원, 「발자국은 신발을 닮았다」)[3]라는 구절은 몸이 걸음으로써 '마음의 길이 생긴다'는 의미를 전달한다. 즉, 몸의 반응이 있고 그 후에 마음의 길이 생긴다는 것이다. 이 마음의 길은 '몸'이 세계와의 통로나 매개체라고 한다면 바로 '관계의 차원'을 상징한다고 할 수 있다. 예를 들면 "길은 그물이다 몸을 가진 것들은 걸린다 걸려본 발이 길을 알리라"(이원, 「길 또는 그물」)[4]라는 구절처럼 길은 몸이 세계와 만남으로써 생기는 모든 복잡한 관계의 총체를 나타낸다. 결국 길은 그물처럼 뻗어 있고 그 그물은 마음을 지배한다. 몸이 세계로부터 자유롭지 않듯이 마음 또한 세계로부터 자유롭지 못한 것이다.

이원과 채호기의 시에서 발견되는 이러한 몸에 관한 명상은 시의 몸이 바뀌어간다는 점에 대한 공통적인 의견을 포함한다. 그리고 그것은 시와 세계와의 관계가 바뀌고 있기 때문이다. 결국 몸이 걸어서 생기는 길이 그물이 되어 몸을 구속할 때, 마음은 정체성을 상실하고 만다. 길바닥에 "마음이 우글우글"해짐으로써 몸은 영혼을 상실한 '빈 몸'이 된다. 시의 위기는 이렇게 다가온다. 몸이 걸었으므

---

3) 이원, 『그들이 지구를 지배했을 때』, 문학과지성사, 1996, p. 20.
4) 앞의 책, p. 13.

로 생긴 마음의 길이 너무도 복잡해져서 반대로 '몸' 자체는 속이 텅 비어버린다. 다시 말해서 시, 몸, 세계는 모두 영혼을 상실한 것이다. 채호기나 이원의 시는 결국 90년대의 다른 시인들이 그런 것처럼 시의 정체성과 영혼의 문제를 다루고 있는 것이다.

몸을 바꾼다는——채호기의 표현을 빌린다면—— '비이성적이고 즉각적인' 행위의 의미는 결국 '영혼의 부재'에 대한 위기감이다. 영혼의 부재는 '죽음'에 대한 경고라는 점에서 채호기, 이원은 본능적으로 '재생'의 의지를 '몸의 시학'으로 표현하고 있는 것이다. 이원이 자작시론에서 말한 "무겁다, 는 마음이 절절할 때 나는 무겁다, 라고 시 쓰지 않았다. 그냥 무겁다, 는 말 속으로 들어가 며칠이고 살았다. 무겁다, 는 말이 가는 곳은 어디든지 따라갔다"라는 극사실주의적 태도는 실상은 채호기가 말한 것처럼 '삶의 불투명성'에 대응해서 잃어버린 영혼을 찾는 행위이다. 채호기와 이원은 몸의 반응에 따름으로써 영혼의 복귀를 꾀하는 것이다. 그것은 마음이, 마음을 속이는 욕망의 체계에 대한 대응 방식이다. 정신보다 몸의 반응에 따름으로써 세계의 양식을 먼저 회복하고 그 다음에 영혼과 마음의 혼돈을 극복하는 것이다.

이외에도 '몸에 관한 명상'을 바탕으로 죽음에서 재생으로 나아가는 출구를 찾는 이 두 시인과는 다른 방식의 '영혼' 찾기를 보여주는 시인으로는 유하의 '재즈 시학'과 이윤학, 장석남 등을 꼽을 수 있다. 우선 장석남과 이윤학의 시를 살펴보기로 하자.

민물도 갯물도 아닌 넓은
웅덩이를 차지한 썩어가는 물, 아직도
아무것도 살지 못하는 버려진 간척지, 내
가슴속의 웅덩이의 물은

출렁거리고 있다

이걸 어떻게 퍼낼까
이걸 우려내는 데
얼마나 많은 날들이 필요할까, 그것이
가능한 일이기나 한 건가


내 가슴속의 수문은 열리지 않는다, 나는
끝없이 흘러 고이는 물을 가둬두고 있다

──이윤학, 「간척지」의 일부[5]

이윤학은 기형도의 시학에 비교한다면 '직립으로 매달려' 삶을 '견디는' 시인이다. 그가 시집 뒤의 자작시론에 "파먹을 수 있는 것, 나 자신밖에는 없다"라고 썼듯이 그는 자신의 내면을 파먹고 견디는 시인이다. 그는, 내면의 황량한 풍경을 그대로 받아들인다. 아니 심지어는 그 황량함과 낡은 것 속에서 그냥 산다. 오래전에 영혼이 있었던 흔적을 만지면서 그는 그 영혼이 확인될 때까지 자신의 내면을 바라보며 사는 것이다. 이윤학은 폐허 속에서 '영혼의 부재'를 확인함으로써 죽음을, 삶을 견디고 있는 것이다.

위의 인용은 간척지의 풍경을 통해서 그의 내면을 보여주는 시이다. 버려진 간척지에 고인 '민물도, 갯물도 아닌' 물을 그는 가슴속에 가둠으로써 자신의 내면에 있는 황량함이 바로 자신의 시의 원천이라고 이야기한다. 그것은 상처를 안으로, 안으로 삭이면서 견디는 그의 시학을 그대로 나타낸다. "바닥까지 간 돌은 상처와 같아/곧

---

5) 이윤학, 『붉은 열매를 가진 적이 있다』, 문학과지성사, 1995, pp. 16~17.

120

진흙 속으로 비집고 들어가 섞이게 되네"(이윤학, 「저수지」)[6]에서처럼 그는 '상처가 진흙 속에 섞여' 그대로 삶과 기억의 일부가 될 때까지 내버려둔다. 그 상처가 다시 자신의 내면 속에 고여 썩은 물이 되고 저절로 마를 때까지 그는 묵묵히 지켜만 볼 뿐이다. 마찬가지로 장석남의 시도 삶과 상처를 안으로 삭여서 그리움으로 만든 시의 아름다움을 보여주는 대표적인 시인이다. 아래에 인용한 「옛 노트에서」는 세월의 풍화 작용을 시의 주요한 원리로 받아들이고 있는 그의 생각을 잘 보여주는 시이다.

그때 내 품에는
얼마나 많은 빛들이 있었던가
바람이 풀밭을 스치면
풀밭의 그 수런댐으로 나는
이 세계 바깥까지
얼마나 길게 투명한 개울을
만들 수 있었던가
물 위에 뜨던 그 많은 빛들,
좇아서
긴 시간을 견디어 여기까지 내려와
지금은 앵두가 익을 무렵
그리고 간신히 아무도 그립지 않을 무렵
그때는 내 품에 또한
얼마나 많은 그리움의 모서리들이
옹색하게 살았던가

---

6) 앞의 책, p. 11.

지금은 앵두가 익을 무렵

그래 그 옆에서 숨죽일 무렵     ——장석남, 「옛 노트에서」 전문[7]


　장석남과 이윤학은 인용한 시들에서도 알 수 있듯이 문명의 가속도를 거스르는 낡은 풍경 속에 사는 사람들이다. 그들은 자신의 내면 속에 있는 낡은 풍경을 통해서 생명성을 회복한다. 세월의 풍화 작용 앞에서 굳건한 것이 없고 시간 앞에서 무한한 것이 없듯이 이 두 시인은 내면 속에서 벌어지는 풍화 작용을 통해서 모든 상처를 정화해나간다. 그들은 파토스적인 시인이라기보다는 가장 서정적인 젊은 시인에 속하며 현실의 상처를 치유하는 깊은 내면을 지닌 시인들이다. 자신의 삶의 운명과 영혼에 대해서 그들은 상승 작용이 아닌 수평적인 수용의 자세를 취한다. 숭고한 것을 지향하기보다는 내면의 인내와 수련을 미덕으로 삼는 이 두 시인은 90년대 시인들 중에서 가장 동양적이고 전통적인 시인이다.

　'긴 시간을 견디어 여기까지 내려'왔기 때문에 시인은 한 시절의 '많은 그리움'도 이제 절제할 줄 알게 된다. 결국 이 두 시인의 공통점은 시간과 함께 낡아가는 것, 소멸하는 것에 대한 순응이다. 그들은 이미 죽음을 살고 있고 삶이 죽음의 일부라는 것을 알고 있다. 특히 이윤학은 언제 죽음이 없던 적이 있던가, 언제 탄생이 없던 적이 있던가, 라는 생각에 바탕을 둔 순환적인 생명력을 보여준다. 「버려진 다리 위에」에서 "아득한 구멍 속에서, 거품을 몰고/깊이도 없이,/강물이 흐르고 있다"라는 부분은 "노파가/실눈을 뜨고 일어선다"라는 구절과 함께 호응함으로써 낡은 것들 속 깊이 감추어진 '생명력'을 잘 보여준다.[8] 곧, 세월의 흐름 속에서 모든 것이 낡아가지만 진

_______________

7) 장석남, 『지금은 간신히 아무도 그립지 않을 무렵』, 문학과지성사, 1995, p. 11.
8) 이윤학, 「버려진 다리 위에」, 앞의 책, p. 14.

정한 생명력은 '내면' 속에 가라앉은 기억과 인내로부터 온다는 것
이다. 이 점은 이 두 시인의 내면 속에 이미 하나의 죽음이 살고 있
음을 알게 한다. 이들은 내면 속에 간직한 타나토스의 체험을 통해
서 모든 상처와 폭력을 정화하여 새로운 생명력으로 빚어낸다.

유하가 삶의 '한때' '일회성'에 중점을 둔 '재즈 시학'을 보여준다
면 이윤학과 장석남은 '연속성'의 시학을 지니고 있다.

> 유행가. '한때'라는 유한성 속에서, 그 유한성의 절실함만큼 빛을
> 발하는 것. '한때'가 시간의 저편으로 사라진 후에도, 그 '한때'를 둘
> 러쌌던 유한성의 절실함만은 유행가 속에 그대로 보존된다. 아니, 유
> 행가를 빛나게 하던 '한때'는 사라져도, 유행가는 '한때'가 남기고 간
> 유한성의 절실함 그 자체를 에너지로 삼아 더듬더듬 삶을 연명해나간
> 다.[9]

위의 인용문에서도 확인되듯이 유하의 시는 삶의 일회성과 유한
성에 대한 자각을 통해서 '사라져가는 것의 아름다움'을 노래하는
'재즈' 연작 시풍이라고 표현할 수 있다. 하나대와 압구정, 세운상가
를 누비면서 자신의 삶의 정체성을 시의 주제로 삼아 왔던 유하의
시는 재즈로 상징되는 '일회성' '즉흥성'과 만나면서 '소멸의 미학'
을 노래하기 시작한다. 즉, 그의 시는 사라져가는 것들의 한때를 포
착하는데 그것은 바로 순간성의 현현epiphany을 포착하려는 욕망으
로부터 시작된다.

유하는 인간의 영혼을 순간적인 현현과 소멸로 인식한다. 영혼은
지속적으로 한 존재의 내면에 있지 않고 그것은 수시로 부재하고 현

---

9) 유하, 『세운상가 키드의 사랑』(문학과지성사, 1995)의 뒤표지 해사문.

현한다. 영혼의 불이 켜지고 꺼지는 순간을 유하는 노래하려는 것이
다. 이런 생각은 죽음과 재생의 끊임없는 반복이 바로 매 순간 나타
나고 있다는 생각을 포함한다. 시는 매 순간 죽었다가 다시 부활한
다. 모든 시가 동일한 몸을 지닌 시는 없다는 것이다. 유하가 키치와
유행가, 낡은 악기에 대한 향수를 노래하는 것은 바로 유하 자신의
영혼이 매 순간 새로운 시간, 새로운 사물과 만남으로써 작은 죽음
과 작은 부활을 되풀이하기 때문이다. "몸 안에 격렬하게 머무르는
그 무엇,/유행가는 어느 순간 사라짐으로써 자신을 완성하지/그러니
까 한창 유행될 때/소멸과 정답게 악수하자구"[10]라는 그의 시 구절
처럼 유하에게 유행가와 같은 노래 또는 시는 죽음과 재생을 가장
잘 체험하게 하는 양식이다. 이 점에서 유하는 일상의 세속적 현실
을 '흥미진진하게 탐험해나가는 모험가'로서의 호기심을 번뜩이는
시인이라고 할 수 있다.


## 4. 시의 죽음과 90년대 시학


이상에서 살펴본 것처럼 90년대의 시는 영혼과 세계의 상실에 대
한 위기감으로부터 스스로의 몸을 바꾸려고 한다. 그것은 90년대 초
의 기형도가 보여준 무너짐과 견딤의 두 가지 태도가 영혼과 운명에
관련된 문제였다는 점에서 이미 그 단초를 보여주었다. 그리고 영혼
의 부재는 시인으로 하여금 죽음, 타나토스를 체험하게 한다. 90년
대의 시인은 이러한 시와 자아 속에서 나타난 영혼의 부재를 자신의
'시적 명상의 대상'으로 삼아 각자의 시론을 전개하고 있다. 예를 들

---

10) 유하, 「재즈 5」, 『세운상가 키드의 사랑』, 문학과지성사, 1995, p. 68.

면 채호기와 이원의 '몸의 시학,' 유하의 재즈 시학, 그리고 이윤학, 장석남의 내면적 풍경에 대한 응시와 견딤의 시학을 꼽을 수 있다.

이들은 각각 상이한 개성을 지닌 시인들이지만 공통적인 것은 독자에게 다른 독법을 요구하기 시작했다는 점이다. 즉, 90년대 시의 과제는 시의 '몸'을 바꿈으로써 새로운 미학을 보여주는 것이다. '몸바꾸기'를 요구하는 '시정신'의 '항변'이 강해질 때 앞 장에서 살펴본 것과 같은 다양한 시적 명상과 시도가 나타나는 것이다.

90년대의 시는 시의 죽음과 재생을 하나로 묶으려는 시도를 하고 있다. 그것은 '시가 죽었는가?'라는 질문을 원색적인 화젯거리로 삼는 것과는 다른 문제이다. 죽음과 재생의 반복을 시의 '고유한 리듬'이라고 할 때, 시는 늘 죽었고 또한 언제나 재생했다. 죽음의 체험은 곧 시의 새로운 '몸바꾸기'를 위해서 필연적으로 거쳐야 할 과정이며 새로운 '시의 미학'이 90년대에 나타날 수 있는 근거이다. 유하의 '재즈 시학'처럼 순간적인 죽음과 재생의 끊임없는 지속을 새로운 미학으로 삼든지, 아니면 늘 내면에 죽음을 체험하는 공간을 따로 가두고 있는 이윤학과 장석남의 시학이 새로운 미학이 되든지, 아니면 세계와의 관계에서 인식보다는 본능에 몸을 맡기는 채호기와 이원의 시학이 새로운 미학이 되든지 간에 90년대의 시는 죽음의 체험을 새로운 탄생을 위한 긍정적 체험으로 바꾸어야 한다. 따라서 '죽음'은 운명이며 잃어버린 영혼의 회복과 부활을 위해서는 반드시 건너야 할 혼돈이다. 〔1997〕

# 시적 위반, 한 줌의 불온성(?)


## 1. 위반의 미적 충동

21세기를 목전에 둔 오늘, '지금, 여기'의 현실 앞에서, 모든 견고한 것은 그 형체를 잃고, 또한 모든 화려함과 아름다움은 의심스러운 환각으로 허공을 떠돌 뿐이다. 실체가 없는 문화 속을 부유하면서 미래를 조망하는 것만큼 허황한 일이 또 있을까.

근대성을 둘러싼 지적 모험 속에서 우리가 건져 올린 것이라곤 이런 '한 줌의 환상'뿐이다.

과거 속에 쌓아올린 모든 문화에 대한 치열한 부정 정신, 그 뒤편으로 묵묵히 줄을 지어 따라가며 군중 속에 편승하는 이 시대의 문화란, 이렇듯 '한 줌'의 위로에 불과한 것이 아닌가.

새로움이란 이제 상투화된 미학이자 동시에 대중화된 '미적 충동'의 대명사이다. 역설적으로 말해서, 예술적 진보에 대한 강박관념이 하나의 미적 원칙으로 굳어진 것, 그것이 '새로움'에 대한 충동이다. 아방가르드, 초현실주의, 다다이즘의 부정성(否定性)은 '새로움'에 대한 강박관념이며 동시에 근대적인 미학의 절정이고 한계점이다.

이것은 한편의 '역사적 아이러니'다. 근대성을 부정하는 '원리'가 사실은 '근대성'의 제1원리이자 동시에 그 기원이라면, 이런 자기 증

126

식 혹은 분열의 시간은 오히려 지루한 되풀이, 반복이 아닌가. 이렇듯 근대성의 내부에 숨겨진 자기 규정성의 원칙이 '지루한 되풀이' '반복'임을 직시한다면, 또한 근대란, 얼마나 지루한 시간인가.

근대는 우리의 예술, 문학이 그렇듯이 미끄러지는 기표다. 끊임없이 얼굴을 바꾸는 동일 인물이며, 영원히 지속되는 '변화/되풀이'의 원칙이다. 실체가 없는, 오직 '게임의 규칙'만이 남은 놀이, 그게 바로 근대성 아닌가.

근대라는 시간대를 하나의 놀이 공간으로 가정한다면, 근대가 낳은 모든 제도는 일종의 놀이 규칙이다. 우리는 놀이에서 소외되지 않기 위해서 다시 그러한 규칙을 재생산해내지 않으면 안 된다. 근대는, 이처럼 '게임의 규칙'을 새롭게 만들고 바꾸는 '놀이 공간'이다. 그런 맥락에서 볼 때, 근대성은 게임의 규칙을 생산해내는 일정한 원리이다. 끊임없이 기표를 바꾸어가는 말놀이처럼, 근대는 규칙(제도)만 남고 '삶'이, '현실'이 사라진 가상적인 시간이다. 허깨비다.

새로움과 위반의 충동이 현대 예술을 지배하는 중심 원리라는 점에서, 우리는 90년대 한국 문학이 쉽사리 벗어날 수 없는 또 하나의 중심을 발견하게 된다. 모든 견고한 것을 해체하고 전복해 근대성을 새롭게 성찰하기 시작한 90년대 한국 문학을 가로막는 커다란 장벽은 어쩌면 이러한 '위반'에의 충동, 혹은 강박관념일 수도 있다는 것이 최근 나의 생각이다.

새로움과 위반의 충동은 이제 저마다의 미학적 신념을 세계에 투영하기 위해서 경쟁하는 창작 주체의 '개성'의 문제로 취급할 수만은 없을 것이다. 부르주아적인 신념을 담고 있는 '자율적 주체'와 '개성'은 90년대 한국 문학을 설명하기에는 이미 낡은 틀이 되어버렸기 때문이다. 그렇다면, '지금, 여기' 우리가 거처하고 있는 현실 속에서 진정으로 새로움이나 위반을 충동하고 있는 미학적 원리는 무엇일까. 이런 생각은 90년대 문학의 행방과 정체성에 대한 근원적인 질문을 내포한다.

'자율적 주체'의 신념이 무너진 공간에서, '창작하기' 또는 '글쓰기'는 이제 어디에서 자신의 정당성을 찾을 것인가. 80년대를 거쳐, 90년대를 지나오는 동안, 이런 종류의 회의(懷疑)는 이른바 신세대 문학의 정체성을 위협하고 괴롭혀온 가장 중요한 화두였다. 이제 소설가와 시인들은, 자신의 신념만으로 글을 쓰지는 않는다. 그들은 끊임없이 자신을 변화시키고, 심지어는 변절시키려고 달려드는 대중 문화와 대중성, 그 모호한 실체와 갈등하거나 타협하면서 문학 작품을 생산해낸다.

불온성이나 위반, 새로움을 추구하는 90년대 문학은, 이 점에서 최후의 선택 앞에 직면해 있다고 여겨진다. 미학적인 위반 혹은 새로움의 충동을 과감하게 버릴 것인가. 아니면, 새로운 전략으로 근대적인 '위반'과 '새로움'을 역설적으로 '패러디'하며 그 미학적 생명을 연장할 것인가.

## 2. 전략적으로 살아남기

90년대 젊은 시인 중 대부분이 자신의 시를 하나의 전략으로 생각하고 있다는 말은 이제 그다지 새로운 사실이 아니다. 모든 상황이 열악한 현실 속에서 시인들은 저마다의 생존을 위한 전략을 짜기에 치열하게 골몰하고 있다. 그래서 90년대 시를 앞에 두고 한가하게 '감동'이니 '아름다움'이니 하는 말을 떠드는 것이 얼마나 부질없는 일인가 하는 것은 굳이 자세히 말할 필요도 없을 것이다. 이런 최근의 시적 상황은 90년대 후반에 접어들면서 한층 표면화되어 일종의 유행처럼 되었지만, 과거 90년대 초반을 들썩거리게 했던 부박한 포스트모더니즘의 유행 현상과는 전혀 다른 형태로 전개되고 있다. 과장된 심리적 위기감이 아니라 명확하게 눈앞에 도래한 '위기' 앞에서 시 창작의 근원적인 문제를 돌아볼 수밖에 없는 것이 지금의 세기말적 현실이기 때문이다.

새로움의 미학에 대한 비판과 미학에 대한 '전략적 인식'의 출발은, 90년대 초반 이광호의 다음과 같은 발언에서 이미 확인된다.

> 전략? 왜 나는 '비평의 방법'과 '비평의 본질'을 말하지 못하고 '비평의 전략'을 말해야 하는 것일까? 비평이 전략적인 것은 비평의 내용과 방법에는 어떤 맥락과 이유가 전제되어 있기 때문이다. ① "비평은 전략적인 것이다"라고 말하는 것은 모든 비평을 음험한 행위로 만드는 것이 아니라, 무엇이 비평을 비평으로 만드는가를 탐구하는 출발점이 된다. 보다 거칠게 말한다면, 비평이 아주 객관적인 척하는 순간에도 그것은 권력과 이데올로기의 바깥에 있는 것이 아니다. 비평은 권력 행사 혹은 권력 추구의 문학적 양식이다. 〔……〕 ② 그것은 척도가 없는 시대에 끊임없이 황금의 척도를 구성하려는 권력이다. 비평은 "이것은 문학이며 저것은 문학이 아니다"라고 말하는, 혹은 "이 텍스트의 의미는 저것이 아니라 이것이다"라고 주장하는 독재이다.
>
> 그러므로 이러한 ③ 비평 행위의 전략적 성격을 단순히 부인하는 것만으로 비평은 순수해지지 않는다. 비평은 모든 '순수한 문학'이 순수하지 않다는 것을 드러내는 것에 머무르지 않고, 비평조차 순수하지 못함을 인식할 수 있어야 한다. 문학비평은 자신의 내부에 도사린 이러한 추악한 진실들을 외면해서는 안 된다.[1] (밑줄은 인용자)

---

1) 이광호, 「비평의 전략」, 『비평의 시대』 2, 1992, p. 117.

위의 인용문은 기존의 한국 문학사를 이끌어온 패러다임에 대한
반성적 성찰을 담고 있는 글이다. 시가 아니라 비평을 대상으로 한
것이기는 하지만 이 글은 90년대 시의 향방에 대한 중요한 암시를
담고 있다. 즉, 담론의 권력이나 의미화의 욕망으로부터 모든 문학
은 자유로울 수 없다는 것이 이 글의 확장된 의미이다. '순수한 문학
이 순수하지 않다'는 사실을 드러내는 것이 전략으로서의 비평이라
면, 이 말은 "90년대 시가 전략적이다"라는 진술에도 여전히 유효한
것이다. 그것은 '척도가 없는 시대'를 헤쳐나가는 시적 자의식의 투
영이기 때문이다.

이 점에서 90년대 시는 "비평이 전략적이고 그 자신 권력적인 담
론이라는 것을 부인하지 말아야 한다"(밑줄 ③)는 이광호의 주장처
럼 순수해지기 위해서 순수하지 않은 '자신의 얼굴'과 직면해야만
하는 결단의 상황에 처해 있는 것이다. 그래서 90년대 시인은 저마
다 이론적인 성찰과 시학적인 탐색을 전제로 하는 전략적 자의식을
표면화하고 있다고 여겨진다. 시적 상대주의의 시대라고 할 수 있는
90년대는 '중심'이 무너진 시대인 만큼 가치의 척도 또한 부재하는
시대이다. 이런 분열적 시 인식은 대중적 감수성의 유연성과 결합하
여 90년대 시인들의 시적 작업을 다양화, 전략화하는 원인으로 작용
한다.

위에 인용한 글에서 보듯이 '전략적 담론'은 '자의식'의 철저성을
드러내는 방식이고(밑줄 ①), 동시에 자기 정당성을 드러내는 권력
지향적 담론이며(밑줄 ②), 또한 자신의 그런 권력 지향성을 폭로하
고 노출하는 역설적 담론(밑줄 ③)이다. 이런 특징은 90년대 현실에
대한 비판적 성찰 혹은 시적 성찰의 양가성(兩價性)을 그대로 드러
낸다. 현실에 대해, 타자의 담론이 지닌 음험함에 대해 비판하기 위

해서는 먼저 자기 자신의 목소리에서 권력적 욕망을 읽어내야만 하는 '자기 폭로'를 전제로 할 수밖에 없는 것이다. 따라서 90년대 시에서 주관적 감정의 분출이나 내면화의 경향이 강해지는 까닭은, 이런 양가성을 포함한 주체들의 자기 고백 혹은 폭로 때문이다. 이 점에서 자의식의 철저성을 묻는 90년대 시에 대한 비평적 담론은 "시인 스스로의 양가적 위치에 대한 자각을 얼마나 전략적으로 작품화하고 있는가" 하는 것을 묻는 것이 된다. 유하, 장정일의 대중 문화에 대한 이중적 태도나 박상순을 비롯해서 최근에 시집을 낸 함기석·이철성·서정학·이수명 등 언어의 억압과 폭력성에 대해 공격적인 대응을 보여주는 젊은 시인들의 시적 전략은, 시인의 양가적인 위치에 대한 자각을 그 내면에 포함하고 있는 일련의 예이다.

이런 맥락에서 생각하면, 90년대 시는 대중 문화, 언어, 정치 현실, 일상성, 성적 정체성의 혼란 등 모든 외적 상황의 속박, 타락의 영향으로부터 자유로울 수 없는 왜소한 주체들의 자기 폭로와 반항을 담고 있는 것이 가장 중요한 특징이다. 고백이나 폭로는 자기 진정성의 지향이 치열하면 치열할수록 전략적인 것이 되고, 또한 그만큼 개별화되고 파편화된 형태로 드러난다.

내면화를 지향하는 이윤학·장석남·전동균·박형준 등의 시인은 다소의 주관화 경향을 시 속에 내포하고 있으며, 유하·장정일 등의 경우에는 대중 문화에 대한 양가적 태도가 오히려 자기 정체성의 혼란을 야기하거나 방향성을 상실하게 만드는 경우도 종종 발견된다. 또한 김영승·함민복·성석제·차창룡·김중식 등의 야유와 풍자 또는 자기 희화화는 '내적 아이러니'를 포함한 자기 분열적 경향으로 치닫기도 한다. 마찬가지로 언어의 문제에 주목하는 박상순·이철성·함기석·이수명·서정학 등의 시인들도 언어의 기의

signifié나 결핍된 욕망에 대한 모순된 심리로부터 그다지 자유롭지 못한 것이 사실이다.

이처럼 미완결된 시적 인식과 창작 방법을 전략적으로 드러낸다는 점에서는, 90년대 시인 모두가 어느 정도는 '실험적이고 전위적'이다. 그러나 이러한 전위성과 새로움에 대한 충동에는 비교의 '척도'를 상실한 데서 오는 허무주의와 자기 파괴성, 무방향적인 질주 등의 심리도 상당 부분 포함되어 있다고 추측된다. '비교의 척도'를 자기 자신의 내부로부터 스스로 생산해야 한다는 것만큼 끔찍한 말이 있을까. '자율적 주체'나 '개성' 따위의 허구성을 자각하고 있는 '창작 주체'들에게 내적 원리로서의 자기 증식성과 자기 규정성을 미학적 전략으로 삼아야 한다는 것은 그야말로 가당치 않은 모순이다. 하지만, 이러한 이율배반적인 상황이 90년대의 시적 현실 속에는 엄연히 존재하고 있으며 이런 시적 상황에 대한 시인들의 철저한 인식은 90년대 시를 더욱 '전략적'인 것으로 만든다.

주체의 견고함에 대한 신념이 무너진 상태에서 90년대 시인들은 자신들의 '창조적 개인성'을 어떻게 보존하는가 하는 문제에 골몰할 수밖에 없었고, 그 상황 앞에서의 피할 수 없는 선택이 전략으로서의 '시쓰기' '전략적으로 살아남기'라는 미학적 정면돌파이다. 이런 전략적 돌파는 새로움이나 위반의 의미를 과거의 '그것'과는 전혀 다른 차원으로 옮겨놓는다. 그들은 새로움과 위반의 맥락을 적극적으로 왜곡하고 전도함으로써 그것의 '반복성' 또는 '무개성성(無個性性)' 등을 표면화하고 노출한다.

'심층 없는 표피'의 부유(浮游) 혹은 미끄러짐으로 나타나는 '반복'의 미학은 '순간성'과 '영원성'이라는 '근대성'의 양면성을 그 내부에 포함한다. 특히, 언어 유희를 전략적으로 드러내는 박상순과 여러 젊은 시인들, 그리고 유하의 재즈 시학 등은 기표나 시적 형식의 깜빡거림, 단속적인 반복을 통해서 '의미의 흔적들'이 끊임없이 대체되고 교차되는 원리를 이용한다. 반면, '심층 없는 표피'적 삶에 대한 반성적 인식을 앞세우는 내면화 경향의 시인이나 자기 폭로적이고 희극적인 시인들은, '심층의 흔적'을 찾기에 골몰하거나 90년대 문화의 경박성에 대한 '경박한 흉내내기'를 통해 의미의 부재를 역설적으로 드러낸다.

다시 말해서, 90년대 시의 전략은 '깊이 없는' 혹은 '의미 없는' 상실의 시대를 어떻게 돌파하느냐의 문제를 화두로 삼고 있는 다양한 방법적 변주이다. 이 점에서 90년대 문학의 특징은 문명적 폐허 속에서 의미의 흔적에 대한 탐구와 향수에 몰두하는 것이 그 반을, 그리고 심층 없는 표피의 현실을 조소하고 공격하거나 폭로하는 언어 유희, 요설과 장광설 등이 나머지 반을 차지한다. 전자의 경우는 내면화와 진정성에 대한 끈질긴 집착을 나타내는 반면에 후자는 현실에 대한 비극적 인식과 치유의 불가능성을 폭로함으로써, '죽음'에의 걷잡을 수 없는 충동과 자기 파괴의 기원을 지시한다.

의미의 부재는 언제나 존재론적인 죽음과 통한다. 이 점에서 심층〔의미〕을 포기하는 시인들의 시는 치유보다는 '죽음'을 지향하는 시적 충동의 산물이다. 그들은 존재의 의미라는 '초월적 기의'에 대한 회의와 부정을 표현한다. 모든 심층적 의미는 누군가의 지배적 담론이나 권력욕을 반영하게 마련이라는 욕망과 권력에 대한 극도의 혐오감은 그들로 하여금 오직 '유희'만을 유일하게 건강한 것으로 생각하게 한다. 타자에 대한 지배 욕망을 담고 있지 않은 인간의 유일한 언어행위는 '언어 유희,' 곧 '기표의 말장난'뿐이기 때문이다. 이 점에서 '심층 없는 현실'은 이들에게는 '심층 없는 언어 유희'의 배경에 불과하다. '유희의 시인'들에게 시적 새로움이나 위반은 그 자체가 권력적 담론이다. 그러므로 '유희' 속에 새로움이란 없다. 단지 지루하지 않을 정도의 변화와 반복만이 남겨진다.

　기표의 미끄러짐이라는 변화와 환유적인 반복의 법칙은 창작적 주체의 '경쟁'이나 '위선' '우월감,' 타자에 대한 지배욕을 벗어난 것이기 때문에 건강한 전략으로 인식된다. 그러나 이러한 인식 혹은 전략에도 피할 수 없는 '독선'의 흔적은 남아 있게 마련이다. '의미 부여'의 욕망에 대한 경계가 '의미 부정(否定)'으로 확장되는 순간 모든 소통이 차단되고, 시는 '죽음'과 '자기 파괴'의 충동을 역설하는 또 다른 '심층적 언술'을 타인에게 강요하게 되기 때문이다.

　결과적으로 의미의 부정(否定)은 예기치 않았던 또 다른 파괴적인 의미를 파생하는 것이다. 그것은 '의미'만을 죽이는 것이 아니라 '기표의 유희' 혹은 '물질적인 신체' 자체를 파괴하는 결과를 가져온다. 모든 언어와 존재의 심층성을 부정하는 순간, 남는 것은 되풀이와 반복뿐인 일상과 인간에 대한 무의미한 언술이다. 의미의 미끄러짐이라는 기표의 유희란 긴장 없는 반복에 불과하다. 따라서 의미의 소멸은, 부메랑처럼 돌아와 기표를, 실체를, 육체를 강타하는 것이다.

## 3. 자기 환멸의 언어

　문학적 위반이란, 이제 단순히 한 개인의 창조 정신을 드러내는 척도가 아니다. 시대에 대해, 문학적 글쓰기의 환경에 대해, 창조적 개인의 투철한 자의식을 드러내는 전략이다. 이 점에서 90년대 시의 전략은 80년대 중반 이후의 오규원 · 황지우 · 이성복 · 박남철 · 장정일 · 김영승 등의 해체적인 시적 경향을 많은 부분에서 계승하고 있는 것처럼 보인다. 시적 개성의 창출이라는 문제 이전에, '시란 무엇인가'를 다시 묻고, 시를 지탱하는 미학적 원칙과 정면으로 부딪쳐 나가는 것, 그것이 90년대 시의 전략이다. 이런 시쓰기의 전략은 '글쓰기 환경'의 변화를 헤쳐나가기 위한 전 시대와의 인식론적인 단절을 그 안에 포함한다. 전략으로서의 시쓰기는 개성의 문제가 아니라 고정화되고 순응하지 않으려는 불온성의 표출이라고 할 수 있다.

김수영의 시 「공자의 생활난」에서 "나는 발산(發散)한 형상(形象)을 구하였으나/그것은 작전(作戰) 같은 것이기에 어려움다"라는 시 구절에는, 시쓰기란 '인위적인 작전(作戰)이나 전략'의 문제라는 그의 생각이 노출되어 있다. 김수영에게 시쓰기란 사물 저편의 '존재 혹은 초월적 기의' 그리고 '정의와 양심'의 문제를 동시에 밀고 나가는 것이었다. 그래서 그에게 시란, '불온한 것'이며 그 점에서 또한 전략적일 수밖에 없는 것이기도 했다.

그렇다면, 우리는 90년대 시의 불온성을 어디에서 확인할 수 있을 것인가. 도대체 무엇에 대한 '위반'을 통해 시인들은 '전략적 글쓰기'의 행방을 찾고 있는 것일까. 이런 문제에 대한 해답은 '한 줌의 도덕' 혹은 '한 줌의 환상' '위로'에 대한 그들의 '환멸'로부터 얻어진다. 가치의 부재란, 달리 말하면 허위와 위선, 독선의 일반화·대중화를 의미한다. 90년대 시의 양가성은, 허위와 독선을 전략적으로 차용할 수밖에 없는 현실적 조건 속에 이미 존재한다. 그들의 '환멸'은 '오염된 혹은 중독된' 스스로의 자아에 대한 '자기 환멸'을 동반한다.

시적 '불온성'이 극대화되는 순간, 시는 세계와 자아에 대한 극단적인 공격성과 파괴적 충동을 드러낸다. '깊이 없는 삶' '의미 없는 표피'는 모든 가치를 고작 '한 줌'으로 만든다. 구원의 현현이나 양심, 도덕, 존재의 의미조차도 '한 줌'으로 여겨지며, 욕망과 쾌락·위로·위안·재미·환상 따위도 모두 '한 줌'일 뿐이다. 모든 것이 사소해진 결과 만들어진 '환멸'이 이 시대의 시쓰기에 불온성을 부여하고 있는 것이다. 그러나 이런 불온성은 고작 '한 줌'의 반항에 불과한 것임을 그들은 알고 있다. 환멸과 불온성마저 '의미 없고, 깊이 없는' 껍데기로 만드는 힘이, 이미, 현실 속에 존재하기 때문이다.

의미 부재(不在)의 시대에 시는 전략적인 것이 되면 될수록 허위적 포즈와 경박함이라는 자신의 숨겨진 얼굴과 마주쳐야만 한다. 그것은 시쓰기의 차원이 궁극적으로, 어떤 본질적 의미, 혹은 진정성, 근원 회귀의 열망에서 출발한 것이기 때문이다. 의미의 상실은, 곧 시의 죽음이 아닌가. 따라서 근원적인 의미에 다가설 수 없는 모든 시쓰기는 권태로운 유희이고, 유예된 죽음의 시간이며, 절망적인 자기 증식 혹은 영혼 없는 육체의 재생산일 뿐이다.

"언어의 저편엔 아무것도 없다" 또는 "현실 저편에 아무것도 없다"고 말하는 시인들조차도 사실은 의미의 결핍에 불안해한다. 그들의 내면 속에는 자신의 시를 '한 줌의 유희'로 만들고 싶지 않은, 채울 수 없는 결핍감이 존재하는 것이다. 예를 들면, "언어 저편엔 아무것도 없다"고 말하거나 "모든 의미 부여의 욕망은, 타자를 규정하고 지배하는 권력적인 욕망과 다르지 않다"고 말함으로써 '기표의 유희'를 시적 전략으로 삼는 '시쓰기' 또한 자신의 시 창작 방법론에 대한 의미 부여가 아닌가. 따라서 "그 욕망이 그 욕망이다"라고 말하는 것 또한 얼마나 독선적이고 권력적인가.

의도하지 않은 무의식적인 언어 행위의 결과 속에도 욕망의 흔적이란 묻어 있을 수밖에 없다. 시인이 행하는 '기표의 유희'가 독자의 입장에서는 '억지 놀이'를 강요당하는 폭력적 언술일 수도 있는 것이다.

의미란 현존하지 않으며 언제나 흔적으로 떠돌아다닐 뿐이지만,

그것을 의미 부재를 단정 짓는 근거로 삼을 수는 없다. 데리다가 지적했듯이 의미란 절대적으로 부재하지도 현존하지도 않으며 단지 '부재/현존'의 사이를 깜빡이는 '흔적'으로만 드러날 뿐이다. 의미의 현현이란, '순간성'에 대한 자각이 없이는 포착하기 곤란한 것이다. 순간적이고 우연한 것에서 의미를 포착하려는 유하의 '재즈적 글쓰기'에 대한 관심은 이 점에서 상당한 타당성을 확보하고 있다고 여겨진다.

　최근에 시집을 낸 함기석의 다음과 같은 시는 해체 지향적인 젊은 시인들의 시적 전략이 사실은 그다지 '유희적(?)'이지 않다는 것을 잘 보여준다. 이들의 시는 일상적 언어 사용과 관습 내지 규범, 제도에 대해 심각한 공격성을 드러내지만 그러한 공격성은 다른 한편에서는 새로운 의미를 탐색하는 출발점이기도 하다.


　　　나의 구두는 우주선
　　　밤마다 내 두개골을 싣고 밤하늘을 유영한다
　　　나의 구두는 잠수함
　　　밤마다 황산으로 뒤덮인 바다에 나를 내다버린다


　　　구두는 나의 육체 나의 무덤인 언어
　　　구두는 자신의 전생애를
　　　구두라는 제 이름의 새장에 갇혀
　　　병든 새처럼 고통스러워하며 상처받는다


　　　사물의 이름은 인간이 만들어놓은 단단한 감옥
　　　인간이 인간만을 위해 만들어놓은 무서운 질서
　　　무서운 폭력, 나는 밤마다

검은 복면을 쓴 방화범이 되어
그 감옥 지하실에 폭약을 설치하고 불을 지른다
내 육체 속에서 번식하는 내 아비의 우상들을 죽이고
발 아래 침묵하는 대지를 살해한다

시인은 제 피와 뼛가루가 묻은 자신만의 언어로
자신의 교수대와 관을 만들어야 한다
치열하게 유희하듯 유희하듯

장미를 계속해서 장미라 불러야 하는 까닭은 무엇인가
수백 마리 뱀들이 우글거리는 관(棺)인 그것을
나는 간단히 시체라 부른다
이제, 장미는 빠알간 나의 시체
나는 밤마다 나의 시체에 불을 지른다

시인은 모두 방화범이 되어야 한다
썩어가는 제 언어와 정신에 불을 지르는
썩어가는 세계의 항문과 사타구니에 불을 지르는
고유한 방화범이 되어야 한다 ——함기석, 「고유한 방화범」 전문[2]

인용한 시의 3연에서 보듯이 시인은 언어를 '관습·제도·이념·
억압·폭력·죽음'과 동일시한다. 그래서 역설적으로 죽음을 벗어나
는 방법은 "검은 복면을 쓴 방화범이 되어/그 감옥 지하실에 폭약을
설치하고 불을 지"르는 방화범이 되는 것이다. 또 '언어의 감옥'에

___

2) 함기석, 『국어 선생은 달팽이』, 세계사, 1999, pp. 67~68.

불을 지르는 시인의 전략은 더 나아가서는 자신의 육체를 지배하는 '아비의 우상'을 죽이는 것이다. 시인의 이런 공격적인 언어관은 일상적 언어가 오염되고 타락한 '아비의 언어'라는 생각에서 발생한다. 시인은 세계를 지배하는 '추상적인 아버지의 세계, 추악한 어른의 세계'가 강요하는 언술의 체계에 '불을 지르는 것'이 자신의 창작 행위라고 생각한다.

그러나 더욱 극단적인 것은 4연에서 보듯이, 그러한 방화의 행위가 최종적으로는 시인의 죽음과 연결된다는 점이다. "치열하게 유희하듯 유희하듯" "자신의 교수대와 관을 만들어야 한다" "나는 밤마다 나의 시체에 불을 지른다"라고 말하는 시인의 진술은, 세계 혹은 아비의 언어를 파괴하는 것이 결과적으로는 시인 자신의 무덤을 만드는 일이라는 것을 암시한다. 세계의 언어에 불을 지르고 '자신만의 언어를 찾는다' 또는 '발명한다'는 것은 '주체의 역설적인 죽음'을 전제로 하기 때문이다. 길들여진 자아, 습관화되었기 때문에 이미 죽어버린 자아를 "치열하게 유희하듯" 살해하는 것이 바로 그의 시 쓰기인 것이다. 그래서 함기석의 시에는 살해의 충동과 동시에 자살의 충동이 빈번하게 노출된다.

아비 혹은 세계에 대한 살해 충동과 동시에 그 속에서 길들여져온 자아를 자살시키고자 하는 충동을 시적 글쓰기 전략으로 표면화함으로써 그의 시는 '죽음'을 세계에 대한 위반과 저항의 미학으로 승화한다. 이런 사실은 그의 시적 언어가 언어 유희적인 병치와 환유를 차용하고 있을 뿐 그다지 유희적이지 않을뿐더러 유희를 역설화하고 있다는 것을 알게 한다. 그에게 시쓰기는 개인의 유희이면서 동시에 '우울한 환상'이고 '죽음에의 충동'이며 진정한 의미에 대한 결핍감을 드러내는 행위이다. '유희와 환상'만이 이 세계가 시인에게 허용한 유일한 자유라고 한다면 그것은 이미 유희가 아니라 치열한 생존의 전략이다.

함기석 시인의 「불온한 시」라는 작품에서 "포르노 소설 속 강간 장면을 읽듯 속옷을 찢고/말들을 겁탈했다 여름밤을 겁탈했다/불온한 시를 썼다"(p. 70)라는 구절은 이들 세대의 '불온성'이 무엇을 의미하는지 말해준다. 세계가 시인에게 허용한 유일한 불온성은 언어에 대한 가학적이고 폭력적인 '겁탈'이다. 그리고 이러한 불온성은 또 다른 절망을 낳는다. 시인의 불온성이란 고작 '한 줌의 반항'에 불과하며, 또한 그러한 불온성은 시인으로 하여금 시를 쓰게 한 누군가에 대한 궁금증만 더욱 가중하기 때문이다.

아무리 물어도 한마디의 답도 없는 저 캄캄한 미지의 세계를 향해 허공을 향해 우주를 향해 나는 계속해서 질문을 던져요 새로운 세계 때문에 새로운 언어가 존재하는가? 새로운 언어 때문에 새로운 세계가 태어나는가? 〔……〕 누가 쓰는 걸까? 외롭고 고독한 날 언어가 시를 써요 나를 죽이고 나의 시간과 공간을 죽이고 언어가 천장에 누워 시를 써요               ─함기석, 「천장에 누워 시를 써요」의 일부[3]

언어를 겁탈하는 행위는 동시에 자기 자신을 겁탈하는 행위이기도 하다. 언어는 존재, 즉 주체와 절대로 떨어질 수 없는 '동일체'이다. 역설적으로 말해서 세계로부터 배운 아비의 언어를 파괴하는 행위는 자아의 죽음과 직결된다. 그러므로 언어의 유희와 기표의 미끄러짐을 말하는 모든 언어는 기본적으로 주체를, 자아를 살해하고자 하는 '죽음에의 충동'을 내면에 함축하고 있다. 따라서 길들여진 자아에 대한 살해 충동은 언어에 대한 '불온성' '폭력성'으로 표면화되

---

3) 함기석, 앞의 책, p. 66.

는 것이다.

함기석의 시에서 보듯이, 90년대 젊은 시인 중에서 언어에 대한 자의식을 시적 전략으로 삼는 시인들은 언어에 대한 공격성을 통해서 자아의 고통스러운 '재탄생'을 지향한다. 이들 시인들은 언어를 단순히 창조적 위반을 위한 질료로 보는 것이 아니라 '존재론적인 구원'을 위한 하나의 출구로 생각하는 것이다. 90년대 시적 언어의 '위반' '불온성'은 방법적으로는 '기표의 유희'라는 의미의 미끄러짐을 차용하지만, 그러한 전략의 진정한 목적은 오염된 언어에 중독된 주체의 '복원'이라는 점에 있다. 물론 이러한 복원된 주체는 타자를 억압하는 폭력적이고 근대적인 주체가 아니라 타자와 소통하고 교감하는 주체를 지향한다. 그러나 현실적으로 오염된 언어의 세계(라캉 식으로 말하면 상징계) 안에서 주체가 할 수 있는 유일한 불온성은 세계의 언어, 일상의 언어에 대한 위반과 일탈뿐이다. 그래서 젊은 시인들은 언어에 대한 '의미 지우기'와 '기표의 유희'를 자신들의 시적 전략으로 적극적으로 차용하는 것이다.


## 4. 영원한 타자

1999년 『문학동네』 가을호 특집에서 문학평론가 이성욱은 90년대 비평에 대한 반성적인 성찰 과정에서 다음과 같은 발언을 한다.

비평의 역동일화 전략 또한 누구나 애호할 만한 전략이다. 그러나 그 효과는 방법의 안착으로만 보장되지 않는다. 또다시 윤리적 판단의 냄새가 나는 말이기는 하지만 그것에 비평의 양심과 윤리학이 자기 검열 기제로 결합되지 않는다면 동일화의 길로 접어드는 것 또한

일순이다.[4]

　인용한 내용은 비평뿐만 아니라 자의식적인 '전략'을 지향하는 모든 장르에 공통적으로 적용할 수 있는 것이다. 자본에 동화되지 않고 역동일화를 지향하는 모든 전략적 글쓰기는, '양심'과 '신념'이라는 자기 검열의 절차가 없다면 모두 '방법론'과 '포즈'에 불과하며 결과적으로는 '도구적 합리주의'를 답습하게 된다. 따라서 현대시의 언어적 불온성과 위반이 방법론적인 차원에서 행해지는 '기표의 유희'에 그치는 것이라면, 그것은 이미 그 불온성을 상실한 채 보수화된 "도구적 합리주의에 빠졌다"고 말할 수 있다. 문제는 '위반'을 지탱하는 '정신'이 무엇인가에 있다. 이 점은 전략적 글쓰기가 수단의 차원이 아니라 글쓰기의 근본에 대해서 물어보는 것이라는 점을 다시 한 번 상기한다면 쉽사리 이해될 수 있는 것이다.

　90년대 시의 전략적 인식은 '인식론적인 차원'의 것이지 단순히 방법론이나 기교를 의미하지는 않는다. 따라서 시적 언어의 위반과 불온성은 '언어'에 대한 진지한 반성과 탐색의 과정에서 발견되는 것이며 방법적인 차원의 언어적 해체에 의존하는 것이라면 그것은 '새로움'이 아니라 무의미한 반복과 되풀이에 불과한 것이다. 기표의 미끄러짐을 반복적으로 되풀이하는 것만으로는 시적 위반을 지향하는 새로운 미학은 생산되지 않는다. 따라서 '의미의 불확정성'이 아니라 '의미의 소진'을 주장하는 것은 진정한 의미의 '위반'이라고는 볼 수 없다.

　모든 '위반'은 불온하다. 또한 모든 불온한 것은 어떤 식으로든 '의미'를 지향한다. "언어 밖에는 아무것도 없다"는 말은 가장 도전

---

4) 이성욱, 「비평의 길」, 『문학동네』, 1999년 가을호, p. 410.

적이고 불온해 보이지만, 역설이 아니라면 이것만큼 보수적인 발언
도 없는 것이다. 오염된 언어, 즉 기표 이외에 아무것도 존재하지 않
는 세상이란, 얼마나 지루한 반복뿐일 것인가. 이 점은 언어적인 해
체의 선구자라고 할 수 있는 데리다의 생각과도 많은 차이를 지니고
있는 것이다.

　E. T. 베넷은 데리다의 해체 전략에 대해 다음과 같은 결론을 내
린다.

　　데리다 이후에 우리는 공간, 침묵, 틈에 유의하지 않고, 또한 어디
　서 분열이 나타나는가에 대답하지 않고서 텍스트를 읽거나, 그것에
　대해 글을 쓰거나 논증할 수 없게 되었다. 이런 의미에서 과학은 우리
　에게 겸손에 대해 가르쳐 준다. 곧 과학이 가르쳐 주고 있는 것은 우
　리가 얼마나 모르고 있는가에 대한 감각, 우리가 알고 있는 세계란 인
　위적 구성물에 지나지 않는다는 감각, 또한 우리들의 지식에는 한계
　가 있으며, 우리들의 지식 · 글쓰기 · 경기가 어디까지 확장되든, 이
　한계를 초월하는 곳에는 언제나 무한한 타자가 존재하며 이 타자와
　우리 사이에는 영원한 단절이 존재한다는 감각이다.[5]

　데리다가 "형이상학은 불가능한 것의 추구이지만 그것을 포기할
수는 없다"고 한 까닭은 인용한 글의 밑줄과 같은 생각이 있었기 때
문이다. 이 글에는, 초월적 기의 혹은 구원의 에피파니는 그 실현이
불가능한 채 영원히 유보된 흔적만 남은 타자이지만, 어쨌든 그것이
존재한다는 신념만은 버릴 수 없다는 의미가 암시되어 있다. 시적
위반은 언어 저편에 존재하는 초월적 기의가 남겨놓은 '흔적'을 탐

─────────────

5) E. T. 베넷, 「데리다의 해체 전략」, 『포스트모더니즘 시론』, 이승훈, 세계사, 1992,
　 p. 317.

색하기 위해서 끊임없이 감각과 지식의 한계를 초월해나가는 행위
이며 이런 끊임없는 자기 부정성만이 진정한 불온성을 낳고 진정한
시적 위반을 지탱해주는 전략이 되는 것이다.

　90년대 시의 새로운 위반, 그것은 언어와 우리의 인위적 구성물인
'근대성'의 저 바깥에, 무언가가 존재한다는 '영원한 타자'에 대한
신념이 우리의 존재성을 재규명하고 탐색하는 계기로 작용할 때만
이 새로운 전위성과 창조력으로 연결될 것이다. 다시 말해서 모든
위반이, 전략이, 새로울 수 있는 것은, 그것이 지향하는 '방향'과 '의
미'가 존재하기 때문에 가능한 것이다.　　　　　　　〔1999〕

# 역사의 종언과 기억의 화법

## 1. 이성의 신화를 환멸하는 언어

세기말의 우울이 노래되는 이 즈음 새로운 천년을 기획하는 논의가 서서히 그 모습을 드러내기 시작한다. 우울한 분위기로 마음을 전염시키는 세기말적 증후군이 제2단계에 돌입한 것이다. 역사의 종점에서 지나간 두 번의 천년을 회고하는 역사적 인간의 최후를 우리는 그렇게 지켜보고 있다. 역사라는 거대한 기획의 끝에서 새로운 천년 왕국의 미래를 응시하는 자의 시선이 집요하게 바라보고 있는 곳. 그곳은 아이러니하게도 이 시대, '지금 여기'의 시작점, 그 기원을 지시하는 흔적들이다. 시대의 우울이 낮게 깔리는 역사의 폐허 위로 그렇게 과거의 그림자가 드리운다.

이제 더 이상 '텍스트로서의 역사'의 절대성을 신뢰하는 사람은 없다. 그것은 단지 끊임없이 덧씌워진 흔적들의 축적에 불과할 뿐이다. 저절로 혹은 인위적으로 지워지고 누군가에 의해서 지속적으로 덧칠이 된 '시간의 신전' 안에서 지금껏 무슨 일이 일어났던가를 증언할 사람은 없다. 그곳에는 역사적 인간들의 권력 투쟁과 욕망 그리고 애증이 뒤엉킨 거대한 미완성의 서사만이 있을 뿐이다. 그래서 모든 역사적 서사는 전도된 기원만을 보여준다. 사실과 허구의 경계

를 넘어서 종착점에 도달한 '시간'의 흔적들이 '아우성치는 곳,' 그
곳이 역사의 거처이다.

　이성이 세운 역사의 거대한 탑에는 기록될 수 없는 많은 것들이
묻혀 있다. '의미있는 언어'로서의 역사는 '광기와 감성, 감각, 직
관' 등 규정될 수 없는 비과학적 언술의 '사지(四肢)'를 갈가리 찢어
자신의 기초를 세운 것이다. '시간의 신전'에 세워진 '역사'라는 거
대한 탑은 역사적 인간의 유토피아에 대한 이상을 상징한다. 그러나
그곳에는 '허망한 언어'라는 누명을 쓴 또 다른 가치와 기억들이 썩
은 악취를 풍기며 썩어간다. 수백 년 동안 지워진 흔적, 누군가에 의
해서 강제로 파괴된 폐허 위에 지금 근대인이 꿈꾸던 역사적 유토피
아가 높이 솟아 있다.

　미래를 기획한다는 것은 어쩌면 시간을 거슬러 가는 것과 같은 일
이다. 불확정적인 것을 확정적인 틀로 규정한다는 점에서, 또 끊임
없이 현재의 관점을 투사해간다는 점에서, 그리고 그 최종의 목적이
희망이나 유토피아의 복원에 있다는 점에서 그 둘은 서로 닮은꼴이
다. 야누스의 얼굴을 하고 지속적으로 '지금, 여기'를 과거와 미래
속에 복사하려고 하는 것이 바로 역사적 이성의 완강한 욕망이기 때
문이다. 세기말에 '지금, 여기'를 묻는 것은 그래서 두 가지의 의미
를 지닌다. 그것은 고개를 돌리고 집요하게 뒤를 바라보는 태도와
아직 오지 않은 천년을 새로운 유토피아의 기획으로 만들어가려는
태도에 함축된 의미이다. 결국, 역사는 스스로를 반성하지 못한다.
광기와 욕망, 감성, 감각, 직관 등을 역사로부터 추방한 이성이 나아
갈 길은 '도구화된 이성'의 파시즘 이외에는 없는 것이다.

　역사적 이성의 신화에는 기억의 화법과 희망의 화법이 상호 대칭
을 이룬다. 과거를 기억하고 응시하는 화법은 달리 말해서 불확정적
인 미래의 과녁을 향해 희망의 화살을 쏘는 것과 같은 일이다. 무수

한 가능성의 축적물이었던 역사의 흔적을 재구성해서 이성적인 서사로서의 역사, 끊임없는 가필(加筆)로서의 역사를 기술하는 작업은 불투명한 미래의 시간을 '희망의 서사'로 기획하고 꾸미는 작업과 쌍생아적인 관계에 놓일 수밖에 없다.

그러므로 지금, 세기말의 우울을 말하는 화법과 새로운 천년기를 말하는 화법은 여전히 이성 중심적이다. 뒤돌아보기로서의 세기말적 회고담 혹은 반성과 천년 왕국의 건설에 대한 유토피아적 희망은 추방된 언어의 복원을 꿈꾸지 않는 한 여전히 기만적인 역사적 이성의 지배 전략으로만 남을 뿐이다. 역사의 종언은 따라서, 이미 그 수명을 다한 헤겔 식의 역사적 이성이 '시간의 신전' 안에서 미라처럼 화석으로 굳어진 채 그 권위의 옥좌에 앉아 있는 현실을 역설적으로 폭로하는 담론이다. 추방된 언어들이 '역사의 탑' 아래서 아우성치며 자신들의 복귀를 선언하는 동안 도구화된 이성의 파시즘은 앙상한 뼈와 가죽을 드러내며 굳어가고 있는 것이다.

세기말을 말하는 화법으로서 우리는 기억과 망각의 교차 혹은 전도에 의존해야만 한다. 그것은 잊혀진 언어의 복원이고 방법적인 망각으로 점철된 근대적 서사의 체계를 부정하는 것이다. 흔적의 탐색과 흔적으로만 남은 '추방된 언어'의 사지를 다시 복원하는 화법 속에서 세기말의 현실을 바라보는 '입장'을 우리는 다시 세울 수 있을 것이다. 다가오지 않은 미래 속으로 '지금, 여기'를 투사하기 위해서 우리는 열심히 고개를 뒤로 돌린 채 '역사적 이성'의 바깥을, 기억의 바깥을 탐색해야 한다. 그 기억의 바깥은 망각의 세계이고, 카오스(혼돈)이며, 광기와 욕망의 흔적이다.

90년대의 시적 지형도 위에 종종 보이는 주변의 인식, 단절된 틈새나 경계·사이에 대한 주목, 관계와 소통의 매개인 육체와 감각의 복귀, 육체적 정체성과 욕망, 끝물과 소멸에 대한 명상 등은 역사적 이성이 기억하고 있는 언어가 아니라 모두 '잊혀진 언어들'이다. 이런 언어들은 이성의 신화를 환멸하는 새로운 미학의 출현을 예고하면서 새로운 천년기(千年期)를 조심스럽게 응시한다. 불안정한 언어(이성적 언어의 입장에서 본다면)에 의해 복원되는 '시간'은 '신전'의 내부를 조용히 들끓게 하면서 미래의 문을 조심스럽게 밀어젖히고 그곳에 가득 찬 '가능성의 시간'을 새로운 '희망의 기획'으로 이끄는 것이다.

## 2. 기억을 부정하는 시인

역사에 대한 부정은 개인의 사적인 체험을 증언하는 기억의 화법에도 중요한 영향을 미친다. 이성과 진보에 대한 불신은 개인과 시대와의 불화를 '가치 있는 역사'에 대한 회의로 자연스럽게 유도한다.

90년대 문학에서 쉽게 발견되는 것은 '기억'에 대한 의심과 '추억'에 대한 두려움이다. 그것은 개인사의 기억이 곧, 상처를 헤집는 일이 되거나 폭력을 떠올리는 일이 되기 때문이다. 미래에 대한 희망을 지시하는 계몽적인 역사 기획의 권위적인 목소리가 메아리처럼 들려와도 90년대적인 주체들에게 그것은 공허한 울림에 불과할 뿐이다. 희망 없는 혹은 희망과 불화할 수밖에 없는 세대의 내면은 극도의 허무와 좌절이 지배한다.

"내 악몽의 산실, 저 처마 밑에서는 장대를 함부로 저어서는 안 된다/기억의 방울들이 밤송이처럼 쏟아질지 모르니"[1]라고 말하는 시

---

1) 이선영, 「기억의 방울」, 『현대시』, 1997. 6.

인의 의식에는 기억을 통해서 미래에의 희망을 세우는 역사적 이성의 전략이 부정적인 것으로 나타난다. 과거는, 기억은, 악몽의 산실이라고 말한다는 점에서 위의 시는 근대적인 폭력에 대한 격렬한 부정 정신을 동반한다. 이런 특징은 이 시인뿐만 아니라 이윤학·박형준·유하·송찬호·함민복·나희덕·김소연·차창룡·김중식 등 90년대의 핵심적인 시인들 대부분에게 공통적인 세대 의식 혹은 시대 의식으로 나타난다. 가부장적 권위 혹은 이성적 계몽주의의 역사를 그들은 폐허와 비인간화를 낳은 근대적 속도의 주범으로 주목한다. 진보에 대한 맹신이 낳은 부정적 현상으로서 근대화의 파시스트적인 광기와 속도를 체험한 이들 세대에게 과거는 상실과 박탈의 공간이다.

  기억이 부정되는 세대인 이들의 내면 풍경에서 폐허와 상처의 응시, 육체와 욕망의 언어, 유보된 시간으로서 끊임없이 되풀이되는 현재에의 안주나 권태 같은 퇴행적 성향이 자주 발견되는 점은 이제 단순한 징후의 차원을 넘어서 새로운 미학으로 정립되고 있다. 그것은 역사 인식의 변화에 의한 것으로, 역사의 종말을 피부로 느끼는 세대의 독특한 시적 전략에 해당된다. 역사적 이성에 의한 기억의 화법이 종종 대안이나 전망을 제시하는 희망의 화법으로 둔갑한다면 이들 90년대 시인의 내면에서 발견되는 기억의 화법은 오히려 희망 없음과 회의, 소멸의 화법으로 퇴행한다. 계몽적 이성의 권위적 음성에 비추어 본다면, 이러한 90년대 시의 특징은 병적이고 유아적이며 퇴행적 분열증을 드러내고 있는 것처럼 여겨진다.

  그러나 이러한 시적 특징은 90년대적 정체성과 폭력적인 역사적 이성에 대한 비판을 담고 있는 것이다. 전체적으로 바라본다면 그것은 '추방된 언어'의 복원이라고도 볼 수 있는데 이 점에서 기억을 '상처나 악몽'으로 읽는 이들의 화법은 또 다른 형태의 역설적인 '기

억 화법'이다. 이러한 기억의 방식은 '카오스와 광기, 욕망, 망각의
역사'를 복원함으로써 '시간의 신전'에 가득 찬 가능성의 시간을 이
성의 억압으로부터 해방하는 새로운 '희망의 기획'으로 불릴 만한
것이다. 따라서 소멸이나 죽음, 허무주의, 퇴행적 정신 풍경은 역설
적인 방식으로 사용되는 '전략적인 구원의 방법'들이다. "신음 소리
만큼 긴 기도문을/들어본 적은 아직 없다"[2]라는 구절이 암시하는 바
처럼 '신음'이나 '고통'은 이들 세대에게 무엇보다도 확실한 '구원'
의 표지이다.

구원을 갈구하는 모든 영혼이 거쳐야 하는 늪이 바로 '신음과 고
통'으로 가득 찬 '기억의 공간'이다. 그러므로 기억을 건너는 것은
'폐허와 환멸'을 견디는 일이다. 폐허와 환멸을 넘어서 '구원'의 영
토에 도달할 때 비로소 '시간의 신전'에서 모든 '가능한 시간'과 미
래의 문이 열리는 것이다. 역설적인 언어로 '희망의 서사'를 여는 시
적 여정은 그래서 무엇보다도 확실한 90년대 시의 징표이다. 환멸과
허무를 비껴가는 것이 아니라 그것을 정면으로 맞아들임으로써 90
년대 시는 추방된 언어였던 '광기와 욕망, 환멸과 억압, 부정'의 몸
짓 언어로서 새로운 천년을 여는 '희망의 기획'을 시작하고 있는 것
이다.

"추억은, 폐허를 건너기 위해 있는 것이 아닌가"[3]라고 묻는 주체
의 내면에는 90년대식(式)의 기억 화법이 이미 굳게 자리 잡고 있으
며 이러한 회상의 태도는 상처를 응시하는 자아의 집요한 자의식에
다름이 아니다. 그래서 90년대적인 기억 화법은 시적 자의식의 보다
철저한 무장이 없이는 쉽사리 구사되기 어려운 것이다. 90년대 시단
에서 시적 자의식의 중요성이 자주 강조되는 것도 이러한 새로운 주

---

2) 이윤학, 「그 병원 앞」, 『붉은 열매를 가진 적이 있다』, 문학과지성사, 1995, p. 79.
3) 이윤학, 「한낮의 풀밭」, 『붉은 열매를 가진 적이 있다』, 문학과지성사, 1995, p. 60.

체와 미학적 태도의 상관관계 때문이다. 그리고 이러한 특징은 90년
대의 젊은 시인뿐만 아니라 90년대에 씌어지는 시들 대부분의 보편
적인 성향이다.

예를 들면 이승훈 시인의 「춘천에 간 이유」[4]에서 "오 사유는 전쟁
이다 나와의 싸움은 계속되고 이런 생각도 전쟁이다 내가 나에게 가
하는 폭력일 것이다"라고 말하는 화자는 역사의 불확정성만큼이나
개인의 사유에 침투되어 있는 불확정성을 심각하게 체험한다. 역사
라는 거대 담론의 불확실한 흔적 밑에는 또다시 무수하게 많은 자아
들의 종잡을 수 없는 사적 체험들이 있다. 그리고 그러한 체험을 기
억하는 자아의 주관적 기억 또한 얼마나 불안정한가. 시의 언어는
한 존재의 주관적인 기억을 발화(發話)하는 양식이라는 점에서 언제
나 고정적이기보다는 불안정한 담론이다. 이 점은 모든 기억의 화법
에 공통된 것으로서 권위적 이성 중심주의에 의한 '해석적인 기억의
화법'조차도 전적으로 객관적일 수는 없는 것이다. 따라서 '역사의
종언'이라는 말이 나타내는 것은 '기억 화법'의 불확정성이라고 할
수 있다. 종잡을 수 없을 만큼 제멋대로인 '기억의 속성'을 드러내는
것, 그것이 90년대 시의 한 전략으로 자리 잡고 있는 것이다. 이 점
은 애초에 불안정한 담론의 양식인 시의 속성과 또한 정확하게 일치
하는 것이다.

「춘천에 간 이유」의 전문을 인용하고 이 점을 좀더 자세하게 살펴
보기로 하자.

난 지금 춘천에서 돌아와 이 글을 쓴다 춘천에 간 건 직장에 필요
한 서류 때문이지만 난 거짓말을 하고 춘천엘 갔다 아내를 속이고 춘

---

4) 『문학과 창작』, 1998. 6.

천에서 술을 마시고 오늘 돌아왔다 그러니까 춘천에 간 건 춘천에 가
고 싶어서 간 거다 춘천에 가고 싶어서 춘천에 가고 싶어서 문득 떠나
고 싶어서

　용기를 냈지만 이 생각 밖으로 나갈 때 난 또 나를 속이는 셈이다
오 사유는 전쟁이다 나와의 싸움은 계속되고 이런 생각도 전쟁이다
내가 나에게 가하는 폭력일 것이다 춘천엔 안개가 끼고 새벽엔 비가
오고 난 결국 춘천에 간 이유를 모르지만 또 안다 삶이 죽음이고 이성
이 광기이니까!

　화자는 "지금 춘천에서 돌아와 이 글을 쓴다"라고 말한다. 그러니
까 이 시는 일종의 기억의 화법인 셈이다. 그런데 이 시의 화자는 자
신의 기억에 대해서 쓰는 동안 문득 불확실한 혼란에 빠지고 만다.
그것은 자신이 왜 춘천에 갔는지에 대한 서술 자체가 다분히 모순적
인 것임을 깨달았기 때문이다. 춘천에 가게 된 표면적인 이유는 "직
장에 필요한 서류 때문이지만" 그는 사실 춘천에 가고 싶었고 그래
서 표면적인 이유는 단순히 핑계에 불과한 것일 수도 있다. 그래서
그는 아내를 속인 셈이 되는 것이다.
　하지만 "내가 생각하는 곳에 나는 존재하지 않고 내가 존재하지
않는 곳에서 나는 생각한다"는 라캉의 말을 떠올린다면 이러한 자의
식적인 글쓰기는 한낱 속임수에 불과한 것이 된다. 지금 "이 글을 쓴
다"라고 말하는 화자는 지금은 존재하지 않는 과거의 나에 대해서
써야 하므로 정확한 기억의 복원은 불가능하다. 의식하는 주체와 서
술하는 주체 그리고 존재했거나 지금 존재하는 나는 상호간의 동일
성 identity을 상실하고 있는 상태이다. 그러므로 자아의 중층 구조
속에서 진정한 자아를 찾는다는 것은 불가능한 일이며 그러한 불가

능한 행위를 반복하는 자의식적 사유는 비동일적인 자기 자신들 간
의 치열한 싸움에 비유될 수 있다. 결국, 이러한 자의식은 자기가 스
스로에게 가하는 폭력일 뿐이다.

역설적이게도 자기 동일성identity을 지닌 확고한 주체를 찾고자
하면 할수록 그는 자신이 춘천에 간 이유를 점점 더 모르게 된다. 그
러나 반대로 자아의 비동일성을 인정할 경우에 그는 쉽사리 그 이유
를 알게 된다. 단 하나의 자기 동일적인 이유만을 찾고자 할 때에는
분열된 자아 사이의 서로 다른 사유들이 충돌을 일으킬 수밖에 없지
만 비동일적인 무수히 많은 자아를 각각 모두 인정한다면 그것들은
하나의 가능성의 공간에 그대로 존재할 수 있게 되는 것이다.

그는 "삶이 죽음이고 이성이 광기이니까"라고 말하면서 "모르지
만 또 안다"라고 말한다. 이성이 광기인 것은 불가능한 자의식적 사
유를 끝까지 포기하지 않기 때문이다. 이성이 광기임을 안다면 무수
히 많은 자아 사이의 갈등은 저절로 해소된다. 분열증적인 비동일성
의 자아를 인정하는 것이 오히려 좀더 확실한 기억의 복원 방법이고
또한 구원을 향한 '희망의 서사'에 가까이 가는 방법임을 말하고 있
는 것이다. 따라서, 위의 시는 분열증적인 비동일성의 자아를 확인
하는 과정을 의도적으로 노출하여 새로운 '기억의 화법'을 보여주는
전략을 취하고 있는 시이다.

90년대 시의 비동일성은 자의식의 극한에서 발생하는 자기 분열
을 통해 생생하게 드러난다. 90년대 시인 중에서 자의식의 측면을
가장 많이 드러내고 있는 시인 중 한 명인 이윤학의 「잠긴 방문」이
라는 시는, 자의식의 극한점에서 나타나는 자아 분열의 가장 전형적
인 예를 보여준다. "잠긴 방문 앞에서 서성이는 사람이 있네/그는
방금 방문을 잠그고 나온 사람이네/열쇠를 안에 두고 방문을 잠근
사람이네/아무도 없는 방문 안 아무도 상상할 수 없는/방문 안의 세

계를 향하여, 그는 걸어가야 하네/어딘지 모르는 열쇠 가게를 향하여 걸어가야 하네"[5]에서 우리가 확인할 수 있는 것은 그가 좁은 자의식의 방을 벗어나려고 하지만 그 방법을 알지 못해 고통을 겪고 있다는 사실이다.

그가 방금 나온 방과 그가 열쇠를 찾으러 걸어가야 할 열쇠 가게 즉, "아무도 상상할 수 없는 방문 안의 세계"는 그의 분열된 내면을 그대로 드러낸다. 그의 진정성 혹은 진정한 영혼은 좁은 자의식의 감옥을 벗어날 때만 비로소 자각될 수 있지만, 그가 회복하려는 주체 자체가 이미 분열되어 있으므로 이러한 그의 진정성은 결코 쉽게 획득되지 않는다. 그는 좁은 자의식의 안과 바깥을 서로 소통시키지 못해 고통받는 존재이다. 그것은 자의식의 감옥 안에 갇힌 자아와 그것을 감시하고 있는 자아 사이의 불화 때문이다.

이러한 갇힌 자와 감시하는 자의 분열은 90년대적인 '기억 화법' 중의 하나이다. 환멸과 고통, 신음을 비껴가지 않고 정면에서 맞부딪치는 피학적인 화법은 상처에 대한 집요한 응시를 통해서 구원의 형식을 찾는 90년대적인 시적 전략의 특징이다. 따라서 갇힌 자의 자의식과 감시하는 자의 자의식 사이의 화해할 수 없는 긴장을 통해 영혼의 정화를 모색하는 이윤학의 시는, 섣부른 화해보다는 고통스런 불화와 자아의 분열을 택했다는 점에서, 90년대적인 시적 자의식의 전형적인 면모를 보여준다. 그러한 시적 자의식은 기억을 악몽으로 떠올리면서 그 악몽 속에서 역으로 구원의 출구를 찾는 90년대적인 역설의 한 방식이다.

---

5) 이윤학, 「잠긴 방문」, 『나를 위해 울어주는 버드나무』, 문학동네, 1997, p. 11.

## 3. 희망의 서사를 찾아서: 뒤집힌 미래 들끓는 과거

90년대 시단의 중심적인 화두를 몇 가지 꼽아보면 몸·생명주의·여성주의·운명·영혼·광기·욕망 등 추상적인 영역에 속하는 것이 대부분이라는 사실을 곧 깨닫게 된다. 이런 사실은 과거의 한국 시사에 비추어 보면 상당히 특이한 현상이다. 순수시이든지 또는 사회 비판 계열의 시이든지 간에 과거의 한국 시는 어떤 철학적이거나 정신적인 사유의 대상을 끝까지 추적하는 방식으로 시적 영토를 개척해오지는 않았기 때문이다.

예를 들면 20년대 카프의 프롤레타리아 의식이라든가, 30년대 순수시의 언어 미학적 측면이라든가, 모더니즘 시의 이미지즘적인 기교주의라든가, 청록파나 생명파의 전통·자연·인생의 탐구 등은 모두 미적 범주의 영역 안에 철저히 갇혀 있었던 것이 사실이다. 또한 70년대 이후 성장한 노동자, 농민의 의식을 지향하는 시 등 사회의식을 드러내는 시에서는 그것이 현실적인 직접성과 연결되어 있었지 그 자체가 인식론적인 사유나 존재론적 탐구의 대상으로서 취급되지는 않았다.

이런 점에서 본다면, 90년대 시는 확실히 명상적인 측면과 인식론적인 발상 전환에 관련된 시들이 상당히 많은 편이다. 그리고 이러한 특징은 단순히 표층적인 차원에서 이루어지는 유행의 성격을 띠기보다는 미학적 인식의 변화를 동반한다. 90년대 시에서는 기억에 대한 시인의 태도라든가, 육체나 욕망에 대한 태도 등이 과거의 시와는 전혀 다른 형태로 나타난다. 아마도 상대적으로 과거의 시가 근대적 미학의 중요한 속성인 감각적 만족이나 형식적 완결성에 머무르거나, 아니면 사회 비판적 차원에서의 현실적 메시지 전달과 독자의 감응에 초점을 맞추고 있었기 때문일 것이다. 물론 김춘수나 60년대 『현대시』 동인처럼 언어 내부에 스며 있는 무의식의 영역을 탐구하는 움직임이 없었던 것은 아니지만 그러한 경향들은 근본적으로 시적 자의식이나 미학의 차원 안에서만 이루어진 탐구였지 시인의 내면이나 존재의 근원에 대한 인식과는 다소 거리를 지니고 있었다.

그런 반면에, 90년대 시는 몇 가지의 대표적인 화두를 통해서 좀더 철학적인 차원의 인식을 드러낸다. 그것은 시인 개인의 내면적인 자의식의 치열성과 그대로 맞닿아 있으며 다른 한편으로는 시라는 장르 자체에 대한 근원적인 회의나 질문을 동반하기도 한다. 이런 특징은 90년대 시가 근대적인 미학의 중요한 속성으로부터 다소 일탈되어 있다는 생각을 불러일으키는데 가장 대표적인 예가 근대적 미학의 '무관심성'이다. 미적 관조를 내세운 칸트적인 미학의 전통은 한국 시 특히 순수시의 경우에 가장 중심적인 미학으로 자리 잡았다. 그리고 사회적 의식이나 현실 의식을 드러내는 시는 리얼리즘의 미학을 이어받아 근대적인 역사주의에 기초하는 거대 담론의 체계로서 그 시적 전략의 바탕을 삼았다.

한국의 현대시는 이제까지 시의 본령이라고 할 수 있는 '사물과 주체 사이의 소통 방식'에 대한 탐구를 진지하게 추진하지는 않았다. 즉, 대지의 은폐와 세계의 개진 사이에서 자신의 동일성이 어떻게 달성되는가에 대한 미학적인 탐구가 그다지 깊이 있게 진척되지는 않았던 것이다. 이 점은 시인의 시적 미학이 '동일성의 시학'에 근거한 감정 이입과 투사(投射)의 원리에 바탕을 두고 있었기 때문이다. 한국 시의 전통이 서정시의 화해 구조에 기반하고 있는 것도 이런 사정을 잘 나타낸다.

그렇다면, 90년대적인 시의 정체성을 어떻게 규정할 수 있을 것인

가. 어떤 점에서 90년대 시는 해체시의 모습을 지니고 있고 또 어떤 점에서는 90년대 초반의 정신주의적인 경향을 계승하고 있는 것처럼 보이기도 한다. 이 점은 단순히 형식적 차원에서 해체시인가, 아니면 서정시인가 하는 정도의 구분을 의미하지는 않는다. 90년대 시에는 정신주의적인 면모가 있으면서도 여러 가지 점에서 해체적인 경향을 지니고 있는 시가 상당히 많으며, 또한 급진적인 실험시의 모습을 하고 있으면서도 기본적으로는 자기 동일성을 완강하게 고집하는 시도 꽤 있다. 따라서 시의 형식적인 특질만으로는 90년대적인 시의 정체성을 규정하기는 어렵다.

이런 사실은 90년대 시의 특징이 좀더 심층적인 차원에 속하는 시인의 시정신과 미학의 영역에서 파악되어야 할 필요를 역설한다. 90년대 시에서 심미적 이성이나 역사적 이성에 대한 거대 신화가 붕괴되고 있는 것을 종종 발견하는데 이런 점은 세기말적 현실에서 현대 사회를 지탱하던 근대적 패러다임 paradigm에 금이 가기 시작했음을 의미한다. 따라서 근대적 예술의 핵심을 구성하던 미적 자의식과 심미적 이성의 견고한 틀이 흔들리기 시작했고, 그 사이에 욕망과 광기, 영혼 등 근대적 이성 중심주의가 억압하던 '추방된 언어'들이 복귀한 것이다.

90년대 시가 여러 가지 측면에서 과거의 시들과 차이가 있는 것은 특히 주체의 동일성을 보장하는 자의식의 태도 변환에 따른 것이다. 그것은 자의식이 철저하면 철저할수록 근원적인 자기 정체성의 확인은 더욱 어려워진다는 아이러니 irony에서 비롯된다.

애초에 확고한 주체의 신화는 근대의 역사가 그렇듯이 허구적인 담론의 일부였다. 꾸며진 신화 체계인 근대적 거대 담론의 붕괴가 억압이나 배제의 방식에 의해 타자로 인식되던 많은 자아들을 일깨운 것이다. 90년대 시의 중요한 특징은 이러한 분열된 자아를 긍정

적으로 바라보고 있다는 점이다. 이성 중심주의의 차원에서 본다면
자아의 분열은 심각한 질병이지만, 이성 중심주의의 억압으로부터
해방된 자아의 입장에서 본다면 그것은 진정성의 회복을 위한 하나
의 과정이자 중요한 표지이다. 분열된 자의식에 대한 면밀한 탐구를
통해서만 인간은 자기 내면의 영혼을 응시할 수 있게 되는 것이다.
  90년대 시가 여러 가지 점에서 인식론적인 성격과 명상의 대상인
화두에 집착하는 점은 한국의 현대시가 비로소 '시'라는 장르 자체
에 대해 의문을 제기하고 있음을 나타낸다.


　　　나의 시계는 꺼꾸로 돌아간다
　　　과거에서 미래로가 아니라
　　　미래에서 과거로

　　　그것은 탄생이 아니라
　　　죽음에서 시작되는 내 인생
　　　그것과 같다

　　　그러므로 나는
　　　미래의 미래 그 저쪽에 있는 추억
　　　과거의 과거 그 저쪽에 있는 희망
　　　그처럼 정상이다

　　　이를테면 저 능금을 보아라
　　　한때의 식욕이 따먹고 버린
　　　아무도 거들떠보지 않는 씨 하나가
　　　새로 싹터나는 과거의 시작을

죽은 다음을 살고 있는 인생은

한시에서 열두시

열두시에서 한시로

보이지 않는 계단을 밟아가고


탐스러운 열매의 미래가

씨 속에 간직된 과거의 먹이로 돌아가는

나의 시계는

꺼꾸로 돌아가는 그것이 그대로

바로 돌아가는 것이다.　　——이형기, 「꺼꾸로 가는 시계」 전문[6]


　이형기 시인은 근대적인 패러다임을 잘 이해하면서 동시에 그 안에 담겨 있는 역설의 가능성을 가장 효과적으로 파악해내는 시인 중에 한 명이다. 세계 자체를 기우뚱한 역설로 바라봄으로써 삶과 역사라는 시간의 거대한 바퀴를 규정 짓는 근대적인 사유 체계의 허구를 폭로하는 것은 그의 시의 주요한 특징이다.

　위에 인용한 시에서도 그의 이러한 기우뚱한 인식은 여전히 중요한 역할을 한다. 순차적인 시간의 흐름을 뒤집는 장치로서 '꺼꾸로 가는 시계'를 상상하는 시인의 자세는 진보적인 시간 흐름을 강조하는 역사적 이성을 과감하게 뒤집는 방식이라고 할 수 있다. 90년대 시인 대부분이 근대적인 역사주의의 종언을 피부로 느끼고 있다는 점을 감안한다면 이형기 시인의 이런 상상력은 잘못된 세계를 근원으로부터 부정하는 전략적인 태도이다.

---

6) 『동서문학』, 1998년 여름호.

그것은 한편으로 삶과 죽음이라는 경계의 명확한 구분을 부정하고자 하는 그의 욕망과도 맞닿아 있다. 그러므로 이 시는 부정을 통해서 삶의 가치를 대긍정하는 역설의 시이다. 유한한 존재인 인간의 삶과 그의 기억의 덧없음을 그는 '꺼꾸로'라는 역설을 도입하여 순환론적인 영원성으로 변화시킨다. 죽음과 재생의 순환적인 리듬을 '꺼꾸로 가는 시계'에 비유하는 그의 방식은 그가 지금 '재생'을 살고 있음을 선언한다. 그것은 "탄생이 아니라/죽음에서 시작되는 내 인생/그것과 같다"라는 구절에서 구체적으로 확인된다.

그렇다면 죽은 다음을 살고 있는 인생의 상징적인 의미는 무엇일까. 죽음을 재생으로 변주하는 그의 화법은 묘지에서 삶의 가능성을 발견하고자 하는 헛된 시도와 다를 바가 없는 것인가.

세기말 문명의 대전환기에 우리는 '역사의 종언'이라는 시간의 정지를 알리는 조종(弔鍾) 소리를 들었다. 그것은 모든 문명의 죽음을 알리는 것과 같은 것이다. 세기말에 정지된 시간. 직선적인 시간의 흐름이 도달한 최후의 한계점에서 모두들 그렇게 당황한다. 역사의 종언이란 진보나 유토피아를 말하는 계몽적 이성의 최후 선언인 것이다.

이형기 시인의 시는 이러한 근대적 패러다임의 한계를 뒤집는 대전환의 역설을 지니고 있다. 역사의 죽음 이후에 시작되는 새로운 가능성에 대해서 그는 역설적 방식으로 재생의 담론을 보여준다. "미래의 미래 그 저쪽에 있는 추억/과거의 과거 그 저쪽에 있는 희망"이라는 언술은 지금까지의 역사적 이성의 방식을 근원적으로 뒤집는다. 과거를 기억함으로써 미래의 희망을 건설하는 것이 역사적 이성의 주요한 화법이라면 이형기 시인의 화법은 희망을 과거로 하고 추억 속으로 걸어가는 방식에 해당된다. 그것은 가능성의 영토를 새롭게 복원하는 방법으로써 "탐스러운 열매의 미래가/씨 속에 간직된 과거의 먹이"라든가 "이를테면 저 능금을 보아라/한때의 식욕이 따먹고 버린/아무도 거들떠보지 않는 씨 하나가/새로 싹터나는 과거의 시작을"과 같은 부분에 잘 나타난다. 한때의 욕망에 의해서 그 가능성을 모두 소진하고 죽어버린 근대인의 유토피아, 희망은 이런 식으로 부활하는 것이다.

무절제한 욕망에 의해서 통제 불능의 속도로 달려온 역사적 이성의 광기는 결국 유토피아의 이상을 상실한 채 죽음을 고하고 말았다. 그러한 죽어버린 혹은 아무도 거들떠보지 않는 씨앗에서 그는 역설적인 과거, 즉 새로운 희망의 시작을 보려고 한다. 그것은 죽음 이후의 시간을 가능하게 하는 그의 역설의 힘 탓이다.

새로운 천년기를 맞는 희망의 서사는 이렇게 시작된다. 근대의 종언과 더불어 탄생되는 새로운 가능성의 탐색은 역사에 대한 뒤집기를 통해서 이루어진다. 그것은 과거를, 기억하고 해석하는 것이 아니라 과거를 복원하여 새롭게 쓰는 것이다. 역사적 이성에 의해서 억압된 '영혼·운명·광기·감성·직관' 등 추방된 언어를 복원함으로써 역사는 과거가 되어버린 희망의 가능성을 돌아보며 미래의 추억을 다시 쓴다. 결국 추억은 무한한 가능성을 가진 미래이고, 희망은 가능성이 소진되어버린 것처럼 보이는 과거에서 역설적으로 발견된다. 역사를, 시간을, 거꾸로 간다는 의미가 남겨놓은 것은 이처럼 가능성의 출구를 열어놓는 '희망의 기획'에 다름아니다.

구원의 가능성이 소진된 '역사적·계몽적 유토피아'는 이제 반성적 사유의 대상이 되어버렸으며 그 반대로 우리의 기억은, 추억은, 지워진 흔적의 복원을 통해서, 추방당한 언어의 귀환을 통해서, 다시 써야 할 미래가 된 것이다.

## 4. 막다른 세상의 끝: '공터'

전동균 시인은 시간의 폭력성을 견디기 위한 내면의 탐색에 몰두하는 시인이다. 이런 경향은 다른 90년대 시인들의 내면적 성찰이나 명상의 경향과 일정하게 맥락을 같이하는 것이기도 하다.

이처럼 유사한 경향이 나타나는 까닭은 90년대적인 상황의 특수성이 가장 큰 요인이라고 할 수 있다. 자본주의적인 속도의 광기로부터 밀려나 낡아가는, 사물과 폐허에 대한 애착이 하나의 구체적인 감수성의 형태를 띠기 시작했고 또한 세기말의 막다른 골목에 이른 역사적 이성의 광기가 비판되기 시작했기 때문이다. 또한 파시즘적인 속도로 추진되어온 근대화 과정이 남긴 흔적 혹은 상처가 뚜렷한 형태로 드러나기 시작한 점도 중요한 원인이다.

홍제3동 다닥다닥 붙은 다세대 주택들을 지나서
인왕산 오르는 길목에는
사나운 개들이 지키고 있는 골목과
주인 없는 산비탈의 비닐 하우스들
그 사이 작은 공터가 비밀 통로처럼 숨어 있다

보통 사람의 눈에는 잘 보이지 않는다
한 삼 년 무릎이 시큰거리도록
약수물을 져 나르다 보면
어느 날 갑자기 공터가 다가와
옷소매를 잡아끈다

그곳에는 없는 게 없다
부서진 채 버려진 TV와 오토바이
싸락눈 같은 열매를 매달고 있는 풀꽃들
마른 지 오래된 우물과
빈 우물이 들려주는 능구렁이의 전설
그리고 늙은 대추나무 한 그루

토요일 저녁, 산에서 내려오다가
길을 잘못 접어들어 우연히 그곳에 갔을 때
공터는 오래전부터 나를 기다렸다는 듯이
대추나무 가지를 흔들고 있었다
막다른 세상의 끝에서, 무수히 많은 것들이
그 공터를 빌려 마지막 집을 짓고
공터는 다시 그 집들을 허물면서
스스로의 흔적마저 지우고 있었다

나는 그 작은 공터에서 떨어진 대추 몇 알을 주웠다
마른 우물 바닥에서 능구렁이가 스르륵
스르륵 몸을 감았다 푸는 소리를 들으며
대추알을 줍는 동안
숨막힐 듯 이상한 향기들이 내 안에서
끊임없이 번져 나오고
이 세상 너머의 낯선 풍경들이
잠깐 먼지처럼 뿌옇게 타올랐다가 스러져갔다

──전동균, 「공터가 있다」 전문[7]

---

7) 『현대시』, 1998. 6.

위의 시에서 "사나운 개들이 지키고 있는 골목과/주인 없는 산비탈의 비닐 하우스들/그 사이 작은 공터가 비밀 통로처럼 숨어 있다"라는 구절은 공터의 상징성을 암시적으로 드러내는 구절이다. 사나운 개들이 있는 골목과 비닐 하우스의 사이에 있는 '공터'는 하나의 경계이자 틈이고 주변에 속하는 것이다. 공터가 가질 수밖에 없는 상징적 의미를 이 구절은 좀더 구체적으로 드러내고 있다. 결국 공터는 도시적 비인간화와 근대적 폭력의 상처 사이에 "비밀 통로처럼 숨어 있다." 그러한 숨어 있음은 '공터'가 쉽사리 시인의 내면과 동일시될 수 있는 어떤 조건이기도 하다.

3연에서 "그곳에는 없는 게 없다/부서진 채 버려진 TV와 오토바이/싸락눈 같은 열매를 매달고 있는 풀꽃들/마른 지 오래된 우물과/빈 우물이 들려주는 능구렁이의 전설/그리고 늙은 대추나무 한 그루"라는 표현은 '공터'와 시인의 내면이 만나는 접점을 그대로 드러낸다. 근대적인 폭력과 그 상처에 대한 응시를 내면의 성찰로 바꾸고 있는 시인에게 공터는 자의식이 거처하는 평화로운 휴식처이다. 그곳에는 시대의 끝물을 상징하는 부서진 TV, 오토바이 등이 있고 또한 추억처럼 풀꽃과 우물과 늙은 대추나무가 있다. 언뜻 보기에 서로 어울릴 수 없는 문명의 폐기물과 전근대적인 전설, 자연이 뒤엉켜 있는 모습에서 평화로움을 느끼는 화자는 어떤 점에서는 비정상적인 내면 풍경을 지니고 있다고 볼 수도 있다.

한마디로 잡동사니를 가득 품고 있는 내면 풍경 속에서 우리는 무엇을 볼 수 있을 것인가. 전동균의 시에서 나타나는 공터의 모습은 상처를 품은 내면을 응시하는 90년대의 다른 젊은 시인들과 유사성을 지니고 있다. 4연에서 "막다른 세상의 끝에서, 무수히 많은 것들이/그 공터를 빌려 마지막 집을 짓고/공터는 다시 그 집들을 허물면

서/스스로의 흔적마저 지우고 있었다"라는 구절에서 보듯이 공터로
밀려온 모든 것들은 '막다른 세상의 끝'에서 온 것이다. 세기말의 부
조리로부터 추방된 모든 것들이 그곳에 모여 있다. 공터를 차지한
사물이 용도가 끝난 문명의 쓰레기거나 잊혀진 과거의 산물인 점은,
독자로 하여금 이것이 '추방된 가치'를 상징하고 있음을 알게 한다.
시인의 내면이 공터와 일치한다면 시인은 '추방된 언어의 마지막
집'을 지금 그 내면에 간직하고 있는 것이다.

　이 시는 전체적으로 시인의 내면과 공터의 동일성에 기대고 있는
시이다. 막다른 세상의 끝에서 온 잡다한 사물이 마지막으로 공터에
집을 짓듯이, 시인은 스스로 시가 그러한 공터와 같은 것임을 예감
한다. 막다른 세상의 끝으로부터 온 언어들이 집을 짓는 곳, 그곳이
바로 시인의 내면이고 그의 작품이다. 90년대 시의 중요한 특성 중
하나인 폐허에 관한 '명상'의 경향은 이 점에서 공터에 대한 사색과
같은 기원(起源)을 지닌다.

　공터는 낡아가는 사물들의 무덤이자 동시에 희망의 출처이다. 소
멸함으로써 흔적마저 지우고 사라져버리는 사물들의 마지막 거처이
므로 공터는 곧 새로운 가능성의 출구가 되는 것이다. 이 시를 전동
균 시인의 시적 자의식을 드러내는 것으로 읽는다면, 시를 쓰는 일
은 내면에 떨어진 "대추 몇 알을" 줍는 것과 같이 소박한 일이 된
다. 그러나 그런 소박함의 이면에는 "대추알을 줍는 동안/숨막힐 듯
이상한 향기들이 내 안에서/끊임없이 번져 나오고/이 세상 너머의
낯선 풍경들이/잠깐 먼지처럼 뿌옇게 타올랐다가 스러져"가는 신비
로운 체험이 있다. 이러한 체험의 가치는 모든 소멸하는 것들의 안
식처가 바로 공터이고 시인의 내면이기 때문에 생겨난다. 숨겨진 세
계의 비의를 엿보려고 하는 시인의 시선 속에 문득 막다른 세상의
끝을 넘어서는 희망이나 위로가 비쳐지는 것이다.

## 5. 희망의 일상화와 전망 부재의 현실:
## '봄'의 상징과 욕망의 '벼랑'

　80년대의 거대 담론이 그 시효를 상실한 이후 90년대 시단에서 가장 커다란 타격을 입은 것은 노동자나 농민의 정체성에 근거를 두고 있던 노동시인들이다. 백무산, 박노해 등 대표적인 시인들만 예로 들어도 이들의 시세계가 명확한 방향을 잡아 나아가고 있다고는 볼 수 없을 것이다. 표류하는 시적 전망을 따라 이들의 시도 그 방향성을 찾지 못하고 있는 것이다.

　그러나 이성욱의 "90년대 들어 왕성했던 진단이 거대 담론의 효용성이 없어졌다는 것인데, 그것이 곧바로 현실의 거대한 구조나 정체성의 복잡함이 없어졌다는 식의 오해로 이어졌다"는 발언과 "거대한 것과 미세한 것과의 결합 관계나 차이 등을 독창적으로 해석하고 깊고 넓게 보고자 하는 노력들이나 성과물들이 없게 되었다"라는 진단에 귀를 기울인다면 이런 현상은 상당히 비정상적이라는 것을 곧 알 수 있다. 다시 말해서 거대 담론의 허구성이나 허점이 드러났다고 해서 현실 속의 거대한 지배 구조나 권력이 사라졌다고 볼 수 없다는 지적은 90년대의 현실이 왜, 일상성의 폭력 구조 아래 속수무책으로 휩쓸려가고 있는지에 대한 적절한 해답을 제공한다. 파편화된 작은 자아들의 힘으로는 거대 구조의 복잡함을 헤쳐나갈 수 없기 때문이다. 결국 거대한 것과 미세한 것의 매개를 파악하지 못하는 대다수의 대중은 일상성으로 통칭되는 거대 구조의 그물 안에 꼼짝없이 갇히게 되는 것이다.

　일상성이라는 정체 불명의 억압 기제는 실은 욕망의 증폭이나 권태·상실·무기력·허무를 조장하는 구조적인 모순에서 파생된다.

그러나 이러한 모순의 구조는 일상적 경험의 영역에서는 파악되기 어려운 것이어서 단지 복잡한 배후 관계와 단순한 현상만으로 드러난다. 따라서 일상성은 단순한 현상 이상을 생각할 수 없게끔 차단된 '반투명의 유리'에 비유할 수 있을 것이다. 해결의 실마리는 늘 유리의 저편에 있지만 그 저편은 언제나 저편일 뿐 다가설 수 없다는 점에서 일상적 좌절과 허무가 탄생하는 것이다. 구조의 해결을 위한 연대성을 근본적으로 차단하는 것은 문제의 불투명성과 복잡성 때문이다. 개개의 자아 간에 상호 충돌하는 욕망을 조정해줄 수 있는 가치 체계가 무너져 있을 뿐만 아니라 더 근원적으로는 개개인의 정체성을 담보하는 근거가 불확실하기 때문에 90년대적인 주체는 '표류하는 일상적 주체' 이상의 자기 정체성을 확보하기 어렵게 된다. 이런 이유 때문에 90년대 시는 자의식에 대한 과잉된 집착과 실존적 구원의 문제에 몰입하는 것이다.

일상성이 가하는 폭력의 심각성은 파편화된 자아들이 정체성이나 주체성의 위기에 직면해도 아무런 대안을 발견할 수 없다는 점에 있다. 그래서 일상적 자아는 무인도나 감옥과 같은 좁은 공간에서 과잉된 자의식에 의존하여 자신의 영혼을 근근이 지켜갈 뿐, 어떤 능동적인 참여나 연대를 꿈꾸지는 못한다. 일상적 폭력은 주체의 의지에 의해서 순조롭게 대응할 수 없다는 점에서 가히 세기말의 재앙이라고 할 만하다. 일상성은 일종의 제도로서 '습관화 혹은 관습화'라는 보이지 않는 강제적 힘에 의해서 모든 것들을 억압으로 변질시킨다. 예를 들면 욕망이나 운명 따위는 개인적 실존의 과정에서 중요한 기능을 하는 것들이지만 그 자체가 일상화될 때는 그 내적 진정성을 휘발하고 건조한 이데올로기로 둔갑하는 것이다.

별들 말하네 기다려봐 봄이 올 거야

초승달 말하네 좀더 기다려봐
그믐달 말하네
조금만 더 기다려봐 꼭 봄이 올 거야

아지랑이 말하네 봄이 오고 있어
새싹 말하네 꼭 온다구
꽃들 말하네 봄이야 봄

바람 말하네 저기 봄이 가네
빗방울 말하네 벌써 지나갔는데
햇살 말하네 병신 병신

겨울에 일 끊겨
아직 얼어붙어 있는 공사장
그 겨울 일옷 벗지 못한 사람들
웅크리고 웅크리고
떨고 있는디

봄은
봄은                             ──김해화, 「먼 봄」 전문[8]


　김해화의 위의 시는 '희망'의 '일상화'에 의해 기만당하고 있는 노
동자의 90년대적인 현실을 잘 나타내고 있다. '희망' '봄'은 80년대
에 주류를 이루었던 미래에 대한 낙관적 전망과 진보의 신념을 지탱

___

8) 『창작과비평』, 1998년 여름호.

하는 가장 핵심적인 단어들이다. 그런데 이 시에서 '봄'은 희망과 이상을 상징하는 의미로 쓰이고 있음에도 불구하고, 80년대적인 어감과는 상당히 다른 면을 지니고 있다.

냉소를 머금고 "바람 말하네 저기 봄이 가네/빗방울 말하네 벌써 지나갔는데/햇살 말하네 병신 병신"이라고 말하는 화자에게 봄은 포기하기 어려운 희망이지만, 그 희망의 뒷맛은 늘 씁쓸함으로만 남을 뿐이다. 그 씁쓸함은 어쩌면 패배의 뒷맛인지도 모른다. '봄이 올 거야'라고 다짐하거나 '봄이야 봄'이라고 말하지만, "일 끊겨/아직 얼어붙어 있는 공사장/그 겨울 일옷 벗지 못한 사람들"은 여전히 추위와 굶주림에 떨고 있다. 결국 봄은 왔지만 진정한 봄은 오지 않은 것이다. 그저 먼 봄을 기다리는 이들에게 봄은 단지 유일한 희망이기에 기다려야만 하는 최후의 선택인 것이다.

굶주림과 추위, 그리고 기다림과 희망의 일상화가 가져오는 허무주의와 패배주의가 이 시에는 짙게 배어 있다. 같은 시인의 작품인 「노란 봄」[9]의 "노가다 이십 년/내 인생도 노랗습니다/말짱 황입니다"라는 구절에는 90년대적인 일상의 폭력 앞에서 아무런 대안도 찾을 수 없는 막막함이 확연하게 느껴진다. 노동자 시인이었던 김해화의 시에서 발견되는 이러한 체념의 어조는 연대성을 상실한 이 시대 노동자의 현실과 자본주의적인 일상의 폭력성을 다시금 실감하게 한다. 또한 90년대 현실에서의 노동자 시가 나아가야 할 방향에 대한 새로운 모색이 긴급한 과제임을 보여주는 예이기도 하다.

90년대적인 욕망과 일상적 관습의 비인간성에 대한 자각은 90년대의 젊은 시인인 함민복에게서도 역시 동일하게 발견된다. '희망'과 '봄'의 상징에 몰두하고 있는 시인 김해화와 달리 그는 일상적 욕

---

9) 김해화, 「노란 봄」, 『창작과비평』, 1998년 여름호.

망의 맹목성과 그 안에서 파편화되고 있는 자아를 '벼랑'의 이미지를 통해서 형상화한다. 그러나 세기말의 재앙을 노랗게 병드는 '희망'으로 묘사한 김해화와 "좀더 튼튼한 벼랑에 취직하기 위해/새벽부터 도서관에 가고 가다가/속도의 벼랑인 길 위에서 굴러 떨어져 죽기도 하며/입지적으로 벼랑을 일으켜 세운/몇몇 사람들이 희망이 되기도 하는//이 도시의 건물들은 지붕이 없다"라고 말하는 함민복의 사고는, 제도적으로 재생산되는 '거짓 욕망'들이 '희망'을 대신하는 '지금, 여기'의 현실을 직시하고 있다는 점에서 상당한 유사성을 지니고 있다.

눈이 내렸다
건물의 옥상을 쓸었다
아파트 벼랑에 몸 던진 어느 실직 가장이 떠올랐다.

결국
도시에서의 삶이란 벼랑을 쌓아 올리는 일
24평 벼랑의 집에서 살기 위해
42층 벼랑의 직장으로 출근하고
좀더 튼튼한 벼랑에 취직하기 위해
새벽부터 도서관에 가고 가다가
속도의 벼랑인 길 위에서 굴러 떨어져 죽기도 하며
입지적으로 벼랑을 일으켜 세운
몇몇 사람들이 희망이 되기도 하는

이 도시의 건물들은 지붕이 없다
사각 단면으로 잘려나간 것 같은

머리가 없는
벼랑으로 완성된

옥상에서
招魂하듯
흔들리는 언 빨래 소리
덜그럭 덜그럭
들리는                          ──함민복, 「옥탑방」 전문[10]

　위의 시는 두 가지 점에서 세기말의 극단적인 폭력성을 고발한다. 첫번째는 도시의 상징인 빌딩을 벼랑이라고 부름으로써 개개인의 파편화된 상황과 그 단절의 냉혹성을 드러낸다. 두번째는 "속도의 벼랑인 길"을 말함으로써 욕망의 증폭과 역사의 가속도에 취한 현대 문명(현대인)을 비판한다. 비인간화를 조장하는 두 가지 요소로 함민복 시인은 벼랑과 속도를 주목하는 것이다. 벼랑이 타자에 대한 무관심과 냉혹함을 나타내는 현대의 상징이라면 속도는 통제되지 않는 자본주의적인 욕망의 확산을 나타낸다. 이 둘은 현대적 일상 속에서 가장 많은 부분을 차지하는 폭력들이다.

　그래서 벼랑은 "아파트 벼랑에 몸 던진 어느 실직 가장"을 떠오르게 하고 속도는 "좀더 튼튼한 벼랑에 취직하기 위해/새벽부터 도서관에 가고 가다가/속도의 벼랑인 길 위에서 굴러 떨어져 죽"는 사람을 생각하게 한다. 결국 "도시에서의 삶이란 벼랑을 쌓아 올리는 일"이다. 그 벼랑은 타자에 대한 권위의 상징이며 동시에 극단적인 단절의 상징이다.

───────────────

10) 『창작과비평』, 1998년 여름호.

벼랑은 도시에서 키운 그 사람의 욕망의 높이나 속도를 암시한다. 더 많은 욕망을 품고 더 빠른 욕망의 자기 증식을 이룩한 사람들은 도시에서 "입지적으로 벼랑을 일으켜 세"워 몇몇 사람들의 희망이 되는 것이다. 이제, 희망은 욕망 그 자체로 둔갑하고 있는 것이다.

함민복 시인이 위의 시에서 욕망을 '빌딩'이라는 도시의 벼랑으로 묘사하고 있는 것은 상당히 시사적이다. 1연의 3행에서 실직한 가장이 떨어져 죽은 것은 '아파트 벼랑'이다. 인간의 욕망이 쌓아 올린 벼랑이 이제 인간의 생명을 위협한다. 벼랑은 위험한 것임에도 불구하고 사람들은 열심히 벼랑을 쌓아 올린다. 욕망은 포기되지 않는다.

사람들이 쌓아 올린 벼랑들의 집결처라는 점에서 도시는 욕망이 들끓는 공간이고 그것은 이제 벼랑의 이미지를 넘어 불길한 죽음의 이미지를 불러일으킨다. 3연에서 "이 도시의 건물들은 지붕이 없다/ 사각 단면으로 잘려나간 것 같은/머리가 없는/벼랑으로 완성된"이라는 구절은 욕망의 맹목성을 암시하는 표현이다. 머리 없는 짐승처럼 사람들은 자기 욕망의 상징을 도시의 건물로 쌓아 올리는 것이다. 결국 이 모든 불길한 이미지는 마침내 옥탑방에 사는 화자가 널어놓은 빨래가 흔들리는 소리를 '초혼'하는 소리로 변질시킨다.

도시 전체가 욕망의 벼랑에 의해서 삭막한 단절의 공간으로 꾸며지고 사람들은 오직 욕망의 벼랑을 쌓는 일에만 몰두한다. 그것은 통제 불가능한 문명의 가속도를 그대로 드러내면서 점차 도시를 죽음의 공간으로 만들어가는 것이다.

시인은 세기말의 도시를 바라보면서 욕망의 수직적, 수평적 확산을 바라본다. 욕망의 수직적 확산은 사람들 사이의 단절을 심화하고 또 욕망의 수평적 확장은 사람들을 속도의 노예로 만든다. 90년대적 일상 속에서 진정한 주체성이나 자아의 진정성, 실존은 "머리 없는

벼랑"이라는 표현에서 보듯이 쉽사리 확립되기 어려운 것이다. 90년
대의 현실 밑에서 참여나 연대를 방해하는 가장 큰 힘은 일상적 욕
망의 맹목성과 자아의 파편화이다.                    〔1998〕

# 오디세우스의 운명

제3부

# 오디세우스의 악몽

## 1. 별들의 지도(地圖)

"그러나 불행하게도 우리에게는, 적어도 나에게는, 그 별들의 지도가 없다"[1]라는 황지우의 고백은, 90년대적인 상황 아래 놓인 이 시대 시인들의 인식적 특징을 단적으로 보여준다. 어째서, 그들에게는 지도가 주어지지 않았는가. 30년대 후반 임화가 고민했던 전통이나 규범이, 더 나아가서는 김수영이 말한 '첨단'이, '거대한 뿌리'가, 우리에게 인식의 지도가 될 수 없었던 까닭은 무엇인가.

90년대 시단의 풍경에는, 혼탁한 하늘과 검은 먹구름 속에 가려진 별들의 반짝임이 새겨져 있다. 지도를 잃어버린 세대, 그들은 달리 말하면 역사의 망망대해를 표류하는 오디세우스의 후손[2]들이다. 근대인의 눈으로, 세계와 역사를 바라보며 바다를 건너온 오디세우스에게 갑자기 별들의 지도가 사라져버린 것이다. 그렇다면, 황지우의

---

1) 대산재단 주최 '2000년을 여는 젊은 작가 포럼' 첫째 날(1998. 9. 17) 제1주제 "21세기 작가란 무엇인가"의 황지우 발제문 「이제 문학은 은둔하자」 중에서 인용함(요지집 『21세기 문학이란 무엇인가』, p. 27).

2) M. 호르크하이머 & Th. W. 아도르노, 김유동 · 주경식 · 이상훈 역, 「오디세우스 또는 신화와 계몽」, 『계몽의 변증법』, 문예출판사, 1995, pp. 77~122. 이 글은 오디세우스를 신화의 세계로부터 계몽의 세계로 진입한 근대적 계몽인의 초상으로 그리고 있다.

고백대로 이런 '길 잃음'은 근대적인 규범과 전통을 제대로 지니지 못했던 우리 모더니티modernity의 화인(火印)이자 흉터가 아닌가. 김소월의 집 없음과 길 없음, 임 없음으로부터 지속적으로 이어져온 이 어마어마한 상실감의 정체란 무엇인가. 황지우가 말한 대로 일제 식민지가 게워놓은 모더니티를 허겁지겁 집어먹은 우리 '근대'의 부패한 행위에 대해서 지금 복수를 받고 있는 것일까.

신에게 대항한 오디세우스의 후손이면서도 우리에게는 지혜와 용기가 없다. 하늘의 별을 읽을 수 있는 눈도, 여행의 끝에 도달할 고향도, 아름다운 아내 페넬로페도 없다. 유토피아가 없는 밤바다는 그래서 악몽과 다를 바가 없다. 귀환처를 잃어버린 오디세우스의 후손들에게 운명은, 역사는 우연히 스쳐 지나왔던 악몽의 밤바다일 뿐이다. 그래서 별을 잃어버린 세대에게 시와 문학은 악몽을 증언하는 나쁜 기억이다.

90년대 시단의 면모 속에는 이런 나쁜 꿈과 기억의 흔적이 역력하다. 그리고 그러한 악몽은 근대인의 시선을 잃어버린 오디세우스의 갑작스러운 공포에 다름아니다. 별을 볼 수 없게 된, 혹은 가짜 지도에 대한 미망(迷妄)에서 깨어난 동시대 시인들의 정신적 각성이 90년대의 시적 풍경화를 채우고 있다. 이런 각성은 달리 말하면, 지난 한 세기 동안의 근대화 과정과 그 가공할 만한 속도가 낳은 시간의 균열을 이들 시인들이 인식하기 시작했다는 의미이기도 하다.

균열과 틈에 대한 인식으로부터 90년대의 시는 새로운 시적 화두를 만들어낸다. 자신들이 '별들의 지도'를 애초에 가지지 못했음을 깨달음으로써 그들은 새롭게 '쓰기' 시작한다. 그것은 이전의 모든 것과 무언가 다른 일이다. 그들이 역사의 바깥쪽으로 밀려와 변방에 서 있음을 자각하게 됨으로써 그들은 역사의 틈을, 시간의 균열을 건너서, 희망을 향해 걸어갈 준비를 하고 있는 것이다.

## 2. 새로운 화두를 찾아서

　90년대 시의 새로운 화두는 대략 여덟 가지 정도를 꼽을 수 있다. 몸·생명주의·여성·운명·영혼·광기·욕망·죽음 혹은 소멸 등은 90년대 시인들의 시 속에서, 특히 최근에, 부쩍 눈에 띄는 표현 범주들이다. 물론 직설적인 토로에 의해서 명시되고 있는 말들은 아니지만, 그들의 내면 풍경에서는 이러한 범주의 사고틀이 어느 정도 형태를 갖추어가고 있다는 인상이 강하게 느껴진다. 또한 이런 사고틀은 하나의 공통적인 연결점을 지니고 있다. 이들은 하나의 패러다임으로 묶여가는 경향을 보이면서 공통적인 기원으로 회귀하고 있는 것이다. 그 귀환처란 다름아닌 오디세우스의 출발지, 언제 그곳을 떠났는지조차 기억할 수 없는 저 먼 과거의 흔적인 근대성의 향수로부터 시작된다.

　현재(지금, 여기)는 균열된 시간의 물리적인 흐름을 상징하는 일상성이 지배한다. 그 일상의 밤바다는 어두운 폭풍과 가혹한 운명의 지대이다. 그리고 그 운명은 여행의 시작(신들의 질투)에서부터 이미 잉태되어 있던 것이다. 90년대 시인들이 직시하는 근대성의 기원에 존재하는 것은 이성이 아니라 이런 '질투'이다. 신들의 질투, 그것은 근엄한 신의 말씀logos(이성)이 아니라, 폭풍 같은 소유욕과 욕망의 시작을 암시한다. 그러니 아무리 그럴듯한 치장을 해도, 오디세우스의 항해는 이러한 욕망과 광기의 운명으로부터 자유로울 수 없는 것이다. 고향에는 욕망과 광기 이전의 영혼과 생명의 가치가 존재하지만, 유토피아는, 희망은, 이들에게 영원한 미래이자 과거이다.

　몸, 생명(환경), 여성, 운명과 광기, 영혼과 욕망, 죽음 혹은 소멸

등이 서로 긴밀하게 연관된 사고 체계라는 말은, 달리 말하면 이들
이 근대성이라는 기원을 지시하는 하나의 기표라는 뜻이기도 하다.
이런 생각은 이성의 기원으로서의 근대성이 아닌 소외된 혹은 은폐
된 기억의 복원이 바로 진정한 역사의 귀환처인 고향을 지시할 수
있을 것이라는 새로운 열망을 포함한다. 오디세우스가 여행 과정에
서 부딪히는 무수한 광기의 상징들은 실은 잊혀진 기억의 일부일 뿐
이다. 이성(신의 말씀)에 의해 주어진 운명, 그것이 광기의 바다를
헤쳐가는 것이라는 점에서, 그것은 90년대적 일상과 너무도 닮아 있
다. 근대성이라는 신의 목소리가 낳은 오디세우스의 운명이란, 이
지루한 광기의 일상이 아닌가. 이성을 가장하고 있는 질투의 운명으
로부터 시작된 도구적 이성주의의 신화를 직시하는 사고 체계 그것
이 바로 90년대가 낳은 이러한 화두들의 근거지이다.

 90년대 시의 정신적 지도(地圖)를, 남진우는 '생명주의적인 목가/
허무주의적인 비극'의 대립 구도를 통해 설명하고 이를 다시 '축제/
구도/유희/투시'의 네 가지 유형으로 세분화하면서 다음과 같이 주
장한다.

 최근 우리 시에서 부상하고 있는 환경/몸이란 주제는 지난 연대의
자아/세계 같은 고전적 주제나 주체/체제라는 정치적 주제와는 다른
층위에서 작동하고 있으며 바로 이 점이 우리 시의 변모를 예감케 한
다. 그러나 이 주제가 실제 작품에서 얼마나 깊고 풍요로운 모습으로
구현될지는 아직 미지수이다. 지난 연대의 정치적 상상력에 입각한
문학적 경향을 빠르게 기억의 저편으로 밀어내면서 새롭게 우리 문학
을 교직하고 있는 생명주의/허무주의는 모두 급변하는 실제 현실 앞
에서 창백하고 무력한 모습을 떨쳐버리지 못하고 있는 것으로 보인
다. '역사의 종말'이 운위되는 시대에 '시의 종말'이란 얼마나 하찮은

것인가. 그런데도 사람들은 살아야 하고 시인들은 시를 써야 한다. 종말 앞에서, 종말을 유예하는, 종말의 시를.[3]

　　결국 역사의 종말이 암시하는 근대 기획의 종착점에 대해서, 비관적인 시선으로 바라볼 수밖에 없는 시인들의 입장에서 남진우는 시 쓰기의 역설을 설파하고 있는 것이다. 이야기꾼인 세헤라자드가 죽음을 연기(演技)함으로써 죽음을 연기(延期)하는 것처럼, 세기말의 시인이란, 바로 죽음을 흉내냄으로써 죽음을 유예하는, 역설적인 존재이다. 그것은 소멸을 향해 나아감으로써 상징적인 죽음을 통해 새로운 재생의 계기를 찾는 모든 예술의 생리이다. 세헤라자드가 들려주는 이야기가 '탄생(시작)과 죽음(끝)'이라는 인생의 축약인 것처럼, 이야기란, 시란, 예술이란 죽음을 간접화하는, 또한 죽음을 생활화하는, 죽음과 함께 놀아나는 그런 것이다. 언제 예술에게 죽음이 없던 적이 있었는가. 죽음으로부터 생명의 기운을 전수받은 예술, 시에게, 죽음은 곧 생명의 젖줄이다. 그러니 종말의 시를 쓰는 것은 달리 말하면 종말을 유예하는 행위이며 그것이 언제나 종말 앞에 직면해 있는 시의 운명이다. 이 점에서 남진우의 견해처럼, 90년대 시의 가장 중요한 특징은 세계나 자아 등 관계의 문제뿐만 아니라 시 그 자체의 존재론적인 문제에 이르기까지 심각한 의문을 품고 있다는 점이다.

　　90년대 시의 지속적인 내면화 경향에는 진정성이라는 화두가 깊이 자리 잡고 있으며, 거기에는 시의 죽음을 존재의 자기 갱신을 위한 계기로 만들고자 하는 시인들의 실존적인 몸부림이 개입되어 있다. 이제 시는 형식과 내용의 문제가 아닌 존재와 영혼의 심해(深海)

---

3) 남진우, 「시의 종말, 종말의 시」, 『21세기 문학이란 무엇인가』, 2000년을 여는 젊은 작가 포럼 둘째 날(9. 18) 요지집, p. 32.

로 내려가 구원에 대해서 탐색하는 작업을 시작하고 있는 것이다. 그 바다 속에서 어떤 꿈이 건져질 수 있을지, 아니면 단지 숨겨진 악몽만이 파헤쳐질 것인지는 알 수 없지만 말이다.

90년대 시단의 중요한 특색 중 하나는 성찰적 계기가 두드러진 점과 실험적인 시보다도 명상적이고 서정적인 시가 많이 발표되었다는 점이다. 이런 특징은 90년대 시단의 흐름이 하나의 방향성을 지니고 있었음을 암시한다. 즉, 90년대에 새롭게 등장한 화두들이 상호 연관의 고리를 좀더 명확하게 자각하게 됨으로써 일정한 구도를 그리기 시작한 것과 세기말을 목전에 둔 '지금, 여기,' 즉 90년대 후반의 시점에서 나타난 시적 방향의 구체성은 같은 맥락을 지니고 있다. 예를 들면 몸에 관한 사유의 천착은 결국 광기 · 욕망 · 생명 · 죽음, 여성의 신체 등과 서로 중복되면서 그 시적 영토를 넓히고 있다.

90년대 중반 이후 활발하게 이루어진 몸에 관한 담론은, 몸이 중심의 신화로부터 일탈해 있던 경계적인 존재라는 점에 착안하여, 모든 범주들 사이의 매개 개념으로 확장됨으로써 중요한 위치를 차지하게 되었다. 이제 몸은 단순히 육체성에 한정된 것이 아니라, 전체의 의미를 내포하면서 생명의 개념으로 확장되어 나아가고 있다고 하겠다. 생명/환경이 하나의 쌍을 이룬다면 몸은 생명과 환경 사이에 긴밀하게 밀착되어 있는 매개적인 존재이다. 존재의 내면과 외면을 생명과 환경으로 나눈다면 그 사이에서 이루어지는 모든 생명 활동은 몸이라는 형태를 빌려 이루어지기 때문이다. 따라서 희망과 생명의 문학은 생명의 범주에 속하는 광기와 욕망 · 이성 · 영혼을 환경의 범주에 속하는 운명, 죽음과 매개하는 실천적 작용을 한다. 그래서 육체의 구체적인 감각에 초점을 맞추는 채호기 같은 시인의 상상력이 독자적인 의미를 확보할 수 있었던 것이다.

90년대 후반의 시단에서 불교적인 생태주의와 서정성의 상관성은 생명과 환경의 상호 관계에 대한 화두를 성찰적인 자세로 풀어나간 가장 구체적인 예 중에 하나이다. 고형렬의 『성에꽃 눈부처』(창작과비평사), 홍신선의 『황사 바람 속에서』(문학과지성사), 『이윤학의 『나를 위해 울어주는 버드나무』(문학동네), 나희덕의 『그곳이 멀지 않다』(창작과비평사), 장석남의 『젖은 눈』(솔), 신경림의 『어머니와 할머니의 실루엣』(창작과비평사), 김용택의 『그 여자네 집』(창작과비평사), 전대호의 『성찰』(민음사) 등은 세계의 운명을 직시하는 자세에서 상당히 구도적인 면모를 드러낸다. 정신의 치열함과 냉엄함을 통해서 세계를 돌아보는 시인들의 자세는, 나쁜 꿈에 빠진 현실에 대한 역설적 희망을 투사하고 있는 것이다.

예를 들면 "충분히 중력을 벗어난 것인지/그래서 이젠 작은 힘만으로도/날 수 있는지//확실한 것은 다만 어둠/비어가는 연료통//이제 순간을 사랑하지 않고는/한 발자국도 갈 수 없으리/떼어내고 작아져야 하리"[4]라는 전대호의 시는, 성찰의 의미를 역사의 관성과 운명의 힘으로부터 벗어나 불확실한 선택(새로운 운명)으로 나아가는 계기로 바라본다. 그리고 순간(지금, 여기)에 대한 자의식을 통해서 자아를 축소해나가는 고독한 싸움을 '성찰'로서 규정한다. 그러한 '성찰'은 현실을 낙관하지도 비관하지도 않는 냉정함 혹은 담담함의 표현이다. "확실한 것은 다만 어둠/비어가는 연료통"에서 보듯이 희망을 찾아 떠나는 여행이란, 비관과 낙관이 뒤엉킨 어둠, 불확실성의 행위이며 또한 무수히 많은 가능성의 시작 지점이다. 이것은 새로운 여행에 대한 알레고리로서 근대의 끝에서 쏘아 올려진 새로운 희망의 서사를 암시한다. 따라서 90년대 시단의 성찰적 자기 인식은, 희망의 서사를 모색하는 준비 자세로 표현할 수 있을 것이다.

---

4) 전대호, 「분리형 로케트」, 『성찰』, 민음사, 1998, p. 11.

## 3. 대중성과 여성주의

IMF 체제의 시작과 함께 출판 불황 속에서 대중 문학에 대한 반성의 목소리가 나타난 것도 98년 이후 시단의 중요한 특징 중 하나다. 90년대 시단이 대체로 대중적 감수성을 미학적 장치로 사용하는 데 적극적이었다는 점에서 대중 미학에 대한 자기 검열이 비교적 취약했던 것은 분명한 사실이다.

이러한 맥락에서 최영미 등 몇몇 여성 시인의 시에서 상업주의의 혐의를 지적하는 논의가 있었다. 특히 그 중에서도 최영미의 여성주의적 성취에 대한 비판은, 90년대 시단의 여성주의가 지니고 있는 유행성에 대한 반성을 도모하고 있는 것이다. 우선 최영미의 시가 성취한 여성성으로 알려졌던 '여성의 성에 대한 직정적 표현'이 자본주의적 상품 미학과 가부장적 미학의 영역에 여전히 안주하고 있는 것임을 비판하거나 90년대를 지배하는 대중적 독선이 낳은 허무주의가 여성적 저항을 드러내는 것으로 인식되는 그동안의 사정에 대한 반성의 목소리가 나타나기도 했다.[5]

여성성과 대중주의의 상호 관련성을 거론하게 되면 여성적 담론의 실체는 비판적으로 새롭게 검토되기 시작한다. 이 점은 상품 미학의 힘에 의해서 굴절된 여성주의를 바로잡으려는 시각이다. 김미현의 다음과 같은 발언은 90년대 여성주의의 특징과 함께 그 대중화가 지니고 있는 함정을 암시한다. 여성의 언어는 중심화되지 않은 소수의 언어이며 존재하지 않는 언어라는 점에서 도구적 이성주의

---

5) 김춘식, 「허무와 냉소를 파는 문학」, 『현대시』, 1998. 8; 허혜정, 「그녀 안의 합일」, 『작가세계』, 1998년 가을호, p. 334; 박철화, 「제도론의 관점에서 본 시의 대중화」, 『현대시』, 1998. 8, pp. 29~30.

에 의한 상업화를 경계하지 않을 수 없다. 즉, 여성의 언어 속에도 가짜는 있게 마련이다. 그 가짜는, 남성이 만든 여성의 틀을 여전히 벗어나지 못한다. 그 틀의 대표적인 예가 바로 '상품화된 여성성'임은 달리 거론할 필요가 없을 것이다.

'여성의 시대'라고 일컬어지는 1990년대조차 여성들은 벙어리로 존재하는 경우가 많다. 여성의 말은 '말 같지 않은 말'로 취급되기에 기존의 코드나 주파수로는 해독되지 않기 때문이다. 그래서 여성들의 입은 말을 낳지 못하는 불모의 자궁이다. 흔히 여성을 자신에게 부과된 어둠 속에서 터널을 파는 '두더지'에 비유하는 것도 바로 이런 이유 때문이다. 세상의 언어 속에 있으면서도 그 언어의 '밑'에서 자신의 언어를 만들어야 한다는 것이다. 이런 의미에서 여성의 언어는 '거울mirror'의 언어가 아니라 '반사경speculum'의 언어도 된다. 거울의 표면은 남성 중심적인 상징 질서나 충만한 자기 이미지만을 되비쳐준다. 그러나 반사경의 볼록한 표면은 남성 중심적인 언어를 변형한다. 여성들은 이런 반사경을 통해 오히려 여성 언어라고 주장할 수 있는 언어를 탐색할 수 있다. 또한 '모든' 여성들이 '언제나' 여성 언어를 사용하는 것은 아니라는 측면에서 여성 언어는 '생리통의 언어'이기도 하다. 여성 작가들은 이런 언어들로 기종의 언어와 전면전이 아니라 게릴라전을 펼친다.[6]

거울과 반사경의 차이에 의해서 김미현은 가부장적 여성 담론과 여성적인 담론을 구별한다. 물론 이런 구별은 하나의 은유이지만 이러한 은유 안에는 가부장적 언어의 굴절 혹은 그 심층부에서 여성적

---

6) 김미현, 「여성, 말하(지 못하)는 타자」, 『21세기 문학은 무엇인가』, 2000년을 여는 젊은 작가 포럼 첫째 날(9. 17) 요지집. p. 72.

언어가 '캐내지고' 있음을 의미한다. 그것은 중심의 담론이 아니라 경계의 담론이나 소외된 언어로부터 여성적 언어들이 발견되고 있다는 뜻이기도 하다.

그렇다면, 이런 게릴라식의 화법은 남성적인 해체 담론과는 어떻게 다른 것인가. 주변적 담론으로서의 여성의 언어는 달리 말하면 무의식 · 광기 · 욕망으로 대변되는 반이성주의의 담론이 아닐까. 그렇다면 아버지의 근엄한 목소리(이성)에 의해서 억압되었던 어머니의 목소리(광기 · 욕망 · 무의식 · 사랑 · 감성)의 언어는 가부장적 언어의 밑바닥에 고스란히 잠겨 있는 것이란 말인가. 누구나 알고 있듯이 이것은 하나의 가정일 뿐이다. 그리고 모든 비유가 그렇듯이 이것은 여성적 언어의 실체 없음을 드러내기 위한 편법임에 분명하다. 어쨌든 거울의 표면에 비친 형상만을 바라보는 남성적 담론과 거울의 미세한 변형에 주목하는 여성주의의 미시적 성향은 분명히 서로 대조적인 것이기는 하다.

그러나 이런 도식에 따르면 남성의 여성에 대한 언어는 타자를 말하는 주체의 언어라면, 여자가 말하는 여자의 언어는 자기를 말하는 남성적인 '타자의 언어'라는 점에서 서로 공통적인 요소를 지니고 있다. 그것은 남성적 담론과 여성적 담론의 명징한 구분을 곤란하게 하면서 그 위치를 서로 전도하기도 한다. 남성이 바라본 여성에 대한 표현이 부드러움인데 반해, 여성이 여성 스스로를 말하기 위해 빌려 쓸 수밖에 없는 '남성적 언어'가 광기와 가학성으로 나타난다면 이 둘 사이에는 어떤 보이지 않는 전도 과정이 발생한 것이다. 아니마/아니무스의 대립쌍을 떠올린다면 쉽게 이해되겠지만, 결핍을 말하는 문학적 담론은 이 상황에서 문제적이 될 수밖에 없다. 그것은 하나의 아이러니를 내포한다. 여성이 자신에게 결핍된 남성성을 말하는 담론이 여성적 담론이 되고 남성에게 결핍된 여성성을 말하는 담론이 '남성적 담론'이 되는 전도 과정이 이 사이에 충분히 발생할 수 있기 때문이다. 결국 시적 담론 안에서 종종 발견되는 남성의 여성화와 여성의 남성화는 어떤 점에서 이러한 아이러니를 잘 드러내는 것이라고 할 수 있다.

김정란의 흩어진 언술과 김언희의 폭력적이고 가학적인 담론에는 여성적 담론에 나타나는 아이러니한 전도가 자주 목도된다. 새로운 방식으로 자신을 말하기 위해서 남성적 언어를 변형하는 방식에서 이 두 여성 시인은 오히려 남성적인 주체의 성향을 상당히 많이 드러낸다. 따라서 90년대 후반의 시점에서 여성주의란 아직도 미완성의 가능성을 향하여 나아가고 있는 상태라고 할 수 있다. 또한 그 본질에서 '남성/여성'의 이원적 구분이 아니라 '소통의 언어'를 추구하는 것이 진정한 여성적 담론의 발견이라는 인식이 점차 확산되어가는 추세라고 여겨진다.

최영미의 '직설적인 성 묘사'가 여성의 성적 억압을 제거해주었다기보다는 성의 대중적 소비 구조에 편승하고 있다는 지적 등은, 여성시가 대중적 상품화의 왜곡된 길로 빠질 수 있음을 경고한다. 이것은 여성적 자아의 순수한 의도와 관계없이 성을 상품화하는 가부장 제도의 질곡을 '성적 해방'만으로는 넘어설 수 없음을 의미한다. 문제는 '교감' 혹은 '소통'이 없는 폭력적 거래, 소비로서의 성을 재생산하는 담론에 있다. 이것은 여성주의의 행로가 '남성/여성'의 변별이 아니라 소통과 교감의 차원으로 향해야 할 중요한 이유이다.


## 4. 비애와 아이러니: 인간과 기계의 전도


90년대적인 악몽의 그림은 마침내는 시인들의 성찰적인 문명 비판의 시각에 기반하여 '기계화된 인간'의 이미지를 시적으로 창출한다. 기계와 인간의 상호 전도된 이미지를 시 안에 도입함으로써 기계보다도 더 도구적으로 움직이는 인간의 일상적 삶을 보여주기 시작하는 것이다.

배용제의 『삼류극장에서의 한때』[7]에서 시인이 발견하는 죽음은 영혼의 상실과 비인간화된 일상의 모습이다. 이러한 비판은 이 시대의 문명을 죽임의 문화로 바라보는 그의 시각을 잘 드러낸다. 죽임의 문화 속에 살기 때문에 어쩔 수 없이 실감하고 맞부딪쳐야 하는 것이 부조리한 일상이다.

「나는 날마다 전송된다」[8]라는 시에서 현대인의 악몽은 '두꺼운 무덤'으로 표현되는 미래로 자신을 날마다 전송하는 우울한 초상으로 나타난다. 존재의 삶을 미래의 두꺼운 무덤으로 가는 과정으로 그리면서 그 삶의 여정을 기계적인 전송과 일치시킨다. 그것은 도구적 이성주의가 낳은 경제적 합리주의의 비인간성을 비꼬는 알레고리이다. '전송/삶'은 '무의미/가치(의미)'의 대조를 암시한다. 건조한 기계적 과정으로 미래를 향해 걸어가는 사람들의 생(生)을 묘사함으로써 일상의 무가치와 무미건조한 삶을 폭로하는 것이다. 마찬가지로 「꿈은 또 하나의 쓰레기 봉투이다」,[9] 「기억의 채널」[10] 등의 시 제목은, 그의 시가 유기적 생명성을 상실해가는 인간 존재에 대한 역설적 표현으로 씌어지고 있음을 알게 한다.

악몽에 대한 역설적 대응, 이것은 우연하고 순간적인 사건의 연속, 역사적 인과성을 상실한 문명 속에서 살아가는 정직한 태도임에

---

7) 배용제, 『삼류극장에서의 한때』, 민음사, 1998.
8) 앞의 책, pp. 34~36.
9) 앞의 책, pp. 60~61.
10) 앞의 책, pp. 32~33.

188

분명하다. 운명이란 필연적 결과를 암시하는 단어가 아니라 우연한 삶의 지점에서 맞부딪치는 실존적 선택으로부터 파생되는 가능성의 다른 이름이다. 그래서 누구도 운명의 저편을 알지 못한다. 그것은 미완성의 시간이기 때문이다.

90년대적 상황 속에서 '운명 저편의 불확실성'을 바라보는 시인들은 현실의 아이러니를 명확하게 실감한다. 덧없는 순간들의 중첩 속에서 만들어가는 운명이란 아이러니를 통해서 넘어가야 할 자기 성찰의 과정이 아닌가. 인간 존재의 한계를 직시하는 미학적 양식이 아이러니라면 아이러니는 운명 저편을 지시하는 가장 명징한 수단임에 분명하다. 그래서 신비주의에 빠지거나 신성한 권위에 굴복하지 않고 삶을 성찰하는 자세에는 언제나 조금씩의 비애와 아이러니가 묻어 있다. 〔1998〕

# 근대적 미학주의와 동양 정신

## 1. 동양과 전통의 창안

한국 문학사에서 '동양 정신'이라는 말은 그 개념의 기원이나 본질과 상관없이 '민족'이나 '민중'이라는 말처럼 자기 정체성의 숭고함을 증명하는 가치 근거로서 종종 통용되어왔다. '전통'이라는 이데올로기를 그 배후에 감춘 채 다른 것을 재단하거나 평가하는 가치 기준 혹은 개인적 · 집단적 신념의 근거가 되어온 이 말에는 그 역사적인 기원이나 실체를 은폐하는 논리가 숨겨져 있다. 흔히 '전통'이나 '동양 정신' '민족'을 뚜렷한 실체를 지닌 채 고정되어 있는 관념으로 인식하지만 여기에는 상당한 비논리와 허구적 이데올로기가 개입되어 있는 것이다. "지배 계급은 이념적 표상에 초계급성 · 불변성을 부여함으로써 그 내부의 투쟁을 사회적 가치 판단의 문제로 전화하거나 축소하고 그 표상을 하나의 언어로 통합하기 위해 애를 쓴다"[1]는 말을 빌리지 않더라도 하나의 이념을 반영하는 말에 "초계급성, 불변성"을 부여하려는 욕망은 분명히 정치적인 것이다. '동양 정신'이라는 말은, 그 개념 안에 '선험적 신성성'이라는 허구적 요소

---

1) Volosinov, *Marxism and the Philosophy of Language*, Ladislav Matejka, I. R. TiniK(New York: Seminar Press, 1973), p. 23.

가 개입되는 순간 이미 이데올로기적인 변용과 정치적 전도(顚倒)의
산물로 변화하는 것이다.

　이념적 배타성을 드러내는 ‘동양’이라는 말에는 따라서 어떤 보편
적 성격이 결여되어 있다. 그것은 ‘서양/동양(오리엔트)’이라는 이분
법적 대립 체계의 허위성을 반성하고 그 모순을 지적하고 있는 에드
워드 사이드나 가라타니 고진 등과 같은 연구자들에 의해서 빈번하
게 지적되어왔다. ‘오리엔트’나 ‘동양’의 개념은 특정 시기의 이데올
로기와 정치적 의도에 의해서 형성된 인위적인 것일 뿐 어떤 보편성
과 선험성도 갖추고 있지 않다. 예를 들면 스테판 다나카가 「근대 일
본과 ‘동양’의 창안」[2]에서 밝히고 있듯이, ‘동양’이라는 개념이 오늘
날처럼 동아시아권을 중심으로 한 비서구 세계 일반을 지칭하는 명
칭으로 사용되기 시작한 것은 비교적 최근세의 일로서 근대 일본의
인위적인 ‘기획’에 의한 것이다. 이 점은 ‘동양’은 존재해온 것이 아
니라 창출된 것이며 그 언어의 기원에는 ‘정치적 전도’의 과정이 포
함되어 있음을 의미한다.

　‘동양’이라는 말은 객관성과 보편성이 인위적으로 부여된 가치 용
어이다. 또한, 그것은 서구적 개념의 ‘오리엔트’와는 달리 일본의 근
대 지식인을 중심으로 한 동양인의 ‘자기 정체성’을 담고 있는 말이
다. 따라서 이 말은 전근대적인 ‘중국’ 중심의 동아시아 질서로부터
이탈한 일본 근대 지식인의 새로운 ‘문화 기획’과 밀접한 관련이 있
다. ‘동양’이라는 말은 탈아입구(脫亞入歐)한 일본이 동양 문화권을
전면에 내세움으로써 서구의 열강과 대등한 위치에 서고자 하는 지
극히 정치적인 의도를 포함한다. ‘동양’이라는 말이 처음으로 통용
되기 시작한 근세 초기에는 일본 지식인에게 ‘동양’이라는 개념은

_______________

2) 스테판 다나카, 「근대 일본과 ‘동양’의 창안」, 최원식 외 3인 편저, 『동아시아 문제와
　시각』, 문학과지성사, 1995, pp. 170~93 참조.

'전통'이라는 말과 그다지 먼 곳에 떨어져 있지 않은 것으로 인식되었다. 동아시아 담론의 중심에서 과거 '중국'이 누리던 권위적 위치를 해체하고 그 빈 공간에 근대화의 우등생인 '일본'을 위치시키고자 하는 일본 지식인의 열망이 이 '동양'이라는 용어 속에 담겨 있는 것이다.

'동양 정신'은 이런 일본의 동아시아 담론 구상의 중요한 핵심에 해당된다. 그 안에는 근대 일본이 놓인 이중적 위치에서 파생되는 모순에 대한 자기 극복의 논리가 포함되어 있다. 일본의 동양 정신은 '반서구'와 '반중국'으로 표상되는데 교묘한 이중적 기만성을 담고 있다. 서양의 근대화에 대한 대응과 중국으로 표상되는 동아시아 전통으로부터의 일탈이라는 이중의 가치율 사이를 헤집고 나오기 위해서 특별히 고안된 '지적 기획'의 산물이 바로 '동양 정신'이라고 할 수 있다.

따라서 '동양 정신'은 은폐된 기원으로서 '반서구'와 '반중국'의 담론을 지니며 그 표면적인 변용 혹은 전도를 '반근대'와 '근대'라는 말로 축약하고 있다. 반서구의 논리는 '동양 정신' 안에서 '반근대'의 논리로 수용되고, 또 '반중국'의 논리는 '전통의 근대적인 재창조'라는 의미에서 '근대'의 논리로 둔갑되는 것이다.


## 2. 동양 정신의 기원과 전도

오카쿠라 텐신이 저술한 「동양의 이상」의 다음과 같은 구절은 일본 근대 지식인의 은밀한 지적 패권주의를 드러내는 대표적인 예이다.

이처럼 일본은 아시아 문명의 박물관이다. 〔······〕 후지와라 귀족
정치 아래서 당나라의 이상을 반영했던 와카〔和歌〕Yamato poetry와
부카쿠〔舞樂〕는, 송대 開明illumination의 소산인 장중한 禪과 노오가
쿠〔能樂〕처럼, 오늘날까지도 영감과 환희의 원천이다. 일본을 근대적
강국의 지위로 끌어올리면서도 항상 아시아의 혼soul에 충실히 머무
르게 하는 것은 바로 이 끈기tenacity이다.
이리하여 일본 미술의 역사는 아시아의 이상들의 역사──줄지어
부딪쳐온 동방 사상의 물결 하나하나가 국민적national 의식과 맞부
딪쳐 모래사장에 자국을 남기고 간 해변──가 된다.[3]

인용문에서 보듯이 오카쿠라는 근대 일본의 위치를 '아시아 문명
의 박물관'으로 규정한다. 그것은 아시아 전통의 근대적 재창조라는
역할을 담당할 자격이 오직 근대 국가인 '일본'에게만 있음을 강조
하기 위한 하나의 장치이다. 위의 글에서 오카쿠라는 '동양의 이상
과 문화'를 말하는 척하면서 사실은 일본의 국민 문화의 가치와 이상
을 말한다. 이 점은 19세기 말 일본 근대 지식인의 자기 정체성을 명
확하게 보여주는 예이다.
위의 글에서 우리는 또 한 가지의 중요한 사실을 발견할 수 있다.
그것은 위에 인용한 오카쿠라의 글에서 '근대적 미학주의'의 흔적을
발견할 수 있다는 점이다. 미학주의는 과학주의와 대립되는 한 쌍으
로서 칸트로 표상되는 근대적 사고의 유형을 그대로 반영한다. 그것
은 방법적 망각 혹은 괄호묶기에 해당되는 것으로서 '미학'을 완전
히 독립된 영역으로 분리시켜 과학주의나 여타의 영역과 병립하는
체계이다. 이러한 사고는 가라타니 고진이 「오리엔탈리즘 이후──

---

3) 오카쿠라 텐신, 「동양의 이상」, 최원식·백영서 편, 『동아시아인의 '동양' 인식』, 문
학과지성사, 1997, p. 34.

미와 지배」[4]에서 예리하게 지적하고 있듯이 문화적 보편주의, 객관주의를 표상하지만 실은 어떤 대상에 대한 기원을 은폐하는 속성을 지니고 있다. '방법적 망각'이나 '괄호로 묶기'는 도구적 이성에 의한 방법론적 차원을 벗어날 수 없다. 따라서, 미학주의의 함정은 그것이 괄호 안에 묶여 있는 한 언제나 미적 대상의 기원을 은폐할 수밖에 없다는 것이다.

오카쿠라의 '동양 정신'은 이 점에서 다분히 '미학주의적'이다. 그리고 그 미학주의의 근간에는 위장된 객관주의와 배타적 국수주의 혹은 제국주의로 변용될 요소가 충분한 '도구적 이성주의'가 있다. '아시아 문명의 박물관으로서의 일본 문화'에 대한 미학적 가치 발견이 '근대적 강국 일본' '아시아의 혼으로서의 일본 국민 의식'을 합리화하는 수단으로 전락하고 있는 것이다.

한국 근대 문학의 성격에 개입될 수 있는 뚜렷한 함정을 우리는 위의 글을 통해서 확인할 수 있다. 일본에 의해 창안된 '동양' '동양 정신'의 개념은 한국 문학사의 인식에 중요한 변수로 작용할 수밖에 없게 된다. 일본에 의해 굴절된 근대적 사고 체계의 이식 과정에서 가장 중요한 위치를 차지하는 것이 바로 '동양' '동양 정신'과 그 일부로서의 자기 정체성에 대한 확립 과정이라고 할 수 있기 때문이다. 앞에서 살펴봤듯이 일본을 통한 근대 문학의 체험은 '근대' '반근대' 논리의 심각한 변용으로 나타날 수 있다. 반서구주의를 '반근대'로 그리고 '반중국'을 '근대'로 인식하는 사고틀의 교묘한 이식 과정이 한국 문학사에서 그대로 이루어진 것이다. 국민 국가인 '일본'을 지탱하는 제도가 '국민 국가'를 형성하지 못한 식민지 조선에 '이식'되는 과정에서 이 점은 더욱 심각한 굴절로 나타난다. 예를 들면

---

4) 가라타니 고진, 「오리엔탈리즘 이후——미와 지배」, 1997년 방한 시의 세미나문.

'동도서기론'으로 표상될 수 있는 개화기 근대화론과 1920년대 국민 문학파의 성격은 '근대적 국민 국가'의 부재와 '인식론적인 모순'에 의해서 상당히 불안정한 성격을 지닐 수밖에 없는 것이다.

'동도서기론'은 '전통'의 근대적 재창조와 새로운 '동양' 인식이 없이는 불가능한 것이다. 즉, 동시대적인 자기 정체성에 근거할 때만이 동도서기론(東道西器論)은 그 의미를 지닐 수 있다. 그러나 이러한 근대적 정체성의 확립은 필연적으로 앞선 세대에 대한 인식론적인 단절과 고대적 전통의 부활, 재창조를 통해서 가능한 것이다. 이 점에서, 한국이나 중국은 일본에 비해서 중세적 전통과의 인식론적인 단절 과정이 다소 미약했다. 그리고 그 주된 이유는 일본식 근대화 개념의 영토인 '반중화주의' 안에서 근대적 기획을 구상했기 때문이다.

'동도서기론'과 '화혼양재(和魂洋才)'를 서로 비교한다면 이 점은 좀더 명확해진다. 일본의 근대화론이 '국민 국가'의 성격에 좀더 명확하게 부합된다는 것은 주지의 사실이다. '동도서기론'이 지역적 문화 구도의 재편성을 의미한다면 '화혼양재'는 국민 국가를 지탱하는 '민족주의'의 표어임이 분명하다. 이러한 격차는 '동양' '동양 정신'의 개념을 처음부터 민족주의적인 논리로 풀어나간 일본이, 그렇지 못했던 한국과 중국보다 그 근대성의 심도에서 좀더 쉽게 진척될 수 있었음을 의미한다. 동도서기론은 애국 계몽기까지도 과거의 '중화주의적 전통'으로부터 그다지 자유롭지 못한 상태였다. 그리고 한편으로는 '반중화주의'를 내부에 숨기고 있는 일본의 근대주의를 구한말 '개화'의 모델로 삼고 있었다. 따라서 이러한 이중성에서 비롯되는 자기 정체성의 모순은 근대주의 형성 과정의 중요한 장애가 될 수 있는 것이다.

다음은 미학주의와 근대적 미의식의 함정이다. 앞에서 보았듯이 근대적 미학주의에 틈입되어 있는 '괄호묶기' 혹은 '방법적 망각'의 흔적을 우리는 1930년대의 순수문학과 모더니즘에서 발견하게 된다. 그것은 카프로 표상되는 정치의 논리가 무너진 한쪽에서 '미적 자의식'의 차원을 밀고 나갔다는 긍정적인 평가를 가능하게 하지만 한편으로는 그 안에 감추어져 있는 심각한 자기 모순과 정체성의 위기를 직감하게 한다. 해방 공간에서 드러난 이태준·정지용·오장환의 모습과 30년대 후반 임화의 '문학사 기술'[5]에 대한 관심에는 이러한 측면이 잘 나타난다. 과학과 미학은 보편성을 위장하고 있는 근대적 인식 체계의 양면이라고 할 수 있다. 따라서 카프의 과학주의와 모더니즘의 미학주의가 근대적 주체에 대한 위기의식을 진정으로 극복할 수 없었던 까닭은, 근대라는 폭력적인 보편주의와 객관주의를 은폐하는 정치적 담론의 실체를 명확하게 인식하지 못했기 때문이다.

이런 점에서 청록파를 비롯한 1930년대 말~40년대 초 신세대 문

---

5) "현실에 철저히 패배한 자들의 현실 초극 방식이 신의 노예가 됨으로써 가능했다면, 서정주는 신의 자리에 미를 앉혔고, 따라서 미가 지배하는 영토의 왕자일 수 있었다. [……] 주인으로서의 서양(근대성)을 섬기고 그것의 노예가 되는 일이란 무엇인가. 만일 서양이, 즉 이성의 계몽주의(료타르가 말하는 큰 이야기)가 보편성을 곧바로 가리킴이라면, 근대성의 종이 되어 이를 이 땅에 심고자 하고, 이를 휘두른 임화는 이로써 주체성을 세운 경우라 할 수 있다. 그렇지만, 이 근대성을 하나의 허구(서양 것이지 내 것이 아님의 인식)로 본다면 어떻게 될 것인가. '삶의 구경적 형식' 또는 '원형적 인간성의 존재 방식'을 신이라고 보고 이것에 스스로 종이 되고자 한 조연현의 처지에서 보면 임화가 경배하는 신인 근대성이란 한갓 허깨비일 따름이었다"(김윤식, 『김윤식 선집 3──비평사』, 솔, 1996. pp. 332~33). 임화나 모더니스트가 추구한 미와 과학성은 근대적 주체가 의지하는 보편적 가치의 양대 기둥이라고 할 수 있다. 위의 인용에서 김윤식은 임화의 과학성(마르크시즘, 근대성)과 서정주의 미의식, 그리고 조연현의 구경적 삶의 형식을 '주체 형성'의 세 과정으로 보고 논의를 전개해나가고 있다. 이 글에서 필자는 임화의 과학성과 서정주의 미의식(혹은 모더니스트의 미적 자의식)이 근대성의 양면에 해당한다고 보고 그것의 허위성을 자각함으로써 나타난 위기의식이 임화의 문학사 기술과 해방 후 모더니스트의 변화에 대한 원인이 되었다는 관점을 취하고 있다.

인의 성격은 여러 가지 점에서 주목할 부분이 많다. 어쩌면 전통의 근대적인 재창조는 '청록파'를 비롯한 이 시기 문인의 내면 의식 속에서 비로소 발견할 수 있을 것이다. 그것은 과거의 전통을 답습하지 않으며 피상적인 계승과 변형을 넘어서 '내면화된 상태'의 특징을 주로 보여준다. 일본 제국주의의 패권 의식을 담고 있는 '동양 정신'의 당대적 영토와 이들의 문학은 일정한 거리를 지키고 있다. 특히 청록파로 표상되는 이 시기 자연의 발견은 내면화된 자기 정체성의 정수라고 할 만하다.

## 3. 동양 정신은 90년대 시의 전망이 될 수 있는가?

그럼 이제 본론으로 들어가자. 90년대 시적 전망을 논하는 자리에서 '동양 정신'이라는 화두가 지니고 있는 의미는 과연 무엇인가? 어쩌면 이러한 발상은 최근의 시적 정황이 지니고 있는 몇 가지 특징에서 연유된 것이라고 생각된다. 90년대 초반부터 꾸준히 나타난 신서정시, 정신주의 시에 대한 관심이 이러한 질문을 촉발했을 것이다. 그런데 나는 엉뚱하게도 지금 거의 한 세기를 거슬러 올라가서 근대 문학 초창기의 '동양 정신'과 '근대성'에 대해서 주목하고 있다. 그리고 거기서 '동양 정신'의 개념이 지닌 영토를 전복하고 있는 정치적인 힘들을 발견한다. 또 1930년대 일본의 반서구 담론과 1960년대 참여, 순수의 논쟁, 70년대 민족문학과 민족주의 등 한국 문학사 속에서 근대 초창기에만 한정되지 않는 광범위한 전도의 과정을 목도하기도 한다. 특히 '동양 정신'이 때로는 보수적 문학의 자기 변명으로 떨어지거나 배타적 민족주의의 논리로 변질되는 과정도 볼 수 있다. 그렇다면 90년대에는 과연 어떤 동기에 위해서 '동양 정신'이 새로운 문학적 영토를 요구하고 있는 것일까?

90년대 시를 논할 때, 종종 우리는 80년대와 단절된 내면의 풍경을 말하는 것으로 그 서두를 꺼내곤 한다. 그것은 80년대 민족, 민중 문학의 재단적 과학주의에 대한 반발로 표현되면서 90년대 문학을 새로운 미학의 탐색 또는 돌파로 설명하는 담론을 형성했다. 그러나 과연, 90년대 시가 진정한 미학주의의 면모를 지니고 있는지는 미지수이다. '동양 정신'은 90년대 시의 '명상'적인 특징에 대해서 자기 영토를 주장하는 것으로 제기된 하나의 '전망 기획'일 가능성이 크다.

90년대 초반 유하의 '압구정동에 대한 명상'이나 기형도의 '일상성과 존재에 대한 탐색,' 조정권의 '자연주의적 취향,' 황지우의 '선적 명상' 등으로 촉발된 90년대 시의 '명상'적 특징은 이제 이윤학 · 함민복 · 송재학 · 장석남 · 박형준 등 젊은 시인들의 중심적인 시정신으로 확장되고 있다. 그러나 과연 90년대 시의 이러한 특징들을 지금 다시 '동양 정신'이라는 말로 포용할 수 있을 것인가?

우선 '동양 정신'을 90년대를 마감하는 시정신으로 규정하고자 하는 인식에 어떤 불순하거나 혹은 낭만적인 근대 부정의 정신은 없는지 살펴보아야 할 것이다. '동양 정신'의 복권에는 어떤 식으로든 반서구적 담론과 동아시아 담론 구상의 맥락이 관련되어 있게 마련이다. 이 점에서 최근의 '세계 지역화 현상'의 한 대응으로서 제기되는 '동아시아 협동체 구상'과 '동아시아 담론'이 이러한 발상에 어떤 식으로든지 영향을 미치고 있는 것은 분명한 사실이다. 또한 보수화된 민족주의의 쇼비니즘적 성향이 이런 논리를 더욱 부추기는지도 모른다.

어쨌든 '동양 정신'이라는 말은 90년대적인 시의 풍경을 성급하게 '전망 추수주의'나 '보수주의' 혹은 '반서양, 반자본주의'로 규정해버릴 소지가 많은 용어이다. 특히 동양 정신은 한국 문학사에서 그 언어적 함의의 영토성이 비교적 견고한 편이라는 점에서 90년대 시의 개성적 풍경을 이 용어 안에서 무화할 위험도 있는 것이다. 이 점은 '동양 정신'이 자칫하면 90년대 시를 또 다른 정치적 전도의 과정으로 몰아가는 지렛대가 될 수도 있다는 사실을 지적하는 것이다.

90년대 시는 이 점에서 좀더 근원적인 존재성과 주체성의 위기에 관련된 관점으로 접근해야 할 대상이다. 주체의 자기 귀속 증명과 같은 문제와 관련되어 동양적 사고 체계나 명상에 기대고 있는 것이 아니라 그들은 자기 진정성의 표지를 찾는 과정에서 역으로 그러한 사고 체계 안으로 들어간 것이다. 90년대 시인들은 개인적인 영토 안에서 동양적 '명상'을 활용할 뿐 그것이 어떤 특정한 기획으로 형성되기를 바라지 않는다. 따라서 존재론적인 명상과 구원에 집중되어 있는 90년대 시인들의 시쓰기는 분명 종교적이고 동양적인 정서를 함유하고 있지만 그것이 하나의 중심적인 논리로 구축되기는 힘들다고 할 수 있다. 특히 근대의 허구적 담론 기획이었던 '동양 정신'을 돌아본다면 90년대 시인들이 어떤 거대 담론의 그늘 속으로 다시 걸어 들어가리라고 보는 것은 다소 가능성이 희박한 이야기이다.

거대 담론으로서의 '동양 정신'은 오히려 90년대 시인들에 의해 해체되고 있고 결국은 금세기와 함께 그 죽음을 고할 것이다. 90년대 시인들은 '동양 정신'이라는 말이 가져다 주는 '자기 정체성의 숭고함에 대한 증명'이 얼마나 허구적인가를 생리적으로 터득하고 있다. 그들은 '동양 정신'으로 표상되는 지적 기획의 정치적 함의와 허구적 성격에 대해 냉소나 환멸을 보낼 수도 있을 것이다. 좀더 거슬러 올라가서 정지용이 '가톨릭'에 기댄 것이나 최재서가 '신체제론'에서 자기 정체성의 근거를 찾으려고 했던 것과 같은 '절대적 담론에 대한 동경과 복종'의 측면이 90년대 시인에게서는 철저히 거부되는 것이다. 따라서 '동양 정신'은 90년대 시의 '명상' 안에서 그 구체성과 영토성이 오히려 해체되어가는 단계라고 할 수 있다.

예를 들면, 고형렬의 『성에꽃 눈부처』라든가, 이시영의 『조용한 푸른 하늘』 등의 시집은 80년대적인 거대 담론에 대한 반성의 수단으로써 동양적인 명상을 이용하고 있다. 이들 시인들은 "주체의 진정성에 접근하는 수단으로써 '명상'과 '선적 인식'을 사용하고 있지만 그것이 어떤 가치 체계의 구축을 위한 의식적인 작업으로는 보이지 않는다"는 점에서 '동양 정신'과의 무관성을 확인할 수 있다. 이런 현상은 90년대 시인들의 '표면적인 특징이나 경향'과 '시정신을 지탱하는 근원적인 자의식'이 서로 다르다는 사실에서 비롯된다. 90년대 시인들의 자의식이 존재의 진정성과 그 근원에 집중되어 있다면 그 표면적인 특징은 명상이나 성찰의 과정을 통해 드러나고 있기 때문이다.

결국, 90년대 문학 특히 시에서 '동양 정신'의 가치와 그 가능성을 논한다는 것은 90년대 시인의 시적 개성을 성급히 무화하고 전통의 굴레를 씌워 해석하려는 조급증을 드러내는 일이다. 전통 혹은 동양 정신의 뚜렷한 실체조차 제대로 검증되어본 적이 없는 상태에서 90년대 문학의 특질과 전망을 '동양 정신'이라는 추상적이고 다분히 가변적인 용어로 설명한다는 것은 임의적인 해설과 대상에 대한 가치 전도를 불러올 뿐이다. 이 글에서 동양 정신의 기원에 관한 소략적인 견해를 먼저 밝힌 것도, 90년대 문학의 전망과 '동양 정신'이라는 개념에서 느껴지는 부조화에 대한 이러한 '역사적 기원'을 설명하기 위한 것이다.

문제는 90년대적인 정신주의 시와 동양 정신의 문제를 어떻게 인식할 것인가 하는 것으로 축약된다. 동양 정신이라는 낱말에 내포되

어 있는 이데올로기를 견제하면서 그 기원을 지시하는 문제는 결국,
90년대 시의 자기 정체성과 밀접한 상관관계를 지니고 있는 것이다.
이런 점에서 90년대 초반에 대두된 정신주의와 자연 서정성에 대한
문제는 동양 정신의 근대적 기원을 은폐하는가, 반성하는가의 문제
를 두고 크게 두 가지 경향으로 구분될 수 있다. 이 점에 대한 논의
는 다음 장에서 좀더 자세하게 다루기로 하겠다.

## 4. 자연의 미학화와 신비주의

90년대 초반 문학평론가 도정일은 「문학적 신비주의의 두 형태」
라는 글에서 당시의 속칭 정신주의적인 시 경향에 대하여 다음과 같
은 비판적 견해를 밝힌다.

당대의 지배적 생산 양식에 대한 죄의식이 증발해버린 사회에서 문
학은 어떤 양태를 띠게 되는가? 그 한 가지 양태는 문학이 자기 파괴
를 통해 '상징적 죽음'을 추구하는 방식으로, 또 하나는 신비주의에로
의 탐닉이라는 방식으로 나타난다. 문학의 상징적 죽음이란 수확(생
산)의 축제(소비)가 더 이상 생산의 폭력을 보속(補贖)할 필요를 느
끼지 않을 때 문학 자체가 자기 파괴의 방법으로 공동체의 상징적 희
생 제물이 되는 경우이다. 〔……〕 이 부정은 문학이 공동체의 웃음거
리, 공동체의 질병이 되어 추방됨으로써만 자신의 사회적 존재 의의
를 확인하는 희생 제의의 최종 절차이다. 그러나 문학이 이같은 형태
의 상징적 죽음이기를 거부할 때의 다른 한 가지 가능성은 문학적 신
비주의——문학의 비의(秘意)적 부호화이다. 상징적 죽음이 문학의
해체와 희생을 추구하는 반면 신비주의는 공동체 또는 세계를 희생

제물로 삼거나 아니면 신비적으로 미화한다.[6]

위의 인용문에서 보듯이 도정일은 90년대 문학의 정신주의 안에 상징적 죽음의 형식이 아닌 신비주의가 틈입되어 있음을 지적하고 이를 경고한다. 그의 주장은 90년대 초반 정신주의, 신서정, 키치적인 말장난fun 등의 새로운 시적 경향에서 일정 정도의 '우려'와 '가능성'을 동시에 바라보는 태도를 드러낸다. 결국, 문제는 '상징적 죽음'의 제의와 '신비주의' 사이의 구분점을 어디에서 찾을 수 있는가 하는 점에 모아진다.

위의 글은 90년대에 현저하게 나타나기 시작한 자연복귀적 정서, 서정성, 신성성과 진정성에 대한 동시대 의식을 일정하게 반영한다. 90년대도 어느덧 후반에 접어든 지금, 그의 견해를 다시 살펴보는 까닭은, 최근 이시영 · 장석남 · 이윤학 · 정진규 · 하종오 · 고형렬 · 전동균 · 이원규 등의 시집에서 모두 '자연'에 대한 경도와 '서정주의'의 양상을 발견할 수 있기 때문이다. 특히 이러한 경향은 내면화와 진정성, 자의식에의 치열한 물음을 이들 시에서 발견할 수 있다는 점에서 도정일이 지적하고 있는 바처럼 시의 사회적 존재 의의에 대한 새로운 모색을 담고 있는 중요한 움직임이라고 여겨진다. 그러나 이런 움직임이 과연 시의 새로운 대안이 될 수 있는가와 그것이 이 시대 시의 주류로서 자리 잡을 수 있는가는 여전히 미지수라고 할 것이다. 여기에는 '자연'에 대한 이들 시인의 인식이 드러내는 편차를 통해서 신비주의와 시정신의 경계를 확인하는 작업이 선행되어야 할 필요성이 존재한다. 그것은 90년대 초반의 '정신주의'로부터 현재의 한국 시가 어느 정도의 진척을 이루었는가를 확인하는 일

---

6) 도정일, 「문학적 신비주의의 두 형태」, 『문예중앙』, 1991년 가을호, p. 146.

이기도 하다.

인간(역사, 이성)/자연(존재, 운명)의 경계에 거주하는 '시' 혹은 '문학'의 속성을 생각해볼 때, 우리는 근대적 미학의 핵심에 존재하는 한계를 직시할 수밖에 없다. 그것은 '미적 자율성'의 신화에 이미 깊이 침투되어 있는 '범주 설정과 배제(현상학적인 괄호치기),' 즉 '방법론적인 망각'이라는 규칙을 여기서 발견할 수 있기 때문이다. 다시 말해서 근대적 미학은 '자연'이라는 외부적 인식 대상을 철저히 미학적 대상으로 변형하면서 근대적 예술의 형식을 '고안'해냈다고 할 수 있다. 현대시는 대상의 총체성(자연·진리·본성)을 은폐하는 미학적 단순화 혹은 형식화를 통해서 가상의 미적 범주(시적인 것)라는 인위적인 체계 안에 안주하고 있다. 이러한 미적 체계의 자율성을 철저히 신봉하는 '근대적 미학'의 신화는 이미 오래전에 '인간/자연' 사이의 매개 역할을 포기한 것이다. 결국 현대시에서 나타나는 '자연'의 형상은 여러 가지 불순물을 거른 뒤에 '정제'된 규범의 변형으로서 대상(자연)을 주관적 인간의 영역으로 편입시킨 '이성 중심주의'의 폭력성을 내포하고 있다.

예를 들면, 청록파의 '자연 발견'은 앞에서 밝힌 바처럼 전형적인 '미적 근대성'의 산물이다. 박두진의 '기독교적 낙원의식,' 박목월의 '산수화적인 자연,' 조지훈의 '선적 정관' 등은 모두 내면적 자의식의 굴절된 투영이라고 할 수 있다. 이들의 시 세계는 이 점에서 근대인의 미적 자의식을 선취하고 있지만 다른 한편으로는 세계와의 소통의 출구가 단절되어 있다. 한국 시의 '전통'을 대표하는 이들 시인의 '자연 인식'은 후에 순수·참여의 논쟁에 휘말리면서 보수적 전통주의와 뒤섞여 더욱 잘못 계승된다.[7] 그리고 이러한 변질의 이면

---

7) 김춘식, 「근대적 자아의 자연·전통의 발견」, 이종대 외, 『우리 시대의 시인, 우리 시대의 시집』, 계몽사, 1996, pp. 194~209.

에는 '미적 자율성'의 원리가 역시 심각하게 작용하고 있는 것이다.

따라서, 90년대 시의 '자연 인식'은 이러한 기존의 시적 인식과 어느 만큼의 차별화를 달성하고 있느냐에 의해서 평가되어야 할 대상이다. '시적인 것'이라는 범주의 제약으로부터 벗어나 90년대 시들이 어느 정도 자유로운 움직임을 보여주고 있는 현상은 이러한 사실을 뒷받침해준다. 도정일이 지적하고 있는 것처럼 '상징적 죽음'을 통해 타락한 시대의 희생 제의를 보여주는 '시'는 그 자신의 존재 근거였던 '시적인 것' 혹은 '미적 자율성'의 신화를 부정한다. 그러나 진정한 시정신에 의해서 추동되지 못하고 근대적 미학의 '모방' 혹은 '되풀이'를 통해 재생산되는 '자연'은 신비주의의 변형에 불과할 뿐이다. 자연을 자기 발견의 거울로서 인식하기 이전에 미학적 형식화의 대상으로 바라보는 시각에는 현실 혹은 세계를 '가상'의 영역에 가두고 안심하는 폐쇄된 미학주의의 허위가 내포되어 있다. 인간(역사)으로부터 떨어져 나간 '운명 혹은 세계(자연)'는 미학적 가상과 신비주의로 추락할 수밖에 없는 것이다.

90년대 시에 나타나는 '자연'은 내면의 진정성이나 자기 확인의 거울로서 인식되는 점에서 미학적 대상이기보다는 인식론적인 사유의 대상에 가깝다. 이 점은 근대적 미학주의와 일정한 거리를 지닌 것으로서, 생태·환경이나 생명·몸·틈·경계, 존재의 진정성 등의 화두가 현대시의 허구적인 '미적 완결성' 안에는 깃들 수 없다는 자각을 포함한다. 결국 미학적 규범에 의해 생성된 '자연' 안에는 생태·환경, 개인적 실존의 위기, 주체의 죽음 등의 역사적 현실이 배제되거나 은폐될 수밖에 없다는 점에서 90년대 시는 역설적으로 낡은 것들의 '상징적인 죽음'을 자신의 시적 전략으로 삼게 되는 것이다. 이러한 죽음의 양식에 비하면, 반복과 재생산으로 자기 생명을 연장하는 미학주의는 확실히 신비주의의 함정에 빠지기 쉬운 것이 사실이다.

　시가 인간(역사)과 자연(운명, 세계) 사이의 소통적 매개를 회복하는 힘을, 그것의 '경계성'에서 발견하는 자의식은 폐쇄적 미학주의를 넘어서 새로운 소통과 교감의 미학을 지향한다. 반면 폐쇄된 미학주의와 신비주의는 서로 이형동질의 관계에 놓인다. 근대적 미학이 발견한 '자연'은 이 점에서 인간(역사)과의 연결 고리를 '자율성'이라는 규범에 기대어 너무도 쉽게 절연한 혐의가 짙다.

　자연과 인간, 양자의 원활한 소통을 회복하는 데에는 인간의 구원, 실존적 가치와 세계의 진실, 자연의 이치에 대한 새로운 시적 인식이 전제될 수밖에 없다. 그러한 새로운 시적 인식의 화두와 그 가능성을 우리는 90년대 시의 다양성으로부터 추출해볼 수 있을 것이다. 관념적 허위에 만족하는 미학주의에 안주하지 않고 자기 진정성과 새로운 시학의 모색 과정에서 나타난 여러 화두(몸·경계·틈·생태·환경, 여성적 정체성)를 비추는 거울인 '내면의 자연'을 직시하고자 하는 최근의 몇몇 시도는 90년대 문학의 '자연'이 사실은 사라진 영혼 혹은 정신, 진리에 대한 모색임을 적절하게 보여준다.

　자연으로부터 '아름다움[美]'을 구하지 않고 '진리[道]'를 구하는 것은 90년대 시의 가장 중요한 특징이다. 애초에 인간에게 천리(天理)와 본성(本性)의 고향이자 자기 인식 혹은 내면의 거울이었던 '자연'에 대해 아름다움만을 남기고 나머지 요소를 방법적으로 망각한 '근대적 미의식'의 기원에는 세계와의 단절 혹은 절연의 패러다임이 내포되어 있다. 그리고 그것은 또 다른 의미에서 신비주의의 변형인 것이다.

　동양 정신의 근대적 기원은, 근대적 미의식의 자기 폐쇄성이 작용한 흔적이 역력하다는 점에서 어느 정도는 세계와의 단절이나 신비주의의 혐의를 벗어날 수 없다. 특히 한국 현대시의 패러다임 안에

이미 뿌리 깊게 존재하는 순수시의 전통과 청록파의 자연 발견을 전
도한 60년대 전통 문협파의 문학관이나 5, 60년대 한국 모더니즘 시
의 난해성은 근대적 미의식과 신비주의의 기형적인 결합의 산물이
다. 이 점에서 60년대 김수영의 시는 근대적 미의식과 신비주의의
함정을 정면으로 돌파해낸 선구적 성과이다. 근대적 미학의 함정을
벗어나 진리(道)를 추구한 시적 자세의 전형을 보여준 그의 시는
'지금 여기'에서 새롭게 조망할 필요가 있는 것이다.


## 5. 김수영과 미학주의로부터의 일탈


최근에 발표된 김수영에 대한 한 연구[8]의 다음과 같은 진술은 김
수영 문학의 의의를 축약적으로 보여주는 좋은 실례이다.

> 현대성과 관련하여 김수영이 일차적으로 내세운 것은 그것이 '내
> 면에서 우러나오는 지성의 화염이며 기술이 아닌 육체로서 추구하는
> 것'이라는 점이다. [……] 육체란 '양심'을 의미하고 지성이란 '사상'
> 을 의미하는 것인바, 이에 입각하여, 이수복의 「나목」, 신동집의 「또
> 한 번 대지여」와 송욱의 「포옹무한」 「찬가」를 각각 자구·문맥·이미
> 지를 무시한 난해시, 실험을 위한 실험시라 규정하고 양심과 사상을
> 결여한 포즈만의 시, 즉 현대성을 추구한다는 명목 하에 행하는 '현
> 대성에의 도피'라고 비판한다.[9]

인용한 진술은 김수영의 시에 대한 평가가 아니라 그의 시론에 대

---

8) 조현일, 「김수영의 모더니티에 관한 연구」, 『작가 연구』, 1998. 5.
9) 조현일, 앞의 글.

한 것이어서 그의 시에 나타난 문학성은 일단 논외로 한 상태에서 그의 시정신을 평가하는 것이라고 할 수 있다. 그러나 이러한 그의 시론에 대한 평가는, 김수영이 시적 자의식에 충실한 시인이었다는 점 때문에 그의 시 작품에서도 역시 동일하게 적용이 될 수 있다. "시를 쓰듯이 시를 논해야 한다"라는 말이나 "시는 머리나 가슴으로 쓰는 것이 아니라 온몸으로 써야 한다"고 한 그의 주장을 생각해본 다면 이런 사실은 쉽사리 수긍이 갈 수 있으리라 여겨진다. 김수영 은 시적 실천과 이론적 탐구를 통일하기 위해서 부단히 노력한 시인 이었으며 이 점이 그를 '현대성'을 가장 잘 이해하고 추구한 시인으 로 문학사에 자리 잡게 한 것이다.

김수영의 시적 성취나 그의 시론이 여전히 90년대 현실 속에서도 동시대성을 잃지 않고 있는 까닭은, 그의 시적 화두가 '현대성'이라 는 것에 있었기 때문이다. 50년대 문학과 60년대 문학의 한계를 넘 어서 끊임없이 미숙한 자신의 시대를 비판적으로 고찰하려고 했던 그의 시는 자신의 동시대를 뛰어넘어 바야흐로 세기말인 이 황혼의 시간대에까지 그 정신의 칼끝을 겨누고 있는 것이다. '현대성'의 신 화를 둘러싼 베일을 걷어내고 그 원리에 깊이 스며 있는 도구적 합 리주의를 가장 예리하게 통찰하던 시인이 바로 그였다는 점에서 그 의 시와 시론은 여전히 현대성의 극복을 위한 이 시대의 중요한 이 정표이다.

김수영의 시적 화두는 그의 초기 시 중에서 가장 자주 거론되는 「공자의 생활난」이라는 작품에 잘 나타나 있다. 이 작품은 그 난해 성 때문에 그 해석을 둘러싼 논란이 아직 다 해결되지 않은 작품이 다. 작품의 완성도나 가치는 시인 스스로도 '히야까시(조롱, 장난)' 같은 작품이라고 말할 정도로 '처진다'라는 것이 일반적인 평이지만 김수영의 시정신을 초기 시에서 확인할 수 있는 중요한 작품으로 인정되어 많은 주목을 받은 작품이다. 시의 전문을 살펴보기로 하자.

꽃이 열매의 上部에 피었을 때
너는 줄넘기 作亂을 한다


나는 發散한 形象을 구하였으나
그것은 作戰 같은 것이기에 어려웁다


국수—伊太利語로는 마카로니라고
먹기 쉬운 것은 나의 叛亂性일까


동무여 이제 나는 바로 보마
事物과 事物의 生理와
事物의 數量과 限度와
事物의 愚昧와 사물의 明晳性을


그리고 나는 죽을 것이다        —김수영, 「공자의 생활난」 전문


　인용한 시에서 4연과 5연은 '朝聞道夕死可矣'라는 공자의 말과 관련시켜서 '바로 본다'를 '사물의 이치를 깨우친다'는 의미로 해석하는 것이 일반적인 정설이다. 그러나 1, 2, 3연은 그 해석이 평자마다 조금씩 차이를 보여주고 있는 점에서도 알 수 있듯이 명징한 해석이 이루어지지 않고 있다. 이처럼 해석적 시각이 좀처럼 좁혀지지 않는 이유로는 두 가지 정도의 사실을 꼽을 수 있다. ① 이 시를 쓸 당시에는 아직 김수영의 시적 자의식이 미숙한 상태에 있었다는 점. ② 이 시는 김수영이 '쉬르'의 영향 아래에 있을 때 씌어진 시라는 점이

다. 이 두 가지 사실은 김수영이 이 시를 '히야까시' 같은 작품이라고 말한 이유를 알 수 있게 할 뿐만 아니라 기존의 평자들이 간과하고 있던 사실이 무엇인지를 알게 한다.

이 시는 기존의 평자들이 시도했던 사실적인 해석 방법으로는 그 의미가 명징하게 나타나지 않는다. 우선 2연과 3연이 서로 대립적인 긴장 관계에 있다는 점을 보아야 하고 다음에는 1연의 "꽃이 열매의 상부에 피었을 때"라는 표현이 '중용'의 상태를 나타내는 상징적 이미지라는 점을 간파할 필요가 있다. 다시 말해서 2연은 '발산한 형상(예술, 시의 아름다움)'을 구하는 인위적인 노력의 어려움을 나타내고 3연은 생활(사물)의 진리를 보는 일의 어려움을 나타낸다. 결국 2연과 3연은 각각 시의 사상과 시의 기술(미학)의 대립적 긴장 상태를 보여준다.

여기서 시인은 미학적 완성과 생활의 진리라는 두 개의 범주 사이에서 '어려움'을 느끼는 상태에 있다. 따라서 1연의 '너'와 4연의 '동무'는 그의 의식적 지향점인 '공자,' 즉 중용을 실천하고 있는 성인이다. 그가 정신적으로 동일시하고 있는 너는 '열매의 상부에 꽃을 피운다.' 이 표현은 열매가 암시하는 사물의 이치와 그 이치를 바탕으로 완성된 시(혹은 예술)의 관계를 나타낸다. 결국 예술과 생활의 양편에 치우친 인위성(기교 · 작전의 어려움, 먹기 쉬움)을 버림으로써 그는 시에서 아름다움을 찾지 않고 '도(道) 혹은 진리'를 찾는 시적 자의식의 단초를 드러내는 것이다. 결국 그에게 시란 '사무사(思無邪)'의 세계이며 머리나 가슴이 아닌 온몸(도, 중용, 진리의 현현)으로 쓰는 것이다. 1연 2행에서 '너'가 '줄넘기 作亂'을 하는 것은 그의 다른 시 「달나라의 장난」에서 보이는 팽이가 "수천 년 전의 성인과 같이/내 앞에서 돈다"라는 표현과 같은 의미를 지닌다. 즉, 김수영에게 '장난'은 쉽사리 다가갈 수 없는 경지의 한 상징적 표현이라고 할 수 있다.

이 시의 해석을 통해서 알 수 있듯이 김수영의 시는 아름다움을 찾는 것이 아니라 진리〔道〕를 발견하려고 한다. 이 점은 그의 후기 시에 나타나는 '양심'의 기원이기도 하다. 그리고 이러한 '미'와 진리의 합일을 꿈꾸는 그의 시는, 현대성 안에 은폐되어 있는 칸트적인 미학주의에 대한 한 극복이기도 하다.

현대의 미학은 진리의 영역으로부터 독립되어 미적 자율성의 신화를 세웠고 실제로 이러한 미적 자율성의 원칙은 한국의 현대시를 현실과 분리된 가상의 미를 창조하는 데 편중되게끔 만든 원인이었다. 60년대에 유행한 난해시들은 김수영의 비판처럼 정신이 결여된 기술과 형식미의 한 극단을 보여준다. 이러한 시들은 현실적 의미나 가치를 넘어서 있다는 점에서 현대 사회의 대중 심리를 특징짓는 '낭만적 자기 도취나 허위'로 떨어지기 쉽다.

김수영의 시가 90년대 시적 전망을 위해서 중요한 표본으로 부각될 수 있는 까닭은, 근대적 패러다임의 일부인 미학주의에 대한 반성적 태도와 전통 혹은 동양주의가 빠지기 쉬운 자기 중심적 폐쇄주의, 숭고한 자기 정체성에 대한 집착, 자문화 우월주의 등 정치적 권력욕의 변형태들과 일정한 거리를 두고 있기 때문이다. 따라서 90년대 시적 전망과 화두는 자연히 근대성에 대한 반성과 동양주의를 전도하고 왜곡하는 신비주의 및 자기 중심적 미학주의를 어떻게 견제하는가의 문제로 집약될 수 있다. 이 점은, 90년대 시가 과거의 전통 서정이나, 자연주의, 정신주의와는 다른 행로를 걸어가야 한다는 의지의 표현이자 그 변별적 특질에 대한 구체적 인식을 동반하고 있다는 뜻이기도 하다.

# 6. 90년대 시의 도(道)와 미(美)

  90년대 시의 특질에 대해 이제 좀더 세부적으로 접근하기로 하자. 과연 90년대의 시들이 미의식의 한계를 넘어서 시적인 것을 어떻게 진리 혹은 인식의 세계로 추동해가고 있는가. 고형렬·전대호·김용택 등의 시를 중심으로 미의식에서부터 정신적 각성이나 구원으로 향해 나아가는 90년대 시의 실제를 살펴보기로 하겠다.

  먼저, 고형렬 시인의 시집『성에꽃 눈부처』에는 90년대 후반 시적 경향의 중요한 특징이 한 가지 담겨져 있다. 삶의 구경에 대한 탐구라고나 할까? 한국 서정시의 전통과도 그 맥락이 닿아 있는 이런 경향은 1997년도 하반기에 발표된 시집들의 주요한 경향으로 보인다. 이시영의『조용한 푸른 하늘』, 이윤학『나를 위해 울어주는 버드나무』, 정진규『알시(詩)』, 나희덕『그곳이 멀지 않다』, 박성룡『풀잎』, 박영근『지금도 그 별은 뜨는가』, 장철문『바람의 서쪽』등의 시집은 우리 동시대 시인들의 시적 자의식과 자기 존재에 대한 성찰이 어느덧 하나의 지점으로 회귀하고 있음을 예감하게 하는 실례들이다.

  90년대도 중반을 넘어서 바야흐로 한 세기의 끝에 이르고 있다. 그동안 90년대 시인들은 뚜렷한 방향점을 발견하지 못한 채 미아처럼 떠돈 것이 사실이다. 95년 이후 현저하게 그 방향성을 상실한 시적 전망들이 새롭게 하나의 방향성을 찾아가고 있다는 것은 이 점에서 무척이나 반가운 일이다. 물론 그 방향성이 단 하나의 경향 또는 일시적 유행으로 치우치는 것만은 분명히 경계해야 하지만 말이다.

  고형렬 시인의『성에꽃 눈부처』의 전편에 흐르는 불교적 상상력과 인식은 90년대적인 일상 속에서 존재와 우주의 심연 사이에 놓인 연관성을 바라보는 프리즘이다. 언뜻 보기에 다소 관념적인 느낌이 들

만큼 이번 시집에는 우주의 광대무변함과 시간의 덧없음에 대한 시
인의 인식이 많은 부분에서 노출된다. 그러나 그러한 존재의 유한성
에 대한 인식을 투영하는 주된 대상이 가족, 또는 스쳐 지나가는 미
미한 자연적 사물이라는 점에서 그의 시가 관념의 영역으로 빠져들
어가려는 유혹을 애써 견제하면서 자신의 시를 현실 속에 발붙이려
고 노력하고 있고 또한 거기서 나름대로의 시적 성과를 거두고 있음
을 알 수 있다.

  욕망이나 운명에 대한 명상은 이제 주변적이거나 신비주의적 취
미의 수준을 넘어서 하루하루 낡아갈 뿐인 현대인의 자아를 규정하
는 핵심적인 수단이 되고 있다. 그것은 상투화된 일상의 지겨움과
권태, 무가치의 세계를 건너기 위한 주요한 구원의 전략이기도 하
다. 예를 들면 「여우」라는 시에서 "아이들 곁에서 잠든 아내 이불 밖
으로 나온 두 다리 허벅살은 수백억 년이나 된 것 같다 희고 은밀하
고 빛나는 역사는 수백억 광년이나 될 성싶다"[10]라는 구절에는 현대
인이 일상에서 느끼는 돌연한 깨달음이 포착되어 있다. 삶이라는 것
을 아내의 허벅살이라는 구체적인 대상의 역사와 흔적으로 바꾸어
서 생각하는 순간 그 대상은 무척이나 아득해진다.

  그 아득함은 '수백억 년'과 '수백억 광년'이라는 단어가 포함하고
있는 어감의 차이에서 다시 한 번 확인된다. '수백억 년'이라는 표현
이 다분히 시간적인 경과라는 정적인 인식 안에 머문다면 '수백억
광년'이라는 표현에는 삶이라는 물살을 또는 우주 공간을 헤치고 날
아온 어떤 존재의 동적인 이미지가 가득하다. 그래서 시인은 수백억
년을 다시 수백억 광년으로 그리고 더 나아가서는 수백억 겁으로 확
장한다. 이것은 단순한 과장이 아니라 현대인이 느끼는 삶의 막막함

---

10) 고형렬, 『성에꽃 눈부처』, 창작과비평사, 1998. p. 10.

에 대한 뛰어난 포착이고 근원적인 동경과 상실감에 대한 표현이다.

시인의 프리즘 안에서 존재와 우주의 심연 사이에 놓인 간극은 도처에서 아득한 그리움 혹은 상실감으로 그 실체를 드러낸다. 덧없고 시간 앞에 유한한 존재인 인간의 일상적 삶이 돌연 시인의 눈앞에서 그 숨겨진 비밀을 드러내는 순간, 삶은 아득한 우주공간을 날아오거나 수백억 겁의 인연을 넘어서 힘겹게 시인의 눈앞에 나타난 '아내의 허벅살'처럼 벅찬 그리움으로 바뀐다. 그것은 모든 일상적인 존재와 삶의 비루함을 수백억 년의 역사를 가진 벅찬 그리움과 동경의 대상으로 바꾸는 것이다. 즉 시인에게 우연히 '스쳐 지나가는 매 순간'은 사실은 수백억 광년을 날아온 의지와 그리움의 만남인 것이다.

시인의 가족에 대한 시선은 종종 시인의 삶 전체에 버금가는 의미로 환치된다. 그것은 삶의 덧없음과 아득함의 비의를 그에게 확인시켜주는 대상이기 때문이다. 고형렬의 시적 인식은 이 점에서 가족과 미세한 사물의 세계로 이원화된다. 이 두 세계는 시인의 '눈' 앞에 나타나거나 발견되기 위해 어쩌면 수백억 광년을 날아온 인연의 산물인지도 모른다. 따라서 시인의 눈에 포착된 모든 대상과의 마주침은 일시적이고 우연적이지만 사실은 수백억 겁의 긴 그리움과 동경을 그 뒤편에 감추고 있는 필연적 만남이다. 이 점에서 시인은 현생의 의미를 철저하게 인연론의 관점에서 인식하고 있음을 알 수 있다.

그러나 더욱 중요한 것은 그러한 관념적 인식을 시로써 육화해내는 그의 상상력의 가치라고 할 것이다. 특히 자신이 존재하는 공간과 존재하지 않는 무수한 우주의 다른 공간을 상상적으로 그려내는 그의 몇몇 시편은 삶의 유한성에 대한 공포와 세속적인 욕망을 넘어선 세계의 아름다움을 보여준다. 그것은 일상적 세계의 무가치함을 전복하는 힘이기도 한데, 특히 가족이나 보잘것없이 작은 '자연 사물'에 따뜻한 시선을 보내는 그의 시에는 그 사물과 가족의 저 뒤편, 아득히 먼 곳에 있어서 좀처럼 드러나지 않는 근원을 바라보는 '눈'이 있다.

시집의 제목이 『성에꽃 눈부처』인 것도 이 점과 밀접한 관련이 있다고 할 것이다. "……찬란한 햇살/그때 내겐, 성에꽃을 부를 이름이 없었다"[11]라는 표현은 '성에꽃'을 '눈부처'라고 부르게 된 동기를 암시한다. 「지구」라는 시에서 "암흑 속의 혹성들, 도대체 우리 조리개 눈부처가 없다면 우주는 무엇일까?"[12]라고 말한 화자의 '눈부처'는 바로 세계를 바라보는 프리즘, 즉 조리개를 의미한다. 카메라의 안에 조리개가 있어 세상을 보고 찍듯이 시인에게 성에꽃은 처음으로 세상을 바라보는 '눈'을 갖게 해준 조리개에 해당되는 것이다.

결국 시인의 글쓰기는 '성에꽃'을 부를 이름을 가질 수 없었던, 세계와 우주를 보는 눈을 갖지 못했던 한 소년의 '이름 부르기'였고 그 이름 부르기의 끝에서 얻은 깨달음은 그의 후기에 적힌 대로 "쓰면 망가지고 죽는다는 사실"이다. 그것은 먼 곳에서 수백억 겁 혹은 광년을 날아와 "그 누군가와 한 약속을 지키는/그것이 그들의 구원인 양/마치 더 작은 꿈을 찾아서 오는/꽃봉오리들"[13]의 찬란한 꽃핌에 감추어진 인연 혹은 만남의 의미를 직시할 수 있는 시인만의 비극이기도 하다.

시인이 인식한 비극은, 글쓰기의 본질 속에 이미 틈입되어 있는 존재의 한계성이다. 그 한계와 결핍을 직시한다는 점에서 그의 글쓰기는 동양 정신이나 미학주의를 견고하게 감싸고 있는 근대적 패러다임 혹은 거대 담론의 허구성을 벗어난 존재론적인 진정성의 탐색

---

11) 고형렬, 「성에꽃 눈부처」, 앞의 책, p. 68.
12) 앞의 책, p. 8.
13) 고형렬, 「목련」, 앞의 책, p. 9.

으로 진전해나가는 도정에 있다고 여겨진다.

전대호의 시집 『성찰』은, 21세기와 함께 30대를 맞는 시인들의 정신적 풍경이 시대적인 의미와 자연스럽게 일치하는 시집이다. 90년대를 성찰하는 과정에서 시인 전대호가 발견한 것, 그것은 흔적이고 아쉬움이다. 그리고 영원히 미완성인 채로 남아 있을 영혼의 그림자이다.

전대호의 시집 『성찰』의 자서에는 다음과 같은 구절이 있다. "흔적 속에서 흔적을 만든 것과 그것의 미래까지도 읽어내는 고마운 사람들에게서 완성되기를 바란다. 글은 움직인 것의 흔적이며, 글의 주인은, 그 흔적 속에 아직 펼쳐지지 않은 세계의 씨앗이 들어 있다는 믿음을 가진 사람이다."[14]

이 구절은 시인 전대호의 시간관과 글쓰기에 대한 자의식을 단적으로 보여주는 부분이다. 시간의 흐름은 결국 인식의 주체로서의 한 개인에게는 기억으로 환원될 뿐이다. 그리고 그 기억은 애초에 모든 존재했던 것들의 흔적 위에 자신의 흔적을 덧씌우는 작업에 불과한지도 모른다. 그래서 그는 흔적 속에서 무엇인가를 읽어내기 위해 세계를 성찰하고 또한 그 위에 새겨진 자신의 실존의 자국을 뒤돌아보는 것이다. 전대호가 "흔적 속에서 흔적을 만든 것과 그것의 미래까지도 읽어내는" 독자의 행위를 통해서 자신의 글쓰기가 완성된다는 사실을 밝히고 있는 것은 이 점에서 그의 글쓰기가 그 자체로는 영원한 미완성임을 말하고 있는 구절이다. 또한 글쓰기는 과거를 바라보는 것으로 그치는 것이 아니라 그 과거의 흔적 혹은 기억 속에서 미래의 씨앗과 희망을 바라보는 것임을 밝히고 있다.

전대호에게 시는, 그래서 미래를 담고 있는 씨앗이다. 「분리형 로

---

14) 전대호, 『성찰』, 민음사, 1998. p. 8.

케트」라는 시의 다음과 같은 전문을 읽어보자.

　　충분히 중력을 벗어난 것인지
　　그래서 이젠 작은 힘만으로도
　　날 수 있는지

　　확실한 것은 다만 어둠
　　비어가는 연료통

　　이제 순간을 사랑하지 않고는
　　한 발자국도 갈 수 없으리
　　떼어내고 작아져야 하리　　　　——전대호, 「분리형 로케트」 전문[15]

　시간의 흔적이라는 관성과 그 힘으로부터 벗어나는 것 그것이 바로 '성찰'이라면 전대호의 시는 지금 성찰의 고통에 대하여 말하고 있는 것이다. 그것은 모든 불확실한 어둠을 향해 날아가는 것이고 세상의 모든 다수가 강요하는 관습과 관성, 상식으로부터 벗어나 혼자가 되는 것이다. 성찰의 과정에서 오는 고통은 그것이 바로 혼자가 되는 길, 그리고 불확실한 삶의 먼 우주 공간으로 날아가는 고독에서 비롯되는 것임을 이 시는 보여주고 있는 것이다.

　그래서 확실한 것은 '어둠'과 '비어가는 연료통'이다. '비어가는 연료통'이란 그가 소비하고 써버린 삶, 시간에 다름아니며 그 없어진 시간만큼 그는 혼자가 되기 위한 '성찰'과 '고독'을 되풀이해온 것이다. 모든 불확실함 속에서 확실한 것은 단 한 가지 '지금, 이 순간'이

---

15) 앞의 책, p. 11.

다. "순간을 사랑하지 않고는/한 발자국도 갈 수 없으리"라고 말하
는 시인의 목소리에는 삶의 막막함 앞에서 밀려오는 절대 고독에 대
한 절망감이 짙게 배어 있다. 그러나 그 절망감은 '비어가는 연료
통'이 상징하는 시간의 흔적을 떼어내고 작아짐으로써 극복된다. 결
국 시간에 대한 '성찰'은 과거를, 모든 타성을 자기로부터 떼어내고
작아짐으로써 저 먼 우주를 향해 날아가는 고독한 항해의 과정이다.
그 고독은 실존의 밑바닥으로 내려가 삶의 의미를 되씹는 행위로부
터 비롯된다.

전대호의 고독은 상당히 형이상학적이면서도 실존적이다. 그것은
그래서 가볍기보다는 묵직하고 관념적인 힘을 지니고 있다. 알레고
리를 주로 사용하는 그의 시는 표면적인 특징 자체가 삶의 비의를
말하는 예언자 혹은 수도승의 자세를 취한다. '연금술사'라든가 '마
술사'라는 시인을 풍자하는 시어들은 이 점에서 그의 시적 특질을 암
시하는 한 예라고 여겨진다. 시, 혹은 글쓰기는 삶의 연금술이자 마
술이다. 그것은 전대호가 삶의 아우라와 신비주의를 주목하고 있음
을 보여준다.

알 수 없는 어떤 '절대'에 대하여 시인은 자신의 삶을 지금 투자하
고 있는 것이다. 따라서 전대호의 시는 가볍지 않고 쓸데없는 상투
적 감탄사를 쓰지 않으려고 노력한다. 이번 시집의 제목이 『성찰』인
것은 90년대가 감탄사와 허위적 가상의 시대임을 역으로 증언하고
있는 것이다. 시든 현실이든 중요한 것은 허위적 환상과 싸구려 감
탄이 아니라 진지한 성찰과 회고임을 시인은 주장하고 있는 것이다.
그것은 시인의 작업을 부정적 의미에서의 연금술이나 마술로 바라
보는 가짜 사실주의자들에 대한 풍자를 담고 있는 것이다.

진정한 의미에서 시는 현실의 비속함이나 고통을 승화시켜 가치
있는 영혼의 도자기를 만들어내는 연금술이고 '마술'이다. 그러나

그것은 흔히 그렇듯 속류 과학주의에 의해서 사기 행위로 매도되는 연금술이나 마술은 아니다. 도구적 합리주의의 폭력에 짓눌렸던 시인들에게 시는 잃어버린 영혼을 찾아가는 최후의 이정표이다. 90년대는 도구적 합리주의와 상품화된 싸구려 감탄사의 폭력에 의해 병을 앓았던 시기이다. 그렇다면 이렇듯 병든 시대에 시는 과연 우리에게 무엇인가. 전대호는 이것을 묻고 있는 것이다. '성찰'의 힘, 이제 시는 그것을 필요로 하고 있기 때문이다. 글쓰기의 결핍과 반성적 인식의 복권을 말한다는 점에서 90년대 시는 되돌아보기와 앞을 향해 걸어가기를 끊임없이 반복하는 지루한 탐색기에 접어들었다고 할 수 있다.

김용택 시인의 시집 『그 여자네 집』은, 첫눈과 함께 문득 다가온 과거의 회상으로 일 년을 보낸 시인의 육성을 그대로 담고 있다. 어쩌면 추억이란 그런 것인지도 모른다. 느닷없이 다가와서 한 사람의 온 생애에 빛을 던지고 묻혀 있던 아름다운 가치들을 새롭게 발견하게 하는 것. 그것이 복원된 기억, 되돌아온 과거의 힘이리라. 기억과 함께 돌아온 사람들에 대해 애틋한 아름다움을 느끼는 것은, 그것이 이미 현실 속에는 존재하지 않기 때문이다. 그러나 기억 속의 인물들은 잊혀졌을 뿐 진정 사라진 것은 아니다. 그래서 회상은 언제나 잊어버린 자의 무관심을 건너서 온다.

첫눈과 함께 다가온 안타깝고 그리운 기억은 일 년 동안을 시인의 마음속에서 함께 살다가 가을날 "초승달같이 하이얀 맨발로" 강물을 건너서 떠나갔다. 그동안 시인이 만난 추억들은 '그 여자'로 표현되는 사랑했던 여인과 아버지, 어머니, 아름다운 집, 자연과 들판이다. 이 모든 추억과의 만남은 잊혀져 있던 마음속의 그림을 한 장씩 꺼내 먼지 앉아 흐려진 색깔과 윤곽을 다시금 선명한 풍경으로 바꾸는 것이다. 칼날처럼 가슴을 베고 지나가는 추억의 아릿함을 동반한 채

218

말이다.

　이 시집에서 추억은 대부분 어떤 특정의 공간과 연관된 채 떠오른다. 예를 들면 그 여자는 '그 여자네 집'과 '감나무' 등 어떤 분위기를 환기하는 매개물을 통해서 구체적인 이미지를 지니게 된다. 결국 그 여자에 대한 인상을 기억하는 과정에서 시인이 만나는 것은 '집'이라는 공간의 의미이다. "그 여자/아버지와 그 여자/큰오빠가/지붕에 올라가/하루 종일 노랗게 지붕을 이는 집/노란 초가집"[16]에서 보듯이 그 여자의 인상은 은행잎, 노란 초가집, 그 여자의 가족, 마당, 살구꽃, 눈 맞은 신 등 네 계절의 자연과 집의 분위기, 그리고 그 밖의 배경적인 것들에 의해서 전체적으로 재구성된 혹은 축적된 이미지이다.

　이 점은 시인의 독특한 개성을 드러내는 것으로서 자연적인 시간과 공동체적인 성향을 보여주는 부분이다. 네 계절의 변화에 따라 그 여자를 기억하는 매개물이 각각 달라진다는 점이나 그 여자를 감싸는 분위기의 아름다움이 '집'이라는 공동체의 포근한 이미지에서 연유하고 있다는 점을 눈치 채는 것은 그다지 어려운 일이 아니다. 시인의 시를 감싸는 아름다움의 빛은, 우주적인 시간과 조화를 이루며 사는 전통적인 '집'과 '가족,' 그 내부로부터 솟아나는 자연스러운 생명력에서 뻗어 나오는 것이다.

　이 시집의 후기에서 시인은 이렇게 말한다. "시는 세상의 중심에 있어 그 빛을, 그 깨끗하고 따스한 빛을 세상에 보낸다. 그가 태어나고 자란 땅에서 저절로 우러나온 생각과 말의 아름다움, 그 둘이 빚어내는 형체 없는 향기로움, 시는 그런 세계가 아닐까. 나는 소박하고 순한 우리들의 산천을 닮은 시와 예술을 사랑하며 살았다."[17]

---

16) 김용택, 「그 여자네 집」, 『그 여자네 집』, 창작과비평사, 1998. p. 13.
17) 앞의 책, p. 103.

태어나고 자란 땅에서 우러나온 생각과 말의 아름다움, 그들이 빚어내는 형체 없는 향기로움. 이것이 김용택 시인의 시적 본질이 아닐까. 자연을 닮은 시어들, 그리고 그가 자라난 '집'의 향수를 간직하고 있는 정서를 자유롭게 산보하는 그의 시가 아름다운 것은 분명 이러한 시인의 생각들 때문이다. 향수나 과거를 회상하는 시들이 많이 있지만, 회상 자체가 가지고 있는 안타까움이나 희미한 옛 그림자의 아련함이라는 것만으로 김용택의 시를 따라갈 수는 없는 것이다. 그래서 그의 시는 80년대 민족문학의 정신을 90년대적인 상황에서 계승하고 있는 전망 있는 정신의 성과라고 할 수 있다. 그의 시는 90년대적인 일상에 대해 대안 없이 끌려가는 시의 현실을 넘어서 새로운 희망의 서사를 보여주고 있는 것이다.

예를 들면 「아름다운 집, 그 집」[18]에서 "하늘 아래 아름다운 집 그 집은/아버님이 지으셨다"라는 첫 구절과 "아, 아름다운 그 작은 집, 그 흙집에서 나는 지금 산다"라는 마지막 구절은 그의 과거에 대한 회상이 단순히 회고적인 취미나 탐미적인 취향에 머무르는 것이 아님을 명확하게 보여준다. 그것은 자본주의적인 도시의 비인간적인 생리를 우회적으로 비판하고 있는 것이다. 집 짓는 아버지의 아름다운 인생을 보여주고 있는 이 시는 한 토막의 장엄한 우주 창조 이야기 같은 느낌을 준다. 자연과 어울려 집을 짓는 아버지의 모습은 생명력을 잃은 근대의 신화가 묻어버린 과거의 진실이다. 그렇게 이 시에는 묻혀진 진실이 살아서 숨쉰다. "아버님이 달빛이나/새벽 빛으로 엮은/날개가 지붕을 덮자/노랗고 따뜻하고 둥그스름한 초가 지붕이 되었다"라는 구절은 김용택 시인이 '집'이라는 공간에 주목하는 까닭을 자연스럽게 설명해준다. 그에게 '집'은 공동체 의식의 근

---

원이자 동시에 '우주적 생명력'의 고향이다. 그의 시의 '아름다운 집'은 인간과 자연을 생명력으로 연결해주는 중요한 끈의 역할을 하고 있는 것이다.

90년대적 일상의 공허함을 관통하는 이러한 아름다운 기억, 아름다운 상상의 힘은 잊혀진 구원의 신화를 새롭게 복원하는 대안이다. 그 대안적 서사는 과거의 복원, 묻혀진 기억의 귀환을 통해서 새로운 희망의 서사를 만드는 것이다. 결국, 가을 강을 건너 떠나갈 수밖에 없는 과거의 기억이지만, 그 기억은 미래에 대한 새로운 희망을 품고 있는 아름다운 '탄생의 집'이라고 할 수 있다.

이상에서 보듯이, 90년대 시에는 동양적 세계관의 복원과 함께 근대적 패러다임에 대한 반성이 중요한 시적 전략과 화두로 대두되고 있다. 그 이유는 근대적 세계관의 한계에 대한 인식이 동양이나 전통을 복권하고자 하는 충동으로 확장되고 있기 때문이다. 하지만 그러한 충동은 자칫 동양적 상고주의의 복귀나 숭고한 신화주의, 보수적 복고주의로 변질될 위험도 많다.

앞에서 다룬 세 명의 시인은 90년대 시인의 자기 진정성에 대한 열망이나 존재의 구원에 대한 시적 모색을 나름대로 성실히 수행하고 있는 시인이다. 특히, 김용택의 공동체적 기억을 우주적 생명력과 연결하는 시적 인식 등은 이 점에서 근대성에 대한 반성과 새로운 전망의 모색을 병행한 의미있는 작업으로 읽힌다. 자신의 시를 지탱하는 미학을 형식이 아니라 정신에서 발견하려는 진지한 시도의 한 특질을 보여주기에 그의 시는 부족함이 없다.

그러나 이러한 90년대 시인들의 특질은 이 글의 앞 장에서 이미 밝힌 것처럼 동양 정신이나 미학주의 등의 거대 담론 속에는 쉽사리 흡수되지 않는다. 그것은 90년대 시의 결핍이 더 이상 근대적인 미적 완결성이나 미적 자율성을 추구하는 데 있지 않다는 것을 증명한

다. '아름다움'과 '화려함'의 역겨움을 질리도록 맛본 근대인의 '구
토'에서부터 자기 구원과 진정성의 모색은 서서히 싹트는 것이다.

〔1998〕

# 미적 근대성과 진정성의 위기
## —90년대 시의 징후 1


## 1. 죽어버린 시의 공동묘지를 지키는 관리인


정신 분석학자인 라캉은 데카르트의 유명한 명제인 "나는 생각한다. 고로 나는 존재한다"를 패러디하여 다음과 같은 말을 남겼다. "내가 생각하는 곳에 나는 존재하지 않고 내가 존재하지 않는 곳에서 나는 생각한다." 이 발언은 언뜻 보기에는 말장난에 지나지 않는 것처럼 보인다. 그러나 지금 한 세기의 문화가 저물어가는 시점에서 이 말은 인간 의식의 실체를 가장 명확하게 언표하는 명제가 되었다. 그것은 내가 의미하거나 인식할 수 있는 자아와 존재하는 자아는 언제나 동시에 나타날 수 없다는 주체의 숙명적인 분열을 명시한다.

말하고 사고하는 주체와 실재하는 주체는 결코 동일하지 않으며 인생의 단 1초도 진정한 자아의 동일성이 보장되는 행복한 순간은 존재하지 않는다. 과연 그런가?

이런 깨달음은 소름이 끼치도록 놀랍고 두려운 것이다. 말하고 생각함으로써 자신의 존재를 입증하기는커녕 오히려 그러한 행위가 자신의 본질적인 분열을 증명하는 결과를 낳는다니. 결국 주체의 신화는 붕괴되고 마는 걸까?

근대적 주체의 신화로부터 추방된 20세기 시인과 예술인, 철학자의 불안과 공포는 이렇게 시작된다. 신의 죽음과 철학의 죽음, 그리고 주체의 죽음을 알리는 조종이 울리고 난 뒤에 이제 우리는 시와 예술의 죽음을 목전에 두고 있다. 존재의 근원적 불안으로부터 벗어나기 위해 인간이 의지했던 모든 신화가 이런 식으로 붕괴되고 있는 것이다. 그래서 세기말은 공허한 폐허로 장식된다. 모든 신성한 것의 부재는 구원 혹은 에피파니epiphany의 영원한 유보를 예언한다. 영혼의 진정성이 사라진 자리에 이제 무엇이 남아 있는가?

90년대 시의 표류를 지켜보면서 우리는 더 이상의 시적 동일성과 화합의 신화를 순진하게 믿을 수만은 없게 되었다. 세계와 자아의 근원적 동일성을 갈망하던 서정시의 죽음을 말하는 '시들'을 우리는 알고 있다. 그것은 지금까지 씌어진 모든 시의 피할 수 없는 운명이기도 하다. 그래서 지금 90년대 시인들은——그들이 진정으로 정직하다면——자신들이 '죽어버린 시들이 묻혀 있는 공동묘지를 지키는 마지막 관리인'일지도 모른다는 불안과 회의에 젖어 있는지도 모른다.

이런 일들은 한 세기 전에 현대시가 자기 정체성의 화살을 미래로 쏘았던 그 시점부터 이미 시작된 것이다. 미적 근대성의 신화에는 자기 분열에 대한 끊임없는 견제가 숨겨져 있다. 존재와 의식의 분열을 극복하기 위해 세운 견고한 주체의 신화를 지키면서 '자의식의 모험'을 감행했던 모더니즘의 선구자들은 이런 식으로 힘들게 시간의 늪을 건너온 것이다. 그러나 표현주의 화가인 뭉크의 그림들이 암시하는 것처럼 자의식으로 무장된 주체는 이미 '공포에 질려 절규하거나 해골뿐인 처녀와 입맞추는 몸부림'을 보여줄 뿐이다. 미적 근대성의 뿌리에 존재하는 자의식은 사라져가는 구원의 가능성과 영혼의 진정성의 흔적을 애써 기억하려는 절망적인 몸짓에 다름아니다.

별을 영혼의 지도로 삼아 길을 떠났던 시인들은 더 이상 존재하지 않는다. 존재의 심연으로 내려가 흔적으로만 존재하는 자기 동일성

을 확인한 뒤에도 주체의 상실감을 느끼지 못하는 시인은 위선적이
거나 나르시시즘에 빠져 감각이 둔화된 자이다. 끊임없이 유보되고,
말해지는 순간 사라지는 자기 동일성은 저주받은 시인의 운명을 상
징한다. 완전한 존재의 동일성을 지닌 시란, 이 세상에 존재하지 않
는다.

그래서 시인들은 '실현되지 않는 희망'인 단 한 편의 시를 쓰기 위
해 평생의 시간을 소진해가는 비극적인 존재이다. 자신을 부정함으
로써만 자신의 동일성을 추구할 수 있는 시인은 결국 '비동일성의
동일성'을 살고 있는 것이다. 그것은, 발화하는 자아를 의심하거나
혹은 존재하는 자아를 의심하는 두 가지 길 중에서 하나를 선택하는
일이다. 그것이 미적 자의식의 두 층위를 구성한다.

90년대의 시쓰기는 실제로 이런 미적 자의식의 두 층위 안에 온전
하게 포함된다. 창작의 주체를 의심하는 자의식은 '존재하는 자아'
에 대한 회의뿐만 아니라 '글쓰기의 진정성'을 스스로 회의한다는
점에서 문제적이다. 90년대 시의 분열적 증상, 자기 해체, 혐오, 집
요한 응시 등의 경향은 시적 자의식과 진정성에 그 맥락이 닿아 있
다. 그것은 하나의 징후로 나타난다. 90년대 후반의 시단에서 '존재
에 대한 회의와 환멸' '글쓰기에 대한 의심과 자기 검열'은 이제 뚜
렷한 특징을 지니고 있는 중심적 경향이 되고 있다. 그리고 그러한
징후의 뿌리에는 '근대적인 의미의 미적 자의식과 진정성의 위기'라
는 원인이 숨겨져 있는 것이다.

그럼 지금부터, 90년대 시의 몇몇 징후를 각각 내포하고 있다고
보이는 문정희의 「동행」,[1] 서원동 「녹슨 냉장고」,[2] 강제윤 「노인」,[3]

---

1) 『현대시』, 1998. 4.
2) 『현대시』, 1998. 4.
3) 『현대시』, 1998. 4.

나희덕 「방석 위의 생」 「젖은 길」[4] 등의 작품에 주목해보기로 하자. 하나의 시대적 징후를 내포하고 있는 시는 어떤 의미에서든 새로운 미적 감수성과 미학의 출현을 예고하는 작품이다. 이 점은 징후가 곧, 가능성의 의미로도 인식될 수 있다는 뜻이다. 현대시의 역사가 그러했듯이 그것은 순박한 자기 긍정과 대화합의 환상을 부정함으로써 자기 진정성을 지켜나가려는 몸부림이다.

## 2. 일상성으로부터의 일탈과 화해

90년대 시의 중요한 한 측면으로는 우선 '거리에서의 방황'이라는 상징적 상황의 빈번한 출현을 꼽을 수 있다. 실제로 90년대 초반부터 문학계 전체가 뚜렷한 전망을 지니지 못한 채 표류해온 것과 집 잃은 시인들의 서성임은 같은 정신적 풍경에 해당된다. 방향을 잃고 마음과 정신의 안주처를 찾지 못하는 시인들의 모습에는 근대적 도시 공간 속에서 자신의 정체성을 찾아 거리를 부유(浮游)하는 산책자의 이미지가 짙게 묻어 있다.

90년대 시인의 대표 격으로 거론되곤 하는 기형도와 유하의 시에서 이러한 경향은 아주 쉽게 발견된다. 「바람 부는 날에는 압구정동에 가야 한다」에서 나타나는 화자의 모습은 실제로 도시를 배회하는 산책자의 태도와 상당히 흡사하다. 또한, 도심의 심야 극장에서 자신의 삶을 마감한 기형도의 신화는 현대 도시 공간 속에서 살아가는 시인의 존재를 상징적으로 드러낸다.

단절과 소외 속에서 죽음을 사유하는 방식은 90년대적 일상성이 도시의 복잡한 미로와 같은 것으로 표상되기 시작하는 지점에서 동

---

4) 『문학동네』, 1998년 봄호.

시에 출현한다. ‘세션맨’이 되어 거리를 활보하고 싶어하던 장석남이 그러했고 화려한 도시적 욕망에 매혹되었던 유하가 그러했다. 이들에게 시는 감각을 혹사하는 ‘욕망’의 뒤편으로 거슬러 올라가기 위한 정신적 회귀의 수단이다. 그래서 그들은 고개를 꺾고 과거를 돌아보면서 광폭한 가속도가 지배하는 현실을 애써 탈출하려고 한다. 이런 여러 경향들이 서로 뒤엉키면서 90년대 중반의 다양한 시적 모색이 출현한 것이다.

‘폐허에 관한 명상’이라든가 ‘소멸에 대한 갈망’ ‘운명에 대한 사유’ ‘환멸감의 토로’ 등의 뒷배경에는 자본주의적 일상성의 무의미한 질주가 존재한다. 또한 갑갑한 ‘자의식의 방’을 ‘감옥’으로 인식하기 시작하는 사유는 일상적 현실의 파시스트적인 속도로부터 소외되어 주변으로 밀려난 자들의 정신적 풍경과 무관하지 않다. 90년대는 좁은 ‘자의식의 방’을 의심하기 시작한 시인들의 회의가 그들을 거리로 내몰아 현대성의 주변을 어슬렁거리게 만든 시대이다.

문정희 시인의 「동행」은 90년대 초반 젊은 시인들에게서 먼저 발견되었던 이러한 징후가 젊은 시인들의 세대론적인 감수성에만 관계되는 것이 아님을 보여주는 작품이다.

> 어디로 나가야 길이 있을까
> 그가 운전하는 옆자리에 앉아
> 우회전과 좌회전을 하며 한나절을 헤맨다.
> 사방은 지금 공사 중
> 내장을 벌컥 드러낸 채 뒤집혀 있거나
> 천길 함부로 깎이운 수렁뿐이다.
> 드디어 뒷기어를 넣고 곡예를 해본다.
> 건너편 강변도로엔 미끈한 차들이

속력을 다해 달리고 있다.
진땀을 흘리며 끙끙거리는
그의 옆모습을 본다.
지금 내가 잘못 가고 있는 것이
제발 자동차뿐이라면 얼마나 좋을까
울컥 슬픔과 분노가 치솟는다
나는 문을 열고 차에서 뛰어내린다.
막다른 길에 세워놓은
'길없음' 표지를 돌연히 치운다.
순간 수상한 날개가 부스스 솟는다.
이미 해는 기울기 시작했지만
그의 차에 다시 탈까 말까 망설였다.
그가 저만치서 미등을 켰다.
나의 중년은 그날 거기에서
그렇게 잠시 길을 잃었다.　　　　　—문정희,「동행」전문

　시대적 감수성의 변화에 먼저 눈을 뜨기 시작한 것은 90년대 시인으로 불려지는 일군의 젊은 시인들이었지만, 90년대도 어느덧 후반으로 접어든 현 시점에서 이제 일상적 시간의 무의미한 질주와 감각의 끊임없는 혹사는 90년대를 살아온 모든 존재의 굴레가 되고 있는 것이다. 「동행」에는 이러한 무의미한 질주와 방향 상실에 대한 심리가 암시적으로 드러난다.

　공사 중인 도로, 그리고 자동차 안에서 돌아서 나갈 수 없어 당황하는 모습은 일상의 그물에 걸려 꼼짝할 수 없는 주체의 무력감과 절망을 상징적으로 보여준다. '나'가 "막다른 길에 세워놓은/ '길없음' 표지를 돌연히" 치우는 행위는 일상성의 엄격한 규칙에 대한 반

발이다. 그리고 "순간 수상한 날개가 부스스 솟는다"라는 표현은 일상성의 그물로부터 벗어나 자신의 진정성을 응시하는 자아의 희미한 용틀임에 해당된다.

　거리로 나와 서성이는 시인들의 내면에는 '일상적 규칙을 완강하게 강요하는 규격화된 도로'에 대한 거부감이 있다. 문정희 시인의 「동행」에는 '중년'으로 압축되는 견고한 '일상적 삶의 규격'이 존재하고 그 반대편에는 "미끈한 차들이/속력을 다해 달리는" 타인의 욕망이 있다. 이 점에서 이 시의 시적 자아는 상당히 위험한 상태에 놓여 있다. 자신의 현실적 자아를 부정함으로써 일상성의 누추하면서도 견고한 틀을 비판하지만 그 비판에는 자기 진정성에 대한 확고한 회귀 의식이 없다. 이 점은 시적 자아가 스스로를 위협하는 이중의 질곡에 휩싸여 있음을 의미한다. 그것은 "진땀을 흘리며 끙끙거리는 그의 옆모습" "중년"으로 암시되는 일상적 삶에 대한 슬픔과 분노의 감정, 그리고 속력을 다해 달리는 타자의 욕망을 다시 욕망하는 '자아의 충동' 사이에서 시적 자아가 흔들리고 있기 때문이다.

　이 시의 화자는 현실적 자아와 욕망하는 자아와의 갈등 사이에서 '길잃음'으로 표현될 수 있는 행위를 보여준다. 이 시에서 길잃음의 심적 상황은, '길없음'의 표지를 치운 뒤에 비로소 길을 찾는다는 역설적 현실 인식과 결단으로 발전되지는 않는다. 이 점은 이 시의 화자가 여전히 일상적 규격의 길을 포기하지 못함을 암시하는 시 후반부의 표현에 잘 나타난다. "이미 해는 기울기 시작했지만/그의 차에 다시 탈까 말까 망설였다"와 "그가 저만치서 미등을 켰다"라는 장면의 대립적 긴장이 "나의 중년은 그날 거기에서/그렇게 잠시 길을 잃었다"라는 진술로 풀어지는 시의 결말은 '중년'으로 표현되는 '일상의 규격성'에 대한 화자의 반발이 결국은 잠시 길을 잃은 방황이었음을 말한다. 부부의 '동행'과 '중년의 삶'을 답답한 길없음의 상황으

로 인식한 화자의 일탈은 그렇게 완화된다. 시인은 다시 일상성의
세계로 돌아와 그와 '동행'하기를 선택하는 것이다.

이 점에서 문정희 시인은 '길잃음'이라는 심적 계기를 통해 '자아
의 진정성'을 확인하는 결단에 이른 것이 아니라 그 앞에서 방향을
선회하여 일상적 가치와 화해하는 길을 택했다고 할 수 있다. 이 점
은 「불」[5]에서 보이는 것과 같은 시인의 나르시시즘적인 정열이 파토
스로 확장되지 않고 정화(淨化)되는 원인이기도 하다. "네 앞에서
나는 차라리/저 반대편 지옥과 파멸을 떠올린다"라는 구절의 열정
적 힘이 "사랑, 네 이름이 아니라면/어찌 영원과 초월을 꿈꾸랴"라
는 대긍정으로 변하는 것과 「버들강아지」[6]에 나타난 작고 사소한 일
상을 보듬으려는 시인의 화해의 몸짓은 같은 맥락에서 나타난 현상
이다.


### 3. 사물화와 인간화의 경계


90년대 시의 또 하나의 특징은 낡아가는 존재를 통해서 시간의 폭
력성을 인식하는 방식이다. 아래에 인용한 서원동의 시는 이러한
"폐허에 관한 명상"의 특징적인 면모를 보여주는 작품이다. 90년대
적인 시적 자의식의 한 부분이 촉수처럼 닿아 있는 것이, 바로 속도
의 광기 저편으로 낙오(落伍)하는 사물에 대한 이런 집착이다. 속도
로부터 낙오된 것, 일탈된 것은 이 세상의 관심으로부터 소외되어
언제나 주변으로 밀려날 뿐이다.

서원동 시인은 자신의 존재를 그러한 낡아가는 혹은 시대에 뒤처

---

5) 『현대시』, 1998. 4.
6) 『현대시』, 1998. 4.

져 떠밀려가는 존재로 인식하고 있다. 이런 특징은 일견 90년대 시가 근대성의 속도를 거슬러 올라가는 무모한 작업을 하고 있는 것처럼 보이게 한다. 그렇다면 90년대에 접어들어 시인들은 어째서 낡은 사물에 대해 이토록 집요한 응시를 하는 것일까?

  말하자면, 그것은 중심이 아닌 주변에 대한 명상이다. 도시적 생리의 폭력성과 부조리를 꿰뚫어 보는 자에게 도시는 더 이상 감각을 자극하는 산책의 공간이 아니다. 그러한 산책의 뒤에 남은 환멸이 폐허화된 주변에 대해 주목하게 만드는 근본적인 계기이다. 지나치게 혹사당한 감각과 "흙먼지 잔뜩 뒤집어 쓴 채/외롭게 골목길에 버려"진 냉장고는 동일한 폭력의 희생물이다. 시인의 눈에는 시간의 일방적 흐름 밑에서 무기력할 수밖에 없는 존재의 고통이 사물과의 동일성을 끌어내는 힘으로 비치는 것이다.

> 길고 꾸불텅한 좁다란 골목 어귀
> 누군가 어느 날 밤새
> 몰래 갖다 버린 녹슨 냉장고 하나
>
> 세상의 관심 밖으로 밀려나버린
> 정리 해고된 월급쟁이처럼
> 흙먼지 잔뜩 뒤집어 쓴 채
> 외롭게 골목길에 버려져 있다, 이따금 생각난 듯
> 횡하니 불어대는 한겨울 칼바람만
> 안부를 묻고 지나갈 뿐
> 만져보거나 쳐다보는 사람조차 없다
>
> 오늘날 우리 모두의 버겁고 힘든 삶처럼

이 어둡고 침침한 골목길에 내팽개쳐진,

어느 집 주방에서 정리 해고 당한 뒤

잔뜩 겁먹은 표정으로

온몸 웅크린 채 떨고 서 있는

녹슨 냉장고.　　　　　　—서원동, 「녹슨 냉장고」 전문


　실제로 위에 인용한 시에서 녹슨 냉장고는 소외되어 변두리로 밀려난 '인생'의 알레고리로 사용되고 있다. 그것은 유한한 존재로서의 한계를 자각하는 시인의 자의식이 사물에 투영되는 양상을 보여준다. 이런 폐허에 대한 집중은 완고한 자의식의 신화가 깨어지는 순간에 찾아온다. 시는 존재를 증명하기보다는 존재를 위로할 뿐이다. 사물로부터 존재의 내면을 비추어보려는 모든 응시는 이렇듯 그 자체가 '위로'의 행위에 불과하다. 낡아가는 존재에 대한 동병상련을 통해서 자신의 자의식 밖에 존재하는 '사물의 운명'을 발견하는 것, 그것이 바로 새로운 '운명의 발견'으로 직결되는 자각의 과정이다.

　문명이 몰아낸 죽음의 그림자는 이제 인간의 내부를 검게 물들인다. 혹사당한 육체는 감각의 마비를 가져오고 어느 날 그러한 육체는 존재를 증명하는 유일한 표지가 되어 "골목길에 버려"지는 것이다.

　존재의 숙명이 사물의 운명과 완전히 일치하게 되는 순간에 시인이 발견하는 것은 사물에 비친 자신의 내면이다. 혹사당하는 육체와 감각의 혹사를 종용하는 욕망의 질주가 현대 도시의 생리라면, '녹슨 냉장고'에 대한 명상은 사용 기간이 지나버려 폐기될 수밖에 없는 존재의 부조리와 무의미를 상징한다. 즉, 욕망의 질주는 인간과 존재를 사용 기간이 정해진 일회적인 존재로 변질시키는 것이다.

　현대 사회에 만연된 도구적 이성주의의 폐해는 이제 인간으로 하여금 실존의 병을 앓게 하고 있다. 이 시는 존재성을 무화하는 폭력적 기능주의에 의해서 인간이 사물화되는 과정을 그대로 반영한다. 낡아가는 사물에 대한 응시는 이 점에서 두 가지의 대립적 특징을 지닌다. 첫째는 그 응시에 의해서 포착되는 것이 인간의 사물화라는 점이고, 두번째는 사물의 인간화 혹은 존재화가 그 과정에서 나타난다는 점이다.

　서원동 시인의 「녹슨 냉장고」는 사물을 닮아가는 인간과 인간의 존재성과 내면이 투영된 사물 사이의 경계점에 위치한다. 그것은 지금까지 존재로부터 소외되었던 대상과 주체의 경계가 허물어지고 있음을 그대로 나타낸다. 또한 이러한 시적 경향은 결과적으로는 사물의 그림자로부터 주체의 자의식과 내면을 발견하는 중요한 특징을 드러낸다.


## 4. 죽음과 사물화


　죽음에 대한 인식은 이미 오래전부터 현대 예술의 중요한 소재가 되어왔다. 그러나 한국의 현대시는 이 점에서 실존적인 죽음의 의미를 탐색하는 시적 작업이 그다지 활발했다고는 할 수 없다. 존재의 유한성에 대한 자각을 통해 죽음에 접근해가는 동안에 모든 시인들은 자기 주체의 소멸에 대해 극단적인 혼란을 느낄 수밖에 없게 된다. 죽음이란, 주체의 소멸, 개체적인 인격의 완전한 소멸을 말하는 것이 아닌가.

　영혼이라는 것에 대한 믿음은 이 점에서 인간으로 하여금 주체의 불변성에 대한 확신을 통해 자기 구원을 이루게 만드는 발판이다.

그래서 죽음의 문제는 곧, 주체성과 영혼, 그리고 실존적 운명의 문제로 직결된다. 죽음 이후에 주체의 동일성을 상상하는 모든 가정은 육체와 영혼을 철저하게 분리한다. 그래서 육체는 영혼을 가두는 감옥이고 그러한 감옥의 소멸은 다른 한편 영혼 혹은 정신의 해방을 의미한다.

늙는 것이 서러운 것은 아니다
노인은 식어가는 방이 두려웠다
노인은 버릇처럼 다 타지 않은 연탄을 갈았다
새벽 세시
잠자던 고양이가
노인의 다리를 붙들고 늘어진다
노인은 잠들 수 없다
잠들면
누가 깨우러 올까
밤마다 문 두드리는 소리
부르는 소리
창문을 열어보지만
마당에 연탄재만 가득하다
기웃거리다 그는 돌아가는 걸까
벌써 몇 년째
노인은 그를 기다렸다
그가 다녀가면
타다 만 연탄처럼 노인도 마당에 버려질 것이다
새벽 세시, 연탄을 갈고
노인은 개밥을 불에 올렸다        ──강제윤, 「노인 1」 전문

강제윤의 시는 삶과 죽음의 문제를 시적 알레고리로 표현한다. 죽음을 기다리는 노인의 심리를 묘사하면서 그는 삶의 문제에 대해서 다시 반추한다. "늙는 것이 서러운 것은 아니다/노인은 식어가는 방이 두려웠다/노인은 버릇처럼 다 타지 않은 연탄을 갈았다"라는 구절에서 알 수 있는 것은 지금 시인이 삶과 죽음의 의미를 관계성의 문제로 表現하고 있다는 점이다. 죽음이라는, 존재의 소멸을——다시 말해서 "타다 만 연탄처럼 노인도 마당에 버려질 것"을——두려워하는 것이 아니라, 그는 식어가는 방과 고양이 그리고 개밥을 걱정한다. 삶과 죽음의 경계에는 오직 개와 고양이에 대한 사랑·미련만이 남아 있을 뿐이다.

노인에 대한 강제윤 시인의 응시는 이 점에서 낡아가는 존재에 대한 응시와 동일한 경향에 속한다. 그러나 이 시에서 낡아가는 존재는 폭력적 기능주의의 희생자로서 그려지지는 않는다. 그것은 '노인'에 대한 시인의 시선이 결코, 건조하지 않기 때문이다. 좀더 자세히 말하면 앞에서 거론한 것처럼, 현대 사회의 기능주의를 역으로 전도시켜서 사물화를 극복하는 방식으로서가 아니라 강제윤 시인은 처음부터 이 시 안에서 따뜻한 인간애를 부각시키고 있기 때문이다. 인간의 죽음에 의미를 부여하는 것은, '죽음' 그 자체가 아니라 스스로의 마음가짐과 사랑의 관계 속에 있다. 이 시는 죽음의 공포와 강박을 넘어서는 소박한 행위에 대해서 말하고 있는 작품이다. 이러한 행위의 의미는 '노인'이 자의식에 대한 강박을 전혀 드러내지 않는다는 점에서 죽음을 넘어선다.

존재의 소멸에 대한 두려움은 다른 말로 하면 '나'라는 자아의 소멸에 대한 두려움이다. 그래서 인간은 죽음 앞에서 자신의 존재를 되돌아보는 자의식적인 반응을 종종 나타내는 것이다. 그러나 이 시에서 '노인'은 그러한 반응을 전혀 보이지 않는다. 오히려 "몇 년째/ 노인은" 죽음을 기다리고 있다. 그리고 늘 일상적인 행위를 되풀이 하는 것이다. 결국 인간의 죽음을 사물화로부터 구원하는 것은 "새 벽 세시, 연탄을 갈고" "개밥을 불에" 올리는 것과 같은 사소한 일상 적 행위인 것이다.

## 5. 비판적 부정 정신과 탈욕망

이 방석을 어느 방석 옆에 내려놓을 것인가
늘 그게 문제인 사람들과
한 상에 둘러앉아 먹고 마시는 동안

방석이 방석을 낳고, 방석이 방석을 밟고,
방석이 방석을 밀고, 방석이 방석을 끌고,
방석이 방석에게 웃고, 방석이 방석에게 소리지르고,
방석이 방석과 속삭이고, 방석이 방석과 헤어지고,
다시 방석이 방석을 낳고, 방석이 방석을 낳고, 방석이……

저마다 방석을 들고 기웃거리는 삶이라니!

그날, 술자리를 빠져나와 어둔 골목길을 혼자 걷던 날
하늘에서는 별이 별을 낳고, 별이 별을 낳고,
내 시린 입김은 얼마 날아가지 못해 공중에서 얼어붙던 날
어느 집 담벼락 밑에 불씨가 남아 있는 연탄재 두 장
나는 그 앞에 쪼그리고 한참을 앉아 있었다

구멍이 스물두 개나 뚫린 그 둥근 방석 앞에서!
　　　　　　　　　　　　——나희덕, 「방석 위의 生」 전문

　나희덕의 시에는 90년대적인 허무를 넘어서는 깊이 있는 성찰이 담겨 있다. 위에 인용한 시에서 보듯이 사람들의 사회적 아이덴티티가 이루어지는 '자리'라는 것에 대해서 시인은 아이러니한 조소를 보낸다. "저마다 방석을 들고 기웃거리는 삶이라니!"라고 말하는 화자의 말투에는 사회적 자아의 허위성에 대한 근원적인 고찰이 담겨져 있다. 모든 사회적 관계는 '방석'이 암시하는 저마다의 '자리 잡기'에 의해서 진행된다. "이 방석을 어느 방석 옆에 내려놓을 것인가/늘 그게 문제인 사람들"은 자신을 돌아보지 못하고 오직 관계성에만 몰두한다. 더구나 그러한 관계는 자신의 존재를 망각하는 과정 속에서 이루어지기 일쑤이다.

　나희덕 시인이 이 시에서 풍자하고 있는 것은 내면의 진정성을 팽개쳐두고 '사회적 자아'로서의 관계 맺기에 분주한 일상적 삶의 허위성이다. 이 시에서 일상적 자아는 '방석'을 지고 다니면서 자신이 위치해야 할 곳, 앉을 곳을 찾아 늘 두리번거려야 하는 자아이다. 늘 그것이 문제인 사람들 속에서 시인은 살고 있다. 실제로 사회적 존재로서의 인간은 전체 속에서의 자신의 위치를 찾는 것에, 다시 말해서 어디에 방석을 놓을 것인지를 고민하는 일에 인생의 대부분을 허비하고 있다. 나희덕 시인은 존재의 본질에 대한 응시와 통찰을 위해서 그러한 '방석'의 우스꽝스러움을 폭로한다.

　4연에서 술자리를 빠져나온 화자가 "어둔 골목길을 혼자 걷던 날"의 경험은 시적 화자에게 그러한 '방석의 일생'에 대해서 심리적인 거리를 제공한다. 그리고 그때서야 별과 입김과 연탄재 두 장의 불씨가 그녀에게 나타난다. 방석을 들고 기웃거리던 삶에서 벗어나 화자는 존재의 심연을 암시하는 연탄재 두 장 앞에 자신의 방석을 비로소 놓는 것이다.

이 시는 그녀의 시가 일상적 삶의 영역에서 이루어지는 관계의 허위성에 대해서 비판하면서 자의식과 진정성에 대한 탐색으로 나아가고 있음을 보여준다. 실제로 그녀의 다른 시에서도 이런 점은 동일하게 나타난다. 따라서 이런 특징은 관계의 진실을 은폐하는 모든 허위와 기만에 대한 그녀의 부정 정신을 동반한다.

위의 인용 시에서 보듯이 나희덕 시인의 이러한 부정 정신은 완강하고 격렬하기보다는 부드럽고 따뜻하다. 그러나 그 부드러움은 격렬함보다 훨씬 강하고 진정성을 지니고 있다. 그것은 표출되기보다는 내부로 가라앉아 내면화된 형태로 나타나며 내면화된 부정 정신은 그녀의 자의식을 더욱 강하게 만든다. 따라서 그녀의 시에는 부드러움과 완고한 고집, 집착이 함께 공존한다. 그것은 그녀의 부정정신이 자의식의 문제와 밀접한 관련을 지니고 있기 때문이다.

예를 들면, 같은 지면에 실린 「허공 한 줌」[7]이라는 시에서는 어머니의 '모성애'와 엄마, 아이의 관계성에 대한 상상을 통해서 스스로의 자아에 대해 부정 정신의 칼날을 들이댄다. 난간에서 떨어지려는 아이를 잡으려다 잡지 못하고 허공만 한 줌 잡은 엄마가 너무 놀란 나머지 숨이 멎었는데 그만 죽은 것도 잊어버리고 아이를 병원에 데려갔다가 방에 눕혀 잠이 들게 한 뒤에 비로소 그 옆에서 안심하고 죽었다는 이야기를 하면서 시인은 다음과 같이 말한다. "이건 그냥 만들어낸 얘기가 아닐지 몰라" 그리고 그녀는 텅 비어 있을 때에도 꽉 차 있는 손을 쥐었다 폈다 하면서 허공 한 줌까지도 허공에 돌려

---

7) 『문학동네』, 1998년 봄호.

주려고 한다.

이 시 안에서 시적 자아는 모성애를 절실히 느끼기에 그 이야기를 '과장'이 아니라고 생각하는 순간 자신이 지금까지 품어온 욕망과 집착을 역으로 깨닫는다. 그것은 자신의 욕망이 품고 있는 허위에 대한 자각이다. 이 점은 나희덕 시인의 존재에 대한 사유를 그대로 드러낸다. 그녀는 관계의 틀에 의해서 자신에게 부여되었던 타자의 욕망(모성애까지도 포함해서)을 모두 풀어주려고 한다. 그녀에게 그것은 존재를 구속하는 굴레이기 때문이다. 결국 그녀는 허공 한 줌까지도 다시 돌려주듯이 자신의 마음을 텅 비우려고 한다. 이런 사유는 강제윤 시인의 시와도 통하는 것으로서 관계의 허위성을 비판하고 진정한 사랑과 연대를 모색하는 것이다.


귀 밝아진 날에는 들을 수 있다
밭으로 가는 노인의 발소리를
물은 찰랑거린다
그의 푸른 물통 속에서

그가 밭에 도착할 때쯤이면 물통에는
물이 반만 남는다
반쪽에는 피가 도는 그의 몸처럼

물은 찰랑거리며
그의 낡은 바지를 적시고
마른 길 위에 매일 젖은 길 하나를 낸다
그 길은 오후가 되기 전에 사라져버리곤 했지만
사라진 길 위에 다시 젖은 길을 내는 그를

나는 어느새 상추나 쑥갓, 아욱처럼 기다리게 된 것이다

며칠째 그가 지나가지 않고
오늘은 내가 물통을 들고 그의 밭으로 갔다
그가 네 번 오갈 것을
나는 두 번 만에 물을 다 주었다
잘 자라난 상추나 쑥갓, 아욱, 파, 시금치들에게

그러나 돌아서는 순간 깨달았다
푸성귀들을 키운 것은 물이 아니라는 것을
반 통의 물을 잃어버린 그의 발자국 소리였다는 것을
—나희덕, 「젖은 길」 전문

늘 반 통의 물을 흘리면서 물을 주는 노인의 발소리를 들으면서 그녀는 상추나 쑥갓, 아욱의 기다림을 깨닫는다. 처음에는 그 기다림이 찰랑거리는 푸른 물 때문에 생긴다고 느꼈지만 알고 보니 그것은 사랑을 담은 노인의 발자국 소리였다. 이런 시의 내용은, 진정성이 사라진 관계로는 결코 진실한 사랑을 대신할 수 없다는 시인의 사고를 드러낸다. 반 통의 물을 잃어버린 대신 노인은 늘 반 통의 빈 공간에 사랑을 채웠던 것이다.

나희덕 시인의 작품은 이처럼 자기 부정을 통해서 진정성과 사랑에 이르는 길을 제시하는 점에서 보듯이 언제나 치열함과 부드러움의 양면을 함께 지니고 있다. 이런 특징은 그녀의 시에서 치열한 자의식과 시정신이 자기 분열과 절망으로 떨어지지 않는 이유로 작용한다. 실제로 「방석 위의 생(生)」에서 허위적 자아를 양산하는 사회 관계에 대한 그녀의 풍자가 냉소나 자기 분열로 변질되지 않은 것

은, 부정 정신의 내면화와 그 내면화된 부정 정신에 희망을 불어넣어주는 사랑이 있었기 때문이다. 이 점은 「허공 한 줌」에서 말한 것처럼 모성애에 바탕을 둔 그녀의 자기 희생과 헌신, 그리고 탈욕망, 탈집착의 정신 풍경 탓이라고 하겠다.

타자에 대한 포용을 갖춘 시는 곧, 분열된 타자로서의 자신 또한 포용할 수 있다. 이런 특징은 90년대적인 환멸을 건너는 중요한 조건이다. 자기 학대나 해체가 아니라 타자의 포용과 자기 헌신을 통해서도 비판적 부정 정신을 견지할 수 있다는 사실을 그녀의 시는 보여주고 있는 것이다.                                     〔1998〕

# 미적 감수성과 심미적 이성의 위기
## ——90년대 시의 징후 2

## 1. 미적 감수성의 신화와 자기 구원의 양식

지금 내 앞에는 몇 권의 시와 시집이 놓여 있다. 그리고 나는 그 시들과 시집이 말하는 이미지와 교감하려는 중이다. 나는 지금 인식이 아니라 반응을 요구하고 있는 것이 분명하다. 나 이외의 외부 세계로부터 오는 어떤 자극을 기다리는 것이다. 하지만 지금 내가 말하는 이런 방식은 확실히 감각적이기보다는 인식적이다. 이건 아마 어쩔 수 없는 일이리라.

"익히 잘 알고 있는 계단/수없이 오르내려 친해진 계단은/어둠 속에서는/캄캄한 어둠 속에서는/보지 말고 오르내려야 한다/행여 평소처럼/쳐다보며 오르내리다간/더듬더듬 자칫 넘어지거나 미끄러지기 십상이다/그냥 허공을 보고 오르내려 보라/훨씬 쉽고 안전하게 오르내릴 수 있다//정이란/그런 것이다"(김성오, 「교감」).[1]

인용한 시의 내용처럼 교감은 그런 것이다. "수없이 오르내려 친해진 계단은/어둠 속에서는" 오히려 "보지 말고 오르내려야" 하듯이 그것은 말로 표현되기 이전의 영역에 속한다. '정'이나 '교감'의 영

---

1)『문학과 창작』, 1998. 5.

토에는 그래서 아직 말로 표현되거나 규정되지 않았지만 실제로는 너무나 가깝게 느낄 수 있는 것들이 가득 차 있다. 그것들을 우리는 '느낌' 혹은 '감각'의 문제로 표현할 수 있을 것이다. 허공을 보고 오르내리지만 훨씬 쉽고 안전하게 오르내릴 수 있는 곳, 그곳이 시의 영토이다.

발터 벤야민은 자신의 비평적 화두 혹은 전략으로 '아우라'라고 하는 유명한 개념을 남겼다. 그의 '아우라'는 기술 복제 시대의 예술과 전통적인 예술 사이의 차이를 구별해주는 주된 개념이기도 했지만 또 한편으로는 '예술품과 소유의 문제' '개인적인 교감 혹은 연대의식의 문제'와 밀접한 연관이 있는 개념이다. "아주 멀리 있는 것의 가까움"이라는 아우라에 대한 그의 정의는 실제로 이러한 점들을 잘 나타낸다. '멀리 있으나 가깝게 느낀다'는 것은 분명히 교감에 관한 언술이다. 특히나 그것은 어떤 신비적인 권위의 그림자를 어렴풋이 감지하는 자의 순간적인 느낌을 강조한다. 다시 말해서 벤야민의 '아우라'는 개인적인 교감을 통해서 예술품에 대한 자기 소유권을 주장하는 한 방식이며 멀리 있는 '신비'에 대한 개인적인 의미 찾기 또는 의미 부여의 양식이다.

이러한 개인적인 의미 부여는 종종 언어의 보편적인 소통 방식이나 지시적 · 도구적 기능을 벗어난다. 그래서 전통적인 예술은 '신비적인 분위기'와 '종교적인 비의'라는 교감의 영토적 권위로서 일상적인 언어를 압도하는 형식을 지니고 있다. '일상적인 언어의 압도'는 달리 말하면 느낌 혹은 감각의 이성에 대한 승리를 의미한다. 이 점에서 전통적인 예술은 철학과는 현격하게 대립적인 위치에 놓일 수밖에 없다.

벤야민이 주목하고 있는 것은 예술의 기원에 있는 감성의 이성에 대한 우위이다. 그는 역사의 문제와 결부시켜 이 점을 심각하게 고민하고 명상한 흔적을 여러 편의 글에 남겼다. 특히 다음과 같은 구절은, '아름다움'이 '교감,' 즉 '아우라'를 언어로 표현하기를 요구할 뿐 아니라 그것들을 역사 속에 편입시키려는 근원적인 힘이라는 그의 생각을 단적으로 드러낸다.

자연과의 관계라는 면에서의 아름다움은, '베일에 감추어진 상태 속에서만 본래의 아름다움 그대로 머물러 있을 수 있는 것'이라고 정의될 수 있다. 우리는 그것을 좀 대담하게 줄여서 말한다면 예술 작품의 '모사적인 면'이라고 불러도 좋을 것이다. 교감은 예술의 대상이 충실하게 모사될 수 있는, 물론 그렇기 때문에 철저히 문제성이 있는 어떤 대상으로 존재할 수 있도록 하는 기준을 나타낸다. 이러한 논리적 난관Aporie을 언어라는 매질 자체를 통해 모사하고자 한다면 우리는 아름다움을 유사성의 상태 속에 있는 경험의 대상으로 정의할 수도 있을 것이다. 이러한 정의는 아마도 발레리의 다음과 같은 진술과 일치하는 듯하다. 즉, "아름다움은 사물들에 있어서 정의할 수 없는 것에 대한 맹목적 모방을 요구하는지도 모른다."[2]

정의할 수 없는 것에 대한 맹목적인 모방이란 달리 말하면 언어 저편의 것에 대한 '언어적' '이성적' 표현을 의미한다. 애초에 역사 속에 포함되어 있지 않은 자연적인 어떤 것—예를 들면, 종교적 비의나 신비주의, 예술적 교감, 아우라 따위—에 대한 모방을 아름다움, 즉 미학의 영역이 요구한다는 것이다. 특히 이때의 '아름다움' 혹은 '교감'이란 언어로 모사된 혹은 표현된 것이어서 그 자체가 이미 모순적인 아포리아를 포함한다. 벤야민의 '아우라'는 근대적 예

---

2) 반성완 편역, 『발터 벤야민의 문예 이론』, 민음사, 1983, p. 151. 각주.

술의 지위가 누리고 있는 이러한 불안정한 자기 정체성에 대한 적절한 표현이다. "멀리 있는 것의 가까이 있음"이란 "정의할 수 없는 것에 대한 맹목적인 모방" 그 자체이기 때문이다.

근대적 예술의 특성에 대한 벤야민의 생각은 이 점에서 '아우라'의 점진적인 소멸, 교감의 언어적 모방화 과정으로 요약된다. 근대적인 예술의 정체성은 언어의 감성에 대한 반란 혹은 우의의 주장으로 표현될 수 있는데 이것은 자연 상태의 아름다움을 대체하는 인공적인 아름다움의 출현을 의미한다. 그리고 그 근원에는 역사와 이성 중심주의의 신화가 자리 잡고 있다.

이 글의 제목이 "미적 감수성과 심미적 이성의 위기"로 설정된 것은 근대적 미학의 출현으로 거슬러 올라가 그 기원에 존재하는 이성 중심주의의 허구를 폭로하기 위한 것이다. 90년대 시의 여러 징후 중에서도 특히 중요한 현상은 시적 주체와 그 자의식의 변화, 그리고 심미적 이성과 감성의 대립, 육체에 관한 명상, 시적 완결성과 기교·형식·정신의 개념적 혼류에 대한 인식 등이 나타난 점이다. 이러한 변화는 실제로 기존의 이성 중심주의적인 미적 근대성의 기획이 한계에 도달하고 있음을 보여주는 대표적인 사례이다.

이런 징후의 문제성은 근대적인 미적 기획의 중심에 있는 허구성을 일찌감치 예리하게 통찰하고 있던 벤야민의 생각 속에서도 잘 나타난다. 아우라의 이중성과 근대적 예술의 불안정한 정체성을 주목하는 벤야민의 관점에는 근대적 예술 기획의 폭력성과 기만성 그리고 그 새로운 가능성에 대한 인식이 동시에 드러난다. 그것은 근대적인 미적 감수성과 심미적 이성이 언어의 모방적 교감 행위에 의해서 지탱되는 인위적인 창조물이라는 인식을 포함한다. "정의할 수 없는 것에 대한 맹목적인 모방"의 산물이 바로 심미적 이성이고 그것의 대중적 확산이 '미적 감수성'의 신화인 것이다.

벤야민은 미적 감수성의 모순을 '파시즘의 출현'을 통해서 확인했고 '심미적 이성'의 위기를 '미적 감수성의 전도' 과정에서 직감했다. '정치의 예술화'로 표현된 파시즘에 대한 벤야민의 비판은, '심미적 이성'에 침투된 '도구적·기능적 이성 중심주의'가 '미적 감수성'을 대중 지배의 도구로 전락시키고 있는 현상에 집중된다.

90년대적인 미적 감수성과 심미적 이성의 위기는 벤야민의 경우와 여러 가지 면에서 유사하다. 상업주의적인 문화 상품의 논리와 상품 미학, 자본주의적인 욕망 구조는 예술을 도구화할 뿐만 아니라 더 나아가서 근대적 미적 기획의 핵심이었던 심미적 이성과 미적 감수성의 대중적 연대성을 '이윤 창출'이라는 획일적 목적 아래 놓인 대중 지배 수단으로 변질시키고 있다. 90년대 시의 여러 위기적인 징후는 근대적인 미적 기획의 뿌리가 썩어가는 징후이다. 따라서 시적 진정성과 자의식의 위기는 이러한 90년대 미학의 자기 모순성과 불합리에 대한 적절한 반응이라고 할 수 있다. 그래서 90년대 시는, 좀더 절실하게, 자기 구원의 양식이 될 수밖에 없는 것이다.

다소 장황하게 서론을 늘어놓았지만, 벤야민의 '아우라' 상실은 '자연미/인공미' '전근대/근대'의 대립과 관련해서 90년대 시에 대하여 시사하는 바가 많다. 근대적 모순이 중첩되어 드러나는 90년대적인 일상을 바라보는 '눈'의 절실한 필요에 의해서 '거짓 교감' '거짓 아우라'가 아닌 진정한 '아우라' '교감'의 귀환이 요구되는 것이다. 90년대적인 정신 풍경에 자주 나타나는 '근원 회귀'의 열망은 실제로 이러한 '근원적 교감' '우주적 아우라'의 복귀 선언이다.

따라서, 90년대의 시적 정체성에 대한 탐구를 보여주는 최근의 시를 주목해봄으로써 우리는 근원적 교감과 원형적인 아우라에 대한 조심스러운 탐색을 보여주는 시와 시인의 내면을 조망하고 미적 감수성과 심미적 이성의 새로운 행방(行方) 혹은 대안을 점검해볼 수 있을 것이다. 특히 송찬호의 「나비의 꿈」[3]과 박형준의 「나무 줄기 속에 아이를 묻기」[4]의 두 편은 90년대의 근원 회귀적인 내면 풍경에 포함되어 있는 시적 성찰의 자세와 자기 정체성에 대한 고민, 구원에 대한 갈망을 세밀하게 보여준다. 이외에 신규호 「평화로운 먼지」,[5] 이하석 「구름의 들」[6] 2편도 역시 유사한 문제의식, 내면화된 상처에 대한 응시의 과정을 각각 개성적으로 보여주는 시들이다. 이제 90년대적인 근원 혹은 교감에의 열망이 시적으로 어떻게 형상화되고 있는지를 좀더 구체적으로 살펴보기로 하자.


## 2. 일상적 자의식에 대한 두려움

잠 깨어 눈 뜨니
지난밤 딴 세상에 갔다온 느낌이다
사방을 둘러봐도
방향을 가릴 수 없다
내가 누구인지
어디서 무엇을 하다
왜 여기에 왔는지
어리둥절하기만 하다
여명 속 길게 누운
흰 몸뚱이조차 낯설다

---

3) 『무애』 창간호, 1998.
4) 『무애』 창간호, 1998.
5) 『문학과 창작』, 1998. 5.
6) 『현대시학』, 1998. 4.

허허론 우주 공간에 떠도는
평화로운 먼지이다가
거대한 의식의 그물에 붙잡힌 목숨,
아침이 두렵다
초저녁부터 잠든 아내는
아직도 깨어나지 않고 있다
먼 어느 나라까지 가서
돌아오지 않는 건지
평화로운 먼지로
떠돌고 있나 보다.　　　　　—신규호, 「평화로운 먼지」 전문

　위의 시는 의식에 대한 두려움을 토로하고 있다. 그 의식은 스스로의 자아에 대한 '자기 인식'이다. 이런 특징은 "생각한다. 그러므로 존재한다"라는 인간 존재에 대한 근대적인 가치 부여를 부정한다. 낮과 밤의 대비를 이 시의 화자는 평화로운 먼지와 거대한 의식의 그물로 표현한다. 허허로운 우주 공간이, 차라리 막막하고 거대한 의식의 그물보다, 친근하고 평화로운 대상으로 여겨진다는 것은 무척 낯선 것이다. 이런 인식은 실제로 거대한 의식이라는 자의식 과잉의 상태를 표현하는 말 속에 잘 나타난다.

　일상적 삶의 세속성을, 이 작품의 화자는 자의식 과잉의 상태를 만드는 원인으로 지목한다. 그 이유는, 일상적 삶의 덧없음과 세속성에 질려버린 화자가 그러한 생각을 불러일으키는 '자의식의 예민함'을 끔찍하고 공포스럽게 여기기 때문이다. 꿈속에서 우주를 떠도는 '평화로운 먼지'의 무의식이 일상적 자아의 예민한 자의식보다 더 가치 있는 것으로 시인에게는 느껴지고 있는 것이다. 예를 들면 "내가 누구인지/어디서 무엇을 하다/왜 여기에 왔는지/어리둥절하

기만 하다/여명 속 길게 누운/흰 몸뚱이조차 낯설다"와 "아침이 두렵다"라는 구절은 이러한 삶의 세속성에 대한 혐오와 두려움이 어느 정도인지를 잘 나타내는 부분이다.

자의식의 가치를 폄하하거나 오히려 두려워하는 화자의 이러한 언술은 다른 한편으로는 반어적(反語的)인 것이다. 다시 말해서, 자의식이 일상적 삶의 덧없음과 세속적 욕망에 대한 피해 의식이나 과잉된 방어와 위장으로 변질되어버린 현대적 삶의 생리에 대해서 이 시는 역으로 그 모순을 고발한다. 의식이 깨어 있는 낮보다 의식이 정지된 밤이 더 평화롭다는 것은 극단적인 현실 부정의 인식이다. 이러한 심리의 이면에는 현대적 삶의 생리를 위선과 기만, 자기 진정성의 상실로 바라보는 인식이 존재한다. 그 인식은 이 시에서 "사방을 둘러봐도/방향을 가릴 수 없다" "내가 누구인지/어디서 무엇을 하다/왜 여기에 왔는지" "흰 몸뚱이조차 낯설다"라는 고백이 심상치 않은 것임을 독자로 하여금 알게 한다. 방향 상실과 자아 상실, 육체적 감각의 마비는 현대적 주체가 놓인 총체적인 위기를 표현한다.

이 시에서 시인은 수면과 깨어남의 대비를 통해 마비된 자의식의 현 상태를 역으로 비판한다. 자의식의 변질에 대한 두려움과 그 반발을 표현하는 것이다. 따라서 진정성의 위기는 의식의 허위와 위선에 대한 자각을 불러왔고 그러한 자각은 자의식 자체에 대한 근원적인 불신으로 연결된다.

시인은 일상적 자아의 무가치, 무의미에 대한 갑작스러운 자각을 통해 '의식/무의식'의 서열을 상대적으로 전도한다. 그 전도는 달리 말하면 현실적 자아에 대한 성찰이나 인식의 마비를 고발하는 것으로서 '진정한 자의식의 상실 현상'을 반영한다. 삶의 장애와 위기는 이제 거대한 의식의 그물에 갇혀 방향을 상실해버린 '왜소한 주체들의 피로'에서부터 비롯된다. 시인은 자본주의적 일상의 복잡한 구조

안에 갇혀 있으면서 또 한편으로 그 구조만큼이나 복잡한 의식의 그물을 만들어낸 일상적 자아의 과잉된 피해 의식과 그로 인한 피로감을 '평화로운 잠'이라는 휴식과의 대비로 형상화한다. '우주 공간' '평화로운 먼지'로 표현된 탈속적 공간에 대한 동경은, 일상적 삶의 그물에 갇힌 현대적 주체의 위선적인 자의식에 대한 부정이다.

　신규호 시인의 또 다른 시 「베란다 풍경」[7]에서 "자본주의 아파트 숲 베란다에 갇혀" 앙증스레 웃고 있는 채송화는 이 시의 잠들어버린 '아내'의 모습과 같은 대상이다. 일상의 감옥에 갇혀 그것을 벗어날 수 없지만 '평화로운 잠'을 통해 '하나의 먼지로 떠도는 자유'를 꿈꾸는 '왜소한 주체'의 모습은 한편으로는 일상과의 눈물겨운 타협으로도 여겨진다. 마찬가지로 「베란다 풍경」에서 "군자란이 화들짝 궁둥이를 내놓고/나를 봐, 나를 좀 봐, 하며 애교가 한창이다./〔……〕/바다 건너온 선인장/아리조나 카우보이처럼/권총을 옆에 차고 으스댄 폼이/성난 클린트 이스트우드 같다/바야흐로 국제화, 세계화 시대다"라는 구절과 "채송화가 앙증스레 웃고 있다/자본주의 아파트 숲 베란다에 갇혀"의 대조는 일상적 세속성과 '왜소한 주체의 진정성'이 겪는 위기를 생생하게 그려내고 있다.

　채송화로 표상된 자아의 진정성과 군자란, 한란, 선인장 등이 상징하는 국제화, 세계화에 걸맞은 화려한 자본주의적 욕망의 극단적 대조는 현대적 주체의 두려움과 위기가 어떤 것인지를 보여준다. 미적 감수성 자체가 이 시대에는 자본주의적인 대중성에 의해서 억압받고 있는 것이다. 군자란, 한란, 선인장의 미학이 대중적인 것이라면 채송화에 대한 미적 감수성은 "한 줌 화분에 뿌리박고 사는" 개인적 교감의 영토만을 가질 뿐이다. 그러나 이 시에서 말하고 있듯

---

7) 『문학과 창작』, 1998. 5.

이 개인적 진정성과 근원적인 아우라의 영토를 지닌 채송화는 "감질나는 월급쟁이"의 일상적 삶보다는 "행복하다."


### 3. 버려진 욕망의 무덤과 폐허의 미학


　자본주의적인 욕망의 최종적인 배설물을 우리는 뭐라고 할까. 어쨌든 그것들은 '최후의 시장' '그 이후'에 있다. 정해진 용도와 사용 기간이 지나 폐기(廢棄)되는 그것들은 재활용의 가능성도 더 이상 없다. 일회용의 생을 마감하는 그것들을 바라보노라면 90년대적인 일상의 생리(生理)와 그 운명을 예감하는 것도 그다지 어려운 일은 아니다.

　이하석의 시는 오래전부터 문명의 그늘을 이루는 최후의 배설물에 주목해왔다. 특히 타락한 문명의 상징인 녹이 슨 철근, 쇠못, 깡통 등의 운명과 흔적을 탐구해온 그의 시는 낡은 폐허의 이미지에서 폭력성을 읽어내는 탁월한 시각을 지니고 있다. 아래의 시에서도 이러한 그의 특징은 선명하게 드러난다.


　　눈 위에 드리워진 하늘의 그늘은
　　돌과 모래와 흙의 미래에 대한
　　그의 생각의 배경처럼
　　선들과 색들이 선명하지 않고,
　　춥고, 위험하게 보인다.


　　눈을 짓이기며
　　쓰레기차들은 쉼 없이 들어와

도시의 비밀을 문지른 휴지와
아직 덜 삭은 상처의 딱지와 고름,
그것들을 쌌던 젖은 헌 것들을
눈 위에 쏟아 붓는다.

눈에 문질러 닦은 쇠스랑으로
그것들을 뒤적여 차곡차곡 구덩이 속에 밀어넣으면서
그는 그 구덩이 속에
한 삶을 못 되게 묻는 것이라 여긴다.

그러나 눈을 짓이긴 흙을 한 겹
그 위에 덮는 동안 요란한 소리를 내며
또 자갈 무더기가 실려가는
쓰레기를 싣고 올 덤프트럭이
눈 위에 깊은 바퀴 자국을 먼저 내는 것을 본다.
그 자국을 따라
버려진 삶들이 돌아온다.          ──이하석,「구름의 들」전문

　　그러나 문제는 80년대적인 환경에서의 그의 시적 위치와 90년대
적인 일상에 대한 그의 시각이라는 변화된 조건 사이에 놓인 차이이
다. 이 점에 대한 평가가 그의 시적 여정에 대한 올바른 인식을 가능
하게 하기 때문이다.
　　90년대적인 관점에서 바라볼 때, 과거 그의 시는 생태 환경과 문
명 비판의 측면에서 시대를 앞서간 선구자였다. 80년대에 주로 폭력
적인 근대화의 흔적을 추적해온 그의 시 세계는, "독점 자본주의의
사회 체제와 정치적 독재의 지배 수단이 자연의 착취, 더 크게는 세

계의 도구화와 일치한다"는 점에서 더욱 의미가 깊다. 결국, 80년대적인 근대화에 대한 비판이 폭력적인 정치 권력과 무관하지 않음을 우리는 그의 시를 통해서 재확인할 수 있는 것이다. 아니, 그러한 확인을 넘어서 90년대적인 문명의 폐허와 일상적 세속성의 무덤은, 생명성을 점진적으로 박탈해왔던 지나간 시대가 남긴 폭력적 근대 패러다임의 직접적인 산물이라는 보다 확정적인 결론을 얻을 수도 있다.

90년대적인 환부를 들추어내고 그 근원을 캐는 작업은 그래서 80년대적인 정치의 문제와 맞닿는다. 90년대 초반 80년대적인 정치성을 성급하게 단절하고 문화론적인 시각으로 방향 전환을 했던 90년대 문학의 허위성은 이 점에 있다. 폐허 위에서 집을 지을 수 없듯이, 80년대적인 뿌리를 잘라내고 나면 90년대 시의 문제의식은 이미 사라진 것이나 마찬가지이다.

중요한 것은 80년대적인 사고와의 인식론적인 단절을 통해서 역설적으로 80년대와 90년대의 현실을 꿰뚫어보는 데 있다. 그러나 90년대 시의 비극은 그러한 인식론적인 단절의 철저함이 부족한 상태에서 90년대를 80년대와 지나치게 변별화한다는 것이다. 이하석의 시는 이 점에서 90년대 시의 중요한 교훈이라고 할 수 있다. 정치적인 함의를 놓치지 않고 90년대적인 삶의 질과 주체의 실존에 대해서 논한다는 것은 80년대적인 폭력과 90년대적인 폭력의 상호 관련성을 놓치지 않는 시각을 요구한다. 이하석의 시는 그러한 연속성에 대한 인식을 보여주는 좋은 예이다.

1연의 "눈 위에 드리워진 하늘의 그늘은/돌과 모래와 흙의 미래에 대한/그의 생각의 배경처럼/선들과 색들이 선명하지 않고,/춥고, 위험하게 보인다"라는 진술은 이 시의 화자가 그리는 미래에 대한 전체적인 인상을 고스란히 보여준다. 돌이나 모래, 흙에 대한 생각의

배경이 눈 위에 드리워진 하늘의 그늘과 같다는 표현은 달리 말하면
그의 미래에 대한 비전에 검은 구름이 끼어 있다는 것이다. '구름의
들'이라는 제목처럼 이 시는 '들'로서 상징되는 미래에 대한 시인의
불길한 예감을 말한다. 버려진 삶으로 가득 차서 결국은 온통 '배설
된 욕망들의 무덤'이 될 미래의 시간을 그는 눈 덮인 들판의 이미지
속에서 발견한다.

"도시의 비밀을 문지른 휴지와/아직 덜 삭은 상처의 딱지와 고
름,/그것들을 쌌던 젖은 헌 것들"을 물으면서 그는 왜 "한 삶을 못
되게 묻는 것"이라고 여기는가. 이하석 시인의 불길한 예감은 버려
진 것이 쓰레기가 아니라 바로 '삶'이라고 하는 인식에서 생겨난다.
한때 저마다의 용도와 존재 가치를 지녔던 것들이 그 기능의 사라짐
과 더불어 버려지는 것은 기능주의적 자본주의 사회의 가치관 때문
이다. 이런 현상은 80년대 이후 더욱 가속화되어서, 이제 '폐허' 위
에는 버려진 물건과 문명만이 쌓이는 것이 아니라 인간성·문화·
휴머니즘 등의 소중한 가치율이 함께 버려진다. 그것들은 근대의 폭
력적인 힘에 의해서 버려진 것들이다. 그리고 거기에는 도구적 규율
에 의해 타락한 미적 감수성과 심미적 이성의 자기 알리바이가 존재
한다. 따라서 90년대 시인들의 버려진 것, 폐허에 관한 명상과 거기
서 찾아낸 아름다움이나 미학은 90년대적인 의미에서 보면 세속적
인 미적 감수성과 심미주의에 대한 반발이라고 할 수 있다.

마찬가지로 위의 시에서 버려지는 것들은 자연을 오염시키는 단
순한 쓰레기가 아니라 "도시의 비밀을 문지른 휴지" "상처의 딱지와
고름" 등 생명체의 이미지를 가지고 있는 것들이다. '폐허의 미학'은
도구적·기능적인 미학과 인식에 대한 반동으로서 '자연/인공'의 대
립성을 넘어 단순한 교환 가치나 사용 가치를 부정하고 그 '존재' 자
체의 의미를 묻는다. 그것은 타자의 욕망을 사는 방식이 엄밀하게는

교환 가치와 사용 가치에 기대는 삶이라는 점에서 90년대적인 일상
에 놓인 모든 존재의 의미를 묻는 방식이기도 하다. 진정한 정체성
과 자의식은 교환 가치나 사용 가치라는 타자의 욕망구도 안에 있는
것이 아니라는 인식은 90년대적인 진정성이나 영혼, 운명, 근원 회
귀의 열망에 대하여 하나의 해답을 제공한다.

　폐허에 대한 명상은 자본주의적인 상품 미학에 내재되어 있는 '도
식화된 미적 감수성과 도구화된 심미적 이성주의'에 대한 거부 행위
다. 따라서 폐허에 대한 집착, 사라짐이나 기억, 순간성에 대한 몰입
은 문명화, 도시화라는 말 속에 담겨 있는 선험적 우월성을 허물고
시적 진정성의 기원으로 회귀하는 하나의 방식이다. 위에 인용한 이
하석의 시에서 보이는 미래에 대한 불안과 버려진 삶에 대한 명상은
근대 문명의 파시스트적인 속도와 그 불길함을 견제하는 방법이다.
이 점은 그의 시적 내면이 자연에 동화된 문명의 흔적이나 반대로
자연을 위협하는 문명의 폭력을 보여주었던 80년대적 특징에서 벗
어나서, '자연/문명'의 구분을 넘어선 존재 전체, 즉 '생명'이나 '지
구'의 차원을 지향하고 있음을 보여주는 것이기도 하다.


## 4. 장님의 시간을 앓는 자의식과 희망의 연금술


　　방에 밀어넣어진 나는 곧
　　낡고 더러운 침대와 마주했다
　　많은 사람들이 여기서 그 불면의 늪에
　　빠져 괴로워했으리라 침대는 몸부림치다 패인
　　웅덩이가 무슨 얼룩처럼 널려 있다 어쩌면 침대에는
　　악몽을 물어뜯고 산다는 악어가 살고 있는지도 모른다

나는 조심스럽게 몸을 침대에 밀어넣는다
함부로 발을 뻗으면 어느 수초 아래에서
발바닥 시를 쓰던 물고기를 깨울지도 모른다
그럼, 어떤 포즈로 잠을 자야 할까?
이 침대가 시의 침대라면, 떠도는 소문처럼
자정이 지나면 침대 밖으로 나간 다리를 잘라낼지도 몰라
웅크리고 잠들면 침대의 키에 맞춰 팔다리를 잡아늘일지도 몰라

침대는 끊임없이 불안하게 삐걱거린다
이제 시가 노래가 되고 노래가
시가 되던 나비의 꿈은 영 들지 않는 것일까
나는 침대 속으로 더욱 자맥질해 들어간다
저기 침대 바닥에서 시의 황금 시대 유물을 볼 수 있을까
나는 거기서 건져올린 금술잔을 입에 흘려 넣어주는
달콤한 시의 情婦 옆에서 잠 깨기를 바란 건 아니었을까

아니다. 나는 시를 거꾸로 세워놓으려 한다
문득 깨어나면 가파른 지붕 위에 첨탑 위에
혹은 언덕 위에서 침대가 발견될지도 모른다
그렇다, 나는 나의 생을 등뼈로 밀어 나갈 수밖에 없다

장님의 시간으로 도시는 칠흑에 잠겨 있고
유령처럼 세기말이 거리를 지나가고 있다
조금 눈을 붙여두자 첫 기차를 타기 위하여 여관
주인에게 이른 다섯시에 깨워주도록 일러두었었다

새벽이면 다시 길을 떠나야 한다   ——송찬호, 「나비의 꿈」 전문[8]

위의 시는 세기말을 사는 시인의 자의식을 분명하게 보여주는 작품이다. 알레고리적인 수사로 연결된 각 연의 진술은 시와 '세기말'인 '지금, 여기'의 관련성을 진지하게 질문하는 방식으로 이루어져 있다. 그럼 "장님의 시간으로 도시는 칠흑에 잠겨 있고/유령처럼 세기말이 거리를 지나가고 있다"라는 암울한 시대 인식을 통해서 이 시인은 어떤 전망을 예측하고 있는 걸까? '나비의 꿈'이라는 제목이 암시하듯이 세기말을 날아가는 한 마리 나비가 되어 그저 꿈이나 꾸자는 것인가.

송찬호 시인의 문제의식은 "시가 노래가 되고 노래가/시가 되던 나비의 꿈은 영 들지 않는 것일까"라는 3연의 구절에서 구체적으로 확인이 된다. 그가 희망하는 시인의 세상은 "시가 노래가 되고 노래가/시가 되던 나비의 꿈" 같은 것이지만, '지금, 여기'에서 그것은 "금술잔을 입에 흘려 넣어주는/달콤한 시의 정부(情婦) 옆에서 잠 깨기를" 바라는 안일한 타성에 불과할 뿐이다. "침대는 끊임없이 불안하게 삐걱"거리는데 나비의 꿈이나 꾸는 시인은 이미 죽은 것이나 다름없다. 그래서 이 시의 제목 '나비의 꿈'은 역설적인 의미를 지닌다.

1연에서 "방에 밀어넣어진 나는 곧/낡고 더러운 침대와 마주했다/많은 사람들이 여기서 그 불면의 늪에/빠져 괴로워했으리라 침대는 몸부림치다 패인/웅덩이가 무슨 얼룩처럼 널려 있다"라는 구절은 그가 바라보고 있는 시와 시인의 운명에 대한 구체적인 형상화이다. 더러운 침대인 '시'와 그 위에서 불면의 늪에 빠져 괴로워하는 시인

---

8) 이 시는 후에 송찬호 시인의 『붉은 눈, 동백』(문학과지성사, 2000)에 실리면서 상당한 부분이 개작되었으나 여기서는 처음 발표 당시의 작품을 인용했다.

의 운명은 비극적이라고 하지 않을 수 없다. 이런 비관적인 전망을 그려내면서 그는 '나비의 꿈'이라는 제목을 내세우고 있는 것이다. 저주받은 운명을 지고 타락한 시의 무덤 앞에서 숨죽여 밤을 새우는 최후의 관리인에게 '나비의 꿈'은 황금 시대의 유물을 애써 확인하고 싶어하는 현실 도피적인 욕망에 불과할 뿐이다.

그렇다면, 어떻게 '지금, 여기'의 현실에 부딪칠 것인가. 이것이 송찬호가 고민하는 그의 시적 자의식이고 새로운 시의 출구를 찾기 위한 질문이다.

우선 이 시의 내용을 간략하게 요약해보기로 하자. 시의 침대에 올라타서 불면의 밤을 지새우는 저주받은 시인의 운명에 대해서 시인은 조심스러운 탐색을 시작한다. 그리고 그 탐색의 과정은 2연에서 알 수 있듯이 자정이 지나면 침대 밖으로 나간 다리가 잘리거나 웅크린 팔다리를 잡아늘일지도 모른다는 공포의 시간이다. 또한 함부로 발을 뻗으면 여지없이 안일한 삼류의 시인이 된다는 강박관념이 그를 사로잡는다.

결국 끊임없이 삐걱거리는 침대에서 그가 행하는 자기 반성과 성찰은 '나비의 꿈'과 '시의 황금 시대에 대한 환상'을 벗어나는 것으로 요약된다. 4연에서 단호하게 '아니다'라고 말하는 화자의 발언은 결국 "나는 시를 거꾸로 세워놓으려 한다"라는 비장한 결심으로 연결된다. 여기서 그는 첨탑 위에 침대를 걸어놓아야만 출구가 열린다는 인식에 도달한다. 그것은 나비의 꿈과 같은 안일함이나 시에 대한 환상, 그리고 자기 폐쇄적인 공포, 소심한 현상 유지 등 모든 시적 악몽으로부터 벗어나기 위한 과감한 결단이다.

5연에서 "새벽이면 다시 길을 떠나야 한다"로 끝나는 시의 결말은 시라는 형식 혹은 장르를 상징하는 '악몽의 침대'를 버리고 자신의 생을 등뼈로 밀어 나갈 때 비로소 시의 출구가 열린다는 그의 자각을 나타낸다. 또한 그것은 저주받은 시인의 운명이 악몽을 물어뜯고 사는 악어의 밥이 되는 것이 아니라 그 악몽의 침대를 가파른 지붕 위 첨탑에 걸어놓고 '자신의 생을 등뼈로' 미는 과정에서 찾아지는 것임을 암시한다.

이 시에서 4연 1행의 '아니다'와 마지막 4행의 '그렇다'의 명징한 대비는 1, 2, 3연의 진술에 대한 거꾸로 세우기가 세기말을 사는 시인의 진정한 '시적 자의식'임을 강조하는 구조적 장치이다. 1, 2, 3연에 대한 부정과 그 뒤집어엎기에 대한 강렬한 확신이 이 시의 극적 긴장을 더욱 높게 만든다. 결국 시인은, 악몽의 침대가 되어버린 '시의 무덤'으로부터 벗어나는 방법은 그 침대 위에서 "어떤 포즈로 잠을 자야 할까?"를 고민하면서 전전긍긍 시의 황금 시대를 보려고 하는 '나비의 꿈'이나 꾸는 데 있는 것이 아니라고 말한다. 오직 악몽의 침대를 버리고 다시 길을 떠나야만 시의 운명은 새롭게 열리는 것이다.

송찬호 시인이 이 시의 1, 2, 3연에서 보여준 알레고리적인 암시에 담긴 의미는 실제로 90년대 시단에 대한 적절한 풍자이기도 하다. 그리고 그 풍자는 송찬호 시인 개인의 자기 풍자를 포함한다. 시인이라는 자의식이 자신의 발목을 잡아서 잘라내거나 붙이고 또 악몽 속에서 허덕이게 만드는 세기말의 시적 풍경은 본질이 전도된 이시대 시의 현주소를 상징한다.

앞에서 이미 거론했듯이 '왜소한 시적 주체'들이 겪는 진정성의 위기가 어떻게 나타나고 있는지를 이 시는 잘 보여준다. 장님의 시간으로 도시는 칠흑에 잠기고 유령처럼 세기말이 거리를 지나간다. 그리고 시인들은 그의 좁은 자의식의 '방'에 갇혀서 삐걱이는 침대를 잡고 씨름을 한다. 이것이 송찬호가 그린 세기말 시의 풍경화이다. 왜소하게 일그러진 시인들이 그들의 병적인 자의식의 그물에 갇혀서 시름시름 앓고 있는 것이다.

이제 "거짓 교감, 거짓 자의식, 거짓 아우라"에 대한 진지한 반성이 시작되어야 하는 것이다. 그래서 90년대 시는 세기말을 건너는 새로운 미학의 출현을 고대한다. 그것은 미적 감수성의 도구화를 넘어서, 그리고 심미적 이성의 자기 모순성을 넘어서, 시의 영혼을 찾아가는 진정한 길떠남의 과정이다.

이런 시적 영혼에 대한 탐색은 박형준에게서도 역시 유사한 문제의식으로 형상화되어 나타난다.

하늘로 돌아가려면, 극지에서 길을 잃은 사람들이 철대못이라고 부르는 별을 찾아야 한다. 그 별은 흐릿한 날씨에도 조난자들이 붙들고 있는 희망이라고 한다. 아프리카 어느 마을에서는, 새가 잘 찾아오도록 죽은 아이를 마을에서 가장 커다란 나무 줄기 속에 묻는다고 한다. 어린 영혼은 혼자 갈 수 없기 때문에 새를 타고 가야 한다는 믿음 때문이라고 한다. 어머니들이 딱따구리처럼 나무에 매달려 줄기를 파고 그 안에 아이를 매장하면 밤에 새가 날아와 아이를 등에 태워 데려간다고 한다. 공기 중에 몸을 비스듬히 숙이고 떨리는 바람에 짧게 전율하면서 죽은 아이가 철대못에 이르면 밤새 서리가 내려 황토를 부풀린다고 한다. 그러면 그 나무가 첫새벽의 햇살에 수많은 물방울을 맺는데 무지개가 가득 돌고 있다고 한다. 이 세상에서 새와 가장 비슷한 식물이 나무라고 한다. 조난자들이 저마다의 커다란 나무에 도착해 몸을 줄기 속에 집어넣는다면, 그것이 어디에선가 길을 잃고 헤매는 그들의 뒤를 밟아올 또 다른 이들을 위해 빛나는 지상의 철대못이 되어야 하리.　　　──박형준, 「나무 줄기 속에 아이를 묻기」 전문

박형준은 위의 시에서 신화적인 알레고리를 사용해서 세기말의

현실에 대한 자신의 시적 출구를 제시한다. 위의 시는 두 개의 이질
적인 이야기가 조합되어 있다. 하나는 철대못이라는 별의 이름에 얽
힌 이야기로서 '극지'에서 전해지는 것이다. 그리고 또 하나는 아프
리카의 어느 마을에서 전해지는 믿음으로서 어린 영혼을 나무에 매
장하는 풍습에 대한 것이다. 시인은 이 두 이야기의 이질성과 공통
점을 한데 뒤섞어서 이 시의 내용을 전개한다.

극지의 조난자들에게 희망으로 인식되는 철대못이라는 별과 어린
영혼이 혼자서는 하늘로 갈 수 없다고 생각해서 나무에 매장한 뒤
새가 하늘로 데려간다고 믿는 아프리카의 풍습은 두 지역의 이질성
과 거리를 뛰어넘어서 두 이야기 모두 희망에 대한 알레고리를 전달
해준다. 박형준의 시는 이 두 이야기에 담긴 희망에 대한 알레고리
를 하나의 이야기로 엮어서 희망의 별인 철대못을 지상의 철대못으
로 변형한다. 또한 극지의 조난자들에게 희망으로 인식되는 철대못
을 아프리카의 풍습 이야기와 병치해 하늘로 가는 희망의 별로 만든
뒤 영혼의 구원을 향한 희망의 지표로 바꾸어놓는다.

이 두 개의 이야기는 박형준에 의해서 다시 씌어진 것인데 그 다
시 쓰기는 아프리카의 지상성과 극지의 천상성을 합친 것이다. 또
반대로 극지의 지상성과 아프리카의 천상성을 합친 것이기도 하다.
어쨌든 두 개의 이야기가 가지고 있는 상반됨을 넘어선 '희망과 구
원'의 가능성을 이 시는 시적 주제로 삼고 있다. 예를 들면, 지상의
길 찾기인 극지의 양식을 하늘로 가는 길 찾기인 아프리카의 양식으
로 변화시키고 있고 또한 하늘의 별인 극지의 철대못을 지상의 이정
표인 나무 줄기로 대치한다. 결국, 이 시에는 두 개의 철대못과 두
개의 길 찾기 양식이 동시에 존재한다. 다시 말해서 천상의 철대못
과 지상의 철대못, 그리고 천상의 조난자와 지상의 조난자가 있다.
이러한 이중의 구조는 실제로 이 시의 암시적 의미에도 중요한 영향

을 미친다.

이 시의 마지막 구절 "조난자들이 저마다의 커다란 나무에 도착해 몸을 줄기 속에 집어넣는다면, 그것이 어디에선가 길을 잃고 헤매는 그들의 뒤를 밟아올 또 다른 이들을 위해 빛나는 지상의 철대못이 되어야 하리"는 저마다의 구원을 향한 길 찾기의 의미에 대해서 하나의 암시를 던져준다. '저마다의 커다란 나무'처럼 이제 철대못은, 희망은, 도처에 존재할 수도 있는 것이다. 그리고 그러한 구원에 대한 희망은 조난자들의 무덤에서부터 시작된다. 조난자들의 무덤이 다른 조난자의 구원의 이정표이자 희망의 별인 '철대못'이 된다는 것은 세기말의 구원에 대한 시인의 대안이다. 조난자의 죽음을 나무 속에 아이를 매장하는 풍습에 비유하고, 아이가 매장된 그 나무를 지상의 철대못이라고 말하는 이 시의 상징에는 죽음을 희망으로, 그리고 구원의 이정표로, 만드는 연금술적 변신이 담겨 있다.

이 시의 첫 구절에서 "하늘로 돌아가려면, 극지에서 길을 잃은 사람들이 철대못이라고 부르는 별을 찾아야 한다"와 "그 별은 흐릿한 날씨에도 조난자들이 붙들고 있는 희망이라고 한다"는 진술은 이 시의 결말에서 조난자의 '무덤'을 '철대못'으로 만들기 위한 하나의 장치이다. 하늘로 '돌아간다'는 구원의 의미는 조난자의 무덤을 '나무 줄기'로 설정한 뒤 "이 세상에서 새와 가장 비슷한 식물이 나무라고 한다"라고 말하는 화자의 말에 의해서 다음과 같이 변질된다. 영혼을 구원하는 새의 기능을 나무가 대신하게 됨으로써 조난자의 나무 줄기 무덤은 그 조난자 개인의 영혼에 대한 구원처임은 말할 것도 없고 뒤에 오는 조난자에게는 구원을 향한 희망의 이정표인 지상의 철대못이 되는 것이다.

지상의 조난자는 죽어서 나무 줄기에 묻히지만 그의 조난된 영혼은 새에 의해서 구원된다. 또한 그의 무덤인 나무 줄기는 조난자의

길 찾기를 이끄는 희망인 철대못이 된다. 이 두 개의 구조는 삶의 구
원을 향한 희망과 영혼의 구원을 향한 길 찾기를 모두 압축하고 있
는 단일한 알레고리이다. 따라서 일상성에 찌든 세속적 삶의 '거짓
낙원'을 거부하는 90년대적인 구원의 전망은 이 시의 이야기에 그대
로 적용될 수 있다. 지상의 길을 찾는 헤맴이 죽음으로 끝나든 아니
든, 그것은 그 자체로 이미 희망이고 구원이다. 중요한 것은 진정한
구원에 대한 믿음과 확신, 그리고 근원적인 아우라인 '철대못'에 대
한 이야기뿐이다.

　역시 희망은 도처에 있다. 또한 그 희망은 때로 암담한 절망 혹은
죽음, 무덤으로도 보이는 것이다. 그러나 죽음의 시대를 건너는 희
망은 오히려 그러한 죽음과 무덤을 구원으로 변화시키는 연금술적
인 믿음에 의해서 가능한 것이다. 그것이 영혼에 대한 진정한 신뢰
의 힘이다.　　　　　　　　　　　　　　　　　　　　　　〔1998〕

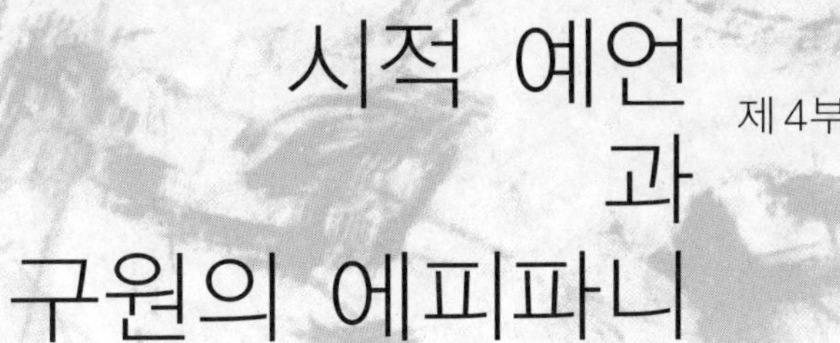

# 시적 예언과 구원의 에피파니

제4부

# 창조적 개인의 자의식

## 1. 창조적 내면과 풍경의 조망

건너야 할 긴 다리 위로, 지금 흐린 배경의 노을이 지고 있다. 이렇듯 나의 저녁 산책은 언제나 서서히 어두워지는 배경과 타오르는 붉음 사이를 가로지르는 다리 위에 두 발을 걸치고 있을 뿐, 아무것도 바라보지 못한다. 그래서 또한 아무것도 깨닫지 못한다. 이것이 혼란스럽고 권태로운 세기말, 영혼의 풍경화다. 힘겹게 말하노니, 이것이 권태로운, 영혼의 풍경화다.

붓질이 멈추어진 풍경화에 꺼칠한 덧칠 자국이 남아 있듯이 한 세기의 저녁을 산책하는 시인들에게 지금 그들을 둘러싼 흐린 풍경의 그늘과 붉은 저녁 노을이 있다. 이 미완성인 그림 위에 이제 그들은 어떤 물감을 뿌려야 하는 걸까? 반쯤은 이미 지워져버렸고 또한 나머지 반쯤의 공간은 누군가의 거친 붓자국이 선명하게 남아 있는 이 풍광 위에 도대체 어떤 물감을 뿌려야 하는 것인가.

"낡은 것이 사멸하고 있지만 새로운 것이 태어날 수 없을 때 위기는 발생한다. 이 공백기에 매우 다양한 병적인 징후들이 등장한다"라고 말한 그람시의 말 속에서 우리는 병들어버린 내면의 특징을 시사받을 수 있다. 병든 내면 속에서는 늘 무언가가 지워지고 있지만 그 지워진 공백을 메워줄 새로운 것이 나타나지 않는다. 그것은 창조력을 잃어버린 문화의 특징이다. 개인의 병든 내면과 그 시대의 문화적 풍경은 이 순간 서로를 완벽하게 조응한다. 결핍과 상실을 채워줄 새로운 것을 찾지 못하는 문화의 풍경은 언제나 창조적 개인의 병든 내면을 닮게 마련이다. 그것은 '권태'이며 '혼란'이다.

보들레르가 시의 반쪽을 일시적이고 우연한 것에서 그리고 나머지의 반을 영원한 것, 불변의 것에서 찾은 까닭은 그것이 바로 내면의 형식이기 때문이었다. 일시적이고 우연한 모든 것은 사라지지만 그 지워진 흔적 위에 영원의 형식을 부여하는 것이 바로 창조력이다. 시란, 흐려진 기억과 시간 위에 새로운 그림을 그리는 것이다. 그리고 그것이 하나의 그림으로 완성될 때 우리는 주관과 객관, 주체의 내면과 외면이 뒤섞여 있는 그 시대의 풍경을 한 장 가지게 된다. 일시적이고 찰나적인 것이 시인의 내면 풍경 속에 담겨질 때, 예술은 완성되는 것이다.

그렇다면 지금, 여기, 우리 앞에 놓여진 긴 다리 위의 어두워진 배경과 저무는 노을은 어떤 그림을 시인들의 내면 속에 남기고 있는가. 결핍과 상실을 건너는 세기말의 왜소한 주체는 자신의 병든 내면을 어떻게 치유하고 있는가.

매 순간 존재의 근원에서 깜빡이는 불빛은 우리에게 '죽음/재생'의 교차를 보여준다. '우연성의 창조'라는 도발적인 미학이 사실은 '영원한 것'에 대한 내면적 포착의 형식이라는 점에서 모든 사라짐의 형식, 죽음의 미학은 이미 내면의 풍경 속에 '각인'된 일회성이다. 결국, 시인의 내면을 훔쳐본다는 것, 그것은 존재의 근원으로부터 깜빡이는 불빛에 비친 세계의 풍경을 보는 것이다. 그 세계의 풍경은 반쯤 지워진 흔적, 즉 일회성의 죽음이며 그 흔적을 통해서 우리는 영원성을 확인하는 것이다.

풍경을 통해서 시인을 조망한다는 의미는 명확하다. 그것은 내면을 보는 것, 내면에 담겨진 세계를, 사물을 바라보는 것이다. 그리고 또한 존재의 유한성을 넘어서려는 몸부림을 보는 것이다. 정진규의 『알시(詩)』, 이시영의 『조용한 푸른 하늘』, 이윤학의 『나를 위해 울어주는 버드나무』, 박남철의 『자본에 살어리랏다』의 네 시집은 각기 상이한 개성으로 이 시대의 풍경을 포착하고 있다. 또한 그러한 상이성은 각 시인의 내면이 지닌 편차를 의미한다. 그 편차는 흔적의 영역 속에 편입되어 이미 반쯤 지워진 그 시대의 풍경 위에 그들이 뿌린 물감이다.

## 2. 상처가 흉터로 되는 체험의 집, 알:
## 자기 검증과 화해의 공간

정진규의 시집 『알시(詩)』[1]에 실린 산문의 한 구절 중에는 "화해의 공간이란 결국 완벽한 격리의 공간이다"라는 의미심장한 말이 있다. 시인에게 화해란 결국 완벽한 내면으로의 회귀를 의미한다는 뜻일 것이다. 외부 현실과의 화해란 결국 시인의 현실적 자세나 태도에 의해서 표현되지 않으며 오직 완벽하게 격리된 내면 속에서만 이루어진다는 것이다. 그것은 상처를 흔적으로 또는 흉터로 바꾸는 것과 같은 일이다. '아프다'와 '병들다'로 표현되는 내면의 상처를 이겨내는 것, 그것은 상처를 하나의 그림으로 풍경으로 만드는 것이다. 그래서 모든 시인의 내면 풍경에는 상처의 흔적이 있다.

정진규 시인의 '화해의 공간'은 '알'의 공간이다. 완벽한 격리와

---

1) 정진규, 『알詩』, 세계사, 1997.

함께 상처마저 자의식의 품으로 감싸안는 진정한 화해는 알로 상징되는 순수 생명력에 의해서 달성된다. 그 생명력은 하나의 '완성이며 소우주'인데 이 소우주의 질서가 바로 시인의 내면을 상징하는 알로 표현되는 것이다. "소리와 뜻이 한 몸을 이루고 있는, 몸으로 경계를 지워낸 이 절대 순수생명체에 기대어 나는 지금 이 어두운 통로를 어렵게 헤쳐나가고 있다"라는 시인의 자서(自序)에서 확인되는 것처럼 알은 정진규 시인이 오랫동안 화두로 삼았던 몸의 발전적 형상이다. 그것은 몸의 구체성 안에 우주와 내면의 추상성을 담아놓은 것이다.

　정진규 시인은 "내가 기댈 곳은 몸밖에 없다/몸은 나의 결핍이며 충만이다/나는 저질 시인인가/나는 자유롭지 못한가" 하고 묻는다. 이 질문에 대한 해답을 그는 이번 시집을 통해 알의 상징성에서 찾고 있는 것이다. 알은 시인에게 몸이자 동시에 내면의 영역에 속하는 자의식이고 또한 소우주이다. 이러한 시인의 인식은 소통과 교감을 통한 우주와의 동일성 회복이라는 근원적인 구원에 대한 갈망으로부터 온다. 구체성을 지닌 몸을 매개로 자의식과 우주가 하나로 교감하고 동화되는 영역을 그는 갈망하는 것이다.

　시인 정진규가 발견한 내면 풍경은 결국 알이라는 상징물을 통해 표현되며 그것은 곧 화해의 공간이다. 화해와 격리를 같은 층위에 놓는 시인의 발상은 이 점에서 지극히 내면 지향적이다. 그는 모든 상처를 내면화함으로써 극복해나가는 시적 자세를 취하고 있고 이 점은 그의 시 곳곳에서 상처를 격리하고 그것을 극복해나가는 '몸살'의 흔적을 발견하게 만든다. 「감옥」이라는 시는 상처를 내면화하는 몸살을 다음과 같이 표현하고 있다. "새들이 이상하다 가지고 나온 밖의 뼈를 버려야 속의 뼈대가 생기는 각질의 감옥, 그 수순(手順)을 아무래도 나는 알 수가 없다"(p. 47). 가지고 나온 밖의 뼈를

버리는 행위, 그것이 바로 상처와 역사를 내면화하는 행위이다. 그
상처와 역사의 내면화 속에서 비로소 '속의 뼈대'가 생겨난다. 그 속
의 뼈대가 바로 시인의 내면 풍경이다.

　풍경에 대한 이야기를 좀더 하기 위해서 그의 시 「하얀 몸」(p. 43)
을 보기로 하자.


　　무식해질 때까지 기다린다 어떻게 무식해질 수가 있는가 그게 마음
　대로 될 수가 있는 일인가 그럼 지금 나는 유식하다는 뜻인가 그렇다
　나로서는 내가 아는 게 너무 많다는 생각이 자꾸 든다
　　〔……〕
　　그걸 지우기 위해 무식해지기 위해 별 짓 다 한다 술도 먹는다 꼭
　그럴 필요가 있는가 바로 말하자면 그림을 그릴 내 하얀 종이가 없어
　서 그런다 온전한 사랑을 할 수가 있는 몸이 없어서 그런다 온전한 몸
　이 없어서 그런다


　무식해질 때까지 기다리고 그러기 위해 술을 먹는 행위는 모두가
방법적인 망각이다. 그것은 의도적인 기억 지우기, 다시 말하면 기
억에 대한 괄호치기이다. 기억하고 싶은 사실들만 기억함으로써 명
료한 기억을 흐릿한 추억으로, 역사를, 상처를 흔적으로 바꾸는 것
이다. 그리고 그 흐릿해진 여백 위에 '온전한 사랑'을 적는 것이다.
이제 내면적 풍경의 비밀은 모두 밝혀졌다. 그것은 상처 지우기이며
모든 명료한 사실을 흔적으로 바꾸는 것이다. 그리고 그 흔적 위에
새로운 그림을 그려넣은 것이다. 그 그림은 내면적 정신에 의해 수
정된 외부의 세계이다. 내면 풍경은 결국 한 개인의 욕망에 의해서
다시 그려진 시대의 풍경화이다. 그래서 그 풍경화에는 한 개인의
욕망의 흔적과 그 시대가 남겨놓은 상처의 그림자가 함께 얼룩진

'무늬'가 있는 것이다. 정진규 시인의 산문 「다시 천사(天使)에 대하여」의 다음 구절은 결국 시인이 시를 통해 궁극적으로 지향하는 정신이 무엇인지를 명확하게 보여준다. "시는 상처로 말할 것인가. 흉터로 말할 것인가〔……〕흉터가 흉터에 이르기까지 통과한 시간과 내면에 지은 한 채의 체험의 집, 그 존재의 공간은 또다시 상처를 만들지 않는다"(p. 112).

내면화되지 못한 시는 결국 상처를 극복하지 못하는 것이다. 그것은 상처가 흉터가 되는 과정이며 그 사이에 축적된 시간과 경험이 온전히 그려놓은 풍경이다. 정진규의 시는 그런 의미에서 시 자체에 대해 무척이나 자의식적이다. 그는 산다는 것과 "쓴다"는 것을 동일시한다. 결국 삶에 대해 당당할 수 있다는 것은 시를 당당하게 바라볼 수 있다는 것이기도 하다. 상처와 흉터를 시적인 자의식 안으로 받아들이고 있는 그의 내면 풍경은 이 점에서 자의식에 대한 자기 검증을 포함한다. 그는 늘 자신에 대해 묻고 그의 자의식을 하나의 풍경으로 만든다. 그것이 모든 사물을 알의 형상으로 견주어 보는 그의 시적 작업이다. 그에게 자신에 대한 자기 검증은 알을 나타내는 내면 풍경을 찾는 일이고 그것이 또한 시이기도 하다. 그래서 알의 형상은 상처와 흉터에 대한 인식까지 포함하는 우주의 원리를 지닌 형상이 되는 것이다.

「찢어지다」(p. 53)의 "찢어져야 알을 밴다 알을 낳는다 날을 수가 있다 새가 될 수가 있다 상처의 뜻을 그때 알았다"라는 구절은 이 점에서 정진규 시인의 알이 좁은 자의식의 세계를 넘어서는 화해의 공간이며 상처를 세계와의 소통을 위한 계기로 만드는 공간임을 알게 한다. 알은 상처를 흉터로 만드는 풍화 작용을 겪는 내면이면서 동시에 자의식이 자라나는 모태인 것이다.

# 3. 적막한 풍경의 무늬

정진규 시인이 보여준 내면이 '알'로써 상징되는 화해의 공간, 흉터의 인식이었다면 이시영 시인의 시집『조용한 푸른 하늘』[2]은 '무늬'로 표상될 수 있는 다양한 풍경의 제시를 통해서 내면을 드러낸다. 정진규의『알시(詩)』가 인식적인 깨달음을 지향한다면 이시영 시인의 시는 '지워진 흔적의 그림'을 그대로 보여준다. 그것은 정진규 시인이 "우리들의 삶은, 역사라는 것은 우리들에게 그렇게 '보복'하고 있다 〔……〕 그것이 상처다. 우리들의 삶은 끊임없이 보복당하고 있다./아, 그러나 그 상처가 아문 '흉터'라는 것이 있다"[3]고 한 의미에서의 '흉터'를 담고 있는 흔적이다.

이시영 시인의 시는 역사로부터 벗어나 그 보복을 내면의 흉터로 만든 자의 풍경을 보여준다. 그것은 사실 상처와 흉터를 거의 감추고 난 뒤에 그것을 아름다운 무늬로 바꾸어버린 것이기도 하다. 이 점은 그의 시에서 상처를 억지로 감추어버린, 더군다나 그 흉터마저도 쉽사리 찾을 수 없을 만큼 지워버린 역사성의 부재를 발견하게 되는 원인이기도 하다. 그렇다면 도대체 아름다운 무늬만을 그리는 그의 시선에서 우리는 어떤 내면을 읽을 수 있을 것인가.

그러나 이러한 그의 시선이 포착한 아름다움의 풍경이 사실은 시집의 곳곳에서 갑자기 돌출하는 폭력적인 이미지에 의해서 높은 긴장감을 얻고 있음을 간과해서는 안 된다. 예를 들면「용산역 앞」(p. 30)이라는 시에서 "한낮 쉭쉭쉭 소리 끊이지 않는 프로판 가스 가게 앞"과 "손바닥만 한 꽃밭의 봉숭아꽃들"이 이루는 대조에 의해서 그

---


2) 이시영,『조용한 푸른 하늘』, 솔, 1997.
3) 정진규, 산문「다시 천사에 대하여」, 앞의 책, pp. 111~12.

의 시는 비로소 무늬가 되고 있는 것이다. 프로판 가스와 '쉭쉭쉭' 하는 소음이 주는 긴장감과 위협을 완화해주는 것이 바로 "하늘하늘" 졸고 있는 봉숭아꽃들이다. 그것은 상처를 감싸안는 화해의 실체를 보여준다. 그는 '쉭쉭쉭' 하는 위협적인 폭력의 기억을 '하늘하늘'한 내면의 자세로 지금 감싸안고 있는 것이다.

마찬가지로 그의 시 중에는 「길」과 같은 폭력적인 장면의 시가 있는가 하면 「어느 초상」처럼 그러한 폭력을 견디는 방식에 대한 시가 또한 있다. 「길」에서 "어느 사나운 바퀴가 으깨며 지나갔나/생쥐가 한 마리 입에 빨간 피를 물고/새벽에 죽어 있다"(p. 38)라는 표현은 그 제목이 암시하듯이 폭력적인 삶과 시간의 양식, 그리고 자본주의적인 일상에 대한 위기감이 깊이 스며 있는 시이다. 왜소한 주체에 대하여 역사는, 삶은 '사나운 바퀴'이다. 그리고 길 위에서 입에 빨간 피를 물고 죽을 수밖에 없는 것이 주체의 운명이다. 이러한 장면의 발견은 이 시집 전체를 순간적인 적막 속에 몰아넣을 만큼 대단한 위기감을 느끼게 한다. 섬뜩한 긴장과 위기감의 발견, 그리고 그것을 감싸안는 평화, 이 두 가지의 대조가 바로 이시영 시의 무늬를 만들고 있는 것이다. 「어느 초상」(p. 31)의 전문을 살펴보기로 하자.

여기 평화를 원하는 한 사내가 있다
나뭇잎이 바람에 흔들린다
여기 평화를 원하는 한 사내가 있다
나뭇잎이 바람에 흔들린다
내 입김으로 저 나무를 잠재우리라


이 시의 시적 전언에 따르면 평화를 원하는 한 사내와 바람에 흔들리는 나뭇잎은 그 욕구와 풍경의 불일치를 암시한다. 주체의 욕망과 풍경의 불일치는 주체로 하여금 근원적인 결핍을 불러일으킨다. 이 시에서 1행부터 4행까지의 반복은 결핍된 욕망의 증폭을 그대로 시의 행 속에 배열한 것이다. 평화를 원하는 사내와 바람에 흔들리는 나뭇잎의 불화는 결국 '내 입김'으로 표현된 시인의 내면에 의해서 해결된다. 즉 입김은 곧 시심(詩心)이고 그것은 모든 갈등과 불화를 견디는 힘이다. 시인의 내면이, 입김이 만드는 무늬는 바로 바람에 흔들리다 잠재워진 나무이다. 이것이 이시영 시인의 시집 『조용한 푸른 하늘』의 비밀이다.

시인의 전내면을 상징하는 '조용한 푸른 하늘'은 "새끼 새 한 마리가 우듬지 끝에서 재주를 넘다가/그만 벼랑 아래로 굴러 떨어졌다/먼길을 가던 엄마 새가 온 하늘을 가르며/쏜살같이 급강하한다//세계가 적요하다"(「화살」, p. 25)와 같은 비정한 현실을 포함한다. 이시는 이시영 시인의 내면을 구성하는 풍경의 요소를 그대로 보여준다. 그의 내면에는 우듬지 끝에서 떨어진 새끼 새를 바라보는 안타까움과 그것을 보고 날아오는 엄마 새의 비통함, 그리고 언제나 무관심한 듯 적요한 세계가 함께 있다.

이시영 시인의 '조용한 푸른 하늘'은 따라서 조용하거나 푸르기만하지는 않다. 그 안에는 언제나 안타까움과 비애가 스며 있지만 그모든 것이 그의 내면 속에서 적요해질 따름이다. 그럼 무엇이 비애와 안타까움이 들끓는 그의 내면을 적요하게 하는 것일까. 시집 『조용한 푸른 하늘』은 적요한 세계를 닮으려는 그의 내면의 기록이다. 그가 발견한 풍경은 어떠한 폭력과 위협, 비애에도 영향받지 않는 세계의 적요이다. 모든 생명체가 '등에 아픈 반점들'을 찍고 살아가는 세계의 적요와 냉랭함을 그는 응시한다. 그 응시 속에서 그는 '조용한 푸른 하늘'로 상징되는 내면의 평화를 갈망하는 것이다.

## 4. 자의식의 방과 감시자의 시선

이윤학의 『나를 위해 울어주는 버드나무』[4]는 사물에 대한 응시가 거의 집착에 가까울 정도로 깊어진 시집이다. 실제로 이전 시집인 『붉은 열매를 가진 적이 있다』[5]보다도 이번 시집은 사물에 대한 탐구를 더 집요하게 천착하고 있다. 또한 그의 사물에의 응시가 상처로부터 구원에 이르는 통로의 모색이라는 점은 시의 진지함이라는 측면에서도 한층 그 정도가 깊어진 것이라고 할 수 있다.

그러나 이러한 사물에 대한 시선이 실제로는 외부의 사물이 아니라 시인의 내면에 대한 탐색을 지향하고 있다는 점은 그의 시의 보다 중요한 특색이다. 『붉은 열매를 가진 적이 있다』의 맨 앞에 실린 「저수지」와 「포도 넝쿨이 쳐진 마당」「버려진 다리 위에」라는 세 편의 시는 그의 시가 간직하고 있는 이러한 비밀을 잘 보여준다. 「저수지」에서 "바닥까지 간 돌은 상처와 같아/곧 진흙 속으로 비집고 들어가 섞이게 되네"라는 구절이나 수탉의 볏을 응시하다 자신의 끔찍한 과거와 만난다는 진술, 그리고 낡은 다리 밑으로 흐르는 강물의 거센 흐름과 앙상한 철근을 통해서 상처와 상처를 견디는 힘을 떠올리는 것은 모두 내면을 탐색하는 그의 시선을 보여주는 구체적인 예들이다. 따라서 이번 시집도 실은 사물에 대한 응시가 아니라 그의 존재에 대한 천착이 깊어졌다고 하는 것이 더 옳을 것이다.

하지만 표면적으로 그가 응시하는 것은 늘 낡아가는 사물들이며 존재의 퇴락을 연상시키는 주변의 풍경이다. 그것은 세계의 바깥으로 막 떠밀려가는, 사라지는 풍경들에 속하는 사물이다. 그렇다면

---

4) 이윤학, 『나를 위해 울어주는 버드나무』, 문학동네, 1997.
5) 이윤학, 『붉은 열매를 가진 적이 있다』, 문학과지성사, 1996.

이런 그의 응시가 실질적으로 바라보고 있는 것은 무엇인가. 그는 언제나 사물을 존재의 거울로 삼는다. 그것은 사물의 그림자를 응시하는 것과 같은 것으로서 그는 사물 속에서 사물의 의미를 캐는 것이 아니라 바로 자신의 존재의 의미를 캔다. 결국 그가 바라보는 모든 사물은 그의 내면 풍경의 일부인 것이다. 그리고 그러한 경향은 그가 존재의 심연에 가 닿으려고 하면 할수록 더욱더 강해진다.

이번 시집에서 나타난 변화는 그의 시들이 존재의 고통으로부터 구원으로 가는 방식에 좀더 집요하게 매달리고 있다는 점일 것이다. 과거의 시편이 상처의 견딤과 극복이라는 측면에 주로 초점이 맞추어져 있다면 이번 시집에서는 존재의 고통을 넘어서 영혼과 구원의 의미를 탐색한다. 그것은 그가 이미 고통의 의미를 깨달았기 때문이라고 말할 수 있을 것이다. 그것은 '신음 소리'로 상징되는 고통이 바로 구원에의 갈망임을 알고 있기 때문이다. 이번 시집에서 고통을 구원을 위한 필연적인 과정으로 바라보는 대표적인 시가 「난로 위의 주전자」(p. 25)와 「진흙탕 속의 말뚝을 위하여」(p. 28)이다. 먼저 「난로 위의 주전자」의 일부를 살펴보기로 하자.

떨고 있는 주전자 속에는
형을 기다리는 죄수들,
차례를 기다리는 죄수들이 있다
영혼이 빠져나갈 수 있는 구멍
밖으로 뚫려 있다

바닥이 탈 때까지 바닥이 사라질 때까지
난로 위의 주전자, 더운 김을 뿜어 올린다

극에 달한 고통만이,

영혼을 건져 올릴 수 있다


　존재의 고통을 '주전자 속의 죄수'에 비유하고 있는 위의 시는 고통의 정도가 극에 이르러 바닥이 사라질 때 비로소 영혼이 빠져나갈 수 있는 길이 열린다는 내용을 담고 있다. 「진흙탕 속의 말뚝」에서 "퉁퉁 불은,/저 말뚝들은 썩어가고 있다"라고 표현된 존재의 고통이 이 시에서는 뜨거운 주전자 속의 죄수로 그려지고 있는 것이다.

　이 두 편의 시를 통해서 알 수 있듯이 이윤학은 존재의 고통을 '형벌'에 비유한다. 그 형벌은 육체의 썩어감과 정신의 승화라는 양면을 지니고 있는 경계 속의 고통이다. 육체의 썩어감 속으로 함몰되느냐 아니면 영혼의 구원이냐의 사이에서 형벌은 주어진다. 그 형벌은 '썩어가는 말뚝'처럼 낡아가는 삶의 양식이며 바닥이 탈 때까지 달구어질 자본주의적인 일상 그 자체이다. 결국 이윤학은 삶 자체를 죄수들의 공간이거나 썩어가는 오염의 시간으로 바라본다. 따라서 고통은 일상의 삶을 견디는 과정이며 소리 없이 썩어가는 말뚝이 되어 스스로를 지켜보는 것이다.

　이렇게 스스로를 상징하는 대상에 주목하는 것은 이윤학의 시에서 사물에의 응시가 지니고 있는 중요한 특징이다. 그는 모든 사물의 운명 속에서 고통을 숙명으로 타고난 죄수를 보는 것이다. 모든 것이 사라져가야 하듯이 그렇게 낡아가거나 썩어가는 매 순간은 고통의 연속이다. 그는 그러한 고통 속에서 신음을 삼키고 기다리는 인내의 자세를 자신의 내면적인 풍경으로 만들고 있는 것이다. 언젠가 극에 달한 고통이 그를 지긋지긋한 일상으로부터 빠져나가도록 놓아줄 때까지.

　『나를 위해 울어주는 버드나무』의 또 하나의 특징은 그의 자의식적인 내면의 공간을 암시하는 시가 상대적으로 많다는 것이다. 방과 집, 길 등의 시어 속에 함축적으로 드러나는 그의 자의식은 과거의 시편에 비해서 그의 내면이 보다 확고하게 정립되고 있음을 의미한다. 그것은 이미 앞에서도 살펴보았듯이 존재의 고통에 대한 암시가 단순한 상처에 대한 인식으로부터 삶 그 자체의 일회성이 지닌 폭력으로 좀더 구체화되어 나타난다는 점을 통해서 확인된다. 이제 그의 시에서 존재의 고통은 세월로부터 입은 상처가 아니며 삶, 그 자체이다. 모든 일상적 삶은 존재에게 상처를 주고 고통의 흔적을 남긴다.

"잠긴 방문 앞에서 서성이는 사람이 있네/그는 방금 방문을 잠그고 나온 사람이네/열쇠를 안에 두고 방문을 잠근 사람이네"(「잠긴 방문」, p. 11)라는 시 구절은 그의 자의식 혹은 존재의 심연에 대한 알레고리를 담고 있다. 「옥상 위의 의자」나 「집 없는 길」이라는 시에서 보듯이 그의 내면을 상징하는 방은 이미 어느 곳에도 존재하지 않는다. 그는 좁은 방의 천장을 지겹게 바라보다가 옥상으로 방을 옮겨버린다. 그리고 그는 집이 없는 길로 나서서 거리를 서성인다. 그것은 '세상이 방 안에 갇히는' 일을 꿈꾸는 자의 행위인 것이다. 「잠긴 방문」에서 보듯이 "열쇠를 안에 두고 방문을 잠근 사람"은 더 이상 자신의 좁은 자의식 안에 집을 짓지 않는다. 그는 진정한 영혼의 구원을 위해서 열쇠를 안에 두고 방문을 잠근 것이다.

"어딘지 모르는 열쇠 가게를 향하여 걸어가야 하네"라는 이 시의 마지막 구절은 영혼의 심연으로 내려갈 수 없는 존재의 고통이 어디서 연유하는가를 암시한다. 그것은 열쇠를 안에 두고 스스로 방문을 잠근 사람의 고통이다. 이제 그는 어딘지 모르는 열쇠 가게를 향하여 걸어가야 한다. 자의식의 좁은 방을 버리고 "아무도 없는 방문 안 아무도 상상할 수 없는/방문 안의 세계를 향하여" 그는 걸어가야 한다. 이제 방금 잠근 방문과 그가 걸어가야 할 '아무도 없는' '상상할 수 없는' 방문 안의 세계는 뚜렷이 구별된다. 그것은 "방을 옥상으로 옮기는 것"처럼 내면의 방, 풍경을 버리는 것이다. 이윤학은 이제 자신의 내면의 풍경을, 추억을, 좁은 자의식을 버렸다. 아니다. 어쩌면 이것은 역설에 불과하다. 그는 자신이 잠근 방문 안에 갇힌 자이자 동시에 그 방문을 잠근 사람이다. 그는 죄수이면서 동시에 간수이기도 한 것이다. 그렇다면 자의식의 방 안에 갇힌 존재와 그것을 가두고 감시하는 존재의 분열이 암시하는 것은 무엇인가.

이제 그의 모든 응시가 자의식의 방을 감시해온 것임을 우리는 알수 있다. 그는 스스로를 자의식의 좁은 방 안에 가두어 놓고 존재의 안과 밖을 동시에 바라본다. 그것은 그의 시의 숨겨진 비의로서 그는 아무도 없는, 상상할 수 없는 방 안을 꿈꾼다. 그것은 자의식을 버리는 것이 아니라 다시 처음부터 자신의 자의식을, 존재를 탐구하는 방식이다. 무지 혹은 백지로부터 다시 시작하는 그의 내면 풍경은 결국 90년대적 일상의 거짓된 화해, 거짓 자의식을 감시하고 검증하는 집요한 응시의 산물이다. 좀더 철저하게 고립되기 위해서, 스스로를 방 안에 가둔 감시자의 시선으로 그는 사물들을 응시하고 존재의 심연을 탐구해가는 것이다.


## 5. 목련과 사나운 개


박남철 시인의 『자본에 살어리랏다』는 근 6년여 만에 나온 시인의 다섯번째 시집이다. 비교적 오랜 공백기를 거치고 나온 시집이다. 더구나 그 제목이 『자본에 살어리랏다』이다. '청산에 살어리랏다'가 아닌 '자본에 살어리랏다'가 나타내는 의미가 심상치 않다. 20세기가 저무는 황혼의 저녁놀을 바라보며 '자본에 살어리랏다'라고 말하는 시인의 내면은 이미 '청산'과 '자본'의 차이에 대해 명확한 태도를 표방하고 있는 것이다. '청산'에 묻혀 살 수 없는 존재의 고통을 억지로 삼킨 채 '자본'에 살 수밖에 없는 세기말 시인의 운명을 그는 이렇게 표현하고 있는 것은 아닐까.

이 시집에 포함되어 있는 「목련에 대하여」 연작은 청산과 자본 사이의 거리를 암시하는 대표적인 시이다. 시의 제목은 모두 「목련에 대하여」인데 목련이 나오는 시는 '연작 2'뿐이고 모두 개에 관한 이야기이다. 왜 개에 관한 이야기에 「목련에 대하여」란 제목을 붙인 것일까. 더구나 등장하는 개들은 모두가 사나운 개들이다. 먼저 「목련에 대하여 2」를 보자.

목련꽃 그늘 아래
똥개 한 마리가
먹은 것을 게워놓는다.

생선 뼈다귀며
거품 어린 밥알들이 흥건하다.

개는 부들부들 떨다가 갑자기
증오의 이빨을 내게 쏜다.

아니야 아니야 애야
목련꽃을 볼려고 왔었다니까.

──박남철, 「목련에 대하여 2」의 일부[6]

---

6) 앞의 책, p. 94.

목련꽃을 보러 왔지만 거기에는 똥개 한 마리가 먹은 것을 게워놓고 있다. 마찬가지로 「목련에 대하여 3」에는 화장실에 빠진 개의 이야기가 나온다. 그리고 마지막 구절이 "나는 자본주의의 정화조에 빠진 한 마리의 개이다"로 끝맺는다. 목련을 보러 온 시인이 목적을 달성하지 못하는 것과 정화조에 빠진 개처럼 자본주의의 정화조 속에서 으르렁거리는 자신을 발견하는 따위는 시인의 자의식을 암시적으로 드러내는 부분이다.

박남철 시인은 목련이 암시하는 시의 본질에 다다르지 못하고 늘 목련꽃 그늘 아래 먹은 것을 게워놓는 세기말 자본주의를 사는 '시인'이다. 그리고 그는 그러한 자신에 대한 피해 의식으로 인해서 자신을 꺼내기 위해 "잡는 시늉만 해도" 이빨부터 먼저 드러내는 사나운 개다. 결국, 목련은 부재하고 거기에는 늘 사나운 개가 있을 뿐이다. 자본주의적 일상 속에서는 시는 없고 오직 피해 의식에 부르르 몸을 떠는 사나운 시인만이 있을 뿐이다. 그래서 그의 「목련에 대하여」에는 목련이 없고 사나운 개만 남는다.

자본주의의 일상을 바라보는 그의 내면 풍경은 이렇게 나타난다. 그것은 '목련에 대하여' 쓰려고 하지만 늘 '개에 대해서' 쓸 수밖에 없는 그의 시적인 한계 의식 속에서 나타난다. 사실 그것은 자신의 내면에 대해 솔직한 것이기 때문에 그는 제목과 내용의 불일치를 그대로 두는 것이다. 시대의 상처를 입은 모든 시인은 목련을 보러 왔다가 사나운 개만 보고 돌아갈 뿐이다. 그것은 세기말의 자본주의적 일상을 사는 시인의 운명이기도 한데 그는 그러한 개의 모습 속에서 슬픔, 측은함, 그리고 자기 동일화를 통한 자조 등 다양한 감정의 편차를 발견해낸다. 그저 막막한 운명론에 따라가는 것이 아니라 그는 오히려 목련이 아닌 개에 주목하는 것이다. 그것은 자신이 보지 못한 목련이 아니라 자신이 바라본 개에 관하여 쓰는 것이 바로 시라고 생각하기 때문이다. 그래서 시인은 시인 자신으로 투사될 수도 있는 개에 대하여 희화적으로 다음과 같이 쓰고 있는 것이다. "개는 짖기를 마쳤다는 듯/이번에는 전봇대 옆에다//오른쪽 뒷발을 들고/무슨 짓을 하고 있다.//그러더니 개는/왼쪽 뒷발을 들어 자신의/귀때기를 세차게 몇 번//때리고는/온몸을 한 번/부르르 떤 다음//땅바닥을 킁킁 냄새 맡으면서/쭐레쭐레 어디론가로//가고 있다./많이 사나운 개이다……//(쩝……)"(「목련에 대하여 1」의 일부, p. 84~85).

　박남철 시인은 또 「조그만 웅덩이」라는 시에서 자신의 내면이 일시에 바뀔 수 있는 계기를 발견하려고 하는데 그것은 바로 존재의 심연에 대한 그의 신뢰를 표현하고 있는 것이다. 그는 "아직도 피곤한, 피로한/마음의 웅덩이 속을" 내려가 바닥에 닿으면 "화악, 딴 세계가 열릴/것을 나는 믿는다"라고 진술한다. 그 진술은 이 시의 마지막 구절 "조그만 웅덩이, 너 나의 블랙홀이여"에서 보듯이 존재의 심연 깊숙이 있는 영혼의 존재에 대한 믿음을 나타낸다.

　박남철 시인에게 시는 조그만 웅덩이로부터 길어 올려지는 내면의 진정한 풍경을 바라보는 것이고 그것은 언젠가 개가 아닌 목련을 쓸 수 있다는 기대에 대한 믿음을 나타낸다.　　　　　〔1997〕

# 세기말 시의 전략과 양식의 세 층위


## 1. 병든 육체와 새로운 체위


육체와 의식 그리고 운명과 영혼은 시의 형식과 시정신의 관계를
표현하는 하나의 은유이다. 그 은유는 이제껏 시를 지탱하고 이끌어
온 언어의 세계를 육체라는 구체적인 대상으로 환치함으로써 얻은
결과물이다. 이제 시는 사물 혹은 의식을 단순히 재현하거나 담는
그릇이 아니라 모든 감각과 욕망을 매개하는 육체이다. 그리고 경계
이다.

육체의 새로운 상징적 의미와 기능에 눈을 뜸으로써 90년대의 시
인들은 비로소 육체를 세계와의 구체적인 교감 수단으로 바라보기
시작한다. 이러한 인식은 시와 언어를 생각하던 이제까지의 기능
적·이성적 사고에 대한 반성의 결과이다. 시가 의식을 매개하는 것
으로 생각됨으로써 나타날 수밖에 없었던 육체(구체적 감각)와의 괴
리를 이제 몸의 시학이 극복하려고 한다. 그것은 모든 형식(운명)을
만드는 원인이 시간, 공간을 헤쳐나가고 있는 육체의 한계성에서 비
롯되기 때문이다. 이제 온몸으로 시를 쓰는 단계가 무엇인지 다시금
생각하게 한다.

모든 시의 형식은 순간적이고 장르는 운명이다. 육체는 바로 실존

을 순간에서 영원으로 밀고 나가는 구체적인 방식이다. 매 순간의 변화를 체험하면서 영원을 꿈꾸는 것 그것이 시이다. 그래서 몸은 거대 담론 체계(랑그)와 사적 언술(파롤)의 어긋남 위에 서 있고 의식과 사물의 경계 위에서 타자와 교감하려고 한다. 육체는 사적 언술의 극한점에 있는 영혼과 욕망이 랑그와 사물과 세계로부터 자신의 흔적을 발견하는 장소이고 세계와 교감하며 의식과 사물을 바꾸어가는 틈이다.

시의 양식에는 대체로 세 개의 층위가 있다고 생각된다. 그것은 세계의 양식(혹은 사물의 양식)과 영혼의 양식 그리고 몸의 양식이다. 이제까지 한국 현대시의 양식을 말한다면 그것은 세계의 양식과 영혼의 양식이 주류를 이루어왔다고 말할 수 있을 것이다. 그런데 요즈음의 시적 인식은 이 둘의 양식 사이에서 그동안 그 존재의 변별성 혹은 정체성을 인정받지 못했던 또 하나의 양식에 주목하고 있다. 그것이 너무 높은 경지에 있거나 소외된 변두리로 밀려나 잘 눈에 띄지 않던 몸의 양식이다. 의식과 사물의 경계이고 동시에 끊임없이 시가 들끓고 만들어지는 장소이면서도 지금까지 주목받지 못했던 육체의 구체성을 의식하는 것, 그것은 바로 시를 감각으로 느끼는 단계를 의미한다. 지금 시는 '느끼는' '기질'의 문제이며 그것은 생각하고, 표현하고, 발견하는 것과 다른 차원에 있다. 감각계와 끊임없이 교류하는 직관의 차원에서 시는 '관념―언어―사물'의 이성주의적 인식 차원 밖에 있다. 그것은 '아프다'와 '병들다'에 대응할 만한 절박함과 순발력이 낳은 시적 체위이다.

세계는 불순하며 의식은 오염되었고 육체는, 언어는, 병이 들었다. 시의 죽음과 재생은 병든 육체성과 밀접하게 관련된 문제이다. 육체성으로부터 나오는 직관의 언어에 의해 시는 병든 몸을 해체하고 운명을 만나 영원으로 간다. 병든 육체로부터 사라진 영혼의 흔적을 발견하는 것 그것은 모든 의심스러운 거짓에 대한 진지한 대응이다. 그리고 육체와 시, 삶의 진정한 틀인 운명을 우리는 그때 만나는 것이다.

채호기『밤의 공중전화』(문학과지성사), 연왕모『개들의 예감』(문학과지성사), 김정란『그 여자, 입구에서 가만히 뒤돌아보네』(세계사), 하종오『사물의 운명』(문학동네), 주종환『어느 도시 거주자의 몰락』(문학동네) 등의 시집은 비슷한 시기에 출간되기는 했지만 각기 다른 독특한 개성을 지닌 시인들의 시집임에도 불구하고, 일정한 공통적 맥락 아래 이야기될 수 있는 특징들을 지니고 있다. 예를 들면 채호기 · 연왕모는 몸에 관한 사유의 측면에서, 그리고 하종오 · 주종환은 사물에 대한 인식의 차원에서, 그리고 김정란의 시집은 직관이 뚫고 들어간 영혼에 대해서 각 시인들의 시정신이 집중되어 있음을 알 수 있다. 그리고 이 세 개의 차원 혹은 범주는 시를 둘러싼 운명의 세 차원을 상징한다. 그것은 시의 운명인 장르 또는 양식의 세 층위이다. 이들 시인의 영혼과 사물, 육체에 관한 명상 속에서 우리는 90년대 후반, 세기말의 시적 상황이 내포하고 있는 진정한 의미를 발견할 수 있을 것이다. 또한 이들 시인들의 각기 다른 운명의 차원에 지속적으로 영향을 미치고 있는 세기말의 진정한 얼굴이 무엇인지도 또한 살펴볼 수 있을 것이다. 어쨌든 모든 운명에는 선택이 따른다. 지금 시의 운명은 병든 육체를 둘러싸고 모종의 결단을 요구하고 있는 것이다.


## 2. 육체와의 교감: 섹스인가 자폐인가

채호기의 『밤의 공중전화』와 연왕모의 첫 시집 『개들의 예감』은

의식을 규정하고 가두는 육체성의 본질에 대한 세밀하고 촘촘한 탐
구로 가득 차 있다. 그 세밀함과 촘촘함은 시의 어조와 화법에서 점
액질이 강하게 느껴질 만큼 무겁고 답답한 기분을 이끌어낸다. 채호
기의 시에는 육체의 외피가 지닌 감각의 특징을 입술·성기·손·
발 등을 현상학적으로 관찰하는 과정에서 파악해나가는 느린 속도
의 신중함이 있다. 존재의 탐구 방식으로 친다면 그것은 의식이나
사물과의 관계에 초점을 맞춘 것이 아니고 바로 그 관계가 만들어지
는 공간인 육체의 근본에 대한 호기심과 '자극—반응'의 관찰에 집
중하는 방식이다.

　"끔찍하다./내 살 속에 사람이 들어 있다"(「내가 나를 모른다는 것
은 희망적이다」, p. 21)라는 진술은 이러한 몸에 관한 진지한 관찰 속
에서 나온 돌연한 깨달음의 외침이다. 몸을 중심으로 한 관찰과 사
고는 의식과 사물을 어느덧 육체로부터 분리해 타자로 규정하고 있
는 것이다. 시인의 이러한 사고는 주체 혹은 자아의 무난한 통일성
을 거부한다. 위의 시 구절이 암시하는 것처럼 주체는 육체의 감각
을 통해 끊임없이 재생산되는 흔적과 같다. 의식은 고정되지 않으며
사물 또한 끊임없이 변화한다. 육체의 시학은 이렇듯 끊임없는 동시
에 순간적인 흔적의 연속에 대한 인식을 포함한다. 세계는 거대한
흔적이고 의식은 추억의 저장고이다. 세계는 의식 속에서 재현되지
않으며 진실은 현현하지 않는다. 그리고 이 점이 시와 육체의 공통
점이다.

　채호기에게 의미를 감각하고 느낄 수 있는 시(또는 육체)를 제외
한 관념·의식·사물 들은 모두 타자의 세계에 속한다. 그리고 그
타자는 무수한 타자들이 아니라 세계를 주무르는 거대 문자 체계인
'그'의 것이다. '살 속에 사는 사람'은 병든 세계에 의해 오염된 의식
을 상징한다. 이 점은 연왕모의 시에서도 공통적으로 확인되는 것으

로 "나는 어디서 왔을까/얇은 바람 위로 바람의 가벼운 공상 위로 떠오르는 몸/내 몸이/새로/그려지고 있어"(「달빛에 떠오르는 깃털」, p. 24)라는 구절은 의식과 불화하는 육체의 상태를 암시한다. "나는 어디서 왔을까"라는 의문을 품은 자아에 의해서 몸은 새로 그려진다. 영혼의 흔적을 보는 순간, 존재는 의식과 몸의 분리를 체험한다. 내면의 더 깊은 곳에 있는 무언가에 의해서 의식이 육체와 분리된 상황이 보이는 것이다. 이러한 상황의 묘사는 이성과 감각을 넘어서는 직관의 세계와 영혼의 존재에 대한 암시를 담고 있다.

채호기와 연왕모의 시는 몸을 바라보는 관점과 자세에서 명확한 차이를 지니고 있다. 채호기의 "흥분한 너의 발에서 어느덧 체액이 흘러나오고 구두는 자신의 신체 깊숙이 그것을 빨아들이며 너의 것이 되어간다. (네 몸의 일부가 그의 것이 되어간다.)"(「너의 발」, p. 36)와 연왕모의 "내 안의 자유는 몸을 기울여 그 안의 것들을 잠들지 못하게 할 뿐 몸을 뚫지 못한다/기울어진 몸/안에서 갈비뼈는 층계가 된다 내 안으로 들어가 나는 갈빗대를 밟고 오른다 그 층층마다에는 아직 완성하지 못한 그림의 수채화 팔레트/좁은 칸칸 안에서 굳어져가는 색색의 물감들/어디에도 원색의 흔적은 보이지 않는다"(「발바닥」, p. 36)라는 두 사람의 시 구절은 이러한 차이를 잘 나타내고 있다.

먼저 채호기의 「너의 발」이라는 시를 보자. 흥분한 너의 발, 체액 등의 표현은 육체의 교감이 섹스에 해당됨을 나타내는 암시이다. 구두라는 사물과 교감하는 발(육체)은 육체성의 근본인 성교의 이미지를 드러낸다. 시적 자아의 시선에 포착된 구두와 발은 "신체 깊숙이 그것(체액)을 빨아들이며 너의 것"이 되는 구두와 "네 몸의 일부가 그의 것"이 되는 연인의 관계이다. 사물과 육체는 그렇게 서로를 교감하는 것이다. 그리고 그 구두는 본래 "들판을 뛰어다니며 꼬부라진 발톱과 뾰족한 송곳니의 야수성을 거침없이 드러내던, 짐승의 내

장과 근육을 담고 있던 피부"(p. 36)였고 '짐승의 본래 기억'을 가지
고 있다. 결국 발은 사물의 피부, 육체와 교감하는 것이다. 이 부분
은 의식이 사물의 본질을 꿰뚫기 이전에 일어나는 감각의 현상을 포
착하는 채호기의 집요한 시선을 느끼게 하는 부분이다. 즉, 채호기
에게 시는 의식과 사물의 교감 이전에 육체의 감각(피부)과 사물이
교류하는 구체적인 행위(섹스)이다. 채호기는 이런 점에서 시와 교
감의 체위를 직접적으로 바꾼 시인이다. 그는 육체의 발견으로부터
시의 체위를 바꾸려는 시도를 한다. 그것은 육체의 행위를 통한 몸
의 언어를 읽어나가는 방식이다.

　연왕모의 몸에 관한 사유는 채호기에 비하면 아직 중심적인 관찰
의 대상이 아니며 단지 부차적인 차원에 머물고 있다. 몸이 세계와
의 교감을 마련하는 구체적인 통로라는 인식은 동일하지만 연왕모
에게는 몸에 관한 사유가 그다지 낙관적이지 않다. 채호기가 사물과
존재, 시의 육체성이 마련한 교감의 통로를 집요하게 따라가며 황홀
한 경지의 체험을 한다면 연왕모의 시에는 그러한 통로가 곳곳에서
막히고 폐쇄되어 있는 것을 느끼게 한다. 주체의 의식이 말하는 언
어와 사물의 언어는 육체 안에서 살아 있는 느낌, 감각으로 재생되
거나 교감되지 않는다. 그래서 연왕모의 육체는 세계(사물)와 의식
이 불화하는 단절의 공간이다.

　'내 안의 자유'라고 표현된 근원적인 욕망, 영혼은 자아의 의식을
'잠들지 못하게 할 뿐' '몸을 뚫'고 나가 적극적으로 세계와 교감하
지는 못한다. "안에서 갈비뼈는 층계가 된다 〔……〕 그 층층마다에
는 아직 완성하지 못한 그림의 수채화 팔레트/좁은 칸칸 안에서 굳
어져가는 색색의 물감들/어디에도 원색의 흔적은 보이지 않는다"에
서 '완성하지 못한 그림의 수채화' '굳어져가는 색색의 물감' '원색
의 흔적'은 각각 시인의 내면 풍경, 불완전한 언어, 영혼의 진정성을

암시하는 표현이다. 시인의 육체 밖으로 나가 세계와 교감하지 못하는 자유와 영혼은 불완전한, 흔적뿐인 내면 풍경 혹은 원체험의 추억과 굳어버린 언어의 층계를 오를 뿐이다. 그래서 오염되지 않은 원색이나 순수는 현현되지 않는다. 연왕모에게 세계는 타락했고 언어는 불완전하며 내면의 풍경은 완성되지 못한 영혼의 흔적일 뿐이다. 그래서 위태로운 시인의 자아에게 육체는 모든 불화와 타락, 불완전이 만나는 전쟁터이다.

채호기의 『밤의 공중전화』와 연왕모의 『개들의 예감』은 몸이라는 화두에 집착한다는 점에서 서로 공통되지만 그 화두를 다루고 그 의미를 파헤쳐가는 방식에서 각각 다른 선택을 하고 있다. 그것은 두 시인의 개성의 차이를 그대로 드러내는 것으로, 채호기의 경우를 육체의 교감과 체위에 대한 집요한 관찰로 표현할 수 있다면 연왕모의 경우는 육체의 병듦과 병든 육체를 둘러싸고 있는 소통의 불능에 대한 절망이라고 말할 수 있을 것이다. 두 시인의 육체성에 대한 명상은 그 태도의 면에서도 서로 상반되는데, 채호기가 육체를 교감의 통로로 인식하고 미시적인 현상에 주목한다면 연왕모의 시는 육체를 교감의 통로가 막힌 병든 육체, 썩어가는 육체로 바라본다. 그렇다면 세기말의 시적 현실을 바라보는 두 시인의 어떤 인식이 이러한 공통점과 차이를 만드는 것일까?

두 시인의 시적 발상에는 동일한 차원이 존재한다. 그것은 의식과 사물로부터 몸의 예속을 풀어놓기 시작한 점이다. 정진규의 시 「병원에서」의 "몸이 놀랐다/내가 그를 하인으로 부린 탓이다"라는 구절은 90년대 후반 몸이 시적 명상의 중심으로 떠오른 이유를 잘 표현하고 있다. 그것은 몸이 병들고 몸이 놀랐기 때문이다. 의식과 사물과의 경계에서 감추어져 있던 육체성의 병적 징후는 욕망의 증폭에 의해서 가장 혹사당한 것이 육체였음을 항변하고 있는 것이다. 욕망으로 들끓는 세계와 사물, 그 사물과 교감하기보다는 조급하게 소유하려고만 달려드는 폭력적인 언어, 의식…… 이 모든 것이 육체성을 병들게 한다. 이러한 세기말의 현실적 상황이 시의 몸과 인간의 몸이 지닌 공통점에 대한 자각을 싹트게 한다. 그 자각이 시에 관한 자의식으로 확장되면서 채호기와 연왕모의 몸의 시학, 몸의 양식으로 나타난 것이다. 채호기가 새로운 시적 대안의 하나로 몸의 양식에 대한 탐구를 본격적으로 밀고 나가는 단계에 있다면 연왕모는 ‘병든 몸’이 모든 교감을, 소통을 불가능하게 한다는 비극적 인식의 단계에 있다고 할 수 있다. 그것은 ‘아프다’ ‘내가 병들었다’를 전달할 수 없는 소통의 단절에 대한 절박한 위기감과 절망의 표현이다. 몸이 병들면 이미 언어도 병든 것이다.

연왕모와 채호기의 시적 인식에는 각각 그 나름의 장단점이 있다고 여겨진다. 우선 채호기의 육체적 느낌을 고스란히 수용하고 받아들이는 순수 감각의 세계에 대한 집요한 천착은 육체의 병을 구원하는 출구를 섹스(교감)에서 발견하고 있다는 점에서 일단 어느 정도 성공하고 있다고 여겨진다. 사물과의 교감을 새로운 미학으로 만드는 그의 황홀한 탐닉은 분명 새로운 가능성을 엿보게 한다. 그러나 그의 사물과 육체의 교감에는 의식 혹은 영혼의 문제가 결핍되어 있다. 육체의 병은 근본적으로 영혼의 병으로부터 온다. 오염된 의식과 병든 몸을 떠난 영혼의 흔적에 대한 자각이 육체성의 혹사를 눈 뜨게 했던 원인이었음을 생각한다면 이 점은 좀더 분명해진다. 그러므로 채호기의 꼼꼼한 육체성의 탐구는 결국 다시 존재의 내면으로 회귀하는 순간 그 최종적인 완결을 볼 수 있을 것이다. 그리고 그 완결의 의식만이 그의 시가 ‘육체의 미학’에 탐닉되어 정체되는 것을 끊임없이 견제하는 힘이 될 것이다.

연왕모의 시는 그 점에서 아직 육체의 병에 대한 치유책을 찾고 있지 못하지만 그 본질에 대한 의식은 명확하다고 할 수 있다. 그의 육체적 담론이 외부와의 교감에 앞서 우선 내면으로 향하고 있다는 점에서 이러한 특징이 드러난다. 그러나 내면으로 향한 그의 언어가 병든 육체를 뚫고 나가 세계와 소통하지 못함으로써 그의 의식은 육체의 감옥(언어의 감옥)으로부터 벗어나지 못한다. 그래서 그의 언어는 힘겹게, 더듬거리며 쏟아지고 있고 간신히 교감의 끈을 유지하고 있는 듯하다. 그 자세는 진지하고 고통스럽지만 한편으론 과장된 가학주의로 확장될 위험을 지니고 있다. 그 위험은 결국 내면으로 향한 육체적 담론의 치열성이 극복해주겠지만 아직까지 그의 담론은 세계의 실체를 발견하고 있지는 못하다.

일면으로 그의 시에서 자폐성을 발견하는 것은 이런 까닭이라고 하겠다. 그의 첫 시집이 고통스럽게 토하고 있는 주체의 내면과 '육체(시)의 병'은 병의 근원에 대한 인식으로부터 이제 그 치유책을 찾는 자의식으로 서서히 확장되어야 할 것이다. 또한 이러한 자의식의 확장에 대한 기대가 이 젊은 시인이 지닌 가능성을 주시하는 구체적인 이유이기도 하다.


## 3. 사물의 양식: 도시의 죽음, 일상과 일그러진 거울

이 글의 서두에서 필자는 "하종오의 『사물의 운명』과 주종환의 『어느 도시 거주자의 몰락』은 사물의 양식을 지니고 있다"고 얘기했는데 이 말은 이 두 시집에 나타난 시인의 사유 방식에 주로 근거한 구분이라고 할 수 있다. 주종환의 시가 자본주의적 일상에 대한 만화경적인 재현과 현란한 비판으로 그 점을 드러낸다면, 하종오의 『사물의 운명』은 사물에 빗대어 자신의 내면을 성찰하는 전통적인 방식을 통해 그것을 보여준다. 하종오의 시나 주종환의 시는 이 점에서 그 시각이 끊임없이 외부의 사물을 향해 투사된다. 주종환이 세계의 거대한 틀에 대한 인식에 대부분의 시선이 집중되어 있다면 하종오는 사물을 내면의 거울로 삼는다. 물론 이 점에서 이 두 시인의 사물을 대하는 태도는 서로 상반된다. 주종환이 세계에 대해 분노를 투사하거나 세계라는 거울 속에서 자신의 왜소함을 발견하고 끊임없이 환기한다면 하종오는 사물의 현상 속에서 자아의 유한성과 자기 성찰을 얻는다.

이 두 시인의 세계에 대한 태도가 서로 상반된 까닭은 이 두 시인이 바라보는 세계 자체가 서로 상이한 것이기 때문이다. 주종환이 도시를 그 인식의 대상 혹은 환경으로 삼고 있다면 하종오는 자연의 사물을 그 대상으로 삼고 있다. 결국 이 두 시인에게는 인위적 사물과 자연적 사물의 경계가 놓여 있는 것이다. 이 점은 세기말의 현실이 내포한 두 가지 사물의 세계를 보여준다. 하나는 근대적 문명이 쌓은 거대한 인위적 체계인 도시이고 다른 하나는 그 반대항에 놓인 자연 법칙의 세계이다. 더 나아가 자연 법칙의 핵심이라 할 수 있는 시·공의 유한성과 죽음은 이 두 사물의 영역 안에서 서로 상반된 의미를 지니고 있다.

하종오의 시에서 "날이 새었도다. 우리에겐 재생이로다"(「서쪽 밤 두 번」, p. 99)와 "별빛이 가까이 오기까지는 사랑할 시간이다"(「끝없는 노래」, p. 100)라는 구절은 시적 자아의 세계에 대한 우호적 태도와 함께 죽음을 극복하는 인식이 드러난다. 그러나 주종환의 시는 "이미 살아서는 안 될 삶을 함부로 살아버린 이 몸"(「주제 없는 한 슬픔」, p. 63)과 "마취제도 없이 수술받아야 하는 게 삶이라면,/소독되지 않은 병원 복도를 거니는 것이/일상(日常)이라면,/내 가슴은 썩어들어가는 하천(河川)마냥/무수한 고통의 하수구로 범람한다"(「가

망 없는 심장병」, p. 53)에서 보듯이 세계 앞에 절망하고 죽음을 그리
워한다. 이 두 태도의 차이에는 세기말의 일상과 그 반대항에 자리
잡고 있는 또 다른 일상이 지닌 간극이 있고 죽음과 재생을 바라보
는 두 주체의 차이가 존재한다.

　도시에 머물러 시를 쓴 주종환과 도시를 떠나 추억 속에 가득한
욕망의 흔적을 자연 상태에 놓인 사물의 운명을 보며 씻어내는 하종
오의 간극은 이 시대 사물의 양식을 지닌 시의 두 가지 모습이다. 일
상성에 대한 지독한 혐오와 병든 일상에게 건강을 회복시키려는 태
도의 양극에는 문명이 낳은 세계의 상처와 폭력이 스며들어 있다.
결국 사물의 양식은 그 상처, 폭력의 흔적으로부터 자유롭지 못한
것이다.

　일상성의 힘은 실제로 세기말 시적 현실 속에서 몸의 양식과 사물
의 양식, 영혼의 양식 전체에 걸쳐 영향력을 행사하는 폭력의 실체
이다. 그 일상성에 의해서 모든 시의 운명이 결정되고 있는 것이다.
주종환의 「가망 없는 심장병」의 다음과 같은 구절은 일상성이 가하
고 있는 폭력의 실체가 무엇인지를 자세히 보여준다.

　　　고통의 숨결은 차단된 벽 너머의 신음 소리,
　　　닫혀 있는 문들 안에서 나는 귀에 익은 한숨 소리,
　　　〔……〕
　　　내 잠 못 이루는 침실 속에서 무방비로 전염된다.
　　　벼랑 위에서 죽음의 피안을 굽어보는 자,
　　　만취되어 의식을 잃고 길거리에 쓰러져 누운 자,
　　　戀人의 상실로 自己를 덩달아 상실한 자,
　　　〔……〕

고통이란 곧 만인의 통신이란 걸,

아프지 않는 것들은 이 세상에 속해 있지 않다는 걸, (pp. 55~56)


일상성의 폭력은 소통의 단절로 표상된다. '차단된 벽 너머' '닫혀 있는 문들'과 같은 표현은 일상이 지닌 단절성을 암시한다. 그 단절된 모든 공간 안에는 고통의 신음 소리가 있다. 그 신음 소리는 이윤학이 말한 "신음 소리만큼 긴 기도문을/들어본 적은 아직 없다"(「그 병원 앞」)와 같은 구원을 호소하는 긴 기도문이다. 일상의 고통은 이제 만인의 통신이고 만인의 기도문이다. 아프지 않는 것들은 이 세상에 속해 있지 않으므로 구원은 이제 절박한 화두이다. 그 구원의 화두에 의해 운명의 양식이 모든 존재에게 다시 보이는 것이다.

그러나 주종환의 이번 시집에는 그러한 구원의 문제를 둘러싼 양식의 고민이 심각하게 나타나 있지는 않다. 오히려 그의 시에는 걷잡을 수 없는 조소와 폭력적인 충동이 죽음의 미학을 만든다. 그것은 도시의 몰락을 외치고 있는 몰락한 도시 거주자의 저주에 가깝다고나 할까. 신음 소리, 한숨 소리에 무방비로 전염되어 잠 못 이루는 도시 거주자의 일상은 지금 모든 오염된 것, 전염된 것의 동반 자살을 꿈꾸는지 모른다. 그가 시를 '고통의 검문소'라고 말할 때, 거기에는 "시가 오염되어 있다"라는 진술이 이미 포함되어 있는 것이다. 따라서 지금 그의 시는 내면과 세계의 불화가 치닫는 정점 위에 놓여 있다고 할 것이다.

하종오의 시집에는 사물의 운명에 대한 고찰과 추억 속에 각인된 욕망의 흔적에 대한 사색이 중심을 이루면서 일상의 도시 현실로 돌아가지 못하는 이중의 고통을 토로한다. 그것은 일상과 현실로부터 패배한 자의 은거와 그 일상의 단절감이 내포하고 있는 인위성에 대한 사색을 포함한다. 그것은 추억이 주는 고통과 사물에게 다가설 수 없는 인간의 한계에 대한 고통이다. 후자의 고통은 패배의 기억을 극복할 수 없는 인간적 조건에 대한 사색을 불러온다. "그 순환이 생의 시간을 만들므로/모든 다른 사물에게는 모든 다른 경지가 있지만,/모든 다른 경계는 인간에게만 모든 다른 경계를 만든다/인간에게는 왜 길이 필요하지?/사물에게는 왜 길이 필요 없지?/벌써 나는 본다./어떤 아름다움은 부활하고/어떤 추함은 저항한다"(「세기말 사색」의 일부, p. 73)라는 구절 안에는 하종오가 바라보는 세기말 인간의 한계에 대한 인식이 있다. 그 한계는 인위성을 버리지 못하는 인간의 몫이다.

사물에게 운명이 있듯이 사람 또한 "죽을 때 말하고 태어날 때" 우는 순환을 따른다면, 결국은 "어떤 아름다움이 되어 부활"할 것이다. 모든 죽음과 추함은 운명을 거부하는 인위적 저항으로부터 온다. 하종오가 사용하는 사물의 운명은 죽음과 재생에 대한 이러한 그의 사색을 담고 있는 말이다.


## 4. 영혼의 구원: 소통과 교감의 전략


김정란의『그 여자, 입구에서 가만히 뒤돌아보네』는 시인의 직관적 사고가 시에 대한 근본적인 질문을 부추긴 결과의 산물이라고 할 만하다. 오랫동안 시의 영토로부터 추방되었던 관념의 복귀는 시인의 말에서처럼 타자와 영혼의 복귀이기도 하다. 그것들은 주변성으로부터 시인이 시의 영토로 복귀하려고 하는 서로 관계된 대상들이다.

지성의 몫으로부터 소외되어온 영혼의 몫, 그리고 여성성이라는 타자의 복귀는 그녀의 시에서 표면상으로는 형이상학 또는 관념의 힘을 빌리고 있는 듯이 보인다. 그러나 형이상학은 그녀가 밝히고 있듯이 "절박한, 구원의 전략이다."

전략의 본질은 위장과 전복에 있다. 지성의 몫인 형이상학과 관념의 영역을, 그녀가 자신의 시에 끌어들이는 것은 영혼의 질(質)에 대한 새로운 드러내기의 방식이라고 할 수 있다. 김정란에게 영혼이 내포하고 있는 직관의 양식은 형이상학과 관념의 벽을 넘어서고 나서야 비로소 자신의 말을 드러내는 것이다.

시인의 시적 인식이 영혼의 양식으로 다가가는 방식에 대해서 좀 더 자세히 살펴보기 위해서 「전골냄비 속의 희한한 허공」의 프롤로그에 해당하는 다음의 구절을 눈여겨보기로 하자.

내가 나의 문학으로 관여할 수 있는 것은 내 영혼에 대해서일 뿐이다. 그렇게 함으로써 나는 세계에, 아니, 더욱더 정확하게 말하자, 생에(생이 아니라면) 관여하는 것이다. (p. 53)

이 구절은 최근의 시적 현실에 대한 시인의 중심적 사고를 드러내고 암시한다. 김정란 시인은 영혼의 양식에 몰두하면서 그것이 궁극적으로 세계 혹은 사물과 타자에 관여하는 혹은 교감하는 행위임을 주장한다. 그것은 더 정확하게 거대문자 체계인 '생'이 아니라 모든 사적 언술의 주체들인 타자의 '생'에 관여하는 것이다.

이러한 그녀의 시적 자의식은 시 본문의 "내가 제일 잘하는 건 내 영혼의 내장까지 다 뒤져내서 있는 대로 조물락거린 뒤에 적당히 콤콤한 열등감 소외감 쓸쓸함 등등의 밑간을 해가지고 시대적 묶임이라는 지리학적 위상의 전골냄비 속에 넣고 한바탕 끓여내는 거랍니다 걱정 말아요 나는 절대로 찌개 국물이 남에게 튀게 안 한답니다"(p. 53)라는 알레고리적인 진술에 잘 나타난다. 김정란 시인에게 시는 영혼의 양식에 대한 탐색이고 그 영혼은 온갖 감정의 '밑간'을 거쳐 시대의 '생'으로 둔갑한다. 그리고 그러한 시인의 작업은 세계에 대한 실존적인 기투에 그대로 맞물려 떨어진다.

시인은 영혼의 밑바닥을 긁어 재료를 마련하고 소통과 교감을 위해 정서의 '밑간'과 시대적 묶임이라는 '전골냄비'를 도구로 사용한다. 이 모든 것은 자신의 영혼을 구원하기 위한 절박한 전략이다. 그리하여 영혼의 양식인 시는 그녀에게 구원의 전략으로까지 명시될 수 있는 것이다.

그러나 이러한 진지한 시정신을 지니고 있음에도 불구하고 김정란의 시는 미적 양식화에 대한 관심이 영혼의 구원을 위한 전략에 의해서 상대적으로 희생되고 있는 듯이 보인다. 시인의 진지한 고민과 사고가 오히려 시의 외형적인 틀로부터 형상화 또는 구체성의 명제를 소외시키고 있으며 시정신이 '정제된 형식의 틀'을 넘어서고 있다. 정신이 거추장스러운 형식을 벗어나는 것은 어쩌면 구원을 지향하는 시의 경우 당연한 현상일 수도 있지만, 그러한 정신의 분출은 결국에는 새로운 미학의 발견에 의해서 완결되게 마련이다. 김정란의 이번 시집은 이 점에서 자아와 타자의 소통과 관여가 보여주는 미적 양식화를 구체적으로 형상화하지 못했다는 점에서 결정적인 한계를 드러내고 있다.

채호기·연왕모·하종오·주종환의 시집을 살펴보는 과정에서 이미 보았듯이 90년대 후반 세기말의 시적 인식은 시와 인간의 존재에 대한 회의감으로 인하여 서서히 운명의 양식에 눈을 돌리고 있다. 그 운명은 왜소한 인간을 규정하는 모든 외적 틀, 체계의 대명사이다. 그리고 그 운명이 인간에게 실존적 기투를 종용한다. 대문자 체계의 운명이 아닌 각자의 운명의 양식을 찾는 작업이 영혼과 세계와 몸의 양식에 대한 탐구를 이끌어낸다. 이러한 사유는 김정란의 '생'과 '생'의 차이에서 보았듯이 추상적 대문자 체계로부터 벗어난

사적 언술의 모색으로 확장된다. 그 사적 언술은 모든 영혼의 구원
을 위한 전략이자 타자와의 소통, 교감의 전략이다. 이제 시의 양식
은, 장르는, 운명이 아니라 운명이다.　　　　　　　　　　〔1997〕

# 영원한 에피파니, 아름다운 정신의 화석

## 1. '새로움'이라는 야누스의 얼굴

어느덧 90년대도 후반에 이르러 한 세기의 황혼이 막 저물고 있다. 21세기라는 새로운 천년기의 도래에 대한 기대감보다는 지나간 천년의 역사적 무게를 더 실감하게 하는 '종말'의 시점을 우리는 막 지나치고 있는 것이다. 사람들은 새로운 시대 앞에서 뭔가 큰 변화가 생기기를 기대한다. 아니 어쩌면 그 변화를 당연한 것으로 예측하고 있는지도 모른다. 그래서 지금, 모든 변화는 너무나 상투적이다. 변화에 둔감해진 시대에 '변화'란, '새로움'이란, 얼마나 일상적인 습관인가. 또한 지겨운 통과 의례인가.

최근의 시에 대해서 우리는 종종 진정성이나 신성성, 정신, 해체와 같은 단어를 들이밀어 그 가치를 견주곤 한다. 그러나 과연 이러한 말들이 어느 만큼이나 이 시대를 관통하는 화두가 될 수 있을지는 미지수이다. 다만 우리는 이러한 말들 속에서 90년대를 살아가는 일상인들의 공통적인 열망을 확인할 수 있을 뿐이다. 일상성의 저편에 소외된 '무언가'에 대한 결핍과 향수를 간직한 채 우리는 열망의 그물을 던져 몇 줌의 화두를 건져 올릴 뿐이다. 참으로 공허하기 그지없는 일이다.

어쨌든 우리는 90년대를 사로잡았던 진정성과 영혼, 정신의 담론을 붙들고 아직도 씨름을 하고 있다. 90년대 초반의 정신주의와 신서정시 논의나 90년 중반의 진정성 담론, 그리고 최근의 시적 내면 풍경에 대한 관심 같은 것들은 현대 문명, 특히 유럽의 과거 수백 년 전통과 우리의 한 세기를 지배해온 현대성에 대한 반성을 담고 있다. 결국 물질 문명의 공허한 파장으로부터 자신을 찾아가는 작업을 우리의 현대시는 다시 시작하고 있는 것이다. 이러한 현실은 우리에게 '새로움' 혹은 '변화'에 대한 생각 자체를 반성하게 한다.

낡은 서정시의 형식을 깨려는 해체주의의 시도와 서정적인 정신주의가 공존하는 이 시대의 시적 지형도는 우리에게 '새로움'의 역설을 가르쳐준다. 일상성의 대표적인 특징이 되어버린 '새것 콤플렉스'는 이제 우리에게 아무런 감동도 주지 못한다. 그것은 낡은 형식의 끊임없는 변주였을 뿐 진정한 새로움의 정신을 낳지는 못했다. 오히려 자본주의적 상품 미학의 대명사가 되어버린 '새로움'이라는 구호 앞에서 모두들 어느 정도는 식상해버린 것이 사실이다. 최근 대중 미학에 대한 반성과 함께 다시 거론되기 시작한 시정신의 부활 논의는 이러한 맥락에서 파생된 것이라고 할 수 있다. 특히, 새로운 천년의 시간을 앞에 두고 시정신의 활시위를 잔뜩 당겨서 겨냥할 과녁을 필사적으로 찾고 있는 지금, 새로움의 문제는 시정신과 포즈의 차이를, 가짜와 진짜의 차이를, 진지하게 가르는 인식의 전환을 동반하지 않고는 거론될 수 없는 것이다.

시정신의 치열함이 없이는 '나를 찾아가는 길'이란 멀고 험난한 길의 연속일 것이다. 그것은 이 시대의 창조 정신을 새로움의 변주에 기생하는 '가짜'로 만들 뿐이다. 그러니 여전히 문제는 나로부터 시작해서 너에게로, 너희들에게로 가는 여행에 있다. 그것이 이 시대의 시적 전망을 진지하게 응시하며 내가 아닌 너희와 그들의 세계를 알기 위한 진지한 자세가 아니겠는가.

## 2. 침묵의 언어

90년대 후반 시인들의 내면은 이 시대의 풍경을 담은 '침묵의 언어'가 되고 있다. 전망이 명확하지 않은 언어, 그래서 소리쳐 말하지 못하며 조용하게, 작게 웅얼거리는 말들. 이 시대의 시는 고압적인 목소리의 공허함을, 그 텅 빈 허위를, 역설적으로 보여준다. 일상을 지배하는 난삽한 언어들의 아우성 속에서, 숨을 가다듬고 거짓된 흥분과 혼돈을 애써 가라앉히기 위해 분투하느라 너무 목소리가 작아진 침묵의 언어들이 조심스럽게 어둠을 더듬어가는 형국이라고나 할까.

90년대 중반까지의 일탈적이고 절규하는 문법의 해체적 언어들이 반향 없는 메아리처럼 허공에 흩어질 즈음, 나타난 이러한 경향은 '지금, 여기'에서 출발하는 시대적 전망의 불투명성과 만나 더욱 뚜렷한 흐름이 되고 있다. 해체의 대상인 일상적 언어 자체가 이미 스스로의 중심성을 풀어놓고 역으로 시적 해체를 패러디하는 현실의 역공세 앞에서 시란, 분열적 언어란, 한낱 대중적 유행이나 유희로 떨어질 수도 있기 때문이다. 이 시대에 시는, 지금 '상징적 죽음'의 양식이 아니라 공허한 소진의 반복으로 변질되고 있다. 목소리를 높여서 '미친 언어'를 떠드는 시의 방법론적인 죽음이 결국 '도구적인 언어, 수단으로서의 언어'를 그대로 닮아버리는 전도 현상이 나타나게 된 것이다.

공허하게 텅 빈 이 시대의 중심으로부터 울려오는 공명 현상에 시도, 정치도, 경제도 모두 중심이 없는 기표로서 표류하는 끔찍함은,

결핍과 부재로서 이 시대를 규정하는 근본적인 힘이 되고 있다. 허구적인 중심은 여전히 해체되지 않았고, 이제는 '텅 비어버린 공허'만이 그 속을 채우고 있을 뿐이다. 그것이 또다시 이 시대를 결핍된 형식주의의 시대로 느끼게 하는 원인이다.

연왕모의 "마음이 아프네/어디에 있어도/어디를 봐도/지워지지 않는 상처들뿐이네/하얀 붕대로 감싸려 해도/마음이 떠돌아 잡히질 않네/하얀 붕대만 바람에 풀려 허공에 떠도네"[1]와 같은 진술은 상처의 원인마저 부재하는 철저한 결핍의 시대를 우리에게 보여준다. 마음이 깃들지 않는 공허한 형식, 도구만이 존재하는 시대에 시는 떠도는 마음을 감싸는 '하얀 붕대'에 불과한 것이다. 거기에는 어떠한 현실적 전망도 존재하지 않는다. 그래서 최근의 시에는 웅얼거리는 '침묵의 언어,' 전망 부재의 상실된 언어가 주류를 이룬다. 그 언어는 상처의 기원이 부재하므로, 텅 빈 중심과 어두운 주변 사이에서 배회하는 시를 낳는다. 모든 시는 틈과 경계에서 진동하면서 자신의 불확정한 정체성을 모색하고 있는 것이다. 결국 이 시대의 시는 불완전하며 미완된 가능성 그 자체이다.

이재무의 「외지에서」[2]는 이러한 시적 현실에 대한 자기 검증의 자세를 드러내는 작품의 좋은 예이다. 전문을 인용해보기로 하자.

> 소래포구에서 송도 쪽으로 난 철길 따라 걷는다
> 작년 여름에도 나는 이 길을 걷고 있었던가 그때,
> 그리움의 새 아직, 가슴의 둥지 떠나지 않고 있었다
> 기차가 오지 않는 녹스는 철도
> 유월의 올이 굵은 햇살 강하게 부딪혀와도

---


1) 연왕모, 「시린 바람이 부네」, 『문학과사회』, 1998년 가을호.
2) 이재무, 「외지에서」, 『문학과사회』, 1998년 가을호.

반짝이지 않는다 침묵의 저 완강한

검은 얼굴이 나는 낯설지 않다

습기 품은 낮고 축축한 바람이 불어온다

그때마다 잡풀들은 어쩔 수 없다는 듯 게으르게 흔들린다

그러나 나는 안다, 저 잡풀들의 숨겨진 캄캄한 식욕을

저들은 언젠가 우울과 권태, 그리고 마침내

이 녹슨 철도까지를 삼켜 저들의 영토 넓혀가리라

저들은 한때 우리들 生의 용기였고 구원이었다

그러나 나는 저 잡풀들의 식탐이,

절망과 패배 모르는, 악착같은, 생의 집착이

싫어졌다 무료하게 누워 있는 두 줄의 적색 선로

저들에게도 광휘로 빛나던 날이 있었다 그러나

하얗게 반짝이며, 수많은 승객과 화물을 실은

기차의 중압 보람으로 견뎠던 날들은 지나갔다

지금은 다만 外地에서

조용히 누워 소멸의 긴 시간 보내고 있을 뿐이다

오지, 않는, 기차, 더 이상, 기다리지, 않는, 녹스는,

철길 따라 웃자란 잡풀 짓이기며 나는 걷는다

진흙이 달라붙어 발걸음이 무겁다

아무래도 송도까지는 생각보다 긴 시간이 걸릴 것 같다


　인용한 이재무의 시에는 '풀'과 '철도' '기차의 중압' '진흙' 등 비교적 명징한 의미를 환기하는 알레고리적인 사물들이 시의 맥락을 지배한다. '잡풀'이 파편화되고 욕망에 들끓는 이 시대의 대중을 의미한다면, 철도는 미래에의 시적 전망 혹은 시의 자기 정체성을, 그리고 기차의 중압은 역사의 무게를 각기 나타내는 시어로 읽힌다.

따라서 "잡풀들은 어쩔 수 없다는 듯 게으르게 흔들린다/ 〔……〕/
저들은 한때 우리들 生의 용기였고 구원이었다"라는 9행에서 13행
까지의 서술은, 변화된 시대의 분위기에 너무도 쉽게 젖어가는 이
시대 대중의 모습을 보여준다.

한때는 용기와 구원의 출처였지만 이제는 시대의 우울과 권태를
삼키고, 그리고 마침내는 시대의 전망까지도 모두 망각한 채, '식탐,
생의 집착'으로 표현되는 욕망의 노예가 되어가는 그들을 시인은 조
용히 응시하고 있는 것이다. 광휘로 빛나며 역사의 중압을 보람으로
견뎠던 날들은 지나고 한 시대가 그렇게 "조용히 누워 소멸의 시간
을 보내고 있는 것이다."

시인이 응시한 시대의 풍경을 그대로 보여주는 이러한 장면은,
'그리움의 새'를 가슴속에 품고 있는 시인에게는 완강한 '침묵'의 벽
으로 다가온다. 회답이 없는 역사와 시대적 전망을 넘어서, 그는 지
금 송도로 간다. 이런 서술은 현실을 여행의 '노정'으로 비유하는 방
식에 속한다. 그가 가야 할 송도라는 귀착지의 중간에서 녹슨 철도
와 악착같은 생의 집착으로 자신을 망각하는 잡풀들, 그리고 기차가
오지 않는 녹슨 철도를 바라보면서 그는 작은 목소리로 이 시대를
규정한다.

"철길 따라 웃자란 잡풀 짓이기며 나는 걷는다/진흙이 달라붙어
발걸음이 무겁다"와 "아무래도 송도까지는 생각보다 긴 시간이 걸릴
것 같다"라는 표현은, 현실을 담담하게 받아들이면서 자신의 위치를
점검하는 시인의 자세를 보여주는 대목이다. '외지에서'라는 제목이
말해주듯이, 그는, '송도'라는 귀착지 또는 근원에 대한 신념을 여전
히 버리지 않고 있다.

선로와 풀, 그리고 오지 않는 기차는 이 시대의 어둠을 나타내는
상징물들이다. 그리고 철길을 따라 걷는 그의 발걸음은, '진흙'처럼

무거운 회의와 번민이 늘 따라붙는다. 그러니, 이제 그가 할 일은 내부의 적을 견제하면서 가야 하는 이중의 어려움을 아는 것이다. 그런 점에서, 진흙이 달라붙는 무거운 걸음을 이끌고 송도를 향해 가는 그가 "생각보다 긴 시간이 걸릴 것 같다"라고 하는 것은 상당히 의미심장한 발언이라고 생각된다. 이런 시인의 태도는 고압적이거나 흥분된 목소리로 역사의 당위를 말하는 화법과는 현격한 차이를 드러낸다. 한마디로 '조용히 웅얼거리는' 또는 '침묵 속에서 현실을 응시하는 반성적 태도'를 보여주고 있는 것이다. 이제는 대중의 절망과 패배를 모르는 악착같은 생의 집착이 '시의 생명'을 위협하는 현실에 대해서, '조용히 누워 소멸의 긴 시간을 보내는' 시와 시대에 대해서, 그는 "오지, 않는, 기차, 더 이상, 기다리지, 않는, 녹스는, 철길"이라고 단정 짓고 그 스스로 시의 형식 '바깥'에서 진흙 묻은 발을 끌고 철길 위를 걸어가기로 한다. 이제 잡풀은 더 이상 용기와 구원이 아니라 철저한 비판과 견제의 대상이므로 그는 잡풀을 밟으며 진정한 '새로움'을 찾아서 걷는다.

　이러한 현실 인식은 다른 여타의 시인에게서도 찾아볼 수 있다. 예를 들면 "누구를 위한 싸움이었는지/무서운 싸움이 끝났다지만 정작/귓전에 맺히는 추임새 소리 더욱 요란한 저녁/몇 푼의 마지막 사랑을 잃고/지쳐 누운 한낮의 열기를 뒤로 하고/또 다른 나는 쇠줄에 이끌려/허기에 독 오른 네온사인, 야광의 거리/새로운 싸움터로 몸을 숨긴다"[3]나 "격정은 사라지고/나는 긴긴 잠을 자누나/ 〔……〕 / 흔들리는 것은 이것만이 아닐지니/언젠가 다시 올까 격정의 세월"[4] 과 같은 표현은 현실적 전망의 어두움과 시적 정체성의 혼란을 그대로 드러내는 구절들이다. 이처럼 시인의 시정신이 위기에 처했음을

---

3) 박철, 「투견장에서」, 『창작과비평』, 1998년 가을호.
4) 박철, 「격정의 세월」, 『창작과비평』, 1998년 가을호.

자각하기 시작한 90년대 시인은, 새로운 시적 화두를 네온사인, 잠(권태), 흔들리는 것(혼돈, 가치 부재)으로 상징되는 90년대적인 일상에서 찾으려고 시도하고 있는 것이다. 그러한 시적 자세는 새로운 전망을 찾는 진지한 성찰로 요약될 수 있다. 따라서 성찰의 목소리는 더욱 낮고 조용할 수밖에 없다. 이렇듯 신중하고 조심스러운 자기 다짐과 침묵의 언어는 스스로의 내부를 비판적으로 응시하는 시인의 내면에서 불꽃으로 서서히 타오르고 있는 것이다.

## 3. 시인과 몽상가

송수권 시인의 「해식(海蝕) 동굴」[5]이라는 시에는 다음과 같은 구절들이 있다.

① 이 땅에는 도사와 신선이 된 시인들이 많다/최근에는 부쩍 그 수효가 늘어났다/저 동굴이 아가리를 벌리고 철버덕철버덕/죽을 먹는 소리

② 죽에 잠기는 세상, 죽 쑤는 세상/ 〔……〕 /캄캄한 입, 검은 입, 저 죽통 같은 아가리에 처넣어야 할 것은/粥이 아니라 한 시대의 궁핍한 정신인지 모른다/어떤 날 궂은 날에는 한숨 같은 안개가 하루종일 스며나올 때도 있다/마치 모래밭 속을 파는 염낭게들의 혀처럼!

③ 벽에는 많은 박주가리떼들이 거꾸로 매달려/한 시대의 몽상가

---

5) 송수권, 「해식 동굴」, 『문학과사회』, 1998년 가을호.

들은 이렇게 처형해야 마땅하다는 듯이/우산처럼 펼쳐져 있다 펼쳐
지면서 몽상을 꿈꾸는 중이었다/하나같이 눈이 퇴화해 있고, 새라고
하기에는 어설프고/또 쥐라고 하기에도 어설픈 존재들이었다

④ 어둠 속에서 형광물질 같은 등지느러미를 뒤채는/학꽁치 한 마
리/희번덕 박주가리떼의 발톱에 찍혀 사라진다

⑤ 밤새도 아니고 낮쥐도 아닌 이 슬픈 시인의 운명이, 이 불꽃 같
은 삶의 운명이/어디서 탄생하였던가를/저 캄캄한 입을 벌리고 서 있
는/동굴 속을 들여다보고서야/나는 비로소 알았다.

—「해식 동굴」의 부분

위 시 ①의 1, 2행은 최근 시의 정신주의적인 경향을 비꼬는 시인
의 태도를 드러낸다. 정신주의가 신비주의로 추락할 위험에 대해서
는 이미 몇 차례 지적된 적도 있지만, 최근의 느슨한 '열반송(?)' 스
타일의 서정시에 대해서는 실제로 이러한 일침(一針)이 가해질 필요
가 있다고 생각된다. 물론 자기 구원을 위한 '깨달음'의 추구를 담고
있는 90년대 후반의 내면화된 시풍은 단순히 미학적인 차원에 그치
지 않고 자기 진정성을 확인하기 위해 고투하고 있다는 점에서 이러
한 지적에 의해 쉽게 재단(裁斷)될 수는 없다. 그러나 정신주의적인
시풍도, 그 진정성의 정도에 따라 포즈pose와 시정신으로 나누어야
할 것이다. 따라서 이 시의 1, 2행은 포즈 혹은 폼으로서의 '달관'을
비판적으로 경계하고 있는 것이다.

시인의 비판적인 경계는 ②의 "저 죽통 같은 아가리에 처넣어야
할 것은/죽(粥)이 아니라 한 시대의 궁핍한 정신인지 모른다"라는
표현에서도 알 수 있듯이 정신의 빈곤에 대한 것이다. 다시 말해서,

시정신을 지탱하는 알맹이인 사상, 정신, 전망도 없이 폼만 재면서 '도사연(道士然)'하는 이 시대의 시를 조롱하고 있는 것이다. 그러나 '죽에 잠기는 세상, 죽 쑤는 세상'이라는 조롱과 냉소 뒤에는 이 시대의 궁핍한 정신에 대한 시인의 '한숨과 걱정'이 감추어져 있다. 그 한숨은 ③에서 보듯이 꿈꾸는 몽상가들의 처형지로서 이 시대(동굴, 암흑, 야만)를 보고 있기 때문이다.

결국 꿈꾸는 몽상가인 시인은 눈이 퇴화해서 새라고 하기에도 또 쥐라고 하기에도 어설픈 방외인적인 주변 존재로 몰락해버린 것이다. 그들은 더 이상 노래하거나 시대를 예언하지 못한다. 그 이유는 이 시에서 보듯이 눈은 이미 퇴화해버려 야만의 시대인 동굴의 환경에 익숙해져버렸기 때문이다. 현실을 바로 보지 못하는 시인은 한낱 '몽상가(도사, 신선)'에 불과하며 그 정신은 지극히 빈곤할 수밖에 없다. 이렇듯 시인의 시각은 이 시대의 야만과 시인들이 처한 정신적 궁핍의 환경에 대해 주목한다. 그러나 이 시의 후반부에는 그러한 정신적 빈곤의 원인과 몽상가로 퇴락해버린 시인의 운명이 어디로부터 비롯되는 것인가를 명확하게 표현한다.

동굴 속을 바라보는 시인의 표정은, 이 시대의 "캄캄한 물 밑"을 보는 그것과 같다. 그리고 시인과 몽상가의 사이에는 어두운 동굴과 캄캄한 물 밑이라는 환경이 존재한다. ④의, 시대의 물 밑에서 건져 올린 '학꽁치'를 채가는 박주가리(몽상가)의 모습은, 구원의 한 가닥 희망을 향해 촉수를 세우는 이 시대의 정신주의를 가리킨다고 할 수 있다. 심층부에 있는 진리를 예언하지 못하지만 사라진 '영혼과 정신'에 대한 향수와 흔적을 애써 기억하고 꿈꾸는 몽상가의 비극적인 운명을 시인은 이렇게 표현하고 있는 것이다.

이 시가 의미있는 것은 이 시대 시와 시인의 운명에 대한 자기 점검을 담고 있기 때문이다. 결국 정신의 빈곤은 단순한 포즈와 기억,

꿈만으로는 불가능하다. 그것은 한낱 몽상에 불과하다. 현실과 떨어진 시적 몽상과 기억은 낮쥐도 밤새도 아닌 경계인적인 존재로서의 시인의 비극적인 운명을 반복해서 낳을 뿐이다. 90년대 시를 두고 말한다면, 시는 자기 허위와 기만, 자기 도취, 낭만적 미학의 영토로부터 벗어나야 한다. 90년대 시의 전망은 반미학주의를 어느 정도 내포할 수밖에 없음을 이 시는 시사한다. 이미 앞에서 소개한「외지에서」와「해식 동굴」의 공통점은 시가 자신의 존재 근거인 선로와 기차를 버리거나 '학꽁치' '야광찌'가 존재의 근원에 대한 향수, 흔적, 미적 취향에 불과한 것으로 그려지는 점에 있다. 즉 이 두 편의 시는 시의 운명을 개척하는 새로운 정신의 발견을 위해서 과감하게 현재를 구속하는 과거의 틀을 버린다. 그 과거의 틀은 '학꽁치' '야광찌'처럼 진실이 사라진 거짓된 아름다움에 대한 집착이나 녹슨 철로로 상징되는 시정신의 낡은 관습이다. 따라서 이 두 편의 시는 새로운 전망을 찾아가기 위한 자각 혹은 길떠남의 원점을 보여주고 있는 것이다.

이 두 시인의 자세에는 낡은 형식을 새롭게 둔갑시키는 분장술이 아니라 정신의 새로움을 추구하는 '힘'이 담겨 있다. 그 힘은 이 시대의 어둠을 건너기 위한 가장 소중한 씨앗이다.


## 4. 구원의 약속과 영원한 부재:
## 흔적이 표상하는 두 가지의 의미


자신을 찾기 위한 시인들의 길떠남의 자세를 확인해볼 수 있는 또 하나의 모티프는 흔적에 대한 집착이다. 흔적에 대한 최근 시인의 집착은 사실 시간적 단절감에 대한 대응이라고 할 수 있다. 기억과 상상의 명징한 경계를 가질 수 없는 강박적인 몽상의 시대에 시인은 자기 기억의 사실을 증언해주는 특정한 흔적에 집요하게 매달린다. 그것은, 다른 한편으로는 흔적에 대한 의도적인 무관심과 기억에 대한 망각도 동일한 기원으로 포함한다. 즉, 흔적에 대한 집착과 무관심, 기억의 화법과 망각의 화법은 같은 상처에서 비롯된 이형동질체이다.

기억과 흔적의 의미는 자기 동일성의 확인과 부정이라는 두 개의 방향점을 향해 뻗어나간다. 그 방향점은 자기 변신과 자기 보존의 욕망으로 대변된다. 애써 기억하려는 자와 애써 망각하려는 자 사이에는 흔적에 대한 보존과 파괴의 충동이라는 차이점이 있다. 그 차이점은 일상적 자아와 본질적인 자아 사이의 싸움에 의해서 해소된다. 즉, 시인에게 보존 욕망의 대상은 진정성의 담지자로서의 자신이고 파괴 혹은 망각 충동의 대상은 일상적 자아라는 부정적 존재이다. 그러므로 애써 망각하려는 충동과 끈질기게 집착하는 두 가지의 태도는 모두가 자기 진정성의 확인과 탐색을 위한 몸부림이다. 다음 두 편의 시는 이 점을, 상호 대조적으로 확인시켜주는 실례이다.

① 물방울 화석이라는 것이 있다 빗방울이 막 부드러운 땅에 닿는 그 순간 그만 지각 변동이 일어 그대로 퇴적되어버린, 그러니까 정확하게 말하면 빗방울 떨어졌던 흔적, 빗방울의 그 둥글고 빛나던 몸이 떨어져, 사라져, 음각으로 파놓은 반원, 그때, 터진 심장을 받으며 그늘이 되어버린 땅, 이를테면 사랑이 새겨넣은 불도장 같은 것,

—정복여, 「그리움」 전문[6]

---

6) 정복여, 『먼지는 무슨 힘으로 뭉쳐지나』, 창작과비평사, 2000, p. 26.

② 주유소에서 차에 기름을 채우다
문득 주행 계기판을 들여다보니
구간 거리 387km
적산 거리 126,824km
다 연소하지 못한 배기 가스를 푹푹거리며 달려온
내 인생의 타이어 자국을
주행 계기판이 몰래 기록해두었구나.

126,824의 숫자 속엔
서울의 피곤과 한숨이
긴 자동차의 행렬만큼이나 늘어서 있고
동해 바다나 지리산 혹은 내 고향의
여유와 웃음도 간혹 섞여 있으리라.
돌아보면 126,824km를 달려온
내 인생의 타이어 자국은 흔적도 없고
찰랑거리던 연료를 다 소진해버린
연료통처럼 가슴이 휑하다.
잃어버린 것들에 대한 아쉬움에,
낡아가는 마음 한구석에선
자꾸 삐걱거리는 소리가 들리고
룸미러에 비치는 흰 머리카락이 새삼스럽다.

기름을 채우고 다시 단추를 눌러
구간 거리계를 0으로 돌려보지만
결코 0으로 돌려놓을 수 없는
적산 거리 126,824km. ——박상천, 「적산 거리 126,824km」 전문[7]

①은 흔적을 확인하고 보존하려는 열망을 드러내는 반면 ②는 흔적을 몹시 잊고 싶어한다. 그것은, ①의 흔적이 아름다움에 대한 추억을 의미하는 데 비해서 ②에서는 인생의 소모된 시간을 기록하는 것이 흔적으로서 사유되기 때문이다. 그래서 흔적에 대한 화자의 태도도, ①에서는 "빗방울의 그 둥글고 빛나던 몸이 떨어져, 사라져 음각으로 파놓은 반원, 그때, 터진 심장을 받으며 그늘이 되어버린 땅, 이를테면 사랑이 새겨넣은 불도장 같은 것"이라고 하여, 흔적이 잃어버린 사랑을 증언하는 진리 또는 희망, 구원의 간접적 현현임을 보여준다. 그러나 ②에서는 "다 연소하지 못한 배기 가스를 푹푹거리며 달려온/내 인생의 타이어 자국을/주행 계기판이 몰래 기록해두었구나"라고 하여 거부할 수 없는 상실과 결핍의 시간을 증언하는 것으로써 인식된다. 이 두 가지 흔적의 사이에는 어떤 차이점이 존재하는 것일까.

①은 소중한 것이라는 가치 개념을 포함하는 살아 있는, 생명성을 지닌 영혼의 흔적인 데 반하여 ②는 '적산 거리 126,824'라는 도구적인 언어로 환산된 사라진 영혼을 지시하는 수치적 증거일 뿐이다. 따라서 ①에서의 흔적은 영혼과 가치의 실재를 영원히 증언하는 '불도장'이지만 ②의 흔적은 이미 사라져버린 "동해 바다나 지리산 혹은 내 고향의/여유와 웃음" "잃어버린 것들에 대한 아쉬움"을 수치적으로 환산해서 보여주는 죽은 흔적이다. '적산 거리 126,824'에는 여유와 웃음이 깃들지 않기 때문이다. 그것은 가치의 영원한 부재를 지시하는 차가운 '기호'이다.

결국 흔적에는 상실을 기록하는 흔적과 지금은 부재하지만 그 부

---

7) 『창작과비평』, 1998년 가을호.

재하는 대상의 존재를 약속하는 전언(傳言)으로서의 흔적이라는 두 개의 범주가 있음을 알 수 있다. 결국, 흔적에 대한 집착과 망각 충동 이면에는 부재하는 신성성, 영혼, 정신에 대한 향수와 동경이 자리 잡고 있는 것이다. 따라서, 90년대 시의 망각과 기억의 현상학 안에는 구원에 대한 약속의 표지와 결핍과 상처의 운명성을 기록하는 차가운 흔적이 있다. 이 두 가지는, 달리 말하면 문명적·도구적 기억 체계의 일부로서의 차가운 기호와 신성한 예언과 약속을 담은 구원·예언의 상징이다.

특히 ①의 시는 진정성의 현현 순간을 영원히 기록한 '사랑의 불도장'의 진리와 가치를 미학으로 승화해내고 있다. 이러한 승화는 단순한 형식의 아름다움이 아닌 정신의 향기를 풍긴다. 자신의 심장을 터뜨려 땅에 그늘을 파놓은 사랑의 흔적을, 사랑의 불도장을, 그 순간을, 고정시킨 물방울 화석의 가치는, 진·선·미의 진정한 합일에 있다. 그것은 단순한 아름다움이 아니라 진실과 사랑의 힘으로 새긴 아름다움의 흔적이다. 또한 영혼의 부재를 증언하는 자국이 아니라 영혼·사랑의 영원성과 그 현현을 증언하는 역설적 표지로서 기념되는 것이다. 결국 물방울 화석은 '에피파니 epiphany(구원의 현현)'를 증언하는 예술미의 극치이다. 자기 치장이나 폼 form, 낭만적 자아 도취가 아닌 진실과 미를 함께 갖추고 있다는 점에서 이 시는 시적 진정성의 가능성을 보여주는 좋은 예라고 할 수 있다.

희생과 사랑의 흔적으로서의 물방울 화석의 발견은 시인의 내면과 외부적 사물의 일치를 암시한다. 결국, 시인이란 외부의 진정한 아름다움을 봄으로써 자신의 내면을 정화하고 그 정화된 내면을 외부의 사물에 투사하는 자임에 틀림이 없다. 따라서, 이 시대의 시는, 진정성이 없는 화려한 아름다움·형식미를 거부함으로써 진실한 내면의 아름다움을 바라보아야 한다. 그것이 바로 시에서 아름다움

〔美〕을 찾지 않고 진리〔道〕를 구함으로써 진정한 아름다움의 세계에 이르려는 시정신의 기획이라고 하겠다. 새로움을 추구하는 정신, 그 것은 언제나 정신의 새로움이나 진리를 새롭게 바라보는 눈을 자양 분으로 삼아 싹을 틔운다. 진정한 새로움이란, 정신의 변혁이 없이 는 불가능한 것이다.                                            〔1998〕

# 춤추는 빨간 구두와 영혼의 연금술

## 1. 지루한 광기와 지독한 일상

평범한 일상과 일탈의 광기 사이를 걸어가는, 세기말 시인의 운명을 찍은 한 장의 사진이 있다. 거기에는 무덤을 향해 혹사당한 육체와 영혼을 힘겹게 이끌고 가는 죄수의 행렬이나, 춤추는 빨간 구두를 신고 죽을 때까지 묘지의 주위를 맴돌아야 하는 저주받은 무희의 모습이 담겨 있으리라. 천년 왕국의 희망을 노래하기에는 지나치게 비극적인, 이런 풍경 아래서, 하루하루 과장된 삶을 지속해나가는 것이, 90년대적인 감수성 아닌가.

그래서 만화경 같은 90년대적인 풍경과 현란한 감수성의 늪을 허우적거리며 길을 찾는 작업이 또한 이렇게 지독히 모독당한 글쓰기 아닌가. 더럽힌 삶과 더럽혀진 추억을 뒤적거려서, 굳게 닫힌 희망의 출구를 여는 타락한 글쓰기의 운명을 말할 수밖에 없는 것, 그것이 바로 이 시대의 진정성 아닌가.

이 시대의 글쓰기에 숙명적으로 오염된 흔적이 있다면, 이제 이렇게 말하리라. 어차피 모든 글쓰기는 모독 아닌가? 타인을, 역사를, 기억을 더럽히는 행위가 아닌가? 지우고, 뭉개고, 침을 뱉고, 다시 쓰는 것만이 새로운 희망의 담론이 아니겠는가?

닫힌 석관의 뚜껑을 여는 순간, 그곳에서는 힘겨운 신음 소리와 구원의 가능성이 함께 새어 나온다. 가능성의 출구를 막고 있던 완강한 과거 천년의 봉인이 새로운 시대의 가능성을 위해서 그렇게 사라지는 것이다. 모독의 시작은, 그릇된 권위와 성역에 대한 도전이다. 그래서 세기말의 풍경에는 더럽고 혼탁한 기운이 가득 차 있으면서 동시에 직관이 관통해나갈 수 있는 희망의 출구가 희미하게 빛을 발하고 있는 것이다.

앞에서 말한 세기말 현상의 두 가지 모습——혹사당한 육체와 영혼, 멈출 수 없는 춤——은 90년대 문화의 소진성과 광적인 가속도를 상징한다. 도저히 멈출 수 없는 지경에 이른 끊임없는 소비와 광기의 가속도는 기술의 진보에 대한 신념이 낳은 도구적 이성주의의 결과이다. 결국, 역사는 이성주의의 폭주로 종결됨으로써 무덤 속에 갇혀 있던 직관·광기·감성 따위를 일시에 풀어놓은 것이다. 세기말의 광기는, 그러므로, 도구적 이성주의의 최종적 산물이고 동시에 새로운 시대의 개막을 알리는 병적 징후이다. 멈출 수 없는 춤에 의해서 완전히 소진되어버릴 것처럼 보이는 육체와 영혼의 혹사 현상이 세기말의 일상이다. 지독한 일상의 소진성은 달리 말해서 지루한 광기로 이어지는 이미 싫증이 난 춤이다.


## 2. 춤추는 구두와 영혼의 구원


윤제림의 「우주의 관객」[1]과 김재진의 「흑백 사진 속으로」[2]는 앞장에서 말한 90년대적인 일상의 특징을 잘 나타내는 작품이다. 「흑

---

1) 『문예중앙』, 1998년 여름호.
2) 『문예중앙』, 1998년 여름호.

백 사진 속으로」는 자신이 죽은 뒤의 상황을 시로 적고 있는 작품인데, "나 세상에 없어도 그렇듯 아무렇지도 않으리. 유월이면 산성비가 내리고"에서 보듯이 자신이 죽은 뒤에 아무 일도 없을 것이라고 말하면서도 그 뒤 구절은 '유월이면 산성비가 내리고'라는 비정상적인 현대적 일상에 대한 진술로 연결된다. 이러한 배치는 이 시인이 비판적인 성향을 지닌 아이러니의 화법을 쓰고 있음을 알게 한다. 즉, 이 시에서는 시인의 죽음이라는 사건이 핵심적인 주제가 아니라 자신의 죽음을 무의미하게 만드는 일상적 현실이 얼마나 비정상적이고 폭력적인가를 폭로하는 것이 중심적인 내용이다.

한 인간의 죽음이 세계 속에 아무런 변화도 일어나게 할 수 없다는 생각이 이 시에서 더욱 절망적인 까닭은 이 시인이 바라보고 있는 일상적 현실이 더러움과 비정상적인 폭력으로 온통 얼룩져 있기 때문이다. "한때는 친구였던 사람들이 법정에 서서 서로를 헐뜯으며 소송을 하리"라는 표현이나 "나 사라져 지상에 없어도 세무서는 붐비고 상속세 한 푼 낼 것 없어/아내는 처음으로 안도의 한숨 쉬리"라고 말하는 화자의 태도에서 알 수 있듯이, 시인이 바라본 세기말의 일상은 부정한 것이다. 더욱이 그것은 그가 죽어도 바뀌지 않는, 이제는 세기말을 사는 모든 존재의 숙명과 같은 것으로 인식된다. 광기로 가득 찬 일상이 이제는 오히려 변하지 않는 삶의 모습으로 자리 잡고 있는 것이다.

이런 일상적 광기의 자동화는 일상을 견딜 수 없는 폭력으로 느끼는 단계를 넘어서 광기의 일상을 지루하게 바라보는 존재를 가상하는 상상력을 낳는다. 윤제림의 「우주의 관객」은 이러한 상상력을 보여주는 대표적인 시이다. 전문을 인용해보기로 하자.

지구 바깥 어딘가엔, 비행접시로 가끔

서울 하늘도 다녀가는 외계인들이

결말이 뻔한 영화 한 편을 보고 있을라.

더 이상 뾰족한 반전이 있을 성싶지도 않은

영화 한 편 하품하며 보고 있을라.

히말라야 깊은 골짜기나

남태평양 어느 외딴 섬에

겨우 살아남은 남녀, 후하게 잡아야 열대여섯이

하늘 향해 무릎 꿇고 용서를 비는 장면에서

'THE END' 자막이 뜨게 될 영화 한 편.

끝이 보이는 영화 졸면서 보고 있을

우주의 관객들이 있을라.　　　　　—윤제림,「우주의 관객」전문


　화자는 외계인을 삶의 일상성을 바라보는 '우주의 관객'으로 상상
함으로써 '결말이 뻔한 영화' '졸면서' 보는 영화 한 편에 세기말의
현실을 비유한다. 그리고 예정된 영화의 결말은 "하늘 향해 무릎 꿇
고 용서를 비는 장면"이다. 따라서 시인은 종말론적인 상상력에 냉
소와 유머를 섞어서 이 시를 쓴 것이다.

　세기말의 현실이, 일상이, '졸음이 올 만큼 결말이 뻔하다'는 발상
은 갈 때까지 간 광기가 이제는 '반복'과 '소진' 외에는 더 이상 할 것
이 없다는 뜻이다. "더 이상 뾰족한 반전이 있을 성싶지도 않은/영화"
는, 그래서 소비의 속도만을 높이고 있는 세기말 문화의 퇴폐적인 징
후를 날카롭게 지적하는 표현이다. 상투화되어서 지루해져버린 '광
기'를 그대로 실감하게 하는 시적 상상력을 보여주고 있는 것이다.

　한편으로, 이런 상상력은 90년대적인 일상의 무의미성, 속물성에
대해서 '절규'하는 여러 시들에 대해서 우회적으로 비판적인 시선을
보내고 있는 것이기도 하다. 이미, 상투화되어서 더 이상의 반전도

없을 것 같은 광기를 그대로 흉내내고 있는, 90년대 시의 절규와 감탄사의 남발, 가벼운 언어 유희, 비극적인 몸짓 따위의 한계를 시사한다. 90년대 중반까지 해체나 전위라는 명목으로 행해졌던 여러 실험이 90년대 후반에 이르러 '성찰'이나 '명상'에 의해 반성되는 시점에 이른 것이다. 즉, 정신이나 진정성이 결여된 실험은 세기말의 현실 속에서 일상화되어버린 '광기'와 다를 것이 없기 때문이다.

그러므로 끝없이 소진되는, 혹은 죽음을 향해 달려가며 춤을 추고 있는, 시들 속에서 우리가 찾아야 할 것은 역설이다. 세기말의 광기를 흉내내는 시들을 지탱하는 시정신은, 이미 그 광기가 '끝물의 달콤함'[3]에 불과하다는 인식이다. 만약 이러한 직시가 없다면 그것은 공허한, 이미 일상화되어버린 광기의 일부에 불과할 뿐이다.

춤추는 광기의 시들은 억압을 벗어나 소멸을 향해 폭주하는 이 시대의 정신과 감수성을 대변한다. 이런 시들은 90년대 중반의 가벼운 감상성을 넘어서 '존재의 기투'를 전제로 한 구원의 탐색을 거행하고 있는 것이다. '죽음과 재생'의 동시성을 무의식과 광기의 폭발로 밀어붙이는 이런 시들은 특히 '허혜정·김언희·김소연' 등을 비롯한 몇몇 여성 시인의 시들에서 두드러진다고 생각된다. 그것은 남성적 억압에 대한 해방의 출구를 욕망의 가속도, 즉 소진의 미학으로부터 발견하고 있기 때문이다.

반면 이윤학·장석남·전동균·박형준 같은 시인들은 '혹사당한 육체와 영혼'의 구원을 갈망하며 신음하는 죄수의 인식을 시정신 속에 포함하고 있다. 그것은 마치 역사의 하중을 온몸에 지고 '순교'하려는 자세와 유사하다. 스스로를 "비누처럼 다 써야 한다고/그래야 영혼이 깨끗해진다고"[4] 생각한다거나 "극에 달한 고통만이 영혼을 건져

---

3) 김소연, 「끝물, 과일 사러」, 『극에 달하다』, 문학과지성사, 1996.
4) 전동균, 「만석 할머니」, 『오래 비어 있는 길』, 민음사, 1998, pp. 57~58.

올릴 수 있다"[5]고 말하는 이 시인들의 공통점은 영혼의 구원을 위해서 세기말적인 소멸의 고통을 내면화하여 견뎌내려고 한다는 점이다.

이처럼 춤추는 광기와 영혼의 구원을 갈망하는 두 경향 사이에는 오히려 차이점보다는 많은 공통점을 지니고 있는데, 그것은 방식은 다르지만 각각 소멸의 미학 혹은 죽음의 미학을 지향한다는 것이다. 내면화된 죽음의 의식이 성찰이나 명상으로 드러난다면 파토스적인 죽음 의식은 광기나 속도 등의 동적인 측면으로 표현된다. 이 둘은 '죽음과 재생'의 연금술적인 변환을 지향하며 이것이 시적 구원을 향한 이들 시인의 구체적인 전망이라고 할 수 있다.

## 3. 관계의 단절과 기억의 불신

앞에서 말한 세기말적 일상과 광기의 상관관계는 90년대 시에 또 다른 특징이 나타나게 되는 원인이기도 하다. 예를 들면 세기말의 현실에 대한 인식은 시인에게 기억과 상상의 혼돈이라든가 인간과 인간 사이의 관계의 문제에 대한 화두를 제공한다. 기억이나 추억만이 인간과 인간의 관계 사이에 존재하는 연대성이나 상호성을 증명하는 유일한 표지라는 것은 90년대적인 일상성 아래서 확연하게 실감된다. 그 원인은 대중적인 오만과 냉소, 허무가 일상화됨으로써 타인과의 관계성 자체가 변질되기 때문이다.

타인에 대한 불신은 대중적 감수성의 통합을 저해하며 동시에 시적 소통을 어렵게 만든다. 결국, 객관적 타자에 대한 불신과 왜곡의 현상이 불러오는 것은 주관적 자기 중심주의에 대한 의존이다. 주관

---

5) 이윤학, 「난로 위의 주전자」, 『나를 위해 울어주는 버드나무』, 문학동네, 1997, p. 25.

적 자기 중심주의가 바탕이 된 자의식 혹은 자기 정체성 확립의 과정은 자연히 여러 가지 장애에 부딪히게 되는데 그 중의 하나가 기억에 대한 불신 가능성이라고 할 수 있다. 기억이 사실이었음을 증명해줄 객관적인 증거는 타자와의 관계를 통해서 최종적으로 입증되는 것이다. 그러나 타자와의 관계가 단절된 상태에서 개인의 기억은 역사 속에 편입될 수 없다. 이런 현상은 파편화된 역사를 의미하며 역사가 곧 또 하나의 서사 과정이었음을 알게 한다.

결국 역사에는 기억된 것과 망각된 것이 있으며 기억된 것만이 세기말의 일상을 지배하고 있는 것이다. 마찬가지로 개인의 경우에도 그는 늘 기억하고 싶은 것만 기억할 뿐이며 또한 많은 것을 망각하게 마련이다. 따라서 90년대 시의 기억화법은 곧 망각의 화법이기도 하다. 개인의 내면은 과거의 기억과 그의 욕망이 상상하는 이미지가 결합되어 형성되는 것이다. 진영대의 「영정 사진」[6]과 정윤천의 「흰 길이 떠올랐다」[7]는 이러한 관계성과 기억, 내면 풍경과 상상의 관계를 보여주는 시들이다.

「영정 사진」은 '영정 사진'조차 준비하지 못하고 죽은 사람의 단절된 인생을 소재로 삼은 시이다. 영정 사진으로 쓸 독사진이 없었기 때문에 단체 사진 속에 있는 그를 오려내어 겨우 혼자 남게 만든다는 발상은 상당히 아이러니하다.

또한 죽어서야 비로소 혼자 되었으면서도 실은 '늘 뒷자리에 쐐기처럼' 박혀 있던 그의 생전의 삶은 군중 속의 섬과 같은 존재라고 할 수 있다. 언제나 혼자가 아니었으면서도, 또 늘 혼자였던 '그'의 단절된 삶이 이 시의 주된 내용이다.

"장지에서 돌아오는 길에 나는 영정 사진을 한 장 찍어두고 싶었

---

6) 『문학과 창작』, 1998. 7.
7) 『현대시』, 1998. 7.

다. 사진관 의자에 앉아 포즈를 취하는데 그가 자꾸 등 뒤에서 내 어깨 위에 손을 올려놓았다"라는 이 시의 마지막 구절은 그의 삶이 실은 끊임없이 사람들의 어깨에 손을 올려놓으려는 노력의 과정이었음을 말해준다. 하지만 타인과의 관계를 회복하지 못했던 그는 죽음으로써 완전히 잊혀진 것이다. '영정 사진'으로도 기억되지 못할 뻔했던 그는 타인 혹은 역사와의 관계성을 잃고 망각의 시간 속으로 흘러간 것이다. 이처럼 기억은 순수한 주관성에 의해서는 인정받지 못한다. 그래서 모든 개인의 추억은 타인에게 전달되거나 공유됨으로써 복원된다. 이 과정에서 상상이 개입되기도 하는 것이다.

정윤천의 「흰 길이 떠올랐다」는 과거의 기억에 대한 집착이 지니고 있는 의미가 무엇인지를 추적하고 있는 시이다. 이 시에는 나이 든 여자(책의 저자)의 젊은 시절 사진과 어머니의 '헝겊 조각과 바느질'에 대한 집착 사이의 유사성을 발견하는 구조로 이루어져 있다. 아래의 인용을 통해 좀더 자세히 살펴보기로 하자.

1.

어떤 나이 든 여자는 자신의 책을 내면서, 표지에, 젊은 날의 사진을 골라 버젓이 실어놓았다. 그리하여 기인 생머리칼 자락이, 그녀의 한가로운 閑談集 안에서 물비린내를 흠씬 풍기며 출렁이고 있었다. 처음에 나는 한동안 터질 듯이 부풀어오른, 그 나이 든 여자의, 과거의 상반신에 대하여(탱탱한 유방 근처와……,) 그리고 그녀의 현재의 저의(?)에 대하여, 상당한 의혹과 유감을 가져보기도 하였다.

2.

어머니는 한땀 한땀 힘들게 바늘귀를 놀렸다. 당신의 그런 집착과 망아의 시간 곁에서, 나는 곧잘 실패라거나 골무 등속을 가지고 놀았

다. 그리움에도 빛깔이 있다면…… 내게 있어 그 시간들은(귀머거리
와도 같았던!), 어쩌면 온통 회색의 색감이었다.
  어머니는 손바닥만씩 한 헝겊을 덧대어, 상보라거나 책보 같은 걸
기워놓곤 하였다. 언젠가 당신은 내게 힘들게 들려준 적이 있었다.
(애야, 나는 내 안팎의 상처를 깁곤 했구나.)


  〔……〕


  3.
  내게도 그렇게 흰 길이 하나 떠올랐다(흐릿한 길……), 혹시 그 여
자들은(늙은 여류 한담가와 어머니), 제각기 혼신의 힘으로, 자신의
옛날 사진 한 닢과 손바닥만씩 한 헝겊 조각들 속에서, 어느 여름날의
(혹은 사무치게 은성했던 날의) 숲길 앞에 이르는, 그런 푸르름의 길
모서리를, 글썽한 눈매로 떠올려보고 있었던 것은?

  아니었는지도 모르겠다며, 내게도 흰 길이 떠올랐다. 〔……〕
                              —정윤천, 「흰 길이 떠올랐다」의 일부

  위의 시는 기억과 그 기억에 대한 해석 사이의 차이를 보여준다.
"왜 내가 지금 아는 것을 그때는 알지 못했는가"라고 묻는다면 이
질문은 곧 내면의 유무에 관한 것이 된다. 기억이 변질되는 원인은
언제나 해석의 개입에 의해서이다. 즉, 어떤 사실이든 해석이 개입
되는 순간 그 사실은 엄밀하게 말해서 이미 재구성되기 시작한 것이
다. 이러한 재구성에는 필연적으로 의도와 욕망, 상상 등이 개입되
게 마련이다.
  1에서 나이 든 여자의 저의(?)를 의심하던 화자는 2에서 어머니의

삶을 기억하고, 여자의 저의를 추억 속의 흰 길에 대한 집착으로 해석한다. 결국, 1에서 여자의 속물적인 자기 과시욕에 대해 유감을 품었던 화자는 어머니의 바느질과 헝겊 조각이 추억을 증거하는 매개였듯이 그녀의 사진이 과거를 떠올리는 매개라고 해석한다. 그러나 화자의 1의 생각과 2, 3의 생각 중 어느 것이 옳은지는 알 수 없다. 이것은 단지 화자 스스로가 선택한 내면적인 화해일 뿐이다. 이 점에서 이 시는 내면적인 화해의 도구로써 과거의 기억을 동원하고 있지만, 그것은 다분히 낭만적인 태도로 생각된다.

이 시인의 다른 시 「풍경」[8]에서도 알 수 있듯이 시인은 시간의 흐름에서 단절감을 확인하기보다는 깊은 연속성을 느낀다. 그것은 기억이나 해석 행위에 의해서 망각되거나 왜곡되는 부분들을 깊이 생각하지 않기 때문이다. 이 점은 기억과 해석의 자기 중심성을 드러내는 것으로써 서정적인 화해를 끌어오는 데 유리하지만 결과적으로는 세계와의 충돌을 피할 수 없다. 정윤천 시인의 시는 이 점에서 상당히 고정적이고 권위적인 기억과 그 해석에 의해 상처의 회복을 추구하는 전통적인 기억의 화법을 따르고 있다.

이러한 특징은 90년대 시에서 종종 보이는 기억에 대한 불신이나 망각의 화법과는 상당히 대조적이다. 기억의 자기 동일성을 굳게 믿는 시인의 태도는 같은 지면에 발표한 다른 두 편의 시 「길 너머」나 「풍경은 옛 연못을 지웠을지라도……」에서도 마찬가지로 나타난다. 그리고 이런 점은 시인의 세계에 대한 태도가 지나치게 자기 중심적인 낭만성에 빠져 있는 증거이다. 〔1998〕

---

8) 『현대시』, 1998. 7.

존재의
거울
제5부

# 새로운 시적 예언과 '틈'의 상상력

## 1. 틈새와 흔적, 그리고 육체

90년대의 시적 경향과 전망, 새로운 미학의 가능성 등을 종합적으로 살펴보기 위해서 여러 문학 잡지에 발표된 작품들을 전체적으로 살피는 동안 새삼 느낀 것은 '틈새' '흔적' '영혼' '육체(몸)' '운명' 등을 둘러싼 시적 명상이나 진술이 상당히 많이 눈에 띈다는 점이었다. 이 점은 이전에도 여러 평자들에 의해서 종종 지적되어온 만큼 90년대의 시를 바라보고 평가하는 중요한 특징이자 척도임이 틀림없다. 예를 들면 다음과 같은 견해들은 90년대의 시를 세기말, 혹은 20세기 근대의 뒷길을 빠져나가는 특징적인 모습으로 바라본 가장 최근의 사례이다.

90년대의 시인들은 80년대의 민중에 방불할 만큼 신명을 바쳐 '경계'며 '틈' '사이' 같은 것들에 천착했다. 쉽게 언표될 수 없는 이런 어떤 것들도 우리의 내면을 구성하는 중요한 요소들일 것이다. 그러나 이 모두는 다 전체성을 획득하는 시적 질료로 선택될 수 있지만 또한 그것은 보다 깊고 섬세한 심미안을 통해서일 것이다. 나는 한국에서의 삶이 이런 다양한 파장들을 동시에 거느리고 있다고 본다.[1]

　육체의 진실이란 욕망을 의미하는 것이지만, 육체의 상품화를 부추기는 소비 사회는 어디에서나 욕망의 힘이나 욕망의 진정성을 보여주려고 하지 않고, 그것을 은폐시킨다. 소비 사회의 온갖 제도는 기껏해야 성욕의 충동을 자극하여 소비 욕구를 창출하려 할 뿐이다. 육체의 해방이란 어디까지나 허구이며, 육체의 힘이나 공격적 충동은 통제되고 관리되며, 소비된다. 시인들은 바로 이러한 현상과 사회적 흐름에 반대편에서 육체의 모습을 이성적이고 객관적인 시선으로 바로 보게 한다. 그리하여 그들은 육체의 죽음을 말하기도 하고, 육체의 감옥을 외치기도 하며 육체의 기형성과 불구성을 증언하기도 한다. 그들이 육체를 어떻게 시적 주체로 형상화하건 우리의 삶과 죽음, 고통과 즐거움, 세계와의 진정한 대면과 참여가 모두 육체에 의해서 가능하고 육체는 우리들 존재의 실체라는 것을, 시인들처럼 심각하게 느끼고 사유하는 경우도 많지 않을 것임이 분명하다.[2]

　위의 인용문에서도 알 수 있듯이 최근의 시를 둘러싼 담론에서 핵심적인 쟁점은 세기말의 현실을 싸안을 수 있는 특징적인 언표를 찾는 것이다. 이러한 논의는 20세기 후반의 현실을 통과하는 시적 전언의 실체를 찾는 행위이고 동시에 새로운 미학적 가능성과 삶에 대한 시의 예언적 기능의 회복에 대한 기대감을 드러내는 것이다. 다시 말해서 시적 미학을 둘러싼 근대적 기획을 담은 미적 근대성의 화살이 20세기를 마무리하는 지금 과녁에 제대로 적중했는가를 확인하는 것은 그다지 중요한 문제가 아닐 수도 있다. 어쩌면 90년대

---

1) 김형수, 「낡아 보이는 새로움에 대하여」, 『내일을 여는 작가』, 1997. 5, 6월 합본호, pp. 234~35.
2) 오생근, 「육체의 시대와 육체의 시학」, 『동서문학』, 1997년 여름호, pp. 282~83.

의 시는 과거로부터 날아온 속도의 관성으로부터 어떻게 벗어나는 가를 고민하는 것에서부터 스스로의 정체성을 발견하고 있는지도 모르기 때문이다.

다시 흔적과 틈새의 문제를 생각해보기로 하자. 흔적의 의미는 부재/현존의 대립을 넘어서는 의미를 지닌다. 그것은 틈새가 단절/연속의 이항 대립을 넘어서는 것과 같다. 앞의 김형수의 글에서 '전체성을 획득하는 시적 질료로서 섬세한 심미안을 거쳐 선택되어야 하는 대상'으로 규정된 틈, 경계는 사실은 단순한 질료나 미적 대상이 아니라 좀더 근원적인 인식론의 문제를 포함하고 있음을 알 수 있다. 그것은 의미의 부재/현존을 둘러싼 '시적인 것'의 현실태를 규정하는 문제이다. 시에서 기표의 부유와 의미의 부재를 앞세우는 최근의 일부 전위적인 시도 사실은 의미의 부재와 현존 사이에 있는 '틈새' 혹은 '경계'를 헤매고 있을 뿐이다.

박상순의 「스모그」「오렌지, 오렌지, 오렌지」[3]는 실제로 부유하는 기표의 유희와 의미의 부재를 보여준다기보다는 오히려 의미의 흔적, 다시 말해서 "언젠가는 있었지만 지금은 있지 않는" '부재 증명'의 영향력을 폭로하는 시이다. 이러한 의미의 흔적은 좀더 심층적으로는 시인의 존재 의미와 맞닿아 있는 것으로서 기표의 유희는 순간적이고 찰나적인 의미의 현현 순간을 포착하려는 존재의 '실존적인 기투'를 담고 있다. 이 생각은 박상순의 시를 바라보는 지금까지의 잘못된 인상주의에 대한 문제의식을 포함한다.

우선 기표의 기의에 대한 우월성을 전적인 의미의 부재로 받아들이는 단순화된 논리에 의한 오해를 지적할 수 있을 것이다. 이것은 흔적과 경계가 부재와 현존의 차이를 넘어서는 '차연 differance'을

---

3) 『동서문학』, 1997년 여름호.

드러내는 언술이듯이 박상순의 시는 의미의 부재가 아니라 의미의 순간적인 현현, 깜빡임, 흔적을 나타낸다는 점 때문이다. 그리고 이 점은 시인 박상순의 무의식적인 욕망이 잃어버린 의미를 찾으려고 혹은 부여하려고 발버둥치는 과정에서 나타난 '기표와 기의의 미끄러짐'을 그대로 보여주는 것이다.

박상순이라는 시인의 개인적 언술(파롤) 안에서 미끄러지는 기표는 실제로는 자유로운 유희를 한다기보다는 의미의 현현 순간을 포착하기 위해 심층적인 욕망을 표출하고 있는 것이다. 박상순의 시에는 외부(세계)와 시적 자아 사이의 불화가 '의미의 불일치'를 통해서 표출되고 그러한 불일치의 긴장은 욕망의 기표에 대한 작용을 통해서 해소된다. 그리고 그것은 모두 '흔적'이나 '경계' 위에서 벌어지는 현상이다.

예를 들면, 「오렌지, 오렌지, 오렌지」는 그 제목에서부터 시인의 '의미에 대한 집착'을 보여주고 있다. 라캉이 「'도둑맞은 편지'에 관한 세미나」에서 욕망의 작용에 의해 '편지'의 의미(기의)가 변화하는 과정을 보여주었듯이 이 시의 제목은 시인의 주관적인 의식 내에서 욕망에 의해 변화하는 세 번의 의미 작용 과정을 암시한다. 또한 시의 언술은 "내 풀들이 울고 있는 동안/흩어진 내 구름이 다시 뭉치는 동안"이라는 주관적인 시간의 경과 과정을 표현하고 "울타리도 없이, 지붕도 없이, 손잡이도 없이/내 눈썹 아래로 흘러내린 긴 머리카락처럼/흘러" "나의 문은 닫혔다"로 끝난다. 그리고 그 사이에 "내 나무가 잎을 돋아내는 동안/ 〔……〕 //내 푸른 하늘이/다시 또/열리는 동안" 이라는 또 다른 주관적인 시간 경과가 서술되어 있다.

결국, 이 시는 주관적인 '의식'의 시간 흐름을 나타내는 말과 그 시간의 경과 후에 나타난 변화에 대한 진술로 구성되어 있다. 그러나 이러한 주관적인 시간의 경과 과정을 나타내는 표현 자체가 이 시의 의미를 순간적으로 드러내는 '흔적'이라는 점에서, 이 시는 "울타리도 없이, 지붕도 없이, 손잡이도 없이" "나의 문은 닫혔다"의 의미를 반복해서 재생산한다. 그리고 그러한 의미는 확정된 의미가 아니라 '불확정성'을 지닌 의미라고 할 수 있다. 즉, 이 시의 의미는 시적 언술의 전체에 '산종dissemination'되어 있는 것이다.

이 시를 통해서 읽어야 할 것은 의미를 생산하는 '구조'이며 그것은 현현되지 않는 의미 앞에서 좌절하는 욕망을 읽는 것이다. 의미는 끊임없이 생산되지만 또한 지속적으로 지워진다. 그래서 의미는 현현되지 않으며 유보되고 기표는 의미의 흔적을 미끄러지는 것이다. 따라서, 이 시는 시인의 내면을 상징하는 시간과 외부의 현상계가 일치하지 않음을 노래하고 있고 결과적으로는 시인은 사적인 언술 속에 철저히 고립되는 자아를 드러낸다. 그러나 타자의 언술을 배제하는 방식으로 선택된 이러한 고립은 외부의 폭력적 언술을 거부할 수 있을지는 모르지만 또한 세계로 향하는 출구도 역시 봉쇄할 수밖에 없다. 마침내, 시인의 '실존적 기투'는 자기 보존의 영역 안에 갇히게 되며, 더 크게는 의미의 흔적들로부터 후퇴하여 고정화된 '사적 언술'이나 '이미지의 세계(거울계)' 안에 머무는 유아기적 퇴행을 겪을 수도 있는 것이다. 이러한 위험은 '경계'나 '흔적'이 지니고 있는 긍정적 가능성인 '타자'와의 만남 혹은 상호 주관적인 인식의 가능성을 놓치는 결과를 초래할 수도 있는 것이다.

이번에는 육체와 영혼의 문제를 둘러싼 최근의 시적 인식과 태도에 대해서 거론해보기로 하자. 앞에서 인용한 오생근의 글은 육체의 '매개성'에 대한 적확한 견해를 표방하고 있다. 몸의 시학 또는 육체에 관한 명상을 표방하는 시의 대부분은 사랑과 욕망에 대한 시적 인식을 동반하고 있다. 결국 인용된 글에서도 알 수 있듯이 육체의 진정한 해방은 세계와의 대면을 통한 욕망의 진정성과 존재의 확인을 의미한다. 그러나 근대의 육체를 둘러싼 지배 담론은 육체성의 심각한 훼손과 질곡을 낳은 것이 사실이다. 그것은 육체의 억압에 대한 진정한 회복이 아니며 혹사이고 착취이다. 따라서 최근의 시가 보여주는 육체에 대한 인식은 육체성의 타락과 훼손에 대한 인식을 보여주는 것이 주된 경향이라고 할 수 있다.

육체에 대한 사유를 좀더 체계화한다면, 육체 혹은 몸은 자아의 진정성 또는 영혼이 세계와 만나는 '경계'이며 '공간'에 해당된다. 이 점은 틈이나 사이가 '흔적'인 것처럼 육체는 '영혼과 세계'가 '부재/현존'하는 흔적이라는 사유를 가능하게 한다. 결국 육체는 '영혼의 양식'과 '세계의 양식'을 매개하는 하나의 통로이며 더 나아가 타자의 언어와 주체의 언어가 만나는 상징적인 공간인 것이다.

김언희의 「그라베」[4]는 훼손된 육체성에 대한 시적 인식을 뛰어나게 형상화한 시이다. 좀 길지만 전문을 인용해보기로 하자.

그 여자의 몸 속에는 그 남자의 屍身이 매장되어 있었다 그 남자의 몸 속에는 그 여자의 屍身이 매장되어 있었다 서로의 알몸을 더듬을 때마다 살가죽 아래 분주한 벌레들의 움직임을 손끝으로 느꼈다 그 여자의 숨결에서 그는 그의 屍臭를 맡았다 그 남자의 정액에서 그 여자는 그녀의 屍汁 맛을 보았다 서로의 몸을 열고 들어가면 물이 줄줄 흐르는 자신의 성기가 물크레 기다리고 있었다 이건, 屍姦이야. 근친상간이라구! 묵계 아래 그들은 서로를 파헤쳤다 손톱 발톱으로 구멍 구멍 붉은 지렁이가 기어 나오는 각자의 유골을 수습하였다 파헤친 곳을 얼기설기 덮었다 그는 그의 破墓 자리를 떠도는 갈 데 없는 망령이 되었다 그녀는 그녀의 破墓 자리를 떠도는 鬼哭聲이 되었다 음산한

---

4) 『현대시학』, 1997. 6.

                                        ——「그라베」전문

　위의 시에서 여자와 남자는 서로 상대방의 육체를 매장하고 있는
묘지이다. 그리고 시신은 훼손된 육체의 극단적 상태라고 할 수 있
다. 시신은 영혼을 상실한 육체이고 동시에 세계로부터 버림받은,
곧 '매장'된 육체이다. 그렇다면 육체로서의 실질적인 기능을 모두
상실한 시신을 매장하고 있는 두 남녀의 몸뚱아리는 과연 무엇일까?
　두 남녀가 서로의 알몸을 더듬는 행위는 결국 서로의 시신이 파묻
힌 무덤을 파헤치는 일이다. 그리고 그렇게 서로의 몸을 더듬는 육
체적인 사랑의 행위가 극도의 혐오스러운 훼손(죽음)으로 묘사됨으
로써 두 남녀의 관계는 병적인 집착에 불과한 것이 된다. 위의 시에
서 나타난 남녀의 관계를 굳이 사랑이라고 이름 붙인다면 그 사랑은
시간(屍姦)이나 근친상간처럼 혐오스러운 일이다.
　여자는 남자의 몸을 파헤쳐 자신의 시신과 관계를 맺고 또한 남자
도 "몸을 열고 들어가면 자신의 성기가 물크레 기다리고 있는" 상황
을 겪는다. 두 사람은 각각 서로에게 훼손된 육체의 거울인 것이다.
일그러진 두 개의 거울을 마주 세워놓은 상태를 상상한다면 그것은
위의 시에 정확하게 부합되는 일이 될 것이다. 두 남녀는 서로가 상
대방에게 무덤이고 동시에 일그러진 거울이다. 그들은 서로가 상대
방에게 훼손된 육체를 증명해줌으로써 '음산한' 사랑을 유지해가는
것이다.
　위의 시는 육체성의 훼손이 가져오는 악순환을 자세하게 형상화
하고 있다. 그것은 남녀의 사랑이라는 외피를 통해 드러나고 있지만
실질적으로는 존재의 왜곡과 일그러진 영혼에 대한 진술을 포함하
고 있다. 육체는 영혼의 양식이자 동시에 세계와의 접촉을 이끄는
매개인 만큼 그 두 가지의 육체적 의미가 사라진 자리에서 사랑은

시간(屍姦)이며 근친상간이 될 수밖에 없는 것이다.

요컨대, 육체는 영혼과 세계가 몸담는 양식이며 의미를 생산하는 '틈'이고 그것은 자아와 타인의 사이를 중개하는 경계이자 주체와 타자의 '겹침'이 일어나는 현실적 공간인 것이다.


## 2. 상상과 가상, 기억


최근의 시에서 나타나는 또 하나의 특징적인 경향은 시간의 틈새에 대한 인식을 통해서 기억을 상상이나 가상과 구별하지 않는 인식이다. 이것은 인간의 주관적인 인상이나 감각, 또는 직관이라는 것이 만든 무수한 가상의 이미지가 현실적인 삶이나 기억과 혼동되거나 대체되는 현상을 통해서 나타나며 더 나아가서는 현실이나 기억이 차지하고 있던 우위성이 상상과 가상에 의해서 전복되는 가치 전환으로까지 확장된다. 이런 현상은 주체의 근거가 미약해진 20세기 말의 현실을 그대로 반영하는 것이다. 객관적 현실에 대한 인식 근거를 의심하기 시작한 탈이성주의가 낳은 공백은 주체를 주관적인 관념의 영역으로 후퇴시켰고 타자와의 만남에서 현실과 가상을 구분하지 않는 인식을 촉발했다. 진실은 사실과 가상을 구분하지 않는다. 기억은 주관적이고 주관적인 기억은 가상이 끼어들 틈을 곳곳에 남겨놓는다.

그런 점에서 허혜정의 「만약 나의 삶이 나쁜 스토리라면」[5]과 이선영의 「기억의 방울」[6]은 가상과 기억에 대한 최근 시의 경향을 잘 보여주는 작품이다. 또한, 이 두 작품은 존재의 위기의식을 가상과 기

---

5) 『문학동네』, 1997년 여름호.
6) 『현대시』, 1997. 6.

억의 양상을 통해서 보여줌으로써 90년대를 관통하는 시인들의 위기의식 또는 불안의 실체를 잘 나타내고 있다.

허혜정의 시 「만약 나의 삶이 나쁜 스토리라면」은 세계의 구조 자체를 하나의 커다란 가상이라고 생각하는 시적 자아가 등장한다. 그는 외부의 모든 정보와 사실에 대해서 놀랍도록 꼼꼼하게 짜인 스토리를 발견한다. 그러나 사실을 의심하는 시적 자아는 결국 보려는 욕망에 의해 나쁜 스토리 안으로 직접 뛰어든다. 그리고 "자신은 쓰여지지 않으면서 모든 것을 쓰는 세계"를 폭로한다. 결국 시적 자아는 세계의 거짓말을 잠그면서 세계를 세우고 있는 자들을 발견하고 그 잠겨진 거짓말의 자물쇠를 뜯어낸다. 그것은 사실을 의심함으로써 발견한 세계의 허점이고, 거짓말 또는 알리바이의 인식이다. 시적 화자는 상상 속에서, 보려는 욕망으로부터 쓰려는 욕망으로 넘어와서 자기만의 언어를 획득한다. 그리고 세계의 언어가 아닌 모든 언어는 실제로 짜인 스토리 속에서 말해지지 않는다. 그렇다면? 화자의 말처럼 "그것이 어떻게／완벽한 이야기란 말인가." 그것은 결국 누군가에 의해서 나쁘게 말해진 혹은 씌어진 스토리를 읽는 것에 불과하다.

허혜정의 「만약 나의 삶이 나쁜 스토리라면」은 세계의 폭력적이고 일방적인 담론 구조를 폭로하는 내용을 가상적 이야기로 형상화한 뛰어난 시이다. 시적 긴장이 시종 늦추어지지 않고 있는 것도 장점이지만, 그러한 긴장의 생성이 가상적 이야기의 구조를 스스로 노출하면서 다시 쓰는 특이한 이중의 구조로 이루어졌다는 점에서도 시인의 시적 자의식을 넉넉히 살필 수 있었다. 특히 주체가 겪는 불안의 원인을 세계의 거대한 이야기 속에서(자신은 쓰여지지 않으면서 모든 것을 쓰는) 발견하는 시각도 독특한 시적 인식이라고 여겨진다.

이선영의 시 「기억의 방울」도 기억의 주체가 가질 수 있는 주관적

인 태도를 시화하고 있다는 점에서 허혜정의 시와 유사한 관점을 지
니고 있다. 우선 시의 일부분을 살펴보기로 하자.

   저 처마 끝은 무수한 기억의 방울들을 매달아놓고 있다
   좋은 일과 잘한 일만 기억한다고 말하는 사람을 나는 더러 보았다
   그이들에게 기억의 방울이 전시된 저 처마 밑은 추억과 향수의 호
   젓한 산책길이 될 것이다.
   그러나 내 악몽의 산실, 저 처마 밑에서는 장대를 함부로 저어서는
   안 된다
   기억의 방울들이 밤송이처럼 쏟아질지 모르니
   이미 기적이라 불리지도 않는 기적, 내 앞으론 날마다 새로운 태양
   이 날아들고
   나는 그 무구한 얼굴을 위안 삼는다
   오늘은, 기억의 방울이 되어 내 정수리 위로 떨어져 내릴 먼 훗날
   까지는
   나를 드러내지 않을 未知이니까         ─「기억의 방울」의 일부

시적 화자에게 기억은 악몽과 같은 것이다. '좋은 일만 기억하는
사람들에게는 호젓한 산책길이 될 수 있는 기억의 처마 밑이 화자에
게는 악몽의 산실인 것이다. 이런 인식은 기억이 결코 모든 사실을
저장하는 창고가 아니라는 점에서 하나의 스토리를 가지고 있다고
할 수 있다. 그리고 그 스토리는 기억을 매달고 있는 처마의 몫이다.
이 처마를 시인은 "암흑계의 갈수록 가팔라지는 벼랑길에서 영혼은
가장 무서운 기억들과 맞닥뜨린다. 영혼은 겁에 질려 오들거린다.
자기 과거의 적나라한 모습과 정직하게 마주하는 것보다 고통스러
운 일이 또 있을까?"라는 프롤로그를 통해서 영혼이 맞닥뜨릴 벼랑

338

으로 그리고 있다. 결국 영혼이 과거의 기억과 정직하게 마주치느냐 않느냐는 존재의 분명한 선택 중에 하나이다. 좋은 일과 잘한 일만 기억하는 것과 나쁜 일과 잘못한 일만 기억나는 것은 과연 어느 것이 정직한 기억과의 마주침일 것인가?

일단 이 시의 화자는 그러한 마주침 자체를 '유보'한다. 그것은 연기(延期)된 것으로서, 오늘 또는 영원한 현재를 통해서 악몽의 기억을 대체해나갈 새로운 기억의 산실(産室)이기 때문이다. 그러나 시인의 태도는 그러한 기억 자체의 새로운 탄생에 어떤 희망이나 기대를 걸고 있지는 않다. 오히려 그 기억 자체가 먼 훗날까지 유보되어 있다는 것 자체에 안심을 하고 위안으로 삼는다. 그리고 그러한 유보의 시간이 하루하루 반복된다는 것 자체가 기억의 방울들이 밤송이처럼 쏟아질 어느 날까지 지속된다는 것으로 만족한다.

이런 태도는 현실을 악몽이나 폭력에 대한 '견딤'의 연속으로 혹은 죽음이 유보된 형식으로 파악하는 시인의 인식을 그대로 드러낸다. 결국 시인의 태도에는 삶을 불안이나 위기의식의 연속으로 감지하고 있는 자아의 모습이 선명하게 나타난다. 그것은 존재의 한계에 대한 인식과 맞물리면서 거대한 세계 혹은 운명에 대한 사유를 드러내는 것이다. 영혼의 형식에 대한 탐색은 궁극적으로는 '운명'이라는, 존재의 불안을 낳는 '원천'과 만날 수밖에 없는 것이다. 이처럼, 이선영의 「기억의 방울」은 90년대적 일상이 지닌 불안 의식과 그것을 감추는 유예된 시간 의식, 견딤의 자세를 세밀하게 형상화하고 있는 수작이다.

세기말의 마지막을 통과하는 시의 선택은 앞에서 소개한 작품 속에서도 여전히 중요한 화두로 나타난다. 그것은 시의 새로운 예언적 기능에 대한 기대를 동반하면서 중요한 징후들이 하나의 해결을 향해 움직이고 있다는 사실을 확인하게 한다. 다시 말해서, 90년대의 시적 지형도는 새로운 시도와 움직임 속에서 이미 미래의 과녁을 예시하고 있는 것이다. 아직 나타나지는 않았으나 곧 나타날 새로운 미학과 시의 조짐이 언제부턴가 서서히 우리 주위에 그 모습을 드러내고 있다. 그것은 낡은 것이 사라지고 새로운 것이 탄생하는 시기면 언제나 그렇듯이 죽음과 소멸, 탄생의 순간이 뒤섞인 혼돈으로 우리에게 비쳐질지도 모른다. 그러나 경계와 틈으로 상징되는 이 시대의 미학은 비록 비정형의 상태이지만 이미 가능성으로 충만한 자태를 드러내고 있는 것이다.　　　　　　　　　　　　〔1997〕

# 존재의 거울

## 1. 사물과 비유

먼저, 이런 우문(愚問)으로 글을 시작해보자. '답답하다' '목마르다'와 '안정되다' '편안하다'라는 단어들 사이에 있는 차이와 공통점은 무엇일까? 역시 상투적으로 이렇게 대답하기로 하자. 이 단어들이 결핍과 충족이라는 서로 반대되는 상태의 주관적 '느낌'을 표현하고 있다고. 사실 이런 우문 우답은 시를 둘러싼 여러 형태의 담론에 대한 일종의 비유이다. 주관적인 표현의 영역을 둘로 나누면 그것은 결핍과 충족의 이항 대립적 영토로 쪼개진다. 그리고 그 두 개의 영토는 욕망의 수위를 가늠하는 척도가 된다.

시는 이 점에서 주관적인 욕망을 나타내는 표현 행위임에 틀림없다. 그러나 문제는 욕망의 수위가 아니라 욕망의 대상이다. 주체가 느끼는 욕망은 다원적인 대상을 가지고 있는 복합물로서 상이한 방향으로 뻗어나가는 관심의 촉수에 해당된다. 그 촉수들은 주체의 내면과 외면 사이에 놓인 간극을 욕망이라는 형태로 변형한다. 즉, 외면과 내면의 일치를 합일 내지 충족이라고 한다면 외면과 내면의 불화는 결핍에 해당된다. 따라서 시가 표현하는 욕망은 결국은 주체가 행하는 세계에 대한 '간섭'으로 확장된다. 그 간섭이 성공적일 때 시는 완성 혹은 틀을 갖게 되고 그 간섭이 불화의 형태를 띨 때 시의 장르에 대한 관념은 해체된다.

오랫동안 시인에게 사물 혹은 세계는 가장 근원적인 욕망의 대상으로 여겨져왔다. 시인은 자신의 내부에 없는 것을 외부에서 찾았고 그것이 신 또는 구원 · 해방 · 사랑 등으로 명명되었다. 우주와 사물, 세계에 대해 관심의 촉수가 뻗어나가는 시는 이런 점에서 사물의 형식을 탐색하는 주체의 양식이라고 할 수 있을 것이다. 반대로 최근의 시에서 보이는 세계에 존재하지 않는 것을 인간의 내부에서 발견하려는 행위는 '영혼의 형식'을 찾는 주체의 사유라고 부를 수 있다.

이 두 가지 주체의 선택적 사유는 결핍이라는 욕망의 위험 수위가 말하는 것이 무엇인지를 우리에게 가르쳐준다. 가치의 부재를 사는 현대의 일상성이 인간에게 남긴 결핍은 신성한 것, 영원한 것에 대한 동경이다. 보들레르가 시의 반쪽을 일시적이고 우연한 것에서 그리고 나머지 반을 영원한 것, 불변의 것에서 찾을 수 있다고 생각한 것은 분명히 옳은 생각이었다. 현대시는 이미 그 현대성 안에 일회적 형식, 우연성의 창조라는 도발적인 죽음의 미학을 내포한다. 그리고 그 죽음의 미학을 통해서 신성한 것과 영원한 것에 대한 동경을 높은 위치에 놓을 수 있었던 것이다. 그래서 현대시는, 장르는, 형식은, 죽음의 운명을 지니고 태어났고 또한 재생의 신화를 동경할 수밖에 없다.

주체의 외면과 내면, 주관과 객관 사이의 교감과 소통 불능의 상황은 시의 숙명이다. 소통 불능과 교감의 불가능성에서 오는 절망이 모든 시를 죽음의 미학에 탐닉하게 하고 불온하며, 불완전하게 만든다. 그 까닭은 비유의 불완전함과 모든 언어의 일회성, 영혼, 진실의 순간적 현현 때문이다. 따라서 사물은 인간 내면에 결코 재현되지 않으며 주관적인 영혼은 사물에 영원히 자신을 투영하지 못한다. 시

(영원성의 개념으로서의)는 순간적인 형식을 통해서만 자신을 지시할 뿐이다. 사물을 말하는 모든 언어는 따라서 결핍된 욕망의 수위를 나타내는 비유이며 궁극적으로 그것은 인간 내면과 외면의 '부재/현존'이 깜빡이며 교차하는 순간을 포착하는 깨달음 또는 아이러니를 내포한다.

다소 길고 장황하게 욕망·사물·영혼·교감의 개념을 헤쳐왔지만 대략 이런 정도의 서술을 거쳐야만 지금부터 주목할 작품에 대한 좀더 진지한 접근이 가능하리라고 생각한다. 사물과 비유라는 두 가지 대상의 관계에 주목함으로써 '존재의 거울'의 두 층위인 내부의 심연과 외부적 사물의 균열을 표현하는 이미지가 어떻게 생성되는지를 발견할 수 있기 때문이다. 그런 점에서 사물에 주체의 내면을 투영함으로써 사물을 '존재의 거울'로 삼는 최근의 시에 주목해보기로 하자.

이형기의 「모순」[1]과 박제천의 「SF—잎의 시계」,[2] 강성철의 「나팔꽃 연가 1」,[3] 함민복의 「해바라기」[4]는 각각 다른 시적 개성을 통해서 사물, 존재의 심연 사이를 교감하는 비유적 언어를 보여주고 있다. 그 세부적인 결을 탐색하는 작업은 앞에서 말했던 존재의 간극을 채우는 사물의 언어와 내면의 언어를 재발견하는 것이고 각 시인의 사적 언술 혹은 개성을 확인하는 것이다.

---

1) 『현대시』, 1997. 8.
2) 『문학과 창작』, 1997. 8.
3) 『현대시학』, 1997. 8.
4) 『현대문학』, 1997. 8.

## 2. 모순의 기원: 순간성과 영원성

이형기 시인은 역설과 모순 어법에 능숙한 시인이다. 이 점은 단
순한 기교의 차원에 머물지 않으며 근본적으로는 아이러니 자체를
세계의 근원적 존재 형식으로 바라보는 세계관의 문제에 직결된다.
세계를 원래부터 삐딱하게 무엇인가 어긋나 있었던 것으로 인식하
는 것이다.

삐딱한 것, 처음부터 어긋나 있던 것이 세계이고 우주이다. 그래
서 모든 사물은 서로가 서로에게 모순이며 교감이 불가능한 왜소한
고립체이다. 특히 인간의 실존적 형식은 더욱 왜소해서 한 인간의
지나치게 거대한 주관적 기대——자신이 세상의 중심이라는——와는
달리 늘 세계로부터 푸대접을 받는 그저 '던져진 것'에 불과하다.

> 완성된 것은 아무것도 없다
> 그러기에 모두가 완성이다
>
> 소나무는 소나무대로
> 바닥에 떨어진 솔잎은 솔잎대로
>
> 실개천은 실개천
> 바다는 바다대로
>
> 버려진 돌덩이와
> 돌덩이에 새겨진 부처님과

그리고 그것들을 모조리 쓸어버린
일제 사격의 뒷자리조차도

그것은 그것대로 완성이다
그러기에 모두가 완성이 아니다

아 이 모순이여
모순과 모순이 함께 하는 순리여                    ——「모순」 전문

　「모순」이라는 시는 사물의 일시적 형식이 지닌 고립성과 그 영원
성의 문제를 서로 대립된 것으로 본다. 세계는 거대한 시계추를 따
라 움직이는 시간의 형식을 지니고 있다. 시간의 형식은 모든 사물
에 완성의 '순간들'을 부여한다. 그래서 시간의 형식을 따르고 있는
모든 사물들은 '그것대로 완성'이지만 또한 '그러기에 모두가 완성
이 아니다.' 순간의 완성, 순간의 형식이 바로 세계와 사물의 운명이
고 순리이다. 이 점은 시의 형식에서도 예외가 아니다. 시인의 내면
속에 있는 완성의 형식은 영원한 것이지만 그것은 결코 현현되지 않
는다. 시인의 내면이 직관하는 우주의 영원한 형식과 사물의 일시적
인 완성은 그래서 서로 모순되고 불화할 수밖에 없다. 결국 그 불화
가 '모순과 모순이 함께 하는' 우주의 순리인 것이다.
　「모순」과 함께 발표된 「아무 일도 일어나지 않았다」와 「파도」의
두 편도 존재와 사물의 고립성이 지닌 모순과 불화를 표현하고 있는
시이다.[5] 예를 들면 "그는 마침내 숨을 거두었다/ 〔……〕 /—이제
세상에는/엄청난 변화가 올 거다 틀림없이/그러나 이튿날도 그 이튿

_______________

5) 『현대시』, 1997. 8.

날도/해는 여전히 동쪽에서 뜨고 서쪽으로 지고/아무 일도 일어나지 않았다"[6]라는 구절은 세계로부터 던져진 존재의 허무한 소멸, 사라짐에 대해서 노래한다. 아무런 의미의 교감도 세계와 나눌 수 없는 존재의 소멸은 영원성을 획득하지 못한 '시간의 양식'이다. 그것은 순간성, 사라짐, 소멸의 형식 자체가 하나의 완성임을 보여준다. 따라서 "아무 일도 일어나지 않았다"는 진술은 그 자체가 하나의 역설이다. 존재의 소멸이 '엄청난 변화'를 몰고 온다면 그것은 이미 변화, 사라짐이라는 시간의 양식이 지닌 불완전성과 이미 다를 것이 없기 때문이다. 결국 "아무 일도 일어나지 않았다"가 일상의 견고함과 불변성을 암시한다면 시, 존재의 심연은 소멸의 미학을 통해서 이러한 견고한 일상성과 시간의 양식의 불변성을 조롱한다.

「파도」에서 "허옇게 거품을 물고 부딪힌다/그리고 끝내는 무릎을 꿇고 만다//끊임없이 그렇게 되풀이하는 것/어제의 죽음 위에 오늘 다시 죽음을 더하는/그래도 아무것도 불어나지 않는 것"[7]이라는 표현은 존재의 절망이 무엇을 말하는가를 잘 보여준다. 그것은 소멸과 유한성의 존재가 보여주는 완성의 형식이다. "되풀이하는 것"이라고 표현된 파도의 동작은 '죽음의 미학'과 '재생의 신화'가 내포한 순간성과 영원성, 사라짐과 나타남의 기묘한 결합을 그대로 닮아 있다. 「모순」의 "버려진 돌덩이," "그것들을 모조리 쓸어버린/일제 사격의 뒷자리"가 사라짐과 소멸의 미학이 지닌 완성을 말한다면 그것은 영원성을 지니지 못했기에, 다시 말해서 완성되지 못했기 때문에 '그것대로 완성'인 것이다. 모든 소멸의 형식은 이 점에서 '모두가 완성'이다.

이형기 시인의 삐딱한 우주, 어긋난 세계는 불변의 일상과 우주,

---

6) 이형기, 「아무 일도 일어나지 않았다」, 『현대시』, 1997. 8.
7) 이형기, 「파도」, 『현대시』, 1997. 8.

그리고 존재의 순간성이 교감하지 못하고 불화함으로써 죽음과 소멸의 미학을 낳는다. 그러나 그 죽음과 소멸은 일상의 견고한 원칙에 대한 아이러니이다. 죽음과 소멸의 운명성이 불변하는 세계의 양식, 시간의 양식이라면 이형기 시인의 시는 우연성과 순간성을 영원성으로 바꾸는 양식이다. 그것은 '소멸 · 우연성 · 순간성'을 '불변 · 지속성 · 영원성'과 대등한 위치에 놓음으로써 '모순과 모순이 함께하는 순리'를 만드는 것이다. 예를 들면 "어제의 죽음 위에 오늘 다시 죽음을 더하는/그래도 아무것도 불어나지 않는 것"(「파도」)에 대한 각성이 있기 때문에 죽음과 소멸의 양식은 역설적으로 영원성을 획득하는 것이다. 그것은 순간성이라는 사물의 양식을 통해서 존재의 심연이 지닌 이중적 층위를 발견한 결과이다. 시인은 소멸의 운명 한 축에 영원성 혹은 반복적 재생의 신화를 도입함으로써 존재의 허무를 미학으로 승화하고 '허무'의 역설적인 영원성을 제시하고 있는 것이다. 모든 것은 그것대로 완성이며 그것대로 단지 되풀이될 뿐이다.


## 3. 디지털에서 아날로그로, 알레고리에서 상징으로

잎의 시계를 아시는지요
문자판 대신에 달팽이며 무당벌레가
디지털의 문자로 기어다니고

푸른 달빛은 분침, 눈부신 햇빛은 시침이 되어
잎 속에다 한 채의 절을 짓고
나무 물고기 헤엄치고 구름 북 두드리며

오가는 바람마다
손목시계를 하나씩 선물해주는
붉고 푸른 잎의 시간을 아시는지요

이슬 방울의 초침이 콕콕 뚫어낸 영롱한 상처마다
빠르게 반짝이며 돋아나는
별빛의 홀로그램인 양
우리들 삶의 불가해한 무늬를 보여주고

이 나무 저 나무
단풍 불길로 타들어가는 초침들이
가지와 가지를 엮어 만든 캔버스엔
이윽고 무르익은 열매인 양 붉은 감 하나 떠오르고
그 감 속에서 우리가 다시 한 번 자연의 시간을 읽을 수밖에 없는
잎의 시계를 아시는지요              ——「SF—잎의 시계」 전문

　박제천 시인의 「SF—잎의 시계」는 역설적 형태를 지니고 있다.
공상 과학science fiction이라는 단어의 약자 'SF'를 '잎의 시계'라는
자연적 사물과 결합하는 발상이 일단 낯설게 하기의 방식에 해당된
다. 그리고 이러한 발상은 자연적 사물과 인공적 사물의 위치가 서
로 바뀌어 있는 전복적인 비유를 통해서 구체화된다. 예를 들면 "문
자판 대신에 달팽이며 무당벌레가/디지털의 문자로 기어다니고"라
는 표현을 보면 디지털 문자와 달팽이, 무당벌레의 위치가 바뀌어
있음을 알게 된다. 달팽이, 무당벌레를, 디지털 문자(숫자)라는 인공
적 시간의 기호를 대신하는 보조 관념으로 채용함으로써 기호가 자
연의 사물을 지시하는 것이 아니라 자연의 사물이 기호를 대신하는

역행 현상이 나타난다. 즉, 디지털 문자가 시간의 계량, 수치를 나타내는 것이 아니라 자연이 '디지털'로 표시되어온 시간의 수치를 대신한다.

독자로 하여금 자연이 인공적인 기호에게 빼앗긴 것에 대해서 역설적인 각성을 불러일으키는 이런 비유는 한마디로 디지털에서 아날로그로, 그리고 그 아날로그를 다시 알레고리로 환원하는 방법이다. 달팽이와 무당벌레가 디지털의 문자를 대신하면서 복귀하고 "푸른 달빛은 분침, 눈부신 햇빛은 시침"이 되는 2연 1행까지의 시 전반부는 바로 디지털의 인공 세계를 아날로그로 변환하는 과정이라고 할 수 있다.

그리고 2연 1행부터 4연 마지막 행까지는 '푸른 달빛, 눈부신 햇빛'을 분침, 시침에, '이슬 방울, 단풍'을 초침에 비유함으로써 자연적 세계를 인공적 이미지로 알레고리화하는 과정을 보여준다. "이슬 방울의 초침이 콕콕 뚫어낸 영롱한 상처"라든가, "단풍 불길로 타들어가는 초침" 등의 표현은 이미 단순한 시간의 아날로그적 측정이 아닌 자연의 시간 변화를 시계에 빗대어 알레고리화한 것이다. 그리고 이러한 알레고리는 더 나아가서 "우리가 다시 한 번 자연의 시간을 읽을 수밖에 없는" 상징적 시간으로 확대된다. 상징적 시간이나 알레고리화된 시간은 디지털 문자판으로 읽는 인공적 기호의 시간과 자연의 사물을 통해 짐작하는 아날로그의 시간과는 근본적으로 다르다. 전자가 수량과 수치로 시간을 인식한다면 후자는 의미로써 시간을 받아들인다.

따라서, 앞의 두 시간은 객관 혹은 산술적 시간대이고 뒤의 둘은 주관적 느낌의 시간이다. 결국 박제천 시인에게 'SF'는 산술적·객관적 세계로부터 상상적·주관적 느낌의 세계로 가는 하나의 통로이다. 그 통로는 알레고리 혹은 메타포라는 비유의 단계를 지나서

"별빛의 홀로그램인 양/우리들 삶의 불가해한 무늬를 보여주"는 상
징의 영역으로 통한다. 상징의 시간 안에는 '소멸과 생성'을 반복하
는 '잎의 시계' 즉 신화의 시간이 존재한다. 신화의 시간은 '불가해
한 무늬'이면서 동시에 "잎 속에다 한 채의 절을 짓고/나무 물고기
헤엄치고 구름 북 두드리며/오가는 바람마다/손목시계를 하나씩 선
물해주는" 시간이다. 불가해한 비언어성과 사물과의 끊임없는 교감
이 바로 이 상징적 시간의 의미를 채우는 것이다.

## 4. 두 개의 거울

"좋은 생각, 느낌은 좋은 시를 만든다." 이 말은 사물의 이미지를
발견하는 직관 혹은 영감의 중요성을 가리키는 말이라고 여겨진다.
함민복의 「해바라기」는 관념이 어떻게 사물의 이미지로 변화하는지
를 보여주는 대표적인 시이다. 관념이라는, 혹은 느낌이라는 주관의
심연에 갇혀 있는 영감은 사물의 형식에 자신을 비춰봄으로써 비로
소 이미지화한다. 이 말은 비유를 생산하는 시인이라는 존재에 대한
사유를 촉발하는 원인이다.
어쩌면 존재를 구성하는 영향력은 내부의 심연과 외부의 사물에
게 동일하게 주어져 있는 것이 아닌가 생각된다. 그래서 존재에는
자신을 비춰볼 수 있는 두 개의 거울이 있는데 그 하나가 내면의 거
울이고 다른 하나가 사물이라는 거울이다. 물론, 나의 주관적인 생
각이겠지만(?) 이 점에서 시 · 언어 · 몸 · 비유는 존재 혹은 주체와
동일시된다. 라캉이 상징계에 언어와 주체를 설정하고 존재의 내면
과 외부의 사물계가 구분되지 않는 단계를 거울계로 설명하고 있듯
이 주체 혹은 존재는 자신의 내면과 외면의 거울로부터 분리된 독립

체이다. 또한 가장 불안정한 언어 혹은 비유 자체이기도 하다.

주체는 비유를 통해서 자신을 늘 지시해야만 현존할 수 있는 자기 규정적인 존재이다. 이 점에서 시는 주체의 자기 규정 행위와 너무도 닮아 있다. 그 방향이 어디로 향하든지 간에 시는, 주체는, 끊임없이 내면이나 외부 사물에 자신을 비춰보고 난 뒤 비유로써만 자신을 지시한다. 그래서 주체는 라캉의 표현처럼 "내가 생각하는 곳에서 나는 존재하지 않고 내가 존재하지 않는 곳에서 나는 생각하"는 불안정한 이미지의 존재일 뿐이다.

주체는 매 순간 내면과 외부의 거울에 자신을 비추는 작업——자기 규정 행위——을 쉬지 않고 행한다. 불완전한 내부의 영감과 사물의 이미지를 연결함으로써 교감의 통로를 마련하고, 그 내부와 외부의 지진대 위에 자신의 집을 짓는 것이 바로 주체인 것이다.

> 그 작던 씨앗의 그림자 땅속으로 들어가
> 저리 길다란 그림자를 캐내고 있다
>
> 기억이여
>
> 태양빛으로 빚은 그림자의 씨앗
> 머리에 촘촘히 박고 서 있는                    ——「해바라기」 전문

함민복 시인은 「해바라기」에서 '기억'이라는 내부의 관념과 '씨앗'이라는 외부의 사물을 모두 '그림자'라고 표현함으로써 내면과 외면이 지니고 있는 이미지 혹은 거울의 성격을 표현한다. 또 "태양빛으로 빚은 그림자의 씨앗/머리에 촘촘히 박고 서 있는" 주체 혹은 시인도, 1연의 "저리 길다란 그림자"에서 보듯이 그저 이미지에 불

과할 뿐이다. 존재는 그 점에서 단지 기억될 뿐이며 또 다른 무수한 그림자(기억, 존재)의 씨앗을 머리에 박고 서 있는 '길다란 그림자'이다.

함민복의 「해바라기」는 짧은 길이 안에 주체와 내면의 기억, 사물의 교감이 어우러진 상태를 포착하는 함축적인 비유를 담고 있다. 결국 기억과 기억하는 존재, 해바라기라는 사물은 비유를 거치지 않은 상태에서는 결코 동시에 존재하지 못한다. 그것은 비유를 통해 표현된 '이미지'로서만이 동시에 '존재하는 것처럼' 보일 뿐이다. 그래서 주체가 만약 교감이 단절된 언어의 감옥을 벗어날 수 있다면 그것은 이런 비유의 힘 때문이다.

기억은 그 자체로 존재를 증명하는 유일한 단서이므로 함민복의 '해바라기'는 기억하는 존재를 비춰주는 거울에 해당된다. 기억의 내용이 아닌 '기억하는 행위의 존재'를 시인은 외부의 사물인 해바라기의 이미지 속에서 찾아낸 것이다. 따라서 이 시에는 '기억'의 무의성과 순간성을, 순환적 반복과 재생으로 바꾸는 미학적인 완결의 구조가 있다. 해바라기라는 사물의 순환적 삶을, 기억하는 행위의 이미지로 바꿈으로써 존재의 찰나성을 영원성과 만나게 하는 미적 완결의 형식을 획득하고 있는 것이다.


## 5. 순교 의식과 전략적 부정의 정신


시적 자의식은 종종 존재의 숙명을 표현하는 것과 유사한 방식으로 나타난다. 그래서 모든 시에는 시인의 존재론과 시에 대한 자의식이 동시에 드러나는 것은 아닐까. 특히 진지한 시정신을 지니고 있는 시인이라면 이러한 사실은 진정성과 직접 결부된 문제라는 점에서 더욱 당연할 수밖에 없는 일이다. 이 점은 현대시의 중요한 특성으로도 설명할 수 있는데 시적 자의식과 존재론이 분열된 주체에게 통일성과 소통의 복구를 꾀하는 중요한 방법이라는 점에서 동일하기 때문이다.

강성철의 「나팔꽃 연가 1」은 같이 발표된 「나팔꽃 연가 2」와 함께 시적 자의식과 자기 존재의 한계에 대한 인식이 모두 보이는 시이다. 존재의 왜소함에 대한 인식과 어렵고 고통스럽게 외부와의 교감을 모색하는 시적 행위의 결합은 종종 글쓰기에 대한 자의식을 '존재의 구원 행위'로 바꾸어 놓는다. 존재의 고립과 무의미, 순간성이 시쓰기를 영원으로 가는 고통스러운 순교 행위로 만드는 근원적인 동기라는 점에서 존재의 고통, 허무와 시적 자의식의 유사성은 현대의 일상성이 낳은 다소 뒤틀리고 과장된 징후의 일종일 수도 있다.

그러나 이러한 과장된 순교 의식은 그런 만큼이나 시의 진정성과 시정신의 치열함을 가늠하는 척도이다. 주관의 과장된 몸짓만이 고통을 제대로 표현하며 그 고통의 표현은 그만큼의 새로운 인식으로 돌출된다. 갑갑한 결핍의 상태는 표현을 통하고 난 뒤에야 더 분명한 인식에 도달할 수 있기 때문이다. 미학의 출현을 두고 철학계에서는 현대를 '감각의 시대'라고 말한다. 그것은 주관적 감각의 객관화되기 어려움에 대한 자각이 현대 예술에 표현의 중요성을 가르쳐 주었던 사실을 환기한다. 객관보다 주관의 문제가 예술의 근본적인 구원과 소통에 더 중요하다는 자각은 규범이나 틀에 따르는 매너리즘이 아닌 자기 창조 의식을 현대 예술에 부여했다. 그 자기 창조 의식이 바로 글쓰기의 자의식과 자기 존재 탐구의 근원이다.

여름의 옆구리에 떨리는
손가락을 넣었다고도 하였다

여름의 구멍난 손바닥도 조심히
어루만져보았다고도 하였다
상처의 깊은 심연에 닿았던
나의 두 손이 심히 부끄러웠던 것이다
의심이 너를 떠나가게 한 거야,
닦아도 닦아도 지워지지 않는
그리움의 상처 어우르며
의심 많은 나의 두 손은 대나무같이
매끄럽고 서늘한 너의 몸을
감아감아 돌아가며 하늘로 간다
하늘로 가는 손등엔 잔털들이
짐승처럼 송송 일어서기 시작하였고
태양을 향해 덩굴손이
꿈틀꿈틀거릴 때마다, 나팔꽃들은
꽃같은 눈물을 퍼엉——펑 피워 올렸다

——「나팔꽃 연가 1」 전문

강성철의 「나팔꽃 연가 1」은 나팔꽃의 덩굴을 그리스도의 부활을 의심하는 '도마'에 빗대어 알레고리화함으로써 존재의 어리석음에 대한 회한을 비유적으로 나타낸 시이다. 나팔꽃에 자신을 투사함으로써 구원에 대한 갈망과 의심의 갈등 상태를 긴장의 축으로 삼아 전체적인 구성을 탄탄하게 만들고 있다.

그러나 부분적으로는 이러한 알레고리가 지나치게 도식적으로 느껴지는 흠 또한 없지 않다. '여름의 옆구리'와 '의심 많은 나의 두 손,' "하늘로 가는 손등엔 잔털들이/짐승처럼 송송 일어서기 시작하였고" 같은 표현들은 구원에의 갈망과 의심, 절망을 깊이 있는 관념

으로 이미지화하지 못하고 알레고리라는 권위 혹은 규범으로 추락
시키고 있다. 더구나 그 알레고리의 권위를 가장 도그마가 강한 종
교적 신화로부터 빌려왔다는 점에서 이미 시인의 구원에의 갈망과
절망이 밖으로부터 심각하게 오염되었다는 생각을 불러일으킨다.
그 이유는 종교적 도그마가 존재의 심연으로 가는 모든 탐구를 종종
과장된 순교 의식이나 도식성으로 변질시키기 때문이다.

　사물의 외피에 종교적 신념 혹은 사상을 비추는 것이 아니라 사물
의 저편에 자신을 투영하는 것만이 진정한 시적 자의식과 존재의 구
원으로 향하는 태도일 것이다. 그것은 알레고리의 권위가 아니라 상
징을 찾아 나서는 자아의 진정한 자기 투영행위를 의미하며 결국은
사물과 존재에 자아를 비추는 것이 아니라 자신을 사물과 존재의 심
연을 비추는 거울로 만드는 역행의 과정으로 나아간다. 그리고 이러
한 과정이 바로 사물, 내면과의 진정한 교감, 소통의 과정이다.

　「나팔꽃 연가 2」는 비교적 도식성이 적어 보이지만 구원에의 갈망
과 존재의 슬픔이라는 갈등의 축이 역시 연가의 도식적 유형을 벗어
나지 못하고 있다. "나의 슬픔은 늘 그렇게/어긋난 곳에서 피어나곤
하였다/피어나선 늘 그렇게 잊혀지곤 하였다"라는 존재의 왜소함과
찰나성에 대한 명확한 인식이 있음에도 불구하고, 구원에의 갈망이
'앞서간 너의 뒤꿈치를 좇다가,' "희미한 그림자 따라 덩굴손 하나로
/아스라이 감아 올라갔던 나날들이여"라는 식의 수동적인 자세로 표
출됨으로써 절박한 긴장을 풀어놓아버린다.

　이 점은 강성철 시인의 시적 자의식이 지닌 약점이기도 한데 존재
의 구원과 교감에의 절망이 지나치게 순순히 받아들여짐으로써 일
면 감상성의 혐의를 벗어나기 어려운 점이 있다. 「나팔꽃 연가 1」에
서 보이는 종교적 도그마는 어쩌면 이러한 화자의 감상성과도 일맥
상통하는 것일 수 있다. 종교 앞의 절망은 종종 '숭고'의 함정에 시

인을 빠뜨리기도 하기 때문이다. 존재와 구원이라는 거대한 화두를
시 안에 담는다면 여기에는 필연적으로 격렬한 부정과 불화가 없이
는 곤란할 것이다. 어쩌면 인간은 너무 왜소하므로 전략적이고 자의
식적인 부정 정신이 없이 종교와 같은 거대 신화를 상대할 수는 없
으리라.                                                      〔1997〕

# 시정신과 실존의 운명

## 1. '나쁜 시'와 '시정신'의 복귀

'좋은 시'와 '나쁜 시,' 그리고 '잘 쓴 시'와 '못 쓴 시'의 기준이 혼동되고 오해되는 것이 최근 시단의 상황이다. 우선 좋은 시와 잘 쓴 시의 차이부터 이야기해보자. 일반적으로 잘 쓴 시의 개념은 시 장르의 일정한 관습과 틀, 독법에 의해서 규정받는 것이 상식이라면 좋은 시는 좀더 본질적인 미학의 문제와 관련이 있다. 잘 쓴 시가 단순한 시의 기교, 수사를 중심으로 사고하는 듯한 인상을 준다면 아마도 그것은 현대시가 내포하고 있는 기교주의, 기능주의의 영향력 때문이라고 할 것이다. 또한 거기에는 근대 이후 미적 가치 기준의 주관성에 대한 심각한 고민이 반영된 흔적도 또한 찾아볼 수 있다.

미의 기준이 주관성에 의해서 좌우될 수 있다는 미적 상대주의에 대한 경계는 시에 대한 가치 평가에도 중요한 영향을 미친다. 20세기에 접어들면서 미의 기준에 대한 일정한 잣대로 기능하기 시작한 것은 제도로서의 예술이라는 규범의 문제와 기교·기능 등 '예술적 숙련도의 표현'이라는 전문성의 문제이다. 그것은 '영감' '시정신' '시흥' 등의 발생론적 용어와 창작의 동기를 시읽기로부터 분리하는 것으로 확장된다. 결국 시인의 존재는 엘리엇이 말한 것처럼 자신의 예술적 천재성, 기교의 혁신과 숙련에 의해서 전통성을 획득한다는 것이다. 그리고 이때 전통의 개념은 일종의 '사회적 제도이며 관습적 틀, 규범'이 된다.

그러나 가치의 부재와 상대성에 대한 경계로서 출현한 시의 전통·규범·제도는 20세기 현대시로부터 중요한 것을 박탈하고 '결핍'시켰다. 그것은 시인의 '개성'과 '영혼' 혹은 '구원'의 문제이다. 전통과 제도는 어차피 역사적 상대성을 지닌 구체적 상황의 산물이다. 따라서 그것은 엘리엇이 말한 천재에 의해서 끊임없이 전복되게 마련이다. 그러나 우리는 이 순간 순환론적 인식의 오류를 발견한다. 그렇다면 누가 이런 천재를 인정하는가? 하는 것이 결정적인 문제일 것이다. 이 순간 재빨리 시의 영토로 복귀하는 것이 '개성'과 '영감' '시정신'이다. 제도가 표현과 전달의 틀을 형성한다면 그것은 시의 근원이 될 수는 없다. 따라서 시는 어쩔 수 없이 '영혼'과 '운명' '구원' '시정신' 등의 다소 신비주의적인 정신의 영토로 돌아올 수밖에 없는 것이다.

최근 시의 경향을 비유로 말한다면 그것은 틀이 이완된 사이를 비집고 피어나는 '개성의 잡풀'에 비유할 수 있을 것이다. 90년대는 견고한 '시적 제도'의 구조가 무너지는 시기이다. 그리고 그 낡은 폐허에 여러 개성의 '씨앗'이 뿌려지고 있다. 그들은 '잘 씌어진 시'를 의심하고 '나쁜 시'를 외치면서 '좋은 시'를 찾아 나선다. 좋은 시 그것은 달성되지 않는 시의 본토이다. 그리고 90년대의 현실은 '잘 씌어진 시'를 의심하는 '나쁜 시'와 '못 쓴 시'를 위장하는 '나쁜 시,' 그리고 그 사이에서 기생하는 '아마추어리즘'이 있다. 90년대 현실 속에서 '잘 쓴 시'와 '잘 쓴 시'를 의심하는 '나쁜 시'는 지금 '좋은 시'에 대해서 함께 꿈을 꾸고 있다. 그리고 혼란은, '미숙함·아마추어리즘'과 형식, 기교를 넘어서는 '시정신' 사이의 차이를 구별하기 어렵다는 데 있을 것이다. 그래서 지금 중요한 것은 여전히 나쁜 꿈을 꾸는 '시정신'이다.

정현종의 「꽃 심연(深淵)」과 이윤학의 「목련나무 아래 놓인 소파」, 이건청의 「비시(非詩)」 그리고 최영철의 「몽골의 돌멩이」 등 각각 상이한 개성을 지니고 있는 네 편의 시에는 시인의 정신적 풍경과 시적 전언을 통한 그들의 예감이 잘 담겨 있다. 어쩌면 이 네 편의 시에 주목하는 것은 우리의 '나쁜 꿈'과 '좋은 시'에의 기대를 함께 비교해보는 것일 수 있다. 결국, 시인이 찾아 나서는 것은 '자신만의 시'를 통한 '구원'일 것이므로.


## 2. 교감과 시의 영토


정현종의 「꽃 심연(深淵)」에는 개인적인 영토를 찾아 길을 떠난 시인의 모습이 잘 나타나 있다. 이 시에는 오랫동안 자신의 시세계를 확고하게 다지며 활동해온 시인의 미적 자의식이 투영되어 있으며 능청스러운 어조로 아름다움의 심연에 잠긴 시인의 황홀함을 말하고 있다. 아름다움 그것은 자신의 말을 찾은, 곧 '심연'에 빠진 시인에게는 '중독'과 같은 것이다.

신작시 특집으로 『현대문학』(1997. 7)에 함께 실린 「바람 속으로」 「아무도 말해주지 않는 인생」 「열병」 「자연에 대하여」 등 시인의 다른 작품에서도 공통적으로 확인되는 것은 그의 미학이 삶 또는 인생의 근원적인 부분에 닿아 있다는 것이다. 「꽃 심연」에서 시인이 말하는 "지난 봄 또 지지난 봄/목련이 피어 달 떠오르게 하고/달빛은 또 목련을 실신케 하여/그렇게 서로 목을 조이는 봄밤"은 그가 발견한 세계 또는 사물의 아름다운 정황이다. 그것은 시인의 미의식을 규정하면서 그대로 그를 자연의 아름다움에 몰두하게 한다.

예를 들면 「바람 속으로」에서 "너는 어디 있니/너는 어디로 가니/바람 속으로"라는 구절이나 「아무도 말해주지 않는 인생」의 "아까 그 사람 그 위의 구름을 가리키며/또 조용히 부르짖었다/저 구름 위에 쉬어가세요/저 구름 위에.//홀연 구름은 목련이고 목련은/구름이며 사람은/구름이고 뿌리 깊은/구름이고 구름은/목련이며……//(나는 슬퍼서/눈물 자꾸 나와서……)" 같은 구절, 「자연에 대하여」에서 "자연은 왜 위대한가./왜냐하면/그건 우리를 죽여주니까./마음을 일으키고/몸을 되살리며/하여간 우리를/죽여주니까"라는 시의 전문은 시인 정현종의 미학이 우주론적인 사색과 통찰의 눈으로 바라본 황홀경에 있음을 알게 한다. 자연은, 우주는, 이미 시인의 언어를 모두 알고 있다. 시인은 그의 정신을 자연에 투영함으로써 비로소 자신의 언어가 세계의 일부에 속하는 것임을 깨닫는다. 그것은 바로 생의 근원 혹은 우주의 신비와 교감하는 행위이다.

교감은 한 존재의 숙명이다. 세계로부터 의미를 훔치려는 시인에게 교감은 세계의 바깥에서 안으로 밀고 들어가는 경지를 상징한다. 그것은 바로 '몸'으로 밀고 나가며 느끼며 쓰는 것이다. 이 점에서 정현종의 「꽃 심연」에는 직관으로 충일된 아름다움이 있다. 느낌이 가득한 그의 시에는 세계와의 교감에 완전히 몰입해 들어가는 한 사내가 나온다. 그는 목련과 달빛이 교감하는 봄의 정경을 황홀 속에서 지켜본다. 그리하여 느낌으로 충만한, 실신한 사내는 "실신한 손/그 손의 가운데 손가락을/반쯤 벙근 목련 속으로 슬그머니 넣"는 것이다. 그리고 「꽃 심연」 연시 중 1의 마지막 구절에 "아무도 없었으나 달빛이 스스로 눈부셨습니다"라고 함으로써 사내는 교감을 넘어 그 자신 세계의 일부가 되어버린다.

서정적 자아가 투영되어 있는 존재인 사내의 소멸 혹은 사라짐은 관조를 넘어선 몸의 경지를 나타낸다. 목련과 달빛이 '서로 목을 조이는 봄밤' 세계의 바깥에서 세계를 관조하는 의식의 주체는 이 시에서 사라져버리는 것이다. 주관적 느낌을 넘어서 세계와의 교감에 몰두하는 시인에게 몸의 느낌, 떨림은 모든 아름다움의 근원을 포착하는 촉수에 해당된다. 이 시에는 그러한 시인이 바라보는 아름다움의 '근원적 내면 풍경'이 담겨져 있다. 그것은 단순한 관조가 아니라 세계를 자신의 내면 속으로 흡입하고 또 그 세계의 안으로 스스로를 던진 존재의 황홀한 교감을 나타낸다.

연시 2에서 "꽃 속에 넣은 손가락이 어떻게 되었느냐구요?/그야 물론 아직 꺼내지 못하였지요./그건 지금도 계속 들어가고 있으니깐요"라는 시적 진술은 「꽃 심연」의 1이 정현종 시인의 시쓰기에 대한 미적 자의식을 표현한 것이라는 걸 다시 깨닫게 한다. 그의 시쓰기는 몸으로 세계와 교감하는 것이고, 그것은 세계로부터 일방적으로 의미를 강탈하는 것이 아니라 '함께 느끼고 공유'하는 것이다. 그리고 그러한 그의 시쓰기는 '지금도 계속 들어가고' 있을 뿐이다.

꽃의 심연으로 가는 작업은 그래서 "내년에도 내후년에도 그건 들어가고 있"을 뿐이다. 그러나 시인의 존재가 결코 가 닿을 수 없는 근원에 대한 절망감이 이 시에는 없다. 그것은 오히려 황홀한 유혹이며 시인의 몸에 다가서는 느낌의 연속으로 이루어진 과정이다. 시인이 "꽃 심연에 가보신 분은 다 아시겠지만……"이라고 말할 때, 그것은 '현현'되지 않는 의미 앞에서 절망한다는 시적 체험이 사실은 세계와 교감하지 못하는 존재의 고독 또는 외로움에 불과한 것임을 암시적으로 나타낸다. 결국 생의 근원적 의미를 찾는 정현종의 글쓰기는 어느덧 그 결과에 집착하고 초조해하는 미숙한 시인의 풍모를 넘어서 느낌과 교감으로 황홀해하는 진정한 아름다움을 찾아가고 있는 것이다.

## 3. 육화된 개성을 위협하는 '적'

이건청 시인의 「비시(非詩)」[1]는 최근의 시적 상황을 폭력적인 현실과 일상에 비유함으로써 시인의 시쓰기에 대한 자의식을 드러낸 작품이다. 앞의 「꽃 심연」에서 정현종 시인의 미적 자의식을 볼 수 있었다면 「비시」는 시적 자의식이 위협당하는 현실에 대한 시인의 위기감을 형상화한 시이다.

"시인은 죽었다"로 시작하는 이 시의 첫 구절은 이 시가 심상치 않은 '시적 예언'을 감추고 있다는 것을 선뜻 예감하게 한다. "시인은 죽었다. 교통사고였다. 교통사고라니," 시의 첫 구절에서 '시인은 죽었다'와 '교통사고라니' 사이에는 그 말투와 문맥으로 보건대 엄청난 의미와 정서의 간극이 있다. '시인이 교통사고로 죽었다'라는 것은 시와 현실의 관계를 말하는 하나의 전략적 언술이다.

'시인을 죽인 교통사고'는 사고를 가장한 구조적인 폭력이다. 이 시의 2행에서 "시인을 향해 대형차들이 달려오고 달려온 차들이 시인과 시에게로 핸들을 꺾고 있었다. 이 시대의 크고 힘센 것들은 어디에나 있고 호시탐탐 시인을 노린다"라는 구절은 교통사고의 구체적 의미를 그대로 드러낸다. 시인이, 시가, 일상성의 대표격인 교통사고에 의해서 위협받는 상황은 시인 이건청의 글쓰기가 처해 있는 위기 상황을 암시적으로 보여준다. 일상성은 우연적이고 예기치 않은 반칙에 해당된다. 그것은 "중앙선을 넘어온 대형 버스"에 비유되는 폭력과 돌발적인 반칙에 의해서 시인이 퇴장할 수도 있다는 위기감을 조장한다. 그리고 시인이 위기감에 사로잡힌 동안 시 역시 폭

---

1) 『현대시』, 1997. 7.

력과 일상에 대한 두려움에 떨 수밖에 없는 것이다.

최근의 시적 현실에서 일상성의 폭력에 대한 두려움은 온갖 비시(非詩)적인 요소를 시 안으로 끌어들인다. 그러한 비시적인 요소는, "중앙선을 넘어온 대형 버스" "상상과 감성이 유리창과 쇳조각에 찔렸다"라는 구절에서도 알 수 있듯이 이건청 시인에게는 '시적인 것' '시의 본토'를 위협하는 폭력적이고 과격한 반칙으로 여겨지고 있는 것이다. 한마디로 '시가 아닌 것'에 대한 위기감의 진술을 담고 있는 이 시에서는, 그 위기감의 실체가 시적인 전통과 규범에 도전하는 개성을 지닌 나쁜 시가 아닌 비시(非詩)에 있다는 점에 주목할 필요가 있다.

예를 들면 "시인이 탄 CREDOS는 중앙선을 넘어 달려온 대형 버스에 부딪치고"와 "인공 호흡기를 단 아픈 육신이 피를 흘리고, 응급실로 가는 앰뷸런스에서 시인은 숨이 멎었다"는 구절의 사이에는 거대한 담론의 체계(랑그) 앞에서 무력하기 짝이 없는 시인 '사적 언술(파롤)'이 놓인 상황에 대한 인식이 그대로 스며들어 있다. 시인이 탄 차는 'CREDOS'라는 특수하고 구체적인 기호인 반면 중앙선을 넘어 달려온 폭력은 '대형 버스, 덤프트럭'이다. 'CREDOS'가 시인의 개성을 담는 언술 체계(파롤)를 상징한다면 '대형 버스'는 비개성적인 거대 담론(랑그)이다. 그래서 시인의 운명은 '인공 호흡기를 단 아픈 육신이 피를 흘리고' '앰뷸런스에서 숨이 멎'을 수밖에 없는 것이다.

거대한 일상적 담론(非詩)의 폭력 앞에서 시인은 '육신'으로 버틴다. 그것은 몸이 말함으로써 지키는 시인의 시적 영토인 것이다. 따라서 육화된 개성을 위협하는 모든 일상은 시의 적(敵)이다. 시인의 '피 흘리며 쓰러진 육신'은 폭력의 시대에 나쁜 시이고 존재를 위협하는 모든 폭력적인 것은 비시(非詩)이다. 시가 아니다.

# 4. 사물과 실존의 운명

이윤학의 「목련나무 아래 놓인 소파」[2]는 존재의 내면에 대한 응시가, 울림이 큰 정서 속에 녹아서 흐르고 있는 시이다. 차분한 어조로 끌어올려진 내면의 목소리가 큰 감동을 불러일으킨다. 그리고 이 점은 시인 이윤학이 지닌 장점이기도 하다. 독자와 교감이 가능한 시, 느낌이 있는, 반응이 있는 시를, 그는 쓴다.

이윤학의 시는 늘 그 느낌의 정도가 '모자라지도 넘치지도' 않게 적당하다. 그는 결코 시 안에 그 그릇이 감당할 수 없을 만큼의 과도한 의미를 집어넣으려 하지 않는다. 그리고 어쩌면 이 점은 그의 시 정신과 진정성에 대해 독자들이 '신뢰'를 품게 하는 중요한 요인일 수도 있다. 또한, 그의 시에서 내면을 응시하는 시적 자아의 시선은 늘 구도적이고 진지하다. 마치 인생과 사물의 숨겨진 비의를 발견하기 위해 자신의 온 정신을 몰입하듯이.

「목련나무 아래 놓인 소파」는 자신을 되비치는 '사물의 거울'을 손에 쥐고 있는 시인의 모습을 떠올리게 하는 시이다. 그만큼 이 시에는 시인의 자아가, 그가 관조하는 모든 사물 속에 그대로 투영된다. 더구나 그 거울이 비추는 것은 시인의 외피가 아닌 그의 내면이다. 그리고 그 내면의 응시는 사물과 '나'와의 교감의 현장을 지켜보는 것이다. 따라서 그것은 겉으로 보기에 관조하는 행위 같지만 사실은 시인의 내면 속에 사물을 받아들이고 또 그 사물의 세계 속으로 던져진 시인의 내면이 사물과 대화를 나누는 것이다.

「목련나무 아래 놓인 소파」에서 시인은 소파라는 사물에 특별한

---

2) 이윤학, 『나를 위해 울어주는 버드나무』, 문학동네, 1997.

개성을 부여한다. 그것은 소파를 소파로 머물게 하지 않고 소파가 아닌 다른 존재로 변화시킨다. 그 변화된 사물, 의미를, 생명을, 지니게 된 사물이 바로 '목련나무 아래 놓인' 그 소파이다. 시인이 발견한 소파는 '목련나무 아래 놓인 소파'이고 그 소파는 지금 "그늘들을 앉혀 놓고/썩어가는 자신의 속을 들여다"본다. '그늘들'은 '고물딱지가 된 꿈'들의 낡아가는 모습이다. 그리고 시인과 교감하는 '소파'의 언어는 '그늘'이다. 지금 시인은 '목련나무 아래' 놓인 소파와 '그늘'로서 교감하는 것이다.

"실체로부터 추락한 그늘들/입 속을 보이고 있네"라는 구절에서도 알 수 있듯이, 이윤학의 언어는, 교감은, 낡은 사물(그늘)이다. 그것은 '실체로부터 추락한 그늘'임에도 불구하고 실체였던 존재를 더 잘 보여준다. 마찬가지로 그늘에 비유된 '낡은 소파'의 꿈과 추억도 실체로부터 추락했지만 그 소파의 실체를 더 잘 드러낸다. 그것은 사물의 입, 언어이다. 모든 사라져가는 존재가 그렇듯이 소파는 실체에서 떨어져 나간 그늘을 만들어왔다. 그늘은 존재의 내면, 은밀한 추억, 혹은 비의(秘意)이다.

3연에서 "현재로부터 추방당한 저 그늘들은/자신을 잃어버린 뒤라/기약 없는 기다림의 바닥에 귀를 대고 있네"가 암시하는 것은 추억은 '존재의 그늘'이라는 시적 전언이다. 추억은 '현재—실체'라는 시공간으로부터 떨어져 나가 무언가를 기다린다. 그 기다림의 끝에는 "꽃봉오리들이 벌어질 때,/내가 가졌던 믿음들은 뒤집히고"와 같은 어길 수 없는 법칙이 존재한다. 추억 혹은 그늘을 통해서 자신의 속을 들여다보는 행위의 끝에는 "뒤집혀서 버려지는 것"만이 남아 있을 뿐이다.

마지막 연에서 "병들지 않기 위해,/고물딱지가 된 꿈들을/밖으로 내다버려야 하는 거네"라는 구절에는 모든 존재와 사물의 운명이 함

축적으로 나타나 있다. '현재로부터 추방되어 기약 없는 기다림의
바닥에 귀를 기울'이거나 "썩어가는 자신의 속을 들여다보는" '실존
의 고통'을 병으로 앓지 않기 위해서는 "고물딱지가 된 꿈들"을 내다
버려야 하는 것이다. '한 겨울을 뜰에서 보낸 소파'가 "대문 밖으로
버려"지듯이.

결국, 이윤학의 시는 버려지기 위해 낡아가는 '사물과 실존'의 운
명을 노래함으로써 역설적으로 그 자신 시쓰기라는 '실존의 병'을
앓고 있음을 고백하고 있는 것이다.


## 5. 사막을 건너는 '돌멩이의 영혼'


최영철의 「몽골의 돌멩이」[3]는 황무지의 시대를 건너온 '뜨거운 피'
의 실체를 증언하는 시이다. 그것은 '사막'으로 상징되는 한 시대를
걸어가는 '뜨거운 내면'의 외피(外皮), 즉 겉가죽에 대한 진술이다.

"생각하니 피도 눈물도 없이/닥치는 대로 살았네./어두운 골목 남
은 체온 없이/수렵 시대를 건너 당도한 황무지/만나는 놈의 이마팍
을 다 깨부순 것 같네./내 진정 마음은 그것이 아니었다네"라는 도
입부의 진술은 수렵 시대를 거쳐온 자아의 '행위'와 '마음'의 서로
다름에 대한 토로이다. 그가 수렵 시대를 거치면서 '만나는 놈의 이
마팍을 다 깨부순' 것에 대한 변명이기도 하다. 그러나 결국에 이 시
는 최영철 시인의 글쓰기(시)에 대한 자의식을 드러내는 작품이라는
것을 알 수 있다. "식은 가슴에 인정사정 없이 날아가/나는 홀로 조
금씩/타오르고 있었다네"라는 구절은 그의 시가 지향하는 울림에 대

---

3) 『현대시학』, 1997. 7.


366

한 암시를 담고 있다. 그의 시(몽골의 돌멩이)는 자신의 식은 육체 속에서 조금씩 타오른다. 그리고 "만나는 놈의 이마팍을 다 깨부"수고 "가죽만 싸늘히 남은 빈 몸통에 가" "붉은 심지가 되어" "무정한 송장마다 등을 쓰다듬어주"는 것이다. '만나는 놈'은 그가 시를 쓰는 세계의 모든 시적 대상이다. 또한 그것은 그 자신을 포함한 모든 존재이다.

최영철 시인은 존재의 고통을 '몽골의 돌멩이'에 비유한다. '몽골의 돌멩이'는 벗어날 수 없는 운명을 지니고 있다. 그것은 '피도 눈물도 없이 닥치는 대로 살아'야 하는 차가움과 거침이다. 그러나 그 차가움의 내면에는 "사막의 장작더미"에 자신을 달구는 동안 "무너져내린 가슴을 뚫고 타오른 불꽃"의 영혼이 담겨 있다. 그것은 돌멩이의 외피, 운명을 지닌 자의 내면을 상징한다. 몽골이라는 수렵과 황무지의 이미지가 부여된 돌멩이는 사막을 건너는 외로운 투사이다. 그의 영혼은 '만나는 놈의 이마팍을 부수고' '어느 심장에 박혀 단단히 한번 뜨거워지기'를 바라지만 그가 만나는 모든 존재는 가죽만 남은 무정한 송장일 뿐이다.

최영철의 시쓰기에 대한 자의식은 이로써 명확해진다. 그것은 사막을 건너는 외로운 투사의 이미지를 형상화한 몽골의 돌멩이로 축약된다. 시의 외부가 사막이라면 시인은 이 시대에 '몽골의 돌멩이'이다. 그는 자신의 차가운 육체를 뜨겁게 만들기 위해, 뜨거운 심장을 찾아 헤매지만 그것은 이루어지지 않는 소망이다. 그러나 이러한 식은 육신 안에 감추어져서 무섭게 뜨거워진 영혼은 가죽만 남은 '무정한 송장'들의 몸통에 박힌 '붉은 심지'가 된다. 그리하여 그는 차가움 속에 뜨거움을 감춘 '시인의 영혼'을 형상화하고 있는 것이다.

최영철 「몽골의 돌멩이」에는 두 개의 상반된 진술이 나타나 있다.

첫째는 "생각하니 피도 눈물도 없이" "어두운 골목 남은 체온 없이"
라는 도입부의 차가움에 대한 진술이고 둘째는 "뜨거움을 숨기고 사
는 일이란 얼마나 힘든지"라는 뜨거움에 대한 것이다. 그런데 이 두
진술의 뒤에는 모두 "만나는 놈의 이마팍을 다 깨부순 것 같네"라는
구절이 이어진다. 결국 이 시의 화자가 '만나는 놈의 이마팍'을 깨부
순 이유는 차가움과 뜨거움이라는 두 가지 성질의 상관관계 때문이
라고 할 수 있다. 그것은 '내 진정 마음은 그게 아니었네'처럼 육체
(현실)와 심장(영혼, 마음)이 일치하지 않는 데서 생기는 비극이다.
그의 거친 위기의식과 호전성은 영혼의 뜨거움과 육체의 비정함 사
이에 있는 존재(돌멩이)의 운명적인 자의식이다. 시인은 스스로를
이러한 한계적 존재로 규정함으로써 시쓰기의 치열함을 스스로 자
극하고 드러내고 있는 것이다. 차가운 육체의 한계를 벗어날 수 없
는 뜨거운 영혼이, 역설적이게도 다른 무정한 송장들의 식은 가슴에
붉은 심지가 되는 것이다.                                        〔1997〕

# 소통의 미학
## ——진정성의 복원과 새로움

## 1. 시의 대중화와 시의 운명

시의 대중화 문제는 90년대 시의 자기 정체성을 혼란시키고 위험하게 하는 구체적인 요인으로 주목되고 있다. 90년대 문학의 성격이 문화 산업과 결부되어 대량화, 소비화의 추세로 나아가고 있는 것은 이미 확인된 사실이다. 따라서 대중 문학에 대한 진지한 논의와 결부되어 90년대 시의 자기 정체성에 대한 논의도 중요한 이슈가 될 수밖에 없다. 특히 소비적인 문화 산업의 논리로 변질되고 있는 최근의 문학성에 대한 인식과 작품의 평가는, 일방적인 문학 시장의 원칙에 상대적으로 위축된 시적 생산의 질을 더욱 저하시키는 원인이 되고 있다. 대중적인 지지도 측면에서 선천적으로 불리한 조건을 타고난 '시의 운명'을 두고 이러쿵저러쿵하면서 그 출판과 판매의 부진을 이유로 시적 생산과 미학의 위기를 말하는 담론은 이 점에서 상당히 허위적이다.[1]

---

1) 「누가 시를 죽였는가」라는 『문학동네』의 특집(1996년 가을호)은 "구매자를 다른 경쟁 산업에 빼앗기고 있다"는 상업주의적 발상에 어느 정도 영향을 받았다고 할 수 있다. 90년대 시의 위기를 논하는 담론은 이 특집 이후에도 주로 판매량의 문제로 시적 위기와 시의 미학적 위기를 논하곤 했다.

　그러나 더욱 중요한 사실은 대중화의 측면에서 현저하게 불리한 위치에 놓일 수밖에 없는 '시의 운명'에 대한 추상적인 접근과 이해가 지닌 안일한 현상 유지적 태도의 위험이다. 대중 문화의 시대에 선천적 결함을 지닌 장르로서의 자기 인식의 결과가 폐쇄적인 고립이거나 천박한 야합뿐이라고 말하는 것은 지나친 도식임이 분명하다. '저주받은 시인'의 이미지를 낭만적인 자기 치장과 자기 합리화의 수단으로 사용하는 삼류 시인이 되거나 대중적 감수성의 유령을 뒤쫓아 허우적거리는 상업적 인기주의 시인이 되는 두 갈래의 선택은, 천박한 90년대식 시적 아마추어리즘의 야누스적인 두 얼굴이다. 낭만적 자기 위로와 유행에 대한 성급한 추종이 지닌 경박함을 자신의 미학으로 내세우는 90년대 통속시의 소모성과 병적 징후가 이러한 측면에서 발견된다. 이 점은 '현대'라는 구체적인 시·공간의 현상을 자신의 예술적 소재로 소화하지 못하고 있는 무기력한 예술가의 초상이기도 하다. 그것은 일종의 습관과 타성을 반성하지 않는 '죽은 시인의 사회'와 같다.

　창작력이 소진된 사회는 낡은 것이 사라지고 새로운 것이 나타나지 않는 타락한 문화의 표본이다. 90년대 대중 문화가 타락한 문화의 표정으로부터 쉽게 벗어나지 못하는 까닭은 진정한 의미로서의 문화적 생산력이 고갈되는 징후를 자주 드러내기 때문이다. 복제품과 모방imitation에 능숙한 문화적 현실은 '가짜와 진짜'의 개념과 가치를 혼란시킨다. 그것은 문화적 창조력의 자기 갱신을 저해하며 상상력의 기술적 변주만으로 대중의 눈을 현혹한다. 따라서, 수동적 문화 소비자의 위치로 타락한 독자의 신성성을 복구하지 않는 이상, 작가와 시인의 '자기 진정성' 또한 쉽사리 복원될 수는 없는 것이다. 이 점에서 90년대 시의 대중화 현상은 그 근원적인 문제로부터 다시 사고되어야 할 필요가 있다. 그것은 독자와 시인 사이의 창조적 의

사 소통이 단절된 일상에 대한 극복의 차원에서 논의되어야 할 것
이다.

현대 사회를 소통 단절의 공간으로 규정한다면, 이 점은 현대성,
자본주의적인 사회 구조의 내적 모순을 드러내는 한 징후이다. 달리
말하면 90년대적인 시적 대중화의 문제는 구조적이고 제도적인 차
원에서의 기원을 가지고 있다는 것이다. 그 기원을 거슬러 가보면
현대적 출판과 유통이 생산에 미치는 영향력의 자장이 대중적 예술
의 성격을 규정하는 원리임을 알 수 있다. 90년대적인 시적 현실의
문제는 결국 문학 제도의 '현대성'에 대한 비판적 인식이 없이는 쉽
사리 극복되기 어렵다.


## 2. 문학 제도의 현대성

90년대 초반 한 평론가의 다음과 같은 발언은 문학 제도의 현대성
이 지닌 성격을 잘 요약하고 있다.

뒤브와는 문화적 대상물이 갖고 있는 이중적 가치, 즉 상징적이고
상품적인 가치의 존재는 두 가지 생산 영역이 평행적으로 제도화되어
있다는 것을 설명하는데, 그 하나는 예술 작품이 단순한 상품의 위치
로 환원될 수 없는 '제한된 생산의 장(場)'이고, 다른 하나는 가능한
한 넓은 시장 정복을 위한 경쟁의 법칙을 따르는 '대규모 생산의 장'
이다. 제한된 생산의 장은 문학인이 일반 대중을 외면하고 동류의 생
산자와 독자들을 염두에 두고 작품을 만들면서, 그 자율적 체제 안에
서 문화적 인정을 받기 위한 노력과 전략과 규범 등이 적용되는 공간
이며, '대규모 생산의 장'은 19세기 신문의 급속한 발전과 함께 생겨

난 통속소설로부터 오늘날의 여러 가지 대중 문학의 형태에 이르기까
지, 대량 생산 체계가 창작자의 의도보다 수익성의 원칙에 따라 광범
위한 대중의 흥미를 만족시키려는 출판업자와 같은, 생산 및 보급의
수단을 장악하는 생산자의 의도가 더 영향력을 갖는 공간이다.[2]

위에 인용한 글의 내용처럼 '상징적이면서 동시에 상품적인 가치
를 지니고 있는 예술 작품'의 제도적인 위치는 단일하지 않고 그 출
생 과정에서부터 이원적인 분화의 과정을 거쳐왔다. 현대 예술의 성
격에는 따라서 두 가지의 이질적인 성격이 융합되어 있는데 그것이
상징적 가치와 상품적 가치이다. 이 두 가지 가치 기준의 분화는 현
대 예술을 제한된 생산의 장에서 이루어지는 고급 예술과 대규모 생
산의 장에서 이루어지는 대량 문화mass culture의 이원화된 문화 제
도로 형성시켰다. 실제로 모더니즘의 예술주의와 산업화 시대 이후
의 예술적 자의식 사이에 놓인 간극에는 '제한된 생산의 장'과 '대규
모 생산의 장' 사이의 긴장과 통합의 노력이 숨겨져 있다. 예를 들
면, 벤야민이 지적하듯이 기술 복제 시대에 나타나는 '아우라의 상
실'은 상징적 가치의 폐쇄성과 권위주의의 소멸을 가리키는 용어였
다. 기술적 진보에 위한 '제한된 생산의 장'의 기술적, 질적 확산으
로서의 '대규모 생산의 장'을 꿈꾼 것이 벤야민의 생각이라면, 아도
르노나 마르쿠제와 같은 사람의 미학주의는 '제한된 생산의 장'의
엄격한 자기 검열만이 '대규모 생산의 장'으로 흡수되는 예술의 죽
음을 저지할 수 있다고 생각한다.
　그러나 이러한 두 가지 태도 모두에 나름의 문제가 개입되어 있다
는 것은 쉽사리 짐작할 수 있다. 벤야민의 생각은 기술적 모방과 예

---

2) 오생근, 「문학 제도의 시각과 위상」, 『현대 비평과 이론』, 1991년 여름호, 한신문화
사.

술적 민주주의의 이상을 지나치게 과대 평가함으로써 작가와 독자의 변별성을 지나치게 약화시키고 있다. 그 결과 벤야민의 예술적 민주화는 수적 정당화의 논리(대량 생산과 대량 소비)가 상대적으로 중요시됨으로써 파시즘적인 대중 동원력(정치의 예술화)과 민주화된 대중 예술(예술의 정치화) 사이의 구별이 상대적으로 어려워지는 결과를 초래한다.

마찬가지로 고립적이고 폐쇄적인 전문가 집단의 예술성을 옹호한 아도르노나 마르쿠제의 논리는 지적 권력 집단의 양산과 소규모 전문 동호인의 자기 만족적 생산과 소비 과정으로 문화 예술을 한정하는 결과를 초래한다. 결국, 이 두 주장은 창작자와 독자 대중의 원활한 소통을 이루지 못한 결핍된 '현대성'의 체제 안에 머물 수밖에 없다. 따라서, 하버마스의 주장처럼 현대성은 여전히 미완의 기획으로 남을 수밖에 없는 것이다.

90년대 한국 시의 대중성 문제에서 이 두 관점은 여전히 문제적이다. 한국의 현대시는 여전히 '제한된 생산의 장'과 '대규모 생산의 장,' 상징적 가치와 상품적 가치의 분화를 극복하지 못하고 있다. 특히, 이러한 두 가지 가치의 분화는 시인들의 자기 알리바이를 제공하는 탈출구의 기능으로 변질됨으로써 시적 생산력 고갈의 근본적인 원인이 되고 있다. 창작자와 독자 사이의 소통 단절을 극복하지 못하고 있는 현실을 외면한 채 독자로부터 인정받지 못한 자신을 위로하는 논리로 둔갑한 '제한된 생산의 장'의 세계와 대중 추수주의를 앞세워 시적 진정성과 자의식을 허구화하는 기만적인 소통으로 창작자와 독자 상호 간을 소외시키는 '대규모 생산의 장'의 세계는 이 시대 문화적 결핍의 두 가지 모습이다.

90년대 시의 자기 검열 부족과 같은 현상은, 제한된 '동호회'를 넘어서지 못한 자기 도취적 낭만파 시인들의 자기 위로와 기만적인 대

중 추수주의로부터 파생된다. '진정성'에 관한 담론이 90년대에 본
격적으로 제시된 것은 문학의 자기 폐쇄성과 몰주체성에 대한 비판
이 필요했기 때문이다. 따라서, 문학 중심주의자와 대중 문화론자의
탈을 쓰고 '거짓 소통'의 체계를 만들어온 90년대 시단의 기만성은
냉철한 시각에 의하여 비판될 필요가 있는 것이다.

　최근의 시에서 종종 보이는 긴장의 이완과 대중적 감수성에 대한
무비판적 추종은 모두 앞에서 말한 사실과 관련이 있다고 여겨진다.
특히, 한국 시단의 '동인(同人)' 활동이 현저히 위축되거나 '동호회'
이상의 수준을 넘어서지 못하고 있는 상황은 이러한 사실을 그대로
대변한다. '제한된 생산의 장'에서 이루어지는 창작 활동이 이미 그
창조력을 잃었고 '대규모 생산의 장'의 논리는 지나치게 타락했다.
마침내 진정성과 예술적 치열함이 사라진 90년대 시를 두고 죽음과
위기를 논할 수밖에 없는 상황이 된 것이다.

　특히, 시 전문지에 실린 시의 질적 저하는 단순히 독자의 감소만
이 아니라 시적 진정성이나 창조력의 고갈이라는 본질적인 문제에
직면한 '시의 위기'를 실감하게 한다. 새로운 시적 기획을 향해 전진
하지 않는 시인, 시적 자의식을 의심받는 시인은, 이제 흔한 사례로
등장하기 시작했다. 그것은 안일함과 방향 상실, 방황으로 규정되는
이 시대의 시적 지형도 위에 나타난 자연스러운 현상인지도 모른다.

　송찬호의 "아니다, 나는 시를 거꾸로 세워놓으려 한다/문득 깨어
나면 가파른 지붕 위에 첨탑 위에/혹은 언덕 위에서 침대가 발견될
지도 모른다"[3]라는 도전적인 자의식 선언이라든가, 이윤학의 "파먹
을 수 있는 것, 나 자신밖에는 없다"[4]라는 집요함이 90년대에 소중
한 까닭이 여기에 있다고 할 수 있다.

<hr>

3) 송찬호, 「나비의 꿈」, 『무애』, 1998년 창간호.
4) 이윤학, 『붉은 열매를 가진 적이 있다』의 뒤표지 후기, 문학과지성사, 1995.

비교적 장황하게 90년대 시의 이중적 문제를 논한 감이 있지만, 이제 본론으로 들어가서 최근 시의 몇 가지 현상과 그 한계, 가능성을 구체적인 작품을 예로 들어 살펴보기로 하자.

## 3. 시적인 것의 억압

하영 시인의 「엉겅퀴꽃」「연어처럼, 은어처럼」[5]과 장덕천 시인의 「수통골 돌밭에서」[6]는 제각기의 완성도를 갖춘 수작이라고 할 수 있다. 절제된 시어의 적절한 배열이 두드러진 이 세 편의 작품은 형식적 완결성을 위해 섬세한 손질이 가해진 흔적이 역력히 보인다.

특히, 하영의 「엉겅퀴꽃」에서 "저 무덤가/웬 피, 저리 붉으냐"(1연)와 "소리 없이 우는 사람/왜 저리 많으냐/그 울음/왜 저리 붉고/아름다우냐"(3연) 사이의 생략과 압축은 섬세함의 묘미를 유감없이 보여준다. 그러나 이 시인의 이러한 섬세함은 미학적인 자기 보존에 치중하고 있어서 현실적인 일상의 세세함에 대한 관심의 부족이 무의식적으로 드러난다. 형식적 완결성에 대한 관심이 지나치게 높아서 시적 자의식이나 자기 표현이 억제되어 있는 상태라는 느낌이 드는 것이다. 이 점은 "골 깊고/고요 깊은 산수유마을/내 마음 문득, 물소리 딛고/고요를 딛고/그 속에서 참으로 오랜만에/행복해지려는데"(2연)에서 이 시인의 시적 창작의 동기가 자의식적인 것이 아니라 은연중에 '영감 혹은 습관'에 의존하고 있다는 사실을 알 수 있기 때문이다.

마찬가지로, 하영 시인의 다른 시 「연어처럼, 은어처럼」에서도 시

---

5) 『문학과 창작』, 1998. 8.
6) 『문학과 창작』, 1998. 8.

적 화해를 모색하는 시인의 태도는 '서정시의 매너리즘'이라는 위험성을 노출한다. 즉, 이 시인은 시적 발상과 그 형식의 특성이 철저하게 '관조적 거리'에 의존하고 있어서 시적 대상의 직접성이 시 속에 잘 나타나지 않는다. 이런 특질은 상대적으로 시적 긴장을 이완하며 결과적으로는 시정신의 치열함이나 집요한 관찰과 응시를 약화시키는 결과를 초래한다. "안정사 계곡에 마음을 풀었을 때 어디서 딱새 한 마리 홀연히 나타나서 날렵한 몸짓으로 해탈교를 건너갔습니다 그리고는 끝내 돌아오지 않았습니다"라는 관조적인 시의 서두와 "나는 오늘, 조선소나무 울창한 이 계곡에 기쁜 마음으로 그리움을 풀어놓습니다 쑥부쟁이 밭에 숨겨놓았던 밀어들도 꺼내놓습니다/통영시 광도면 안정리 1888번지 안정사에서 몸과 마음이 잠시 가벼워졌습니다"와 같은 화해로운 결말은, 이 시의 서정적 화해를 예정된 결말로서 읽게 한다.

이런 특징들은 이 시인의 시쓰기가 상당히 도식적인 과정으로 이루어진다는 점을 시사한다. 이 시인의 시적 완결성은 시정신의 치열함이나 시적 모색의 새로움을 상대적으로 희생한 결과라고 할 수 있다. 따라서 이 시인의 시에서 시적 자의식이나 발전 가능성, 창조적 상상력을 기대하기는 다소 힘이 들 것이라고 추측된다. 이 시인의 한계는 '제한된 생산의 장'에 안주함으로써 형식적 완결성 이외의 시적 성취에 무관심한 데 그 원인이 있다.

장덕천 시인의 경우도 역시 관조적인 사색이 정신적인 깊이로 연결되지 못한다는 점이 아쉬운 점이라고 하겠다. "수통골 돌들은 평화주의자다/덕유산 가랭이를 쏜살같이 빠져나와/가슴 패이는 물줄기에 시달렸지만/군소리 없이 살아온 야무진 돌이다"에서처럼 인격화된 돌을 통해 서민적인 삶의 자유와 여유를 노래한다. 그러나 이러한 시에서 새로움을 기대하기란 역시 어렵다고 여겨진다. 형식적

완결성을 잘 갖추고 있다는 것은 꼭 그런 것은 아니지만 어떤 의미
에서는 그만큼 관습적인 장르 규범을 준수하고 있다는 말이기도 하
다. 따라서 장르적 규범에 구속된 시인의 시에서 새로움이나 실험
혹은 시적 자의식과 시정신의 칼날을 찾기는 어려운 것이다. 이 점
에서 장덕천 시인의 시는 역시 시적 긴장의 이완을 보여주며 다소의
매너리즘을 느끼게 하는 점이 단점이다. 특히, 같이 발표한 「수몰지
의 IMF」는 상상력의 빈곤이 두드러진 태작(駄作)에 가깝다.

하영, 장덕천 시인은 이처럼 '제한된 생산의 장'에서 이루어지는
90년대 시의 문제점을 전형적으로 보여준다. '시적인 것'이라는 관
념의 억압을 떨치지 못한 상태에서 새로운 변신을 기대하기는 어렵
다. 그것은 상상력의 고갈과 시적 모험 정신의 쇠퇴 대신에 시적 형
식미와 장르 규범이 준수되는 순문학주의의 함정이기도 하다. '제한
된 생산의 장'으로부터 치열한 시정신과 자기 부정의 정신이 빠져버
린다면, 그것은 단순히 시적 기교만을 갖춘 소수 전문인 동호 집단
의 사교·유희장에 불과할 뿐이다. 그리고 이러한 문학 생산 구조는
쇠퇴한 문화의 저녁노을을 좀더 빨리 기울게 할 뿐이다.


## 4. '인스턴트, 따위'의 비판적 자의식


김종미 시인의 「숨겨진 꽃」[7]과 「인스턴트 노을」[8]은 그 형식적 완
결성이 상대적으로 미숙함에도 불구하고 시정신이 집요한 관찰에
스며들어 뚜렷한 문제의식을 형상화해낸다는 점에서 의미있는 시라
고 할 수 있다. 「숨겨진 꽃」에서는 '불임의 도시'와 '남근을 흙 속에

---

7) 『현대시』, 1998. 8.
8) 『현대시』, 1998. 8.

박고 있는 꽃의 생명력'이라는 대비를 통해서 일상의 건조한 삶으로
부터 내면을 해방하고자 하는 시인의 열망을 시 속에 투사한다. 이
런 상상력은 도시적 삶의 건조함에 대한 치열한 자의식적 사유 속에
서 파생된, 신선한 것이다. "사정을 위하여 안간힘을 쓰는 그 만다라
의 괴로운 표정" "힘찬 몸부림을 보았네/저 뜨거운 마찰, 사방으로
불똥이 튀어 번지고 있었네/버스 속의 나와 시선이 마주친 순간/내
안의 흙들도 뜨거움에 이를 악물고/나는 은밀히 불타올랐네"와 같은
구절은 흙 속에 뿌리내린 꽃으로부터 생명력의 원초적 교접을 확인
하고 곧 그러한 생명력에 자기 자신이 동화됨을 느끼는 시인의 시선
을 구체적인 이미지를 동원해 표현하고 있다. 그 표현의 묘미는 상
상력이 이미지화되어 '불임의 인공도시'와 '남근을 땅에 박고 있는
꽃'의 대비를 통해서 최종적으로 확인된다. 그것은 90년대적인 '도
시 · 일상/자연 · 생명'의 대립을 그대로 상징한다.

    마찬가지로, 「인스턴트 노을」은 현대적 삶의 간편성이 지니고 있
는 허위가 어느덧 내면화되어 감상적 낭만으로 변해가는 데 대한 반
항을 시로 쓰고 있다. '인스턴트'란 이 시에서 '가짜' '허위' '기만'의
의미로 쓰인다. 그것은 도시적 삶의 알맹이 없는 풍요를 비꼬는 시
인의 비판 의식을 담고 있다. 예를 들면 "인스턴트는 타협의 맛이다
/길들여진 입맛에 적당히 타협해 만든/오래 먹으면 영양실조가 되
는"과 같은 구절은 인스턴트의 속임수와 그 위험성에 대해서 적절하
게 지적해낸다. 시의 전문을 인용하고 좀더 자세히 살펴보기로 하
자.


    1.
    하구언 그 쓸쓸한 종점에서 인스턴트로 한잔 노을을 준비한다
    세상의 뭇 맛에 침 흘리는 가증스러움으로 인스턴트의

진하고 강렬한 맛에 입맛이 좀 상하고 싶은 거다
허공에 창을 내다 걸고 강물을 바라본다 강물은 여기까지 와서
바다와 타협하고 있다 바다를 강물로 바꾸지 못하고 짠맛에
제몸을 길들이고 있다 눈물의 농도를 거쳐 모질게 짠맛이 배는
한 생을 본다 결코 인스턴트가 될 수 없는 소금을 본다


2.
나는 무엇을 타협하려고 여기까지 와서 저 강물을
서러워하는 것일까 강변에 걸린
찢어진 검은 비닐은 인스턴트로 적당히 처리한
몇 끼의 식사 그렇게 소화해버린 어떤 생의 배설물
뜨거운 노을은 내 잔 속에서 식어가고
소름을 꽃피우며 목덜미부터 핥아오는 어둠의 혓바닥
그래, 나는 무슨 맛이니?


3.
인스탄트는 타협의 맛이다
길들여진 입맛에 적당히 타협해 만든
오래 먹으면 영양실조가 되는                   ──「인스턴트 노을」 전문


　현대적 삶에서 보편화된 '진정성과 영혼의 상실'을 타협의 결과라
고 말하는 위의 시는 자기 진정성을 지키지 못하고 욕망의 유혹에
넘어간 자신에 대한 질책이자 그 죄에 대한 고백의 시라고 할 수 있
다. 결국, 내부의 적에게 타협하고 길들여진 '현대인'의 비극에 대한
고찰이 이 시의 내용에 담겨 있다. 그리고 이 시 안에는 시인의 시적
자의식이 암시적으로 나타난다. "나는 무엇을 타협하려고 여기까지

와서 저 강물을/서러워하는 것일까"는, '타협=길들여진다'라는 점
에서 강물을 서러워하는 행위가 곧 무엇인가와의 타협 혹은 길들여
짐의 시작이라는 생각을 드러낸다. 달리 말하면 노을을 보고 강물을
보는 행위의 상투성과 감상성을 이 시에서는 '인스턴트와 타협'이라
는 말로써 표현한다. 이 말 속에는 서정시 혹은 서정적 감상의 허위
와 상투성을 꿰뚫는 예리한 시각이 숨어 있다. 결국 노을을 노래하
는 것이 아니라 그 노을의 상투성을 환멸할 수밖에 없다는 암시성에
서 "인스턴트가 될 수 없는 소금"을 보고자 하는 시인의 내면을 확
인할 수 있는 것이다.

　이러한 시적 자의식의 치열함은 특히 최근 이대흠의 신작 시편[9]
(「따위!」「상징을 죽여라」「인생은 즐거워라」「미친」「그녀와 길을 걷는
다」「'나'라는 타인」 등)에서 뚜렷하게 확인이 된다. 「상징을 죽여라」
「따위!」의 시적 자의식 이외에도 「그녀와 길을 걷는다」「'나'라는 타
인」 등에 나타난 현대적 일상의 '허와 실'에 대한 시인의 상상력은
참신한 이미지를 창출해내고 있다.

　「그녀와 길을 걷는다」에서는 "단추와 단추 사이 벌어진 틈으로/그
녀의 속이 보인다 그녀는/왼쪽이 열려 있다 조금씩 브래지어가/보이
고 가슴의 흰빛이 보인다/열린 곳끼리 마주 보이고/이렇게 그녀와
나는 서로에게/속엣 것을 조금씩 보여주곤 한다/함께 간다는 것은/
숨기고 싶은 것을 들추어보기도 하는 것/슬쩍 훔쳐보고 못 본 척하
며 그녀와 길을/걷는다 벗거나 벗기면 길을 갈 수가 없어서/더 이상
속을 헤집지 않으며"라고 하여, 소통의 '진짜와 가짜'를 구분하고 경
계 지으면서 진정성의 복원을 시도한다. 소통의 미학은 '은근한 훔
쳐보기와 묵인'을 가능하게 하는 어떤 이해로부터 파생되는 것임을

---

9) 『현대시』, 1998. 8.

이 시는 보여주고 있는 것이다.

또 「'나'라는 타인」은 자의식의 내적 분열을 나타내는 듯하지만 실은 정체성의 중첩으로부터 벗어나 진정한 자기 진정성을 찾고자 하는 시도를 담고 있다. "죽음으로 벗어날 수 없는 이름의 굴레/산다는 건 몇 개의 이름으로 놓인/징검다리를 건너는 건 아닌지/어떤 이름은 너무 생소하여 마치/내 안의 타인처럼 느껴지고/어떤 이름은 종기처럼 붙어다녔다"라는 구절은 시인의 자의식에 대한 집요한 집착을 보여준다. 이름은 그 사람에 대한 사회적 낙인이라는 관점에서 시인은 이름의 낯섦과 집요함이라는 두 가지 특징으로부터 자유롭지 않은 '일상과 운명의 현상'을 탐구한다.

그 탐구는 자신을 관찰하는 자와 관찰당하는 자로 이분화한다. 그 이분화에 의해서만 자신은 자신에게 타인이 될 수 있다. 그리고 이러한 자아의 타자화는 소통의 회복을 위한 방식이 아니라 소통이 단절된 상태에서 일방적으로 주어진 이름에 의해 나타나는 현상이라는 점이 중요한 특징이다.

두 편의 시에서 알 수 있듯이 이대흠의 시는 규범화된 상상력이나 사고를 전도시킴으로써 나타나는 역전의 효과를 자신의 시적 전략으로 삼는다. 이런 '뒤집어 보기'는 강요된 외적 이데올로기에 대한 비판적 대응을 위한 적절한 방식이다. 결국 어떤 현실을 낯설고 충격적으로 변형시킴으로써 은폐된 진실을 노출하는 것이 이대흠의 시적 전략이라고 할 수 있다.

「상징을 죽여라」는 그 시적 완성도보다는 규범화된 '시적인 것'에 대하여 인식론적인 단절을 선포하는 점이 의미가 있는 시이다. 그의 시적 특질은 「따위!」에서 좀더 명확하게 드러난다. "이것도 시냐?냐?/내 몸을 나무로 비유하는 따위/결국 나는 나의 슬픔을 변주하고 있었단 말인가 따위/ 〔……〕 따위로 가득한 세상/따위에 둘러싸여

살까 말까 따위"처럼 자신의 시가 일상적인 따위에 둘러싸여 자신의
슬픔을 변주하고 있다는 자의식을 다시 시적 소재로 삼고 있는 점이
이 시의 특징이다. 그것은 자신의 시를 신성한 것으로 바라보는 것
이 아니라 '따위'로 바라봄으로써 자신의 시적 창작을 반성하는 집
요한 자의식을 드러내는 시이다. 또한 다른 한편에서는 그 자체가
일상적인 잡동사니를 대상으로 시를 쓰는 행위의 무의미를 토로하
는 자기 고백이기도 하다.

　이 시에서 고백과 반성이라는 이중적 의미는 다른 한편으로는 자
기 노출과 자학으로 확대되기 직전의 모습으로 나타난다. 그리고 이
러한 자학과 자기 폭로는 달리 말하면 시인으로서의 자의식에 철저
하지 못한, '슬픔의 변주' 따위나 하는 자신에 대한 모멸이기도 하
다. 따라서, 시인은 좀더 극렬하게 매너리즘에 빠진 자신의 시를 '따
위'로 비하하는 것이다. 그 따위는 "가벼워 잘 팔린다는 플라스틱
시"와 그다지 다르지 않은 것으로 시인에게 생각된다. 결국 이 시는
녹슨 깡통, 변기 등의 자질구레한 일상을 상대로 하다 보니 자신의
시도 '따위'로 전락해버린 상황을 다소 아이러니하게 비판한다. 이
시를 지탱하는 시적 자의식은 그런 점에서 철저하게 반항적이고 매
너리즘을 거부하는 시인의 치열한 시정신의 산물이라고 할 수 있다.
'따위'는 이 점에서 파토스적인 자기 포기를 담고 있는 표현이 아니
라 공격적인 자기 갱신의 의지를 담고 있는 단어로 여겨진다. 자신
의 시를 '따위'로 폄하함으로써 새로운 시적 변신을 꾀하는 것이다.


## 5. 자기 갱신과 새로움

　'제한된 생산의 장'에서 이루어지는 문학적 행위의 본질은 시정신

의 치열함과 진정성이라는 예술주의 정신에 있다. 그리고 '대규모 생산의 장'의 의의는 그 상업성에도 불구하고 대중적 교감, 문화적 민주주의의 가능성이라는 점에서 긍정적인 의미를 지닌다. 이 두 가지 분열된 문학 제도의 점진적인 통합 혹은 소통의 복원은 창작자와 독자 사이에 진정성의 교환이 이루어지고 확인되는 유일한 방법이다. 전문성이 대중성으로 확산될 수 있는 방법은 끊임없는 자기 갱신성과 자기 규정성을 통해 독자의 영혼에 직접적으로 다가갈 수 있는 시를 창작하는 것이다.

시의 자기 갱신성은 사실 현대시의 중요한 제일 원칙이다. 전범으로부터 벗어난 상상력과 창의성을 주요한 원리로 받아들인 현대 예술은 그 본질상 '새로움'과 끊임없는 창조가 없이는 이미 죽은 것이나 다름이 없다. 그런데 최근의 일부 시에서 확인되듯이 일정한 시적 규범과 형식을 고수하려고 하는 태도는 현대가 오래전에 결별한 '고대(古代)'로의 퇴영으로 여겨진다. 그것은 현대적 일상과 새로운 미학의 출현을 지체시키는 '시적인 것'의 신화를 완강하게 고수하려고 한다. 그러나 '시적인 것'은 시적 창의력을 억압하는 허구적 개념이라고 할 수 있다. 실제로 시적인 것과 시적이지 않은 것은 오직 상상력과 창조력의 유무에 의해서만 구별될 뿐이다.

모든 변주는 매너리즘 혹은 모방imitation의 혐의를 받을 수 있는 것이다. 따라서 '시적인 것'이라는 허구적 전범을 고수하는 태도는 어떤 의미에서는 상품화된 예술의 원리와 상당히 유사하다. 모방과 변주, 기술 복제라는 점에서 완고하게 '제한된 생산의 장'에 머물러 시적 전범을 내세우는 시들은 오히려 '대규모 생산의 장'에서 소비되는 시들만큼 독창성을 결여하고 있다. '제한된 생산의 장'과 '대규모 생산의 장'의 엄격한 분리는 섹트주의화된 자기 중심적 매너리즘을 재생산할 뿐이다.

  기술 복제라는 인스턴트는 타협이고 허구이다. 그리고 그 허구는 현대적 문학 제도의 양편에 동일하게 나타난다. 제도 속에 얽매여 있는 예술의 몰개성화는 현대시의 한 운명이다. 따라서, 부르주아의 세속성과 속물성을 거부하면서 형성된 '제한된 생산의 장'의 예술주의가 하나의 제도로 굳어진 '지금, 여기'의 현실은 역사적 아이러니를 우리 앞에 보여준다. 현대시는 그 현대성의 원칙에 따라서 제도화되고 규범화된 자기의 준거를 깰 수밖에 없는 것이다. 대중화가 하나의 운명이라면 '제한된 생산의 장'이라는 편협한 예술주의로 변질된 제도를 넘어서, 시는 '대규모 생산의 장'을 향해 걸어갈 수밖에 없다. 그리고 그러한 시적 미래의 전망과 가능성은 오직 매너리즘과 인스턴트, 기술 복제, 모방 따위의 타협과 거짓을 거부하는 시의 끊임없는 자기 갱신 원리와 창조성뿐이다. 그리고 시인들의 시적 자의식이 더 이상 새로운 것을 발견할 수 없다면, 그런 현실은 타락한 문화의 마지막 병적 징후로 간주될 수밖에 없다.　　　　　〔1998〕